W0033064

ullstein

Das Buch

Agnes führt das ruhige Leben einer Pförtnerin auf dem Beginenhof in Brügge. Das fromme Dasein als Begine hilft ihr, ein traumatisches Ereignis aus ihrer Vergangenheit zu vergessen. Die Ruhe des Beginenhofs findet jedoch ein jähes Ende, als Agnes eines Morgens eine alte Mitschwester tot in ihrem Bett auffindet. Bei der Eröffnung des Testaments wird klar, dass das große Vermögen der Verstorbenen an ihre reiche Kaufmannsfamilie übergehen wird und die Beginen leer ausgehen sollen. Allerdings wurde das Testament erst kurz vor ihrem Tod geändert. Die Beginen finden Unterstützung bei dem Advokaten Dietz, von dem Agnes sogleich verzaubert ist. Doch darf sie sich überhaupt zu ihm hingezogen fühlen? Agnes wird vor eine wichtige Entscheidung gestellt. Und dann erscheint auch noch eine junge Frau auf dem Hof, die sie unweigerlich mit ihrer Vergangenheit konfrontiert …

Die Autorin

Klara Winterstein, geboren 1956 in Bremen, studierte Philosophie, Musikwissenschaft und Germanistik. Sie hat sich viele Jahre mit der Geschichte der Beginen befasst und besuchte mehrmals den Beginenhof in Brügge.

Klara Winterstein

Beginenhochzeit

Historischer Roman

Ullstein

Besuchen Sie uns im Internet:
www.ullstein-taschenbuch.de

Dieses Taschenbuch wurde auf FSC-zertifiziertem Papier gedruckt.
FSC (Forest Stewardship Council) ist eine nichtstaatliche, gemeinnützige
Organisation, die sich für eine ökologische und sozialverantwortliche
Nutzung der Wälder unserer Erde einsetzt.

Originalausgabe im Ullstein Taschenbuch
1. Auflage April 2010
3. Auflage 2010
© Ullstein Buchverlage GmbH, Berlin 2010
Umschlaggestaltung: HildenDesign, München
Titelabbildung: Frau: © Young Woman Reading a Book of Hours,
Ambrosius Benson/Louvre, Paris/Peter Willi/The Bridgeman Art Library;
Landschaft: © Landscape in Flanders, Peter Paul Rubens/© The Barber Institute
of Fine Arts, University of Birmingham/The Bridgeman Art Library
Satz: Pinkuin Satz und Datentechnik, Berlin
Gesetzt aus der Goudy Old Style
Papier: Holmen Book Cream von Holmen Paper Central Europe, Hamburg GmbH
Druck und Bindearbeiten: CPI – Ebner & Spiegel, Ulm
Printed in Germany
ISBN 978-3-548-28168-1

～ I ～

HIER BEGINNT DIE REGEL DER BEGINEN AUS DEM WEINGARTEN

Die Beginen aus dem Weingarten und die Personen, die ihrer Lebensweise folgen möchten, befolgen die Regel der Apostel: Sie erkennen die Gebote der heiligen Kirche und die Liebe Gottes hinter allen Dingen und die des Menschen gegenüber seinem Nächsten wie auch sich selbst. Sie halten ihre Herzen und ihre Körper in Wille und Handlung rein. Und damit ihr Leben in der Gemeinschaft gottgefälliger und friedlicher ist, haben sie einige Regeln angenommen, die empfangen wurden durch die Schrift, damit es einfacher sei, sie zu befolgen.
Alle Personen, die in ihrem Hof wohnen, haben eine Magistra, die ihre oberste Autorität darstellt.

FERIA TERTIA, 20. FEBRUARIUS 1498

Gleich nach der Morgenandacht, der Tag fing gerade an zu dämmern, lief Agnes wie immer über den frisch gepflasterten Weg zum Tor des Beginenhofs, um es aufzuschließen. Sie öffnete die schwere Holztür, hinter der die Brücke lag, die das Minnewater überspannte, und hakte sie an der Tormauer ein. Vor ihr lagen die dunklen Umrisse der Gebäude von Brügge: die Kirchtürme der Liebfrauenkirche, die Kathedrale Sankt Salvator und der Belfried, dessen hölzerne Spitze gerade wieder einmal abgebrannt war. Ganz vorne das Pfarrhaus. Dort brannte Licht hinter den Fenstern. Der Pfarrer war schon aus der Kirche zurück und ließ sich sein Frühstücksbier schmecken.

Die Welt draußen hatte die Nacht gut überstanden. Mit einem kleinen Lächeln auf den Lippen ging Agnes zurück zu ihrem Häuschen, das erste in dem Rund der weiß gekalkten Häuser des Hofes, den die Menschen aus der Stadt den »Beginenhof« nannten. Früher einmal war es ein Spottname gewesen, aber inzwischen hatte er einen so respektablen Klang, dass sie, die »Beginen«, sich selbst so nannten. Mit ihren guten Werken hatten sie sich Ansehen verschafft. Agnes bekreuzigte sich bei diesem Gedanken, der ein stolzes Gefühl in ihrer Brust geweckt hatte. Keine eitle, eigensüchtige Regung, aber trotzdem war es sicherer, das Kreuz zu schlagen und um Vergebung zu bitten. Man konnte eigentlich nicht oft genug um Vergebung bitten.

Die Tür zu ihrem Haus war nicht verschlossen. Sie trat ein, beugte das Knie vor dem einfachen Holzkreuz neben der Tür und murmelte noch ein Paternoster zur Feier des begonnenen Werktags. Das erste Stundengebet lag hinter ihr, das Tor war aufgeschlossen, der Himmel würde bald hell werden und die eisige Nachtkälte dieses Februarmorgens vertreiben. Gründe genug, dem Herrn zu danken.

Mit dem leisen, vertrauten Schmerz im rechten Knie richtete sie sich wieder auf und grub in der Asche des Küchenkamins nach einem letzten Klümpchen Glut. Es fand sich und ließ sich rasch anschüren. Sie goss Wasser aus der eisernen Kanne in einen Topf und setzte ihn auf das Feuer, das schon munter aufflackerte. Bis das Wasser zu summen und schließlich zu kochen anfing, so dass sie ihre Grütze hineinstreuen konnte, schaute sie aus dem Fenster in den Hof hinaus, die kalten Hände in den Ärmeln ihres schwarzen Gewands verborgen. In allen Häusern brannte Licht. Die Schwestern waren dabei, das Frühstück zu bereiten, die Schapraais aufzusperren, in denen sie ihr Geschirr verwahrten, und die kleinen Tischbretter auszuziehen, an denen sie schweigend ihre Mahlzeiten einzunehmen pflegten. Nur bei Schwester Seraphine war es dunkel. Agnes überlegte, ob sie Seraphine am Morgen in der Andacht gesehen hatte. Nein, die gute Alte, die Älteste unter ihnen, war nicht da gewesen. Gestern Abend bei der Komplet hatte sie sie zuletzt gesehen. Sie hatte ganz normal gewirkt. Die weiße Haube war ihr wie immer etwas zu tief in die Stirn gerutscht, der weiße Überwurf hatte Flecken. Doch Seraphine war so alt, dass man es ihr nachsah und sie deswegen nicht tadelte. Über Nacht konnte sie den Hof nicht verlassen haben, denn das Tor wurde stets nach der Vesper verschlossen. Außerdem hatte man sie schon lange nicht mehr zu einer Toten- oder Krankenwache gerufen, dazu war sie viel zu alt.

Das Wasser fing an zu sieden, und Agnes, die über einen gesunden Appetit verfügte und an den zahlreichen Fastentagen sowie in der Fastenzeit von Sankt Martin bis zum Weihnachtstag vor allem morgens unter bohrendem Hunger zu leiden hatte, wandte sich zum Feuer, um das Getreide einzustreuen. Als sie wieder aufblickte, sah sie gerade noch die dunklen Kleiderschöße einer Gestalt vorbeiflattern, die in Richtung Tor verschwand. Die schwarze Tunika der Beginen sah anders aus, und die Person hatte auch keine weiße Haube getragen. Hatte Agnes nicht einen kurzen blonden Schopf gesehen? War es etwa ein Mann gewesen? Aber wo sollte der herkommen? Die Gestalt war schon über die Brücke verschwunden, ehe Agnes ihr Pförtnerhaus verlassen und ihr nachspähen konnte. Seufzend zog sie ihre Grütze vom Feuer und beschloss, vor dem Essen rasch bei Seraphine nach dem Rechten zu sehen.

Auch Seraphines Haustür war nicht verschlossen. Agnes trat ein, blieb jedoch gleich hinter der Schwelle stehen und rief laut den Namen ihrer Mitschwester. Nichts rührte sich. Vorsichtig ging sie durch die Wohnküche zur Schlafkammer. Die blauweißkarierten Vorhänge des Betts waren aufgezogen. Seraphine lag auf ihrem Kissen, die Augen weit geöffnet, der Blick leer. Sie war tot. Agnes sank auf die Knie, um dem Herrn zu danken, dass er Seraphine zu sich geholt hatte. Dann erhob sie sich, schloss behutsam Mund und Lider der Toten, strich Decken und Kissen glatt und öffnete das Fenster weit, damit die Seele nicht in den Körper zurückkehrte, sondern hinauf zum Himmel steigen konnte. Sie faltete Seraphines Hände um das Kreuz auf ihrer Brust, wie sie es schon viele Male bei Totenwachen getan hatte. Seraphines Hände waren zart und kühl, aber noch nicht von der eisigen Kälte eines Leichnams. Ihr Blut war vor kurzem noch durch die Adern geflossen. Nun, mit geschlossenen Augen, war ihr Gesichtsausdruck ruhig und sanft, aber vorher hatte ein Ausdruck der Verwunderung darin gestanden. Ihre hellen Brauen waren hochgezogen, ein paar zarte Falten furchten die Stirn. Nicht jedem war es gegeben, friedvoll und lächelnd ins ewige Leben einzutreten, dachte Agnes.

Auf dem Boden neben dem Bett lag ein schweres rotes, über und über mit weißer Klöppelspitze besetztes Kissen. »Das Kissen für das Jesuskind«, flüsterte Agnes leise und hob es auf. In der Christnachtprozession trugen die Schwestern das Jesuskind auf diesem Kissen in die Kirche. Seraphine hatte die Spitzen für das Kissen erneuert. Bis zuletzt hatte sie daran gearbeitet. Die alten Spitzen waren ausgefranst und vergilbt gewesen.

Agnes bekreuzigte sich und sah Seraphine nachdenklich an. Ihr Gesicht schien von Minute zu Minute blasser zu werden und nahm immer mehr die durchscheinende Farbe von Blütenblättern an, von weißen Anemonen oder Windröschen. Die gute Seraphine, bald würde sie ihren Bräutigam Jesus Christus treffen und als Engel mit ihrer schönen, noch im Alter klaren und sicheren Stimme die himmlischen Choräle singen. Bis in alle Ewigkeit.

Ehe sie Mutter Walburga, die Magistra des Hofes, und den Pfarrer holte, ging Agnes einmal durch das ganze Haus und schaute nach, ob alles seine Ordnung hatte. Es war offenkundig, dass Seraphine noch nicht lange tot war, und sicher hatte seitdem niemand das Haus betreten, aber irgendein ungutes Gefühl hatte Agnes immer, wenn eine Mitschwester ganz allein und ohne Vorzeichen in ihrem Häuschen verschied. Soweit sie sehen konnte, war alles an seinem Platz. Ob etwas fehlte, vermochte sie natürlich nicht zu überblicken. Agnes hatte Seraphine nur flüchtig gekannt, aber sie wusste, dass sie aus einem vornehmen Haus stammte und viel Vermögen besaß. Allerdings befand sich nichts davon in ihrer kargen Behausung. Als Beginen durften sie zwar ihren Privatbesitz behalten, ihn jedoch nicht um sich haben. Schlicht und einfach lebten die Begüterten und die Ärmsten beieinander. Sicher hatte Seraphine ein Testament gemacht, das bei der Magistra hinterlegt war. Und vielleicht, wenn es Gott gefiel, würde sie darin auch an ihre Mitschwestern gedacht haben – an die bevorstehende Ausgestaltung der neuen Kirche, das durchlässige Dach im Dormitorium der Novizinnen oder an den teuren Spitalneubau, den Mutter Walburga plante.

Ungute Gedanken, schalt sich Agnes. Die Tote war noch nicht einmal kalt, da dachte sie schon ans Erbe. Man konnte wirklich nicht demütig genug sein. Sie beugte das Knie vor Seraphines Küchenkreuz und zog die Tür des Häuschens hinter sich zu.

⁓

»Nichts wert, alles nichts wert«, brummte der Händler und lehnte die Tafelbilder wieder an die Wand. Klein- und mittelformatige Gemälde auf einfache Fichtenholztafeln gepinselt, Kaseinfarben ohne Glanz und Tiefe, Gelegenheitsarbeiten, Übriggebliebenes.

Margarethe van Goos rang die Hände und zerknüllte ihre Schürze, die schon seit langem nicht mehr weiß war.

»Aber irgendetwas muss doch dabei sein! Habt doch Gnade mit uns, die Kleinen haben Hunger, und der Clemens arbeitet hart und bringt doch nichts nach Hause.«

»Clemens«, wiederholte Advokat Dietz und sah den schmächtigen jungen Burschen, der schüchtern an der Wand neben dem Bilderständer lehnte, kopfschüttelnd an. »Der ist doch selbst noch ein Kind. Eine Schande, den Jungen schon so hart arbeiten zu lassen. Er sollte stattdessen etwas lernen. Vielleicht könnte er Maler werden, wie sein Vater. Ein besserer womöglich.«

Clemens blickte verlegen zur Seite und scharrte mit seinem nackten rechten Fuß über den schmutzigen Steinboden des Ateliers. Gerne wäre er Maler geworden. So oft er konnte, hatte er vom Vater abgeschaut, ihn kopiert, angefangene Bilder fertiggemalt. Und nie ein Lob dafür bekommen. Nie Unterstützung. Weil der Vater selbst keinen Erfolg hatte, mochte er auch seinem Sohn keinen gönnen. Ihn nicht fördern, sein Talent nicht anerkennen. Stattdessen schickte er ihn zum Anstreichen: zu den Bauern ins Umland, Ställe kalken, Stuben weißeln, manchmal eine Kirchenkammer neu ausmalen. Nie überließ er ihm ein Stück billiges Papier, geschweige denn ein Stück Holz oder gar ein Möbel zum Bemalen. Auf schmalen Holzresten und Baumrinden übte Clemens mit angespitzter Kohle seine Kunst und verfeinerte sie in schnellen Schritten. Nur durfte es niemand sehen. Nicht seine Schwestern, damit sie ihn nicht verrieten. Und nicht die Mutter, die Angst hatte vor dem Vater.

Früher, als seine Großmutter noch lebte, da hatte Clemens eine gute Zeit gehabt. Alles, was er konnte, hatte er von ihr gelernt. Den ganzen Tag über hatte er bei ihr spielen dürfen. Großmutter war selbst Malerin gewesen. Sie hatte ihm beigebracht, wie man ein Bild aufteilte, welche Farben man auswählte und wie man aus einer Skizze ein fertiges Bild machte. Sie hatte Porträts gezeichnet, und den berühmten Jan van Eyck und seine Frau, die hatte sie noch höchstpersönlich kennengelernt. Van Eyck hatte ihre Zeichnungen gesehen. Er hatte sie geschätzt. Da sie keine Söhne bekam, verheiratete sie ihre Tochter mit einem Maler, Clemens' Vater. Er kam aus Kortrijk und war in Gent Mitglied der Malergilde gewesen, hatte dort den Meisterbrief erworben und sollte ihre kleine Brügger Werkstatt zum Erfolg führen. Aber Großmutter hatte weder an die fehlenden Gefühle ihrer Tochter gedacht noch ihren neuen Schwiegersohn gründlich auf Herz und Nieren geprüft. Einen Trinker hatte sie ins Haus geholt. Malen konnte er schon, aber nur Gebäude,

Säulen, Bögen, Friese – das machte er nicht schlecht. Auch Landschaftsbilder gelangen ihm manchmal, er beherrschte sehr gut die Perspektive, das hatte er in Italien gelernt, und die Großmutter war beeindruckt davon gewesen. Dafür konnte der Vater keine Porträts zeichnen. Auch keine Tiere, keine Menschen, nichts Lebendiges. Mit Gebäudezeichnerei jedoch verdiente man hier oben kein Geld, auch mit der Landschaftsmalerei nicht. Porträts mussten her, Genrebilder statt dieser ewigen Friese, die nach Fläche bezahlt wurden, und zwar schlecht. Solange Großmutter noch da war und mit ihren Bildern zum Einkommen der Familie beitrug, ging es recht und schlecht. Doch dann starb sie, und Vater verlor sich ganz und gar in der Taverne.

Mutter verkaufte alle Bilder, die Großmutter gemalt hatte, eins nach dem anderen. Dann verkaufte sie auch noch die Bilder, die Großmutter gesammelt, geschenkt bekommen oder mit anderen Malern getauscht hatte, darunter viele Meisterwerke. Über jeden verlorenen Schatz vergoss Clemens bittere Tränen, denn an jedem einzelnen hing er mit seiner ganzen Seele, und die war tief. Die vielen kleinen Studien von Memling, ihrem Lehrer – fort waren sie. Nie wieder würde er sie anschauen können, die bewegten Gesichter, die biblischen Landschaften, diese Fülle und diese Feinheit. Wann immer er konnte, schlich er sich in die Kirche der heiligen Ursula und betrachtete stundenlang den Reliquienschrein, den Memling mit seinen Retabeln geschmückt hatte.

»Der träumt sowieso zu viel«, sagte Margarethe van Goos nun abfällig. »Genau wie sein Vater. Aber wie ich etwas zu essen auf den Tisch bekommen soll für die vielen hungrigen Mäuler, darum kümmert sich hier keiner.« Sie wischte sich mit dem Schürzenzipfel ein paar Tränen aus den Augenwinkeln, aber es waren Tränen der Wut und des Selbstmitleids, nicht der Verzweiflung. Wut vor allem darüber, dass die anfangs so unerschöpflich scheinende Geldquelle der verstaubten Bilder, die Mutter ihr hinterlassen hatte und die niemanden aus der geldgierigen Verwandtschaft interessiert hatten, nun versiegt zu sein schien. Das ganze Haus hatte sie vom Boden bis zum Keller durchsucht, hatte alte Bilder ihres Mannes umgedreht und auf den Rückseiten noch so manches Kunstwerk gefunden. Aber nun war es endgültig vorbei. Übriggeblieben waren nur die halbfertigen Ansichten der Neubauten in Brügge: Villen, Amtsgebäude und Kirchen, Säulen, Türme und Fensterfronten, an denen Jan herummalte, wenn er halbwegs nüchtern war. Und die kein Mensch haben wollte, nicht einmal die Besitzer der Häuser selbst. Sie hatte alles versucht, um die Tafeln zu versilbern. Es war aussichtslos.

»Vielleicht gibt es irgendwo noch ein paar Stiche, Mevrouw. Haben Sie danach schon geschaut?«

Margarethe stöhnte. »Ach, Meister Tenhave, längst, längst. Der eine schert Schafe, der andere schert Ferkel, so ist es nun mal. Bei uns ist nichts mehr zu holen. Ich habe kein Glück im Leben, und niemand hat Erbarmen mit mir.«

Erneut begann sie zu schluchzen, aber die Männer ließen sich davon nicht beeindrucken. Sie gingen, ohne ein einziges Bild mitzunehmen. Advokat Dietz gab Clemens noch einen freundschaftlichen Stüber auf die Nase. »Lass dich nicht unterkriegen, Junge«, murmelte er, ohne dass Margarethe es hören konnte. »Mach was aus dir, du kannst was, das sehe ich dir an der Nasenspitze an.«

Der Anflug eines Lächelns huschte über Clemens' Züge. Dann fuhr er fort, den Boden mit der nackten Fußsohle zu bearbeiten.

Noch am selben Nachmittag brach Mutter Walburga auf in die Stadt zum Dijver, wo die Schwester der verstorbenen Seraphine wohnte. Da Agnes die Tote gefunden hatte, begleitete sie die Magistra. Beide Frauen trugen schwarze Wollumhänge über ihrer Tracht und reinweiße Hauben, die von den Schwestern in der Wäschekammer meisterlich gestärkt und geplättet wurden. Sie sahen würdig aus, und nicht wenige Leute auf der Straße sprangen in den Kot, um ihnen Platz zu machen: den frommen Frauen, die jemand in seiner Todesnot zu sich gerufen hatte. Manche verneigten sich vor ihnen wie vor einem Priester, Männer zogen den Hut und blieben stehen, bis sie vorübergegangen waren. Ein Pferdefuhrwerk hielt an, um sie über die Straße zu lassen, als sie vor der Liebfrauenkirche abbogen, um über die steinerne Brücke zum Dijver zu gelangen.

Es war lange her, dass Agnes den Beginenhof verlassen hatte. Seitdem sie vor vielen Jahren das Amt der Pförtnerin übernommen hatte, ging sie nicht mehr oft zu Kranken und Sterbenden, denn die Pforte musste immer besetzt sein. Das war ihr nur recht. Sie besaß kein großes Durchhaltevermögen, und bei den Sterbenden zu wachen erforderte heldenhafte Kräfte. Um Kranke zu pflegen wiederum brauchte man Geduld und Nachsicht, und auch damit hatte der Herr sie nicht allzu reichlich gesegnet. Immerzu Gutes zu tun, wie es als Begine ihre Pflicht war, fiel ihr oft schwerer, als sie zugeben wollte. Hätte man ihr nicht

das Amt der Pförtnerin gegeben, wer weiß, ob sie lange
auf dem Beginenhof geblieben wäre. Im Grunde wollte
sie bloß in Ruhe leben und arbeiten, niemandem zur Last
fallen und niemandem zu Dank verpflichtet sein. Leider
hatten ihre Eltern ihr keine Rente hinterlassen können,
über die manche ihrer Mitschwestern verfügten. Mit dreizehn Jahren war sie als Hausmädchen in den Dienst der
Familie van Hofstaed gekommen, Grundbesitzer mit großen Gütern an der Küste hinter dem Deich. Das Schicksal
wollte es, dass sie bereits wenige Jahre später nach Brügge
zurückkehrte, ganz allein und voller Schande. Zu ihren
Eltern konnte sie nicht zurück. Ihr Vater war inzwischen
gestorben und ihre Mutter hatte wieder geheiratet. Nur
die Beginen waren bereit, sie aufzunehmen, und das war
ein großes Glück. Als alleinstehende Frau ohne Familie
war es so gut wie unmöglich, ein sicheres Leben zu führen. In frommen Gegenden geriet man schnell in den
Ruf einer Hexe. In unfrommen bestand die Gefahr, ohne
männlichen Schutz überfallen, bestohlen, misshandelt,
ja sogar getötet zu werden. Hier im Beginenhof dagegen
war sie sicher – auch wenn sie sich einer strengen Regel
unterwerfen musste. Vor allem aber war sie nicht allein.
Agnes liebte das gemeinsame Zusammensein mit den
Schwestern in den Stundengebeten und bei der Messe,
an den Feiertagen bei den Prozessionen und bei den fest-
lichen gemeinsamen Mahlzeiten. Ihr war auch nicht mehr
wie anfangs bange vor den Sonntagen, an denen sie sich
im Kapitelsaal bei Mutter Walburga versammelten und
Rechenschaft ablegen mussten über ihre Sünden. Es tat
gut, die schwere Last loszuwerden und zu hören, dass man
nicht allein eine arme Sünderin war, sondern die anderen
sie mit ihren Verfehlungen oft sogar noch übertrafen. Nur

den anschließenden Strafen beugte sie sich mit innerem Widerwillen.

Viele Schwestern wurden kleinmütig und brav von diesem Leben. Je älter sie wurden, desto weniger Hoffnung hatten sie, den Beginenhof noch einmal zu verlassen. Agnes aber dachte anders. Sie würde nicht für immer im Beginenhof leben und im Kreise der Schwestern sterben. Sie konnte sich gut vorstellen, auch noch einmal in die große, weite Welt zurückzukehren.

Der Dijver war eine prächtige, breite Straße, die parallel zur alten Burg ein Stück am Kanal entlangführte. Hier lebten viele reiche Kaufleute. Fast alle Häuser waren aus Stein gebaut, einige standen mit dem Giebel längs zur Straße und beanspruchten mehrere Grundstücke. Das Haus der Moentacks, Seraphines Elternhaus, hatte einen schönen, hölzernen Doppelgiebel über zwei Stockwerke und einen mit Säulen verzierten Eingang. Ein Bediensteter öffnete ihnen die Tür und bat sie in eine großzügige Diele. Der Boden war in einem schwarzweißen Schachbrettmuster gefliest, die Wände zierten, vom Boden bis zur Decke, blau bemalte holländische Kacheln. Rechts und links führten kleine Treppen aus dunklem Eichenholz in Kammern, die auf dem halben Stockwerk lagen. Geradeaus in der Mitte zwischen den Treppen befand sich eine kunstvoll geschnitzte Doppeltür, durch die man offenbar in einen Raum mit höherer Decke gelangte. Vielleicht einen Festsaal oder einen Versammlungsraum. Balken und Holzpaneele waren poliert und schimmerten im matten Licht der bunten Bleiglasfenster. Die gute Seraphine stammte wirklich aus einem sehr schönen Haus, dachte Agnes. Und dennoch hatte sie sich bescheiden in ihr kleines Beginenhäuschen zurückgezogen, viele, viele

Jahrzehnte lang. Wenn das nicht Zeugnis genug war von einem frommen Gemüt!

Nach einer kurzen Wartezeit, in der ihnen die wollenen Umhänge abgenommen wurden, führte der Diener die beiden Frauen in die rechte Kammer. Die Hausherrin, Seraphines Schwester, erhob sich nicht aus ihrem hölzernen Lehnstuhl, in dem sie, in dicke Wolldecken gewickelt, nahe am flackernden Kaminfeuer saß. Das Zimmer war sehr tief und wurde nur vom schwachen Licht erhellt, das durch zwei kleine, mit dunklem Glas bestückte Fenster von der Straße her hineindrang. Eine Öllampe stand neben der alten Dame und beleuchtete ihr zartes Gesicht, das der verstorbenen Seraphine zum Verwechseln ähnlich sah. Mit gefasster Miene hörte sie sich die Beileidsbekundungen der Magistra an, und in ihren trüben Augen, mit denen sie zuvor bewegungslos auf die Dielen gestarrt hatte, schien sich ein kleines Licht zu entzünden. Sie bat die Schwestern, Platz zu nehmen, und bot ihnen erlesenes Bier an, das ihr Sohn aus Hamburg importierte. Er sei Schiffsreeder, sagte sie, und führe das Geschäft seines Vaters und Großvaters weiter, die im Wollhandel mit England reich geworden seien. »Damals, als Brügge noch das wichtigste Handelszentrum in Europa war«, fügte sie wehmütig hinzu. »Heute sieht die Lage ja leider anders aus.«

»Die Händler orientierten sich mehr und mehr nach Antwerpen«, stimmte Walburga ihr zu. »Wo soll das noch hinführen …«

»Die Hanse hat schon wieder Oldermänner abgezogen. Brügge geht dem Untergang entgegen.« Und die Hausherrin unterstrich ihre Worte mit einer dramatischen Handbewegung. »Mein Sohn redet immerzu von der Gründung einer Niederlassung in Antwerpen. Seine Frau stammt von dort und – nun ja. Reisende soll man nicht aufhalten.«

»Und was wird mit Euch?«, fragte Agnes. »Werdet Ihr in Brügge bleiben?«

»Ich bin in Brügge geboren und ich werde in Brügge sterben. Jetzt, wo die gute Seraphine mir vorausgegangen ist, erst recht.«

Der Hausdiener trat, ohne anzuklopfen, ins Zimmer und führte zwei weitere Gäste herein: den Notarius Vermeulen, der den Advokaten Dietz im Gefolge hatte. Die Herren stellten sich vor und nahmen ebenfalls einen Krug von dem starken, hellen Bier, ehe man zur Testamentseröffnung schritt.

»Ich, Seraphine, genannt van Moentack, vermache aus frommer Gesinnung vierzig Taler reinen Goldes für Tröstungen der Armen und Kranken in unserer Pfarrei, zu verteilen nach Gutdünken durch die Magistra des Beginenhofes De Wijngaard zu Brügge«, las Advokat Dietz mit kräftiger, wohltönender Stimme vor. »Weitere vierzig Taler reinen Goldes vermache ich meinen Mitschwestern, damit sie nötige Reparaturen an Hof und Wegen und an unserer schönen Kirche ausführen können. Mein Anteil an meinem Elternhaus am Dijver in Brügge sowie weitere Grundstücke sollen an meinen Neffen Johann Christoph de Vens fallen, so er verspricht, sich hinfort eines ehrbaren und christlichen Lebens zu befleißigen und auch seine Kinder und Kindeskinder im frommen Glauben zu erziehen.«

Es war sehr still, als der Advokat mit dem Vorlesen fertig war. Agnes hatte noch nie an einer Testamentseröffnung teilgenommen. Sie hatte aufmerksam zugehört und zugesehen, wie der rote Schnurrbart des Advokaten auf dessen Oberlippe auf und ab tanzte und bei jedem Wort eine Reihe schneeweißer, gerader Zähne aufblitzen ließ. Überhaupt war der Advokat ein stattlicher Mann. Groß und kräftig und mit vollem, kupferrotem Haar, das ihm bis über den Kragen reichte. Seine hellbraunen Augen funkelten sie immer wieder aufmerksam an, so dass es ihr schwerfiel, ihren Blick gesenkt zu halten, bis die Magistra sie tadelnd ansah.

»Ich glaube, da muss ein Irrtum vorliegen«, nahm Walburga das Wort und zog ein kleines, eng zusammengefaltetes Pergament mit rotem Siegel aus dem Ärmel ihres Gewands hervor. »Ich habe vor einigen Jahren von Seraphine persönlich eine Abschrift ihres Testaments erhalten. Sie selbst hat mir damals gesagt, dass sie all ihr Hab und Gut unserer Gemeinschaft vermachen wolle, im Falle, dass der Herrgott sie zu sich riefe. Würden Sie es bitte öffnen, Meister Vermeulen?«

Sie reichte das Dokument dem Notar und sah zu, wie er das Siegel erbrach. Er studierte lange die Schrift, wobei er von Zeit zu Zeit die rechte Augenbraue hob, als läse er überraschende Neuigkeiten. Georgine de Vens, geborene van Moentack, saß schweigend in ihrem Sessel und starrte wie abwesend in den Kamin. Es war sehr warm im Zimmer, das nicht nur durch das prasselnde Feuer, sondern auch durch den kupfernen Fußwärmer geheizt wurde, der vor dem Sessel der alten Dame stand.

»Das ist … interessant«, meinte der Notar schließlich und strich das Pergament glatt, indem er es auf dem Tisch neben dem anderen Schriftstück ausbreitete. »Es handelt sich ebenfalls um ein Testament der Verstorbenen. Aber wie Sie hier am Datum erkennen, ist das eben verlesene das jüngere und damit das geltende Vermächtnis.«

Walburga und Agnes beugten sich über die Schriftstücke. Beide waren in derselben gleichmäßigen Handschrift aufgesetzt. Agnes konnte den Text nicht lesen. Was sie aber sehr wohl erkennen konnte, war das Datum auf dem Dokument des Notars: 23. Decembris 1497 – ein Tag, der gerade zwei Monate zurücklag. Das Dokument aus dem Beginenhof hingegen war auf den 11. Augustus 1494 datiert. Während es von zwei Zeuginnen unterzeichnet war – Schwester Mechthild, der damaligen Magistra, und Schwester Nopicht –, trug das andere, jüngere Testament nur die Unterschrift von Seraphine.

»Darf ich fragen, wie dieses Schriftstück in Euren Besitz gekommen ist?«, sagte die Magistra höflich.

Der Notar räusperte sich, während er das Dokument wieder aufnahm und ordentlich zusammenfaltete. »Aber selbstverständlich. Es ist mir noch vor Ablauf des vergangenen Jahres durch einen Boten zur Verwahrung überbracht worden.«

Erst kurz vor der Komplet fand Agnes endlich Zeit, kurz bei ihrer kranken Freundin Nopicht vorbeizuschauen. Nopicht führte das Archiv des Beginenhofs. Sie konnte sehr gut lesen und schreiben, sowohl Flämisch als auch Latein und Französisch. Vor allem aber konnte sie rechnen: addieren, subtrahieren und sogar multiplizieren und dividieren. Keine ihrer Mitschwestern konnte ihr darin das Wasser reichen. Auch nicht die Magistra, nicht einmal Rektor Jeronimus. Darum führte Nopicht die Haushaltsbücher, die Listen mit den Einnahmen und Ausgaben, den Legaten, Almosen und Schenkungen. Ihr oblag es auch, sämtliche Rechnungen und Kostennoten des Klosters zu verwalten. Eigentlich hätte sie auch noch die Bibliothek betreuen sollen, in der sich viele alte, wertvolle Bücher und Abschriften befanden. Aber das überstieg sowohl ihre Zeit als auch ihre Kräfte. Denn auch für sie waren die Stundengebete verbindlich, außerdem musste sie sich noch um die Novizinnen kümmern, wenngleich für deren Unterweisung vor kurzem ein junger Dominikanermönch, Pater Linhart, abgeordnet worden war. Pater Jeronimus, Beichtvater der Schwester und gleichzeitig Rektor des Beginenhofs, hatte darauf bestanden, weil er selbst, der für das Seelenheil von derzeit fast einhundertfünfzig Frauen zuständig war, nicht noch mehr Pflichten übernehmen konnte. Pater Linhart sollte zunächst Nopicht beim Unterricht entlasten und schließlich nach und nach auch den Rektor bei seiner Arbeit unterstützen. Damit ihm mehr Zeit für seine Lieblingsbeschäftigung blieb, hatte Nopicht geargwöhnt – dem ausgiebigen Genuss von Bier und Wein. Natürlich hatte sie diesen Verdacht niemandem außer Agnes anvertraut, wusste es doch eh jede von ihnen, die eine Nase hatte zum Riechen und Augen zum Sehen. Im Beginenhof wussten wie in jeder engen Gemeinschaft immer alle alles. Außerdem war der Hof eine Brutstätte für falsche Verdächtigungen und Intrigen, kurz, man musste sehr aufpassen mit allem, was man sagte. Eh man sich's versah, schufen sonst bloße Worte Tatsachen und niemand wusste am Ende mehr, wer sie in die Welt gesetzt hatte und was die Wahrheit und was reine Phantasie war.

Nopicht hatte mit einer schweren Lungenentzündung drei Wochen im Infirmarium gelegen, zusammen mit Fronika, der Prokuraterschen, die von einem schlimmen Geschwür genas. Vor ein paar Tagen war Nopicht nun wieder in ihr Haus umgesiedelt, aber sie war noch zu schwach, um zu allen Stundengebeten zu erscheinen. Nur die Messe am letzten Sonntag hatte sie besucht, gestützt von Agnes und Cecilia, ihrer nächsten Nachbarin.

»Setz dich«, lud sie Agnes ein, neben ihr am Bett Platz zu nehmen, »und erzähl. Die gute Seraphine. Ich habe sie ja nie gemocht, und man kann gewiss auch nicht behaupten, sie sei vor der Zeit von uns gegangen.« Nopicht bekreuzigte sich und küsste das Kreuz, das über ihrem Nachtkleid hing. Sie war nur wenig älter als Agnes, aber stets sehr dünn gewesen. Die Krankheit hatte sie zusätzlich ausgezehrt und ihre Haut fahl werden lassen, so dass sie mindestens zehn Jahre älter aussah als die Pförtnerin. Statt der Haube trug sie ein weißes Tuch um den Kopf gebunden, unter dem verschwitzte dunkle Haare, kurz wie Schweineborsten, hervorlugten. Früher einmal hatte sie wundervolle kastanienbraune Locken gehabt, Agnes erinnerte sich noch genau. Sie waren gleichzeitig bei den Beginen eingetreten und hatten sich gemeinsam die Haare scheren lassen müssen. Um ihr eigenes aschblondes Haar war es Agnes nicht besonders schade gewesen. Aber um die wunderbare Lockenpracht Nopichts! Mehr als zehn Jahre lang trugen sie nun schon die weiße Haube. Aber was machte es – Schönheit verging so oder so mit den Jahren und zurück blieb nur der Schmerz, den die Eitelkeit zeugte, ein schweres Laster vieler Frauen.

Agnes setzte sich auf den kleinen, mit Stroh bespannten Holzstuhl und beugte sich vor, denn was sie zu erzählen hatte, war so außerordentlich, dass sie es nur flüsternd zu berichten wagte. Sie schilderte, wie sie die Tote am Morgen gefunden und am Nachmittag die Magistra

in die Stadt zum Haus von Georgine de Vens begleitet
hatte. Wie sie durch den Kot an den niedrigen Hütten am
Minnewater entlang und dann durch die laute, lärmende
innere Stadt bis zum Dijver gelaufen waren. Sie beschrieb
das hochherrschaftliche Elternhaus der Moentacks in
allen Einzelheiten. Und sie beschrieb auch Seraphines
Schwester und den Notarius Vermeulen sowie alles, was
sich zwischen ihnen zugetragen hatte. Nur den Advokaten Dietz ließ sie aus, vorerst. Sie wusste selbst nicht
genau, warum.

Nopichts Augen, die immer noch fiebrig glänzten, fingen noch mehr zu leuchten an, als die große Stadt vor ihr
auferstand. Sie hatte in tiefer Überzeugung dem Leben in
der Welt entsagt – aber sie liebte sie dennoch mit ganzem
Herzen. Es war dort kein Platz gewesen für eine Frau wie
sie, die fließend lesen und schreiben konnte und Sprachen
mit derselben Leichtigkeit gelernt hatte, mit der andere
sich allenfalls einen Kinderreim einprägen konnten. Wer
hätte so eine heiraten wollen? Eine, die nicht nur klug,
sondern auch noch scharfzüngig war? Und übermütig, ja
hochmütig war sie gewesen … Heute dagegen war Nopicht verschlossen, unzugänglich und steif. Gefühllos sei
sie, sagte man ihr im Hof nach. Aber diese Gefühllosig-
keit war nur der Schutz für ein viel zu feines Gefühl, das
sich im Alltag und vor alltäglichen Menschen niemals
ungeschützt hätte zeigen können.

Als Agnes von Seraphines neuem Testament erzählte,
richtete sich die Kranke im Bett auf und rief empört:
»Das ist Betrug! Das kann nicht mit rechten Dingen zu-
gegangen sein! Fast dreißig Jahre lang hat Seraphine hier
gelebt, und sie hat weiß Gott nicht viel zur Gemeinschaft
beigesteuert. Keinen Heller hat sie herausgerückt, als wir

die Mauern erneuern mussten und alle ihre Beutel bis auf
den Grund geleert haben, obwohl bei ihr zu Hause das
Dach mit Fladen bedeckt ist. Eine Heuchlerin war sie, die
gute Seraphine – und nun auch noch das!«

»Pssst«, machte Agnes und schaute ängstlich zum
Fenster hin, dass sie nur niemand hörte.

»Ja, ich weiß, man soll nichts Schlechtes über die Toten
sagen«, fuhr Nopicht ungerührt fort. »Aber was zu viel ist,
ist zu viel. Vierzig Gulden sind für unseren Hof viel Geld,
für die de Vens ist es nur ein Katzenschiss.«

Agnes bekreuzigte sich und versuchte, die Freundin
zu beruhigen. Denn das Wichtigste hatte sie ja noch gar
nicht erzählt. Aber da begann schon die Glocke zu schlagen, die sie zur Komplet rief.

»Hör zu, Nopicht, ich muss dir noch etwas anderes
erzählen. Heute Morgen, kurz nachdem ich das Tor aufgesperrt habe, sah ich jemanden aus dem Hof hinauslau-
fen. Es war keine Schwester, denn die Gestalt trug weder
Haube noch Schleier.« Sie hielt kurz inne. »Ich glaube
fast, es ist ein Mann gewesen!«

»Ein Mann? Wie sollte das angehen? Sicher hast du
noch geträumt.«

»Es ging zwar alles ganz schnell … ich war dabei, mein
Frühstück zu bereiten. Aber ich bin mir ganz sicher, es
war ein junger Mann, der in großer Eile unseren Hof verließ.«

»Das hieße ja, dass er die Nacht in unseren Mauern verbracht hat, wie sollte das wohl möglich sein? Es hat noch
nie ein Mann hier im Hof übernachtet, und er dürfte es
auch nicht tun, und wenn es der Heiland persönlich wäre.
Was sollte er auch hier wollen?«

»Ich weiß es doch nicht …« Agnes stand auf und ging

zur Tür. Ein furchtbarer Gedanke war ihr im Laufe des Tages gekommen. Sie musste all ihren Mut zusammennehmen, um das Ungeheuerliche zu denken und auszusprechen. Denn wenn Gott der Herr die liebe Seraphine zu sich gerufen hatte, war es da rechtens, die Todesumstände in Zweifel zu ziehen und zu spekulieren, warum er ausgerechnet diese Art und Weise dazu ausgewählt hatte? Agnes war sich einfach nicht im Klaren, wie derlei Dinge sich verhielten und wie sie damit umzugehen hatte. Aber sie hatte nun mal gesehen, was sie gesehen hatte, und das musste geklärt werden. *Die stärkste Stimme in dir, das ist die Stimme des Herrn*, hatte sie gelernt, und deshalb fuhr sie fort: »Ich hatte den Eindruck, dass Seraphine so einen seltsam überraschten Ausdruck im Gesicht hatte. Vielleicht hat sie jemand ...«

»... nun?«, fragte Nopicht lauernd.

»... umgebracht«, beendete Agnes kaum hörbar den Satz. Nun war das schlimme Wort heraus.

»Ein unbekannter Mann, der morgens früh den Hof verlässt, der die ganze Nacht über ordnungsgemäß versperrt war ...«

»... und ein neues Testament, von dem niemand etwas wusste ...«, warf Agnes ein.

Die Glocke läutete langsamer und schwang leise aus. Agnes musste laufen und würde doch zu spät kommen.

Nopicht ließ ihren Blick an die Decke schweifen.

»Und du bist dir ganz sicher, dass das Tor die Nacht über ordnungsgemäß verschlossen war?«

»Ich schwöre es bei allem, was mir heilig ist«, sagte Agnes.

»Ich werde darüber nachdenken«, sagte Nopicht leise. »Aber jetzt geh endlich. Und berichte mir, wenn es Neuigkeiten gibt. Ich muss morgen früh die neuen Novizinnen begrüßen.«

Sie schloss die Augen, und als Agnes die Tür hinter sich zugezogen hatte, murmelte sie leise: »Was das wieder für Geschichten geben wird, ich ahne das Schlimmste. Wenn es den Leibhaftigen nicht geben würde, man müsste ihn erfinden, Herr vergib mir ...«

2

VOM GEHORSAM

*Der Magistra sind alle anderen Schwestern untergeordnet, in allen
Dingen, die nicht gegen Gott gerichtet sind, bescheiden und fromm.
So soll es sein.*

FERIA QUARTA, 21. FEBRUARIUS 1498

»Agnes hat den Leibhaftigen gesehen«, flüsterten
sich die Schwestern am nächsten Tag auf ihren
Wegen über den Hof zu. Die Wände hatten Ohren gehabt
und die Fenster waren Spiegel. »Den Leibhaftigen höchstpersönlich. Barhäuptig ist er zum Tor hinausgerannt, noch
vor Sonnenaufgang …« – »Ich habe gehört, es soll eine
Frau gewesen sein …« – »Ach was, papperlapapp, der
Satan war's, sie hat ja deutlich seinen Pferdefuß gesehen,
gehinkt hat er, wie es nur einer tut …« – »Und am Haupt,
da hat er Haare gehabt wie ein Bock, und Hörner sogar …« – »Der Leibhaftige höchstpersönlich …« – »Hier,
in unserem Hof …«

So flüsterten und wisperten sie, ehe sie vor dem Al-
tar des Herrn das Knie beugten und in ihre Chorstühle
schlüpften. Die kalten Hände fest gefaltet, murmelnd ins
Gebet vertieft, hoben sie nicht einmal die Köpfe, als der
Pfarrer erschien und die Andacht begann. Ihre weißen
Hauben verbargen die erregten Mienen.

Einzig Agnes schaute arglos in die Runde. Sie hatte
nicht den Leibhaftigen gesehen. Ein Fremder war es ge-

wesen, der an ihrem Fenster vorbeigehuscht war, das war gewiss. So hatte sie es auch der Magistra gemeldet. Es war ein ganz normales, irdisches Wesen gewesen.

Nach der Morgenmesse ließ sie sich ganz ans Ende der Reihe ihrer Mitschwestern fallen und blieb schließlich im Kirchenraum zurück, während die anderen in ihre Häuser und Refektorien eilten, um ihre Suppe zu essen. Sie entzündete ein Licht am Altar der heiligen Elisabeth, der Schutzpatronin der Gemeinde, und kniete vor dem Bildnis der ehemaligen thüringischen Gräfin und Franziskaner-Tertiarin nieder. »Ach, gute Elisabeth, wenn ich einmal eine Bitte anbringen könnte, es geht auch nicht um mich selbst«, fing sie an, aber die Worte wollten ihr nicht recht über die Lippen kommen. Sie brauchte eine Gesprächspartnerin, kein Gebet. Sie brauchte einfachen, gesunden Menschenverstand. Aus reiner Verlegenheit begann sie, einen Rosenkranz zu beten. Nachdem sie gerade mit den glorreichen Geheimnissen begonnen hatte und einmal kurz die Augen aufschlug, nahm sie plötzlich am Bildnis der Heiligen eine Bewegung wahr. Hatte die gute Schutzpatronin nicht gerade mit dem rechten Auge gezwinkert? Hatte sie sich etwa bewegt? Möglich wäre es … Agnes erhob sich und lugte hinter den Altaraufbau. Da blickte sie geradewegs in das Gesicht eines jungen Mannes, der sie mit angstvoll geweiteten Augen anstarrte.

»Jetzt habe ich mich aber erschreckt!«, rief Agnes und schlug das Kreuz. »Wer seid Ihr denn und was macht Ihr hier?«

Langsam gewöhnten sich ihre Augen an das schummrige Licht der Nische, in der der Altar aufgestellt war. Der Mann – eigentlich noch ein Junge, Agnes schätzte das Alter des schmächtigen Bürschchens auf höchstens fünfzehn Jahre – hielt Pinsel und Palette in den Händen. Neben ihm stand eine Leiter. Als Agnes ihren Blick über die Wand schweifen ließ, entfuhr ihr ein kleiner Überraschungsschrei. Die ganze Wandfläche unterhalb des ersten Mauervorsprungs, über dem die Fenster der Kapelle angeordnet waren, war bedeckt mit wohlbekannten Gesichtern: Da war die gute Juliane, der Haushaltsvorstand, unverwechselbar wegen der Hakennase und dem tiefen Grübchen am Kinn. Neben ihr Cecilia, die mit verträumten Augen aus ihrem immer schmaler werdenden Gesichtchen schaute. Walburga, die Magistra, gut getroffen mit ihrem milden Blick, der jedoch nur unvollkommen die herrische Schärfe verbarg, die sie zuweilen zeigen konnte. Fronika – Agnes schlug die Hand vor den Mund, um nicht laut aufzulachen. Fronika mit ihren Hängebacken und den roten Äderchen auf den Wangen, die sie als echtes Landmädchen von der Küste auswiesen. Und schließlich Nopicht, schlau wie ein Luchs guckend. Und daneben …

»Also, das bin ja ich!«, rief sie aus. »Na so was, das bin doch ich selbst, oder?«

Der junge Mann sah abwechselnd auf sein Wandgemälde und auf Agnes und nickte schließlich.

»Ja, und die Brid – so hübsch, genauso hübsch, wie sie ist, nicht wahr?«

Schwester Brid, die Schönste, aber Langsamste von ihnen allen – so langsam, dass sie fast gar keine Aufgaben für die Gemeinschaft erledigen konnte, sondern immer nur »keine Zeit, keine Zeit!« hatte. Und ganz am Schluss der obersten Reihe fand sich Ursula, die Gärtnerin. Rührend andächtig mit halb geschlossenen Augen ins Gebet vertieft. Alle, alle waren sie versammelt, und darunter war eine zweite Reihe schon begonnen, noch ohne Gesichter, nur die Umrisse der weißen Flügelhauben und dunklen Gewänder waren schon gezeichnet. Im Hintergrund war der Altarraum skizziert. Pater Jeronimus stand mit erhobenen Armen vor dem Altar. Neben ihm stand Pater Linhart und reichte ihm den Abendmahlskelch. Es war zu schön, einfach zu schön, um wahr zu sein.

Agnes wischte sich mit dem Zipfel ihres Ärmels Tränen der Freude, der Überraschung und der Rührung aus den Augen. Dann gewann sie langsam ihre Fassung zurück.

»Wer bist du, und wer hat dich mit diesem Bildnis beauftragt?«, fragte sie.

»Ich soll den Wasserschaden hier ausbessern. Die Wand grundieren.«

»Grundieren nennst du das?«

Der Junge wurde rot und rührte in seinen Farben herum. Ihm standen nur dunkelbraune Erdtöne, tiefes Schwarz und ein glänzendes Bleiweiß zur Verfügung. Dazu Rötel in verschiedenen Tönungen und ein helles Ocker. Mit diesen einfachen Farben hatte er das ganze Wunderwerk an die Wand gezaubert.

Wo es allerdings auf keinen Fall bleiben konnte.

»Du wirst das überstreichen müssen«, sagte Agnes streng, obwohl es ihr im gleichen Moment das Herz zerriss. Aber was sollte sie tun? Alle Schwestern zusammenrufen, damit sie das Wunderwerk betrachteten? Sie musste auf jeden Fall sofort die Magistra informieren.

»Hat es schon jemand anders außer mir gesehen?«

Der Junge zuckte mit den Achseln. »Ich habe ja erst gestern angefangen.«

»Gestern?«, fragte Agnes scharf und hatte plötzlich eine Eingebung. »Wann gestern?«

»Der Pfarrer hat mich gleich nach der Morgenmesse in

die Kirche gelassen. Das Tor war noch verschlossen. Aber um acht Uhr muss ich ja schon wieder in der Werkstatt sein. Nebenan, in der Spaliergasse.«

»Du bist also gestern Morgen aus der Kirche durch den Hof gelaufen und hast ihn durch das Tor wieder verlassen?«

Der Junge nickte.

Agnes schickte ein schnelles Gebet zur heiligen Elisabeth und dankte ihr, dass sie das Rätsel um den schwarzen Rock, der an ihrem Fenster vorbeigehuscht war, so schnell gelöst hatte.

»Hast du denn heute schon etwas zu essen bekommen, Junge? Wie heißt du überhaupt?«

»Clemens.«

»Du hast doch sicher Hunger?«

Wieder ein Nicken.

»Dann komm mal mit. Bei einem Kanten Brot und einer heißen Brühe werden wir schon eine Lösung finden.«

Der Junge legte seine Farbpalette am Boden ab und stellte die Pinsel in einen Wassereimer. Dann schob er die Trittleiter zusammen und verstaute alles hinter dem Elisabeth-Altar. Agnes ging zurück in den Kirchenraum und prüfte, ob man das Bild von dort aus wirklich nicht sehen konnte. Nein, es war komplett verdeckt durch das Altar-Bild und den Pfeiler. Also konnte es ruhig noch einen Tag dort bleiben. Zumindest Nopicht würde sie davon erzählen. Es war einfach zu wunderbar, sich selbst als Bild ansehen zu können! Außer in der Reie draußen unter der Brücke hatte sie noch niemals irgendwo ihr Ebenbild gesehen.

Dann schob sie den Jungen, der nur einen dünnen

Kittel über dem Hemd trug, vor sich aus der Kirche und geleitete ihn in ihr Häuschen.

Christoph de Vens erbrach das kleine Siegel seiner Mutter und faltete die Nachricht, die der Hausknecht ihm gerade an den Tisch gebracht hatte, geschwind auseinander. Seine Frau Margarethe, das schönste Mädchen von Antwerpen, wie er sie damals, als er um sie freite, immer genannt hatte, saß ihm im Morgenkleid gegenüber. Sie war noch immer seine Schönste, wenn er auch inzwischen ein paar unschöne Seiten an ihr entdeckt hatte: Sie war anspruchsvoll und zänkisch, fordernd und schnell beleidigt. Aber wer war schon ohne Fehler? Sie hatte das strohblonde Haar an diesem Morgen flüchtig hochgesteckt und noch vom guten Schlaf blanke Augen. Sie schob ihren Teller mit dem Rest der Zuckerwaffel, die er extra für sie aus dem tiefsten Süden Italiens kommen ließ, beiseite, stützte ihr Kinn auf beide Fäuste und blickte ihn neugierig an. In den Diamanten des goldenen Rings, den er ihr zur Hochzeit geschenkt hatte, blitzte die Morgensonne.

»Ach«, sagte der Reeder und strich das Papier auf der Tischplatte glatt. »Die gute alte Seraphine ist tot.«

»Deine Tante?«, fragte Margarethe.

Christoph nickte.

»Das tut mir leid.«

»Vorgestern Nacht ist sie eingeschlafen, schreibt Mutter. In ihrem Bett im Beginenhof.«

»Sie war schon sehr alt und hatte ihr Leben gelebt.« Margarethe erhob sich und ging um den Tisch herum zu ihrem Mann. Sie legte die Arme um seinen Kopf und liebkoste seine Schläfen. Christoph war etwas kleiner als sie, jedoch keineswegs schwächlich. Er war ein zierlicher, gewandter Mann, mit einem scharfen Blick und dichtem, dunklem Haar, das er kurz geschnitten und meist unter seinem großen Hut verborgen trug. Er sprühte stets vor Energie, aber Margarethe hatte schon erfahren, dass ihm diese Energie nur nach reichlich viel Schlaf zur Verfügung stand. Kaum hatten sie das Nachtessen verzehrt, so wurde er müde, und waren sie allein, legte er sich sogleich ins Bett und schlief umgehend ein. Am Morgen war er vor halb acht Uhr nicht wach zu bekommen. Die Hähne krähten, auf der Straße rumpelten die Fuhrwerke vorbei, im Haus fingen die Bediensteten an zu lärmen – der Hausherr aber schlief tief und fest. Margarethe hatte den Speiseplan geändert und das abendliche Bier durch teuren Rheinwein ersetzt, doch das hatte keine Veränderung gebracht. Ihr Mann verschlief sein halbes Leben. Die andere, wache Hälfte jedoch verstand er vortrefflich zu nutzen, und so kam er wider alle Erwartungen voran in seinem Beruf. Das war schließlich das Wichtigste.

»Wenn man dieses keusche Beginendasein denn ein Leben nennen kann«, flüsterte sie leise an seinem Ohr.

»Ich muss sofort zu Mutter gehen und ihr beistehen. Es wird viel zu regeln sein.«

Margarethe ließ ihn los und trat einen Schritt zurück. »Vermutlich hat sie all ihr Hab und Gut den frommen Schwestern vermacht.«

Christoph faltete die Nachricht seiner Mutter zusammen und steckte sie in seinen Rock. Er leerte sein Bierglas in einem Zug und sprang auf.

»Sei so gut und ruf mir den Kutscher. Ich will gleich losfahren.«

»Einen Moment noch«, sagte Margarethe und stellte sich ihm in den Weg. »Du hast gesagt, unser erstes Kind soll in Antwerpen geboren werden.«

»Und dazu stehe ich auch.«

»Dann musst du dich beeilen. Denn in ein paar Monaten wird es so weit sein.«

Christoph starrte seine Frau an. Dann fiel er ihr um den Hals. »Ist das wirklich wahr?«

»Aber ja doch.«

»Du bist guter Hoffnung?«

»Es ist gewisslich wahr.«

»Du weißt nicht, wie glücklich du mich damit machst!«

Christoph nahm seine Frau in die Arme und wirbelte sie einmal im Kreis herum, bis sie sich lachend von ihm befreite. Er fing sie wieder ein, aber sie machte sich entschieden los.

»Also wirst du dein Versprechen halten und wir ziehen bald heim nach Antwerpen!«

»So ist es!«, rief Christoph fröhlich und fiel vor ihr auf die Knie. »Ich schwöre es beim Leben meines ungeborenen Kindes.«

Margarethe küsste ihn und lief aus dem Zimmer. Christoph ging noch eine Weile aufgeregt umher und blieb schließlich am Fenster stehen. Er sah auf die schmale Gasse und den schmucklosen Giebel des gegenüberliegenden Handwerkerhauses. In Brügge war für ihn schon lange kein Geld mehr zu verdienen. Die Geschäfte gingen schlecht und immer schlechter, er wagte es sich selbst kaum noch einzugestehen. Er wusste, dass er über kurz oder lang nach Antwerpen gehen musste, wenn er weiterkommen wollte. Seitdem die Hanse einen Teil ihrer Oldermänner abgezogen hatte, fuhren die Hanseschiffe immer häufiger Antwerpen statt Brügge an, und seine Geschäfte, die immer stark auf die Hanse ausgerichtet gewesen waren, stagnierten. Nur seiner Mutter zuliebe hatte er den Plan, fortzugehen, immer wieder aufgeschoben. Er würde sie überreden müssen, ihr Elternhaus zu verkaufen und mit ihnen nach Antwerpen zu ziehen. Nun, da Seraphine nicht mehr lebte, würde sie hier nichts mehr halten. Mit dem Erlös aus dem Verkauf des Hauses hätte er endlich das nötige Kapital, um seine Geschäftsideen umzusetzen. Hätte ihn endlich eine Bruderschaft aufgenommen, zum Beispiel die der Tuchmacher, die sehr angesehen war, hätte er vielleicht noch die Möglichkeit gesehen, in seiner Heimatstadt geschäftlich überleben zu können. Als Mitbruder gehörte man zur Elite der Stadt und verfügte über alle nötigen Verbindungen, um erfolgreich zu sein. Aber bislang hatte noch keine der in Frage kommenden Bruderschaften über seine Aufnahme entschieden. Sein Vater, der stets der Meinung gewesen war, man könne als Seemann auch ohne Seilschaften an Land auskommen, hatte nichts getan, um ihm den Weg zu ebnen, und ihn allein, ohne den Schutz von Familientraditionen, in eine fremde, abweisende Geschäftswelt entlassen. Bei seiner Geisteshaltung hätte ihn im Übrigen ohnehin keine Bruderschaft jemals aufgenommen. Er war nicht nur kein sonderlich frommer Mensch gewesen, sondern ruchloser als ein wilder Heide – ein echter Seemann, dem nur das Gesetz des Stärkeren galt. Wer ihn auf die rechte Wange geschlagen hatte, den hatte er zweimal so hart auf die linke geschlagen. Genau wie Christophs Bruder, den das Meer schon in jungen Jahren verschlungen hatte. Christoph hatte deshalb nicht zur See fahren wollen und dürfen. Außerdem war er durch seine zarte Statur für den schweren

Beruf nicht geeignet gewesen. Seine Mutter hatte über ihn gewacht wie über ihren Augapfel. Sie hatte vier Kinder geboren und drei verloren. Diesen einen Sohn wollte sie nicht auch vor der Zeit hergeben müssen. Darum hatte sie sich dafür eingesetzt, dass er die Lateinschule besuchte und schließlich bei einem Kaufmann in die Lehre ging. Solange Vater noch lebte, ergänzten sich ihre Geschäfte, wenn sie auch in ihrem Geschäftsgebaren höchst unterschiedlich waren, was immer wieder zu Auseinandersetzungen führte. Als dann sein Vater gestorben war, hatte Christoph zunächst aufgeatmet: Endlich konnte er so handeln und wirtschaften, wie es ihm gemäß war. Erst ging es gut, aber zunehmend wurde es schwieriger. Und das war nicht seine Schuld. Schuld war der allgemeine Niedergang der Geschäfte in Brügge und sein fehlendes finanzielles Polster. Es war ein Ritt auf sehr dünnem Eis, den er zurzeit vollbrachte. Weder Mutter noch Tante hatten ihn je unterstützt. Sie hatten immer nur Forderungen an ihn gestellt: Sei fromm, bleib hier, heirate eine brave Brügger Bürgerstochter und nicht diese fremde Antwerpenerin, spende Geld für die Kirche. Geld, das er nicht hatte. Immer sollte er leisten, niemals bekam er von irgendjemandem Hilfe. Dabei hatte Tante Seraphine viele Grundstücke und noch viel mehr Geld. Sie hätte ihm leicht zu einem erfolgreicheren Leben verhelfen können. Aber sie hatte immer nur an ihr Seelenheil gedacht.

Die Stirn gegen das kalte Fensterglas gelehnt, schwor er, dass er sich seinem Sohn gegenüber, der nun zu ihm unterwegs war, anders verhalten würde. Er sollte es einmal leichter haben als er.

Die Tür sprang auf und Margarethe trat, vom Kutscher und von einem Boten gefolgt, in die Stube.

»Christoph, mein Mann, so hör doch, was geschehen ist!«, rief sie und zog Christoph vom Fenster weg in die Mitte des Raums.

Der Bote nahm seine Kappe ab und verbeugte sich tief.

»Wer schickt Euch?«, wollte Christoph wissen. »Und was bringt Ihr für Neuigkeiten?«

»Ich soll Euch sagen, dass Ihr so bald wie möglich bei der Bruderschaft der Tuchmacher vorstellig werden sollt. Es geht um Eure Aufnahme.«

»Meine Aufnahme in die Bruderschaft?«, fragte Christoph aufgeregt.

»So ist es.« Der Bote verneigte sich.

Margarethe suchte eine Münze aus ihrem Beutel und schob den Boten aus dem Zimmer. Als sie zurückkam, glänzten Christophs Wangen wie polierte Weihnachtsäpfel. »Jetzt werde ich aufgenommen, Margarethe, stell dir vor!« Er fiel ihr um den Hals. »Weißt du was?«, flüsterte sie ihm ins Ohr, damit nur niemand hörte, was sie selbst noch kaum glauben konnte. »Dann werden wir uns bald malen lassen müssen!«

Ganz langsam beruhigten sich Marias angespannte Nerven. Sie wagte es, Stück für Stück den Blick zu heben und ihre neue Umgebung zu betrachten. Rechts von ihr saßen Duretta und Adelheid, Novizinnen wie sie selbst, und zitterten wie Espenlaub. Sie hatte sie schon gestern Abend in der Herberge gesehen und heute Morgen erneut beim Frühstück, ehe die Mutter Vorsteherin sie abgeholt und in den Beginenhof gebracht hatte. Wie das Mädchen links von ihr hieß, wusste sie noch nicht. Sie waren zwölf oder dreizehn Jahre alt. Maria war mit ihren vierzehn Jahren die Älteste. Wenn sie doch nur hierbleiben durfte, wenn man sie nur nicht wieder fortschickte! Sie wollte alles, alles richtig machen, unendlich gehorsam sein, bescheiden, vernünftig und so fromm, wie man nur irgend fromm sein konnte. Nur damit man sie nicht wieder zurück zu Gevatter van Aalen schickte. Alles, bloß das nicht.

Jetzt erhob sich der schöne junge Pater und sprach den Segen. Maria fiel auf die Knie, wie alle anderen im Raum. Der Pater erinnerte sie an Pater Salvador. Pater Salvador hatte sie gefirmt, und sie hatte ihn brennend verehrt. Nach der Firmung war er plötzlich verschwunden. Es hieß, er sei zurück nach Kastilien gegangen, woher er stammte. Der junge Pater hier war ihm wie aus dem Gesicht geschnitten. Er war nur wenig älter als jener, hatte nicht ganz so glänzend schwarze Haare und trug eine Tonsur. Er gehörte dem Orden der Dominikaner an, das sah sie an seiner weißen Tunika.

Nachdem er den Segen gesprochen hatte, erhoben sich die drei Beginen, die die Novizinnen in Empfang genommen hatten, von den Knien und traten zu den jungen Mädchen. Die Magistra, Mutter Walburga, legte ihre kühle Hand unter Marias Kinn und hob ihr Gesicht zu ihrem empor, so dass sie ihr in die Augen schauen konnte.

»Du bist hier die Älteste, mein Kind. Du wirst die Verantwortung für deine jüngeren Schwestern tragen. Ihr wisst, was das höchste Gebot in unserer Gemeinschaft ist?«

Maria nickte, brachte aber kein Wort heraus.

»Gehorsam«, sagte die Magistra. »Das ist das höchste Gebot. Merkt euch das. Ihr werdet hier viel zu lernen haben. Dafür sind Pater Linhart und Schwester Nopicht da. Später wird Schwester Cecilia euch das Singen lehren, damit ihr im Chor zu Gottes Gefallen singen lernt nach unserer heiligen Liturgie. Gesang ist die höchste Form des Gebets, die der Herr uns geschenkt hat. Ansonsten werdet ihr von Sonnenaufgang bis Sonnenuntergang arbeiten. Wir verdienen unser Brot mit unserer Hände Arbeit. Die Einteilung zur Arbeit wird Schwester Fronika, unsere Prokuratersche, vornehmen. Auch ihr habt ihr bedingungslos zu gehorchen.«

Sie ließ Marias Kinn los. Marias Augen suchten nach einer vertrauensvollen Regung im Gesicht der Vorsteherin. Aber da lag nichts als Strenge in den kalten blauen Augen, und ihre Miene war undurchdringlich. Maria spürte die Blicke der anderen Schwestern auf sich und betrachtete sie verstohlen. Rechts Schwester Nopicht, deren Lider nervös zuckten, während ihre fiebrig glänzenden braunen Augen sie aufmerksam und interessiert zu mustern schienen. Auf der anderen Seite Schwester Fronika, die mit Abstand Älteste der drei. Ein einzelnes eisgraues Haar lugte unter ihrer Haube hervor, und ihre Haut war blass bis auf die roten Bäckchen, die über und über von kleinen Äderchen durchzogen waren. Ihr Blick war müde, aber ihre Miene freundlich. Maria sah sie an, aber Fronika wich ihrem Blick aus, so als wolle sie sie lieber nicht so genau ansehen. Vielleicht hatte sie schon zu viele junge Frauen kommen und gehen sehen.

Nach dieser Begrüßung zogen die Schwestern und der Pater sich zurück und zwei junge Hausschwestern kamen herein, um die Novizinnen in ihre Räume zu bringen. Der prächtige Kapitelsaal, in dem die Begrüßung stattgefunden hatte, wurde sorgfältig hinter ihnen verschlossen. Man ging ihnen voran durch eine schmiedeeiserne Tür, über der in großen Lettern etwas geschrieben stand –

»Clausura«, las eine der Hausschwestern auf Marias Frage hin laut vor – und die in das Innere des Konvents führte. Durch einen Kreuzgang, den man draußen vom Hof aus hinter der schlichten Fassade nicht vermutet hätte, gelangten die Mädchen in ein düsteres Refektorium, wo sie von nun an mit den Schwestern gemeinsam ihre Mahlzeiten einnehmen würden. Die Hausschwestern zeigten ihnen ihre Plätze ganz am Ende der hufeisenförmigen Tafel. Der Raum hatte keine Fenster, lediglich an einer Seite oben direkt unter der Decke einige schmale Lüftungsschlitze. Die Wände waren weiß gekalkt und bis auf das Kreuz an der Wand ohne Schmuck. In der Mitte des Hufeisens sitze die Mutter Vorsteherin, wurde ihnen erklärt, und daneben Schwester Fronika, ihre Stellvertreterin. Die Sitzordnung der Schwestern rechts und links sei gemäß Rang und Alter genau festgelegt.

Unter jedem Platz gab es am Tisch ein Fach, in dem die Schwestern ihre Messer und Holzlöffel aufbewahren konnten. Auf dem Tisch stand ein großes Salzfass und vor jedem Platz ein irdener Napf und ein Trinkbecher. Gegenüber der Tür war ein Stehpult aufgebaut.

»Hier wird zu jeder Mahlzeit etwas vorgelesen. Alle Schwestern, die lesen können, wechseln sich ab. Es ist nicht erlaubt, beim Essen zu sprechen.«

Die Hausschwestern, die nur als Bedienstete im Konvent lebten und weder an den Stundengebeten noch den übrigen Pflichten der Schwestern teilhatten, beobachteten neugierig die Wirkung ihrer Worte auf die Novizinnen. Aber die Mädchen, die müde waren von der Anspannung des Tages und hungrig von dem anstrengenden Vormittag, ließen sich nichts anmerken. Duretta, die Stämmigste der vier, starrte ausdruckslos auf die Tischrunde. Christina, klein und zierlich, lächelte unsicher, dann war sie wieder ernst. Maria betrachtete eher gedankenverloren den kahlen Raum, in dem sie von nun an essen und trinken und einen nicht geringen Teil ihrer knapp bemessenen arbeitsfreien Zeit zubringen würde. Kein Mensch konnte ihr ansehen, woher sie kam, und kein Mensch musste es erfahren. Sie wollte es einfach vergessen, alle Erinnerungen auslöschen und von nun an nur noch in der Gegenwart leben. Und ihr Glaube, der sich an der Ewigkeit orientierte und sich nicht mit den Geschehnissen einer weltlichen Vergangenheit aufhielt, mochten sie auch noch so hässlich gewesen sein, sollte ihr dabei helfen. Gerade so, wie die schöne Inschrift am Eingangstor des Hofs, die ihnen die Magistra vorgelesen hatte, gemahnte:

Alle, die ihr hier vorbeigeht, bleibt stehen und überlegt, ob ihr einen Schmerz mit meinem vergleichen könnt.

»Und jetzt zeige ich euch die Truhen, dort könnt ihr eure persönlichen Gegenstände unterbringen. Dort bleiben sie dann auch, verstanden? Was ihr in eurer Truhe habt, geht niemanden etwas an. Alles andere aber gehört hier allen gemeinsam.«

Eine schwere Eichentür wurde aufgesperrt, die vom Kreuzgang aus über eine Stiege ins Dachgeschoss führte. Die Novizinnen stapften die Holztreppe hinauf. Auf einem langen Gang standen in Reih und Glied flache, schwarze Holztruhen, eine hinter der anderen, jede mit einem eisernen Riegel versehen.

»Truhe Nummer sieben ist für Maria und Duretta, Truhe Nummer acht für Christina und Adelheid. Gegenüber geht es ins Dormitorium.« Eine niedrige Holztür führte in einen kahlen Bodenraum. Durch Ritzen zwischen den Dachziegeln schimmerte das helle Tageslicht und ersetzte die fehlenden Fenster. Mit Schaudern fragte sich Maria, ob wohl auch Regen und Kälte ungehemmt durch das Dach dringen würden. Eine Reihe Pritschen mit Strohsäcken, eine eng neben der anderen, standen unter der Dachschräge. Am Fußende lag jeweils eine grobe Wolldecke, säuberlich gefaltet.

Den Betten gegenüber stand ein kleiner Altar, auf dem das Ewige Licht brannte. Maria nahm es dankbar wahr und empfand Trost durch die kleine, flackernde Flamme. Dann zeichneten sich im Dämmerlicht die Umrisse eines Portativs neben dem Altar ab. Auch hier also würde am Abend gebetet und gesungen werden – dann würde es schon auszuhalten sein. Hauptsache, niemand von draußen konnte hereinkommen und auch der kalte Wind und Regen und Schnee würden ausgesperrt bleiben.

»Und jetzt wird nicht länger geträumt«, trompetete die Hausschwester und winkte die Mädchen wieder auf den Gang. »Das Dormitorium darf bei schwerster Strafe tagsüber nicht betreten werden. Wer krank ist, meldet sich am Morgen im Infirmarium, im Bett bleiben gibt es nicht! Auch an den Truhen hat niemand etwas zu suchen. Und nun kommt mit, ihr müsst noch eingekleidet werden. Und dann ist es höchste Zeit für die Sext, die Glocke schlägt schon drei Viertel, also flink, flink!«

⁓

Christoph de Vens traf seine Mutter in der Küche ihres Hauses am Dijver an, wo sie Anweisungen für das Abendessen gab, zu dem erste Gäste für die Trauerfeier ihrer Schwester am nächsten Tag erwartet wurden.

»Über die Beilagen sprechen wir später«, sagte sie

zu ihrer Köchin, die mit einem Arm bis zum Ellbogen
in dem Kapaun steckte, den sie gerade ausnahm. Seine
Federn flogen überall auf dem Boden herum. In Töpfen
und Tiegeln brutzelte und dampfte es: Eine fette Brühe
mit Grießklößen blubberte träge auf dem Feuer, Maronen
brieten mit Speck und Zwiebeln in der gusseisernen Pfanne, um zusammen mit gut zwei Pfund Backpflaumen die
kräftige Füllung für den Kapaun abzugeben. Ein schwerer
Brotteig ging in der größten irdenen Kumme über dem
Herd, und im Backofen entwickelte ein Butterkuchen mit
viel Zimt und Rosinen himmlische Düfte. Gerade trugen
zwei Küchenmädchen einen Krug mit frischem Bier an
seinen beiden Henkeln aus der nachbarlichen Brauerei
herein. Das kalbsgesichtige Nachbarskind, das die Zunge
nicht im Mund behalten konnte, half beim Reinigen des
lange nicht benutzten Tafelsilbers und grinste Christoph
mit seinen Schielaugen fröhlich an.

»Mein Sohn«, rief Georgine de Vens mit bebender
Stimme, als sie den Besucher erblickte. Sie reichte ihm
die Hand, und er küsste ihren Siegelring. Dann nahm sie
seinen dargebotenen Arm und ließ sich von ihm aus der
Küche führen.

»Zum Glück sind wir noch vor Fastnacht. Was hätten
wir wohl all den Gästen auftischen sollen, wenn die gute
Seraphine eine Woche später gestorben wäre? Billiger
wäre es ja geworden ...«

»Sag das nicht, Mutter. Auch Fastenspeisen sind heute
teuer: Milch, Eier, Gemüse – und erst die Fische. Unter
einer Krebssuppe und geräucherten Aalen wärst du nicht
davongekommen. Denk doch nur an Hochwürden Albrecht und an die Magistra und wer noch alles kommen
wird von dem Pfaffenpack.«

»Und wie genau sie alles beäugen werden ... wehe uns, wir hätten eine Fastenregel gebrochen! Ach ja, das hat sie schon recht gut gemacht, die liebe Seraphine. Kind, wenn du wüsstest, wie elend ich bin.«

Christoph führte seine Mutter zu ihrem Lehnstuhl neben dem Kamin, in dem ein kleines Feuer mit viel Glut eine gleichmäßige, trockene Hitze ausstrahlte. Er half ihr, Füße und Beine in die Decken zu wickeln, und steckte ihr liebevoll die Kissen im Rücken zurecht. Sie griff nach seiner Hand, bis er schließlich einen Schemel neben ihren Stuhl rückte und sich darauf niederließ.

»Mein lieber Sohn, und nun die beste Nachricht zuerst. Seraphine hat sich doch noch eines Besseren besonnen und ihr Testament geändert. Du glaubst ja nicht, wie erleichtert ich war, dies zu hören.«

Da Christoph schwieg, fuhr sie fort: »Gestern Nachmittag erschienen Notarius Vermeulen mit seinem Advokaten sowie Magistra Walburga mit einer Schwester aus dem Beginenhof bei mir. Vermeulen verlas das Testament – eine neue Fassung, die erst Weihnachten vergangenen Jahres abgefasst worden ist. Stell dir vor! Meine liebe Schwester muss wohl gespürt haben, dass der Herrgott sie bald zu sich rufen würde. Und weil Blut doch dicker ist als Wasser ... bist du nun als alleiniger Erbe genannt, wie es auch das einzig Vernünftige und Gerechte ist.«

»Soso«, sagte Christoph gelassen.

»Von ein paar Dukaten abgesehen, die sie den frommen Schwestern und der Kirche vermacht hat.«

Christoph stand auf und begann, im Zimmer auf und ab zu wandern. »Und was sagen die Beginen dazu?«

»Die Magistra war natürlich empört und wedelte mit einem alten Pergament herum, in dem Seraphine all unser Familien-Hab-und-Gut der Kirche vermachen wollte. Man stelle sich nur vor – ich hätte mein Haus verlassen müssen!«

»Nun, das wohl nicht ...«

»Du hättest es erlebt! Ich hätte dieses – mein – Elternhaus verlassen müssen, dafür hätten sie schon gesorgt. Oder meinst du, ich hätte ihnen Seraphines Hälfte abkaufen sollen? Ich hätte es gar nicht gekonnt, mein Junge. Nein, nein, es ist schon ein Glück, dass die alte Betschwester sich am Ende noch besonnen hat. Nun gehört uns beiden dieses Haus, dir und mir. Und dir gehören außerdem noch ein paar Grundstücke, und ich weiß nicht, was noch alles, das kommt dir doch sicher gelegen, nicht wahr, mein Sohn?« Sie hob lauernd die Stimme. »So könnt ihr später hinziehen, wohin ihr wollt, wenn ich nicht mehr da bin. Um Geld jedenfalls braucht ihr euch nun keine Sorgen mehr zu machen. Freust du dich denn gar nicht?«

Christoph marschierte auf und ab, die Hände tief in den Taschen seines Rocks vergraben. In seinem Kopf ging alles durcheinander: Die freudige Nachricht von Margarethe, die Ankunft des Boten am Morgen, sein voreiliges Versprechen, nach Antwerpen zu gehen – war dies der geeignete Moment, seiner Mutter seine Pläne darzulegen? Sie hatte gerade ihre Schwester verloren und war nervös und elend wegen der vielen Arbeit, die so ein Leichenschmaus für die Angehörigen bedeutete. Außerdem war Seraphine ihre letzte lebende Verwandte gewesen. Ehe er zu einem Entschluss kam, war die gute Gelegenheit schon wieder vergangen.

»Ich bin so froh, Christoph, dass ich dich an meiner Seite habe«, fuhr Georgine mit warmer Stimme fort. »Wenn man im Alter nur noch den einen, einzigen Sohn hat, so ist man doch unglücklich und glücklich zugleich. Abhängig zu sein war nie meine Stärke. Aber ich kann es nicht leugnen: Du bist meine einzige Stütze. Du darfst mich nicht verlassen.«

»Ich verlasse dich nicht«, beteuerte Christoph und blieb neben ihr stehen.

»Komm her, mein Sohn.« Georgine zog ihn zu sich herab und nahm sein Gesicht in ihre Hände, was unangenehme Kindheitserinnerungen in ihm weckte. Hatte sie ihn nicht manchmal mit diesen Händen, die heute ein wenig zitterten, ganz unvermittelt geschlagen? Ihn in die Wangen gezwickt und gekniffen? Sie hatte ihn gern ausgelacht und dann wieder besitzergreifend an sich gedrückt. Er hatte sie oft ebenso tief gehasst wie geliebt. Heute empfand er ihr gegenüber nicht mehr als Pflichtgefühl und manchmal eine dumpfe Schuld.

»Ich habe doch immer alles nur für dich getan, mein Kind. Allein für dich. Glaubst du mir?«, fuhr die alte Frau fort.

Christoph dachte an das Kind, das in Margarethes Leib wuchs, sein Kind, sein Sohn. Sollte es eines Tages dasselbe empfinden wie er? Mussten alle Kinder dies erleiden? Würde Margarethe auch so mit ihm umgehen – hier oder in Antwerpen oder irgendwo anders auf der Welt? Christoph wollte seiner Mutter sagen, dass er Vater werden würde, dass sie bald endlich Großmutter sein würde, aber die Worte kamen ihm nicht über die Lippen. Denn sie waren verbunden mit seinem Versprechen, nach Antwerpen zu ziehen. Bald, noch vor der Geburt. Ihm war plötzlich klar, dass seine Mutter niemals mit ihnen gehen würde. Sie würde überhaupt niemals irgendetwas tun, was er wünschte.

Genauso wenig wie Margarethe ihm freiwillig gehorchte – eine von den beiden Frauen würde immer unzufrieden mit ihm sein und gegen ihn gestimmt. Seine Mutter, seine Frau, beide gleichzeitig …

Georgine fasste Christoph an den Schultern und sah ihm in die Augen. Ihre Finger gruben sich tief zwischen seine Knochen.

»Ich habe für Seraphine das neue Testament aufgesetzt und sie gezwungen, es zu unterzeichnen«, flüsterte sie mit eindringlicher Stimme. »Sie hat sich lange geweigert, aber letztes Jahr zu Weihnachten habe ich sie endlich so weit bringen können. Ich habe ihr gedroht, den frommen Schwestern einige Dinge aus ihrem Leben zu erzählen, die ihr nicht gut zu Gesicht gestanden hätten. So hat sie endlich nachgegeben, die Heuchlerische. Ich erzähle es dir, damit du weißt, dass du dich auf einen Menschen im Leben immer verlassen kannst: auf deine Mutter.«

Christoph sah auf. Zwei Tränen glitzerten wie Perlen in den getrübten Augen seiner Mutter. Sie war alt und wirkte schwach, aber sie war stark, stärker als sie alle zusammen. Mit einem Mal überkam ihn eine tiefe Verzweiflung. Sie würde ewig leben und über ihn bestimmen.

Wie von selbst schnellte sein Arm durch die Luft. Seine flache Hand traf die Mutter so heftig am Kinn, dass ihr Kopf zur Seite flog und an der Lehne ihres Stuhls vorbei gegen das eiserne Kamingitter prallte. Georgine riss kurz die Augen auf, ein Seufzer kam über ihre Lippen, dann fiel ihr Kinn herab.

Sie war tot.

3

ÜBER DIE NOVIZINNEN

Die Magistra bestimmt eine Schwester, die die Novizinnen unterweist. Novizinnen sind jene, die noch nicht ihre Konversion gemacht haben. Sie lässt sie nicht zu viel herumlaufen und nicht mit jedem sprechen, ohne dass die Magistra dabei wäre, außer mit Schwestern, die sie unterweisen, oder mit dem Beichtvater. Sie führt sie in alle guten Sitten und Bräuche der Beginen ein. Diese Unterweisung dauert ein Jahr oder ein halbes Jahr oder so lange, wie die Magistra für nötig hält.
Jede Novizin soll mindestens ihr Glaubensbekenntnis lernen, das Ave-Maria, Confiteor, Miserere mei Deus, ihr Benedictum und ihre Gnaden; die Magistra sucht eine Schwester aus, die sie diese Gebete lehrt.

FERIA QUINTA, 22. FEBRUARIUS 1498

Maria konnte sich nicht sattsehen am schönen Gesicht Pater Linharts, obwohl die Magistra ihnen gerade eingeschärft hatte, dass es unschicklich sei, dem Pater – wie allen Priestern und fortan überhaupt allen Männern, denen sie begegneten – ins Angesicht zu sehen. Sie hätten vielmehr den Kopf immer züchtig gesenkt zu halten. Aber Maria musste ihn einfach ansehen, seine eleganten Bewegungen, seinen schlanken Körper, der sich unter dem weißen Tuch seiner Tunika deutlich abzeichnete. Seine Augen brannten, wenn er aufsah, während er ihnen mit leiser, aber eindringlicher Stimme vorlas. So schaute nur jemand, für den der Glaube eine echte Herzenssache war, eine Rettung aus höchster Not, eine Insel inmitten eines sturmumbrausten Meeres, eine Berufung, eine Antwort auf alle Fragen.

Mutter Walburga hatte ihnen am Morgen von der heiligen Elisabeth erzählt, der Schutzpatronin des Beginenhofs. Sie sollte den Novizinnen ein Vorbild sein. Die Tochter eines ungarischen Königs war schon als ganz kleines Kind nach Thüringen geschickt und dort verheiratet worden, wo ihr vielfaches Unrecht geschah. Aber sie hatte sich nicht entmutigen lassen, sondern ihr Leben, fest verankert in tiefer Frömmigkeit, den Armen und Kranken gewidmet. Als sie einmal in einem verdeckten Korb Brot an die Armen verteilen wollte, was ihr Mann ihr verboten hatte, war ihr das Rosenwunder zuteilgeworden: Als ihr Mann sie bei ihrem Tun überraschte und den Korb an ihrem Arm aufdeckte, lagen darin statt der verbotenen Brote lauter Rosen.

Maria wünschte, dass auch ihr einmal ein Wunder geschähe, als Ermutigung und Bestätigung für ihren Glauben. Was hätte sie nicht alles darum gegeben, ein solches Zeichen zu erhalten. Sie musste fleißig beten und fest sein im Glauben, dann würde es vielleicht eines Tages geschehen.

Nach der Magistra hatte Schwester Nopicht den Unterricht übernommen, der insbesondere die Einweisung in die Beginenregel zum Gegenstand hatte. Die Regel war sehr, sehr lang und umfasste viele Kapitel, die das gesamte Leben im Beginenhof ordneten. Jede Schwester musste die Regel auswendig kennen. Damit man sie nicht vergaß, wurde jeden Abend im Dormitorium vor dem Einschlafen ein Stückchen daraus vorgelesen. Am Abend zuvor hatten sie bereits ein Kapitel gehört: *Vom Gehorsam.*

Bevor sie mit dem eigentlichen Unterricht begann,

prüfte Nopicht streng und kühl die Kenntnisse ihrer neuen Schülerinnen im Schreiben und Rechnen – es waren so gut wie keine Vorkenntnisse vorhanden. Adelheid konnte die Zahlen von eins bis fünfzig hersagen. Auch Maria konnte etwas zählen und wusste außerdem einige Buchstaben zu schreiben. Die Köchin des Haushalts, in dem sie aufgewachsen war, hatte sie ihr beigebracht, damit sie Hirse und Hafer, Salz und Grieß in den großen Säcken und Fässern im Keller unterscheiden konnte. Lesen jedoch konnte man das nicht nennen. Duretta kannte weder Zahlen noch Buchstaben, und Christina hatte nur geweint, als man sie nach ihren Kenntnissen fragte. Jetzt schlief sie mit offenem Mund, den Kopf auf den Armen abgelegt. Das Aufstehen so frühmorgens war sie nicht gewohnt. Während der Morgenandacht hatte sie unglücklich und hilflos ausgesehen und statt zu singen nur mit ängstlich zusammengekniffenen Lippen auf den Boden gestarrt.

Nopicht begann, ihren Schülerinnen das ganze Alphabet an die Tafel zu schreiben, alle sechsundzwanzig Buchstaben. Maria hatte nicht gewusst, dass es so viele verschiedene Zeichen gab, und war überwältigt, sie alle nebeneinanderstehen zu sehen. Nun mussten sie lernen, die Buchstaben auseinanderzuhalten und sie auch zu schreiben. Dann würden sie üben, wie man daraus Worte und Sätze formte, erklärte Nopicht. Den einen großen Unterschied hatte Maria schon verstanden: dass es klingende Vokale gab und mitklingende Konsonanten. Die Konsonanten waren die Mauern, das Gerüst, Fundament und Dach für die Häuser der Worte, während die Vokale Türen und Fenster darstellen, durch die Licht und Leben, der schöne Klang einziehen konnte. Aus zwei runden Os und einem Buchstaben, der so aussah, als hätte man dem

O einen geraden Rücken eingezogen, dem D, machte Nopicht das Wort *DOOD*, »Tod«, und Maria hatte es auf ihrer Tischplatte mit dem Finger nachgemalt. Sie würde wirklich schreiben und lesen lernen, sie konnte es kaum glauben! Eifrig hatte sie sich bemüht, die Buchstaben fein säuberlich nachzuzeichnen, einen schöner als den anderen. Ein offenes O mit einem kleinen Einstieg an der Seite war das G, der Kehllaut »ch«, den Maria gerne mochte. Sie gab sich Mühe, ihn schön geschwungen zu zeichnen wie eine Schale. An der Seite gab es eine kleine Öffnung mit einem Deckelchen, wodurch eine Art Mund entstand. *GOD* war das zweite Wort, das Nopicht ihnen an die Tafel schrieb, und Maria konnte es auf Anhieb lesen. Die anderen Novizinnen sprachen es staunend nach. So also sah Gott aus ...

»Aber man darf sich doch kein Bildnis machen«, rief Maria aufgeregt, nicht daran denkend, dass es ihnen streng verboten war, ohne Aufforderung zu sprechen.

»Dies ist kein Bild, sondern ein Wort«, sagte Nopicht milde. »Es ist ein Symbol. Und beim nächsten Mal meldest du dich, ehe du sprichst, Maria.«

Maria schaute demütig auf ihre Tischplatte, auf der unsichtbar und doch für sie wie eingebrannt das Wort *GOD* stand.

Nachdem die Glocke die Terz geschlagen und Nopicht ein kurzes Gebet mit ihren Schülerinnen gesprochen hatte, war Pater Linhart in den Unterrichtsraum getreten, und Nopicht hatte sich neben ihre Novizinnen gesetzt. Mit missbilligend verzogener Miene hörte sie seinem Unterricht zu.

Er hatte ein Buch aus der Bibliothek mitgebracht, der Schatzkammer des Beginenhofs. Es war eine kostbar illuminierte und in Leder gebundene Bibel. Sie sei in Latein geschrieben, erklärte er, eine Sprache, die sie nicht richtig erlernen, aber doch zum Teil würden sprechen müssen. Er setzte sich auf eine Tischkante und fing an, mit seiner wohlklingenden Stimme in der fremden Sprache vorzulesen. Es klang wie ein Gesang.

Maria beobachtete das schmales Gesicht Schwester Nopichts, dessen lange, gebogene Nase an der Spitze etwas herabzuhängen schien. Ihre klugen grauen Augen huschten ständig von einem zum anderen und schienen blitzschnell alles bis in die tiefste Tiefe zu erfassen. Mit der Intuition des zu wenig geliebten Kindes bemühte Maria sich zu ergründen, was ihre Lehrerin wohl dachte und fühlte. Vorerst konnte sie sich nicht darüber klarwerden, ob sie Schwester Nopicht eher fürchten sollte oder ob sie sie schon jetzt aus tiefstem Herzen liebte. Hinter ihrer Schärfe und Unnachgiebigkeit meinte sie eine starke Verbundenheit zu spüren. Wenn diese Frau sich einmal jemandem zugewandt hatte, würde sie ihn sicher vor allem Elend der Welt beschützen. Aber wenn sie jemanden nicht mochte ... so war ihr Missfallen vermutlich durch nichts auf der Welt zu heilen.

»*Igitur perfecti sunt caeli et terra et omnis ornatus eorum ...*«, wiederholte Pater Linhart zum Schluss noch einmal den Anfang des zweiten Kapitels aus dem ersten Buch Genesis.

Ach, wenn sie diese wunderbare Sprache doch auch erlernen könnte, dachte Maria und nahm sich vor, ihren Wunsch fest in ihre täglichen Fürbitten aufzunehmen. Vielleicht würde er wahr werden und sie würde eines Tages die lateinische Liturgie singen dürfen statt nur die flämischen Andachtslieder.

Pater Linhart klappte die Bibel zu und deklamierte mit geschlossenen Augen: »*Beatus vir qui non abiit in consilio impiorum et in via peccatorum non stetit in cathedra derisorum non sedit.* Wohl dem, der nicht wandelt im Rat der Gottlosen noch tritt auf den Weg der Sünder noch sitzt, wo die Spötter sitzen«, übersetzte er und sah die Novizinnen der Reihe nach an. »Wer kann das weiter aufsagen?«

Maria erhob die Hand und deklamierte, nachdem der Pater ihr zugenickt hatte: »Sondern hat Lust am Gesetz des Herrn und sinnt über seinem Gesetz Tag und Nacht.«

»Richtig, meine Tochter. Und was ist das?«

»Der Psalm.«

»Der erste Psalm des Psalters David, sehr schön. Wer von euch kann noch einen Psalm auswendig – wie viele Psalmen gibt es überhaupt?«

Maria meldete sich wieder, aber auch Christina erhob ihre Hand. Der Pater nickte ihr zu.

»Einhundertfünfzig.«

»Sehr richtig«, sagte der Pater und lächelte.

»Und wie viel ist einhundertundfünfzig?«, fragte Nopicht mit strenger Stimme dazwischen.

Niemand wagte es, aufzublicken. Maria verstand die Frage nicht.

»Einhundert und noch einmal fünfzig dazu«, erklärte Nopicht. »Was habt ihr davon, wenn ihr wisst, wie viele Psalmen es gibt, und doch keine Ahnung habt, was diese Zahl bedeutet?«

› »Sie verstehen es mit dem Herzen, Schwester Nopicht«, sagte Pater Linhart sanft. »Der Verstand weiß viel und kann viel begreifen. Das Herz aber ist noch viel größer als der Verstand. Das Herz ist die direkte Verbindung zu Gott.«

»Papperlapapp«, murmelte Nopicht, aber so leise, dass der Pater es nicht hören konnte. »Die Mädchen sollten erst mal schreiben und rechnen lernen, ehe sie die Psalmen nachplappern. Sie verstehen doch sonst gar nicht, worum es geht.«

»Wir werden gleich morgen mit dem Auswendiglernen der Psalmen beginnen«, entgegnete Pater Linhart, und seine schönen, klaren Züge waren ein wenig erstarrt. Zwei senkrechte Falten waren neben seinem Mund aufgetaucht, und Maria schien es, als zeigte er plötzlich ein zweites Gesicht. Er, der so glühend vertieft in seinen Glauben und sanft wie ein Lamm zu sein schien, konnte also auch streng und böse werden. Eine Überraschung, die ihre Schwärmerei erst etwas abkühlte, dann aber nur noch mehr entfachte. Schwester Nopicht dagegen sah gar nicht kühl und kämpferisch aus, eher belustigt. Der Schalk blitzte ständig aus ihren Augen.

»Wir werden beide unser Bestes geben, Pater, nicht wahr? Und die uns Anvertrauten nach bestem Wissen und Glauben erziehen.«

Der Pater verneigte sich und stand auf. Seine Miene war nun wieder entspannt, der Blick abgewandt und nach innen gerichtet, als hätte er nur einen kurzen Ausflug in die Welt der wirklichen Gefühle unternommen, um sich gleich wieder zu verschanzen hinter der undurchdringlichen Wand, die Andacht und Kontemplation schufen. Ohne ein weiteres Wort, nur mit einer leichten Verbeugung, verließ er den Unterrichtsraum und überließ es Nopicht, die Schülerinnen hinauszuführen und hinter ihnen abzusperren.

Agnes ließ den Quast, von dem weiße Kalkfarbe herabtropfte, wieder sinken, ohne einen einzigen Streich damit getan zu haben. Sie brachte es einfach nicht fertig. Vorsichtig raffte sie ihre Röcke, stieg die Holzleiter hinab und ließ den Quast in den Blecheimer fallen. Ihre Freude, sich selbst und ihre Mitschwestern hier an der Wand versammelt zu sehen, war nicht nur Eitelkeit. Es lag eine so friedliche Ruhe in dem Bildnis, eine tröstliche Frömmigkeit, tiefer und wahrer, als sie in Wirklichkeit existierte. Man konnte sie nur selten spüren, wenn man mit den anderen im Chorgestühl zum Gebet versammelt war. Clemens aber hatte sie so gemalt, wie sie alle zu sein wünschten. Und das berührte sie tief und machte ihr Mut.

Sie trug den Farbeimer zurück in die Sakristei, wo sie ihn unter den Sachen des Malerjungen gefunden hatte, und verschloss ihn wieder mit einem breiten Brett, das sie mit einem Stein beschwerte. Alles sah aus wie zuvor. Dann lief sie zurück hinter den Elisabeth-Altar und starrte von dort aus zum Wandgemälde empor. Milde lächelten die Gesichter ihrer Lieben zu ihr herab, als wollten sie sagen: *Das hast du gut gemacht. Lass uns noch ein wenig zuschauen und bei euch sein.*

Für die Beerdigung von Seraphine musste das Bild natürlich verschwinden. Aber es musste doch noch andere Mittel und Wege geben, das Bildnis zu verbergen, ohne es gleich zu zerstören …

Da kam ihr endlich die rettende Idee. Mit fliegendem Schleier eilte sie über den Hof und durch die Gänge bis zur Wäschekammer, wo Juliane und Elisabeth noch bei der Arbeit waren. Während Juliane, kurzsichtig, wie sie war, die Nase tief im Linnen verborgen, Kragen ausbesserte und zerrissene Träger flickte, stand Elisabeth an der großen Wäschemangel und legte mit zwei Hilfsschwestern frisch gebleichte und gemangelte Laken zusammen. Die beiden Schwestern sahen kaum auf, als Agnes sich an einem hohen Stapel mit weißen Tüchern zu schaffen machte und zwei Leinwände hervorzog, die groß genug waren, um das ganze Gemälde zu bedecken.

»Was tust du denn da?«, rief Elisabeth, ohne von der Mangel aufzusehen. »Du musst erst Brid fragen, ob du die Tücher nehmen darfst. Sie braucht sie alle für die Aufbahrung.«

»Der liebe Herrgott weiß, wo Brid steckt. Pater Jeronimus schickt mich um weißes Leinen«, log Agnes und schlug mit dem Zeigefinger unauffällig ein Kreuz, ohne die Wäsche aus der Hand zu legen. Notlügen waren erlaubt, das wusste jedes Kind.

»Der lässt die Welt nach seinem Daumen tanzen«, murrte Elisabeth. »Seit wann kümmert sich denn der Pfarrer um die Altarwäsche?«

Agnes türmte die Laken wieder ordentlich auf und verließ rasch die Kammer, ohne sich weiter um die Schwestern zu kümmern. Die umständliche Elisabeth musste ihre Nase immer in Dinge stecken, die sie gar nichts angingen. Und mit Schwester Brid würde sie schon fertig werden. Bei ihr hatte sie noch etwas gut. Brid war nämlich ein Leckermaul und ließ sich hin und wieder kandierte Früchte von ihrer Schwester bringen, die diese dann an der Pforte abgab, wo Agnes sie aufbewahrte, bis Brid sie bei günstiger Gelegenheit abholen kam. Brid würde sich wegen zwei fehlender Laken nicht weiter beunruhigen.

Schwieriger war es, die Laken aufzuhängen. Wie sollte sie an Werkzeug und Nägel kommen? Noch nie im Leben hatte Agnes einen Nagel in eine Wand geschlagen. Ob das überhaupt funktionierte? Sie brauchte dringend Unterstützung, und dabei näherte sich schon die Vesperzeit. Wenn sie ihr Werk vorher nicht beendet hätte, wäre das Wandgemälde sicher verloren. Die Gefahr, dass morgen in der vollen Kirche jemand etwas entdeckte, war einfach zu groß.

Auf halbem Weg zur Kirche drehte Agnes um und lief zu ihrem Häuschen. Sie warf die Laken in die Ecke und nahm das dunkle Wolltuch vom Haken. Strengstens war es ihnen verboten, den Beginenhof allein zu verlassen. Aber sie wollte ja nur schnell über die Brücke in die Spaliergasse. Dort, gleich neben der Brauerei, befand sich die Werkstatt, in der Clemens, der Malerjunge, tagsüber arbeitete.

Im Pfarrhaus hinter der Brücke stand die Tür offen. Sorel, die neue Magd des Pfarrers, die aus der Bischofsstadt Tournai stammte und nur Französisch sprach, nickte ihr freundlich zu und bekreuzigte sich. Sicher dachte sie, es wäre jemand gestorben, weil eine Begine so eilig an ihr vorbeihuschte. Die Leute hatten alle viel mehr Phantasie als Verstand.

Die Werkstatt des Handwerkers, für den Clemens Hilfsarbeiten ausführte, war verschlossen. Als Agnes ans Tor klopfte, trat nur die Hausfrau heraus und meinte, der Mann sei auf einer Baustelle in der Stadt. Vor dem Abend seien die Männer sicher nicht zurück.

Agnes fragte, ob Clemens auch dabei sei.

»Ja«, meinte die Hausfrau. »Der Junge ist gerade hier gewesen und hat das Essensgeschirr zurückgebracht. Nun ist er wieder fort.«

»So ein Pech«, sagte Agnes und hätte weinen mögen vor Ärger. »Könnt Ihr mir dann vielleicht einen Hammer und Nägel ausleihen? Ich bin gerade in Verlegenheit, und wenn der Meister heute niemanden mehr schicken kann …«

»Das will ich gerne tun«, meinte die Hausfrau und ließ Agnes in die Werkstatt eintreten. Rasch suchte sie die gewünschten Dinge heraus und gab sie Agnes in einem Leinenbeutel mit.

»Ich schicke den Clemens so bald wie möglich zu Euch, damit er die Sachen wieder abholt.«

»Gott sei mit Euch«, sagte Agnes und bedankte sich.

Als sie wieder auf der Straße stand und ihr schwarzes Tuch zusammenraffte, stand plötzlich der Advokat Dietz vor ihr. Er zog seinen Hut, und auf seinem Gesicht breitete sich ein freudiges Lächeln aus. Er verneigte sich tief.

»Schwester Agnes, nicht wahr? Ich grüße Euch. Welch eine Freude es ist, Euch zu sehen.«

»Gott segne Euch«, sagte Agnes und sah auf ihre Schuhe. Nicht mal ihre Leinenschuhe hatte sie angezogen in der Eile. Stattdessen lief sie mit den alten Trippen durch die Straßen. Was musste der Mann von ihr denken!

»Was führt Euch in die Spaliergasse, wenn es mir erlaubt ist zu fragen. Doch nicht etwa ein neuer Todesfall?«

»Aber nein«, beeilte sich Agnes zu sagen. »Ich bin nur auf der Suche nach einem jungen Burschen. Er soll mir helfen, eine Wand zu verhängen.«

»Wollt Ihr die neue Kirche verschönern?«

»Doch, ja, das würden wir gern. Die alte Kirche war so gemütlich und warm mit ihren Holzdecken. Die neue ist kahl und kalt. Drum haben wir Tücher ausgesucht, um sie abzuhängen.«

»Braucht Ihr vielleicht eine helfende Hand?«, fragte Dietz, setzte seine Mütze wieder aufs Haupt und bot

Agnes seinen Arm an. »Darf ich mich Euch anbieten? Es wäre mir eine Ehre.«

Agnes ignorierte den Arm, winkte jedoch, damit er ihr folgte. Mit kleinen Schritten lief sie vor ihm her, in der Hoffnung, dass ihre schweren Trippen nicht allzu sehr klapperten. Zurück im Hof, schlug die Glocke schon vier, eine halbe Stunde Zeit blieb noch, bis die ersten Schwestern zur Vesper einzogen.

An der Pforte entledigte sie sich rasch ihres Umhangs und lud Dietz die weißen Laken auf. In der Kirche war noch niemand. Selbst Brid, die immer eine Zeitlang vor der Andacht erschien, um die Kerzen anzuzünden, war nirgends zu sehen. Agnes führte den Advokaten hinter den Elisabeth-Altar und bat ihn, die Leiter hochzusteigen.

»Blitz und Donner, das sieht ja nach einem Wandgemälde aus!«, rief er überrascht, als er die Zeichnung entdeckte. »Wer hat denn das gezeichnet? Das seid ja Ihr, oder sehe ich nicht recht?«

»Pssst!«, machte Agnes. »Erregt Euch nicht. Hier, nehmt den Hammer, ich bitte Euch.«

Agnes reichte Hammer und Nägel aus dem Leinenbeutel heraus. Dietz steckte sich drei Nägel in den Mund und schlug den vierten gerade oberhalb der Zeichnung ein. Als alle Nägel eingeschlagen waren, hängten sie mit vereinten Kräften die Laken daran auf. Die Zeichnung war nun gänzlich bedeckt. Der Advokat kletterte die Leiter herunter und klopfte sich den Kalk vom Wams.

»Nun müsst Ihr mir aber verraten, wer der Maler dieses Wandbildes ist. Das ist ja eine vortreffliche Zeichnung«, wiederholte er und fuhr flüsternd fort, weil Agnes einen Finger auf die Lippen legte: »Doch nicht etwa Ihr selbst?«

»Pssst, ich kann es Euch nicht sagen. Es war plötzlich da.«

»Tatsächlich?« Seine Augen blitzten. »Ein Wunder?«

Agnes hob ungehalten die Schultern. »Vielleicht.«

»Ein Zeichen«, rief der Advokat, und seine Stimme schwankte zwischen Bewunderung und Spott.

»Wer weiß ...«

»Ich liebe Geheimnisse und kann sie gut bewahren.«

»Dann beweist es, indem Ihr über die Sache schweigt wie ein Grab«, zischte Agnes bestimmt.

»Wenn es sein muss, Schwester«, entgegnete er flüsternd ganz nahe an ihrem Ohr. Agnes tat ihm nicht den Gefallen, zurückzuzucken.

Stattdessen wandte sie sich ab, räumte rasch die Leiter weg und versteckte den Beutel mit dem Hammer und den restlichen Nägeln hinter dem Altar. »Schnell, setzt Euch in die Bank. Ihr müsst die Vesper hören, sonst fragt man sich, warum Ihr hier wart.«

Während der Advokat in die Kirchenbank rutschte, schlüpfte Agnes auf ihren Platz im hinteren Chorgestühl und warf einen vorsichtigen Blick zum Elisabeth-Altar hinüber, hinter dem nur ein kleines Stückchen des weißen Linnens zu sehen war. Niemand würde dahinter ein Wandbild vermuten.

Erleichtert überließ sie sich dem Gebet, ließ es aus tiefstem Herzen strömen.

✎ 4 ✐

Wenn eine Schwester sterben muss

*Wenn man einer Schwester die Letzte Ölung verabreicht, kommen
alle Schwestern zusammen und beten für sie. Die Magistra kommt
ebenfalls, wenn es ihr möglich ist.*
*Wenn eine Schwester gestorben ist, schlägt man überall im Kloster
mit einem kleinen Hämmerchen auf eine Tafel. Dann kommen alle
Schwestern zusammen und sprechen das Glaubensbekenntnis und
andere kleine Gebete und fromme Anrufungen und Empfehlungen
für die Seele, die sie kennen.*
*Sodann verrichten die Schwestern sittsam die letzten Pflichten an
der Toten in ihrem Haus. Ein Teil der Schwestern wacht eine Hälfte
der Nacht bei der Toten, die anderen wachen die zweite Hälfte über
bei ihr bis zum nächsten Tag. Bis zur Beerdigung bleiben zumindest
immer zwei Schwestern bei dem Leichnam.*
*Keine heuchle in Gegenwart des Leichnams, sondern man bete und
sage nützliche Dinge.*

Feria sexta, 23. Februarius 1498

Flammen, so heiß wie die Sonne, und eine Eiseskälte überall, ja kälter noch als Eis ist die Kälte der
Hölle. Sie frieren so erbärmlich, die Seelen im Hölleneis,
dass sie gleich noch einmal sterben möchten vor Kälte.
Die Hitze dagegen wärmt sie nicht, auch wenn sie schon
in hellen Flammen stehen! Giftige Dämpfe nehmen die
Luft zum Atmen, Unrat und Gülle müssen sie schlucken,
und statt Kindern gebären die Schwangeren Schlangen
mit Feuermäulern, die ihnen die Gedärme versengen.
Und dann ist da ein Geheul, ein Gelärme und Geschrei

61

und Gestöhn in all der Qual, dass ihnen schon recht die Ohren übergehen davon. Aber es gibt kein Pardon, keine Gnade – ja, das ist die Hölle, nur das Fegefeuer ist noch schlimmer.«

Die kleine alte Begine, die von der siebten bis zur achten Stunde die Totenwache hielt, verstummte atemlos und nestelte an den Leintüchern herum. Seraphine van Moentack und ihre Schwester Georgine de Vens lagen aufgebahrt und in weiße Tücher gewickelt nebeneinander vor der Chorschranke. Ein Ewiges Licht flackerte hinter ihren Köpfen, ein Weihwasserbecken stand zu ihren Füßen. In ein paar Minuten würde die Totenmesse beginnen. Ihre Morgenandacht hatten die Schwestern an diesem Morgen in der kleinen Kapelle im Kapitelhaus der Magistra gefeiert, wie sie es immer bei besonderen Anlässen oder an hohen Feiertagen taten, wenn die Kirche geschmückt werden musste. Der ganze Tag stand im Zeichen des Totengedenkens. Nach der Messe und der Beisetzung würde das Totengebet folgen, bei dem die Beginen sich abwechselten. Erst spät am Abend, lange nach Sonnenuntergang, würde ein gemeinsames karges Mahl aus Wasser und Brot den Tag beschließen.

Ganz rechts in der Vierung gegenüber dem Altar Johannes' des Täufers war eine Steinplatte aufgehoben und ein Grab geöffnet worden. Dort würden die Geschwister beigesetzt werden.

»Im Himmel aber«, fuhr die alte Begine fort, »im Himmel ist des Jauchzens kein Ende. Den lieben langen Tag über ertönt der Gesang der Engel, und die Gottseligen lassen Zimbeln und Glöckchen klingen und erfreuen sich daran vom Morgen bis zum Abend. Sie tanzen ihren himmlischen Reigen und haben keinen Hunger und keinen Durst, keine Schmerzen und leiden keine Not. Das ist der Lohn Gottes für seine Getreuen. Darum müssen wir ihm immer gehorsam sein.«

Sie sah Maria schräg von unten an und blinzelte spitzbübisch, als sie sah, dass diese von den Schilderungen zutiefst beeindruckt schien.

Maria war mehr als beeindruckt, sie war schockiert. So schlimm hatte sie sich die Hölle nicht vorgestellt! Auch vom Himmel hatte sie bisher andere Vorstellungen gehabt. Sie hatte gedacht, das Leben ginge einfach so weiter, wenn man in den Himmel käme. Man würde im selben Stand an Gottes Fürstenhof gelangen, dem man auch auf Erden angehört hatte. Sie konnte sich gut vorstellen, eine himmlische Dienstmagd zu sein, die göttlichen Gänse und Enten zu hüten oder in der Küche zu helfen. Allein der unverwundbare Friede überall wäre himmlisch zu nennen und dass niemand mehr Angst haben müsste vor Tod, Elend und Leid. Das allein wäre schon Grund genug zur Freude, dachte sie. Immerzu singen und tanzen zu müssen schien ihr eher anstrengend und wenig verlockend.

»Und Jesus?«, fragte sie. »Was ist mit unserem Bräutigam? Wir werden ihn doch im Himmel treffen?«

»Natürlich, mein Kind«, sagte die alte Begine. »Natürlich wird Jesus dort sein und uns erwarten. Er ist doch immer da, auch hier auf Erden. Hast du ihn noch nicht gesehen?«

In dem Augenblick traten die ersten Schwestern durch die Seitentür und fielen vor den aufgebahrten Toten auf die Knie. Dann schlüpften sie in ihre Bankreihen im Chorgestühl. Maria wurde ihrer Antwort enthoben. Dabei hätte sie gerne noch weitergesprochen. Wie oft schon hatte sie darüber nachgedacht, wie wohl das Problem mit dem einen Bräutigam für alle Bräute Christi zufriedenstellend geklärt werden konnte. Sicher hatte Gott dafür eine gute Lösung gefunden, nur wie sie aussah, hätte sie eben gern jetzt schon gewusst. Aber die alte Begine, deren Namen sie nicht verstanden hatte, war schon aufgestanden und im Dunkel des Seitenschiffs verschwunden. Maria hatte sie bisher noch nie gesehen. Sie gehörte nicht zu den Beginen, die im Chor die Liturgie sangen, sondern zu den vielen älteren Frauen, die in den äußeren Bereichen des Hofs in ihren Häuschen oder in den Konventen lebten und in den Wirtschaftsgebäuden, am Spinnrocken oder auf den Feldern arbeiteten.

Immer mehr Schwestern und die ersten Trauergäste aus der Stadt strömten in die Kirche, allesamt in dunkle Tücher und dicke wollene Mäntel gewickelt, denn es war bitterkalt an diesem Februarmorgen. Die weißen Hauben der Beginen waren mit schwarzen Bändern umwirkt. Die Schwestern zogen in einer langen Prozession an den Toten vorbei und nahmen Abschied von Seraphine, indem sie vor ihr knieten, ein Gebet sprachen und sich mit dem geweihten Wasser benetzten. Dann nahmen sie Platz unter dem Kreuzrippengewölbe. In der ersten Bankreihe vor dem Altarraum saßen die Angehörigen der Toten: eine junge, strahlend schöne Frau am Arm eines Mannes, der stattlich war, wenngleich ein bisschen kleiner als seine Gattin, und ein gebeugter Herr. Dann folgten mit etwas Abstand noch einige ältere Leute in sehr feinen Kleidern.

Maria sah die anderen Novizinnen kommen und schlüpfte rasch zu ihnen in die Bank. Gerade fiel ein erster Sonnenstrahl wie ein Fingerzeig Gottes durch das östlichste Chorfenster. Er belebte die wächsernen Antlitze der Toten und strich über die weißen Nasen, ließ die blassen Lippen leuchten und die spitzen Kinne, bei beiden Schwestern ganz ähnlich geformt, noch weiter aus ihren Gesichtern hervorspringen. Maria hatte erst wenige Tote in ihrem jungen Leben gesehen, aber der Anblick machte ihr trotzdem keine Angst. Es gab so viel Schlimmeres als den Tod auf Erden! Und auch wenn sie die beiden alten Frauen gekannt hätte, wäre sie nicht traurig gewesen, waren doch ihre Seelen schon im Himmel beim Herrn. Eventuell waren sie noch mit den Aufnahmezeremonien befasst. Maria dachte an ihre eigene gerade überstandene Aufnahme im Beginenhof. An die strenge Begrüßung durch die Magistra, die liebevoll ironische Einweisung durch die Hilfsschwestern, die erste, fast durchwachte Nacht unter dem löchrigen, zugigen Dach des Dormitoriums. Die ersten Unterrichtsstunden, den schönen Pater Linhart, die strenge, aber faszinierende Schwester Nopicht und das Rätsel der Schrift. Und sie fühlte sich glücklich und wohl, hier zu sein, aufgehoben und ein bisschen weniger allein, als sie es bis jetzt gewesen war auf dieser Welt.

Die Totenmesse begann mit dem Gesang der Chorfrauen, und Marias Gedanken flogen davon wie Spinnweben im Wind. Der engelsgleiche Gesang der Schwestern verwandelte die dunkle, kalte Kirche mit den vielen ernsten Gesichtern in ein strahlendes Gebäude mit einer hohen Kuppel aus reinem Klang. Die hellen, klaren Stimmen schraubten sich wie Vögel in die Höhe, um in Windungen und Kurven wieder herabzusteigen und dann aufs Neue die schwindelerregenden Höhen zu erklimmen. Im Wechsel traten andere Stimmen hinzu und wieder zurück, kreuzten sich, verdoppelten sich, wichen auseinander, flohen voreinander und vereinigten sich wieder. Noch nie in ihrem ganzen Leben hatte Maria etwas so Reines,

Schönes gehört und diese Fülle von Gefühlen in ihrer Brust gespürt, die durch die Musik ausgelöst wurden. Was mochten erst die Worte bedeuten, die die Schwestern sangen? Man konnte sie deutlich verstehen, auch wenn sie in der fremden, lateinischen Sprache gesungen wurden wie verheißungsvolle Rätsel, geheimnisvolle Botschaften, die sich mit den Tönen zu klingenden Versprechen verbanden. Ein Gesang folgte auf den anderen, jede Stimme, die hinzukam, kannte ihren Platz in dieser Ordnung, die so wohlgefügt war wie das Himmelszelt. Kein verspäteter Einsatz, kein einziger falscher Ton. Es war ein Wunderwerk, ein Geschenk, das Maria überwältigte.

Erst als der Pfarrer hinter den Altar trat und mit ernster Stimme begann, die Messe zu zelebrieren, löste sich ihre Verzauberung, und von einem zum anderen Moment war sie tief eingeschlafen.

»Wie gut, dass wir die beiden nicht auf dem neuen Friedhof vor den Stadtmauern beerdigen mussten«, sagte Margarethe und schaute ihren Mann an, während sie an seinem Arm durch das Tor des Beginenhofs schritt. Hinter der Brücke über das Minnewater wartete ihr Kutscher mit den schwarz gedeckten Pferden. Dahinter reihten sich die zahllosen Kutschen und Mietkutschen der Trauergäste. Das Trauermahl sollte im Hause der verstorbenen Georgine de Vens eingenommen werden. »Es ist doch schön, sie hier zusammen in der Kapelle ruhen zu wissen. Meinst du nicht auch, dass die beiden Schwestern sich doch sehr geliebt haben? Dass sie nun fast gleichzeitig gestorben sind ...«

Christoph schwieg und sah seine Frau nur mit einem zärtlichen Lächeln an.

»Ich würde auch sterben wollen, wenn du stirbst«, sagte Margarethe und drückte fest seine Hand.

Christoph versetzte die Vorstellung, dass seine Mutter nun in ein und derselben Gruft mit ihrer ungeliebten Schwester ruhen musste, einen abenteuerlichen Kitzel in der Brust. Am liebsten hätte er laut herausgelacht. Wie seine Mutter das gehasst hätte! Mitten unter den frommen Schwestern zu ruhen, im steinernen Boden einer Kapelle statt unter Gottes freiem Himmel! Er genoss zutiefst das Gefühl von Freiheit, ein Glück, das seit dem folgenreichen Schlag wie frischer Wein durch seine Adern rauschte. Nie wieder würde er sich vor jemandem ducken müssen, nie wieder würde ihm jemand Vorschriften machen, nie wieder würde er vor irgendwem zu Kreuze kriechen – Mutter und Tante waren tot, und er, Christoph de Vens, lebte! Sie ruhten unter einer tonnenschweren Steinplatte, Tag und Nacht von Nonnenfüßen betrappelt und von ihrem Gesang umklungen. Sie waren fort, die beiden Gespenster, die sein Leben eng und freudlos gemacht hatten. Jetzt würde er anfangen zu leben, er, seine schöne Margarethe und ihr wunderschönes gemeinsames Kind, das bald auf die Welt kommen würde. Ganz neu beginnen würde er, das Leben ganz neu angehen.

»Was meinst du, werden wir noch in diesem Monat nach Antwerpen umziehen?«

»Ich denke, du solltest erst mal vorausfahren«, sagte er lächelnd und half Margarethe in den Wagen.

»Vorausfahren?«, fragte sie, als er hinter ihr her in die Kabine stieg.

Christoph schloss die Vorhänge und gab dem Kutscher

das Zeichen zur Abfahrt, auch wenn die anderen Trauergäste noch nicht in ihren Wagen saßen. Die Kutscher kannten den Weg in den Dijver.

»Ja, du solltest deine Eltern besuchen, dich verwöhnen lassen. In deinem Zustand«, meinte er. »Ich habe hier noch eine Menge zu erledigen. Das wird alles eine Weile dauern.«

»Warum wird es dauern? Ich dachte, wir ziehen gemeinsam um.«

»Das tun wir ja auch, mein Herz.«

Margarethe blickte ihn mit fragend gerunzelter Stirn an. »Du meinst, ich soll jetzt sofort allein nach Antwerpen fahren?«

»Ich muss die beiden Häuser hier verkaufen. Ich weiß nicht, wie lange das dauern wird.«

»Du willst mich fortschicken? Was ist in dich gefahren, Christoph?«

»Nichts ist in mich gefahren, meine Liebe. Ich bin dein Mann, und du wirst tun, was ich dir sage. Ich schicke dich nicht fort, sondern ich bitte dich, schon vorauszufahren, bis ich hier meine Geschäfte erledigt habe. Du weißt, dass das Geld nicht auf der Straße liegt. Ich kann nicht einfach so weggehen, die Dinge wollen abgewickelt werden.«

»Und wie lange wird das dauern?«

»Das weiß ich nicht. Vielleicht ein paar Wochen, vielleicht auch ein paar Monate.«

»Monate?«

»Ich weiß es nicht!«

»Aber gestern noch hast du gesagt …«

»Ja«, rief Christoph gereizt. »Ich habe gesagt, dass wir nach Antwerpen gehen, und wir werden es auch tun. Nur wann, das weiß ich noch nicht.«

»Du hast mir versprochen, dass unser Kind in Antwerpen geboren wird!« Margarethe fing an zu schluchzen und presste die Hände auf den Leib, der allerdings noch nicht die geringste Rundung aufwies.

»Und darum bitte ich dich, schon hinzufahren. Du bist bei deinen Eltern jetzt viel besser aufgehoben als hier, wo alles sich in Auflösung befindet.« Christoph legte seinen Arm um die zuckenden Schultern seiner Frau. Sie würde sich schon wieder beruhigen. Und sie würde sich abfinden mit den neuen Zeiten, die jetzt angebrochen waren. Zeiten, in denen er den Ton angab, er allein, das Oberhaupt der Familie de Vens.

»Du bist ein Teufel, Christoph, ich hasse dich!«, rief Margarethe so laut, dass der Kutscher sich erschrocken umwandte. »Wie kannst du mich jetzt fortschicken?«

Christoph lehnte sich lächelnd zurück und schwieg.

Als Margarethe erkennen musste, dass sie ihn nicht würde umstimmen können, seufzte sie. »Also gut. Ich werde noch heute abreisen. Weil du es so willst.«

»Das ist eine gute Idee«, sagte Christoph.

Margarethe schluchzte erneut laut auf und vergrub dann das Gesicht in ihrem Taschentuch.

Die Kutsche kam am Dijver an, und Christoph geleitete seine weinende Gattin in das Trauerhaus, wo sie sich von ihm losmachte und hilflos in der Diele stehen blieb. Die ersten Trauergäste strömten hinter ihnen ins Haus, drückten ihr Beileid aus und trösteten die weinende Margarethe.

»Ich hätte nicht gedacht, dass deine Frau eine so innige Beziehung zur Georgine hatte«, meinte Christophs Pate, der aus Damme angereist war, wo er eine Seilerei betrieb.

Christoph lächelte milde und schüttelte dem nächsten

Besucher die Hand, während Margarethes Schluchzen hinter ihm langsam leiser wurde.

Als alle Gäste eingetroffen waren, begab man sich in das große Festzimmer im Erdgeschoss, das bis auf die Tafel fast ganz leergeräumt war. Von den persönlichen Gegenständen seiner Mutter hatte Christoph nichts behalten. Der Lehnstuhl aus ihrer Wohnstube war bereits verbrannt worden, und das Kamingitter hatte er höchstpersönlich zum Alteisenhändler gebracht. Die Gäste ließen sich an der üppig gedeckten Tafel nieder und begannen, laut schwatzend und bei bester Laune, sich satt zu essen.

Neben Christoph und Margarethe, die sich endlich die Tränen aus dem Gesicht wischte und mit Appetit für zwei nach einem riesigen Stück Kapaun griff, nahmen Christophs Pate und der Notar Vermeulen Platz, der es sich nicht hatte nehmen lassen, zur Trauerfeier seiner alten Mandantin zu erscheinen.

»Ich habe Eure werte Mutter ja gerade erst vor zwei Tagen zuletzt gesehen und schon gedacht, dass dieser Schlag sie schwer getroffen hat. Eine Schwester zu verlieren, in diesem Alter, das ist nicht leicht.«

»Da habt Ihr wohl recht«, sagte Christoph und reichte Brot und eine große Kumme mit Kraut weiter. Er selbst nahm sich nur ein kleines Stückchen Fisch. »Ich dagegen hielt meine Mutter bis gestern für kerngesund und noch voller Lebenskraft.«

»Sie war eine sehr kluge Frau«, meinte der Notarius.

»Ihr sagt es.«

»Ihr habt keine weiteren Geschwister mehr«, fuhr der Notar fort. Es war eine Feststellung, keine Frage.

»Meine Mutter und ich, wir hatten nur noch einander.«

Der Notar lächelte, und Christoph wusste genau, was der andere dachte. Aber sie waren beide Männer mit gutem Benehmen, und so schwiegen sie und lächelten nur, während sie sich den Leichenschmaus schmecken ließen. Erst als Kompott, Grütze und Grießbrei aufgetragen wurden, ergriff der Notarius wieder das Wort.

»Woran ist Eure Mutter nun eigentlich gestorben? Ich kann es mir nicht erklären.«

»Ich mir auch nicht«, sagte Christoph in verbindlichem Ton und registrierte das Erscheinen des Dominikanerpropstes Albrecht. Der hohe Würdenträger blieb in der Tür stehen und hielt Ausschau nach dem Hausherrn. Die Magistra des Beginenhofs erhob sich von der Tafel und ging auf ihn zu, um ihn zu begrüßen.

»Wenn Sie mich bitte entschuldigen«, sagte Christoph und stand auf.

»Aber natürlich«, murmelte der Notarius, winkte ihn dann jedoch noch einmal zu sich herunter. »Auf jeden Fall sind Sie jetzt ein gemachter Mann. Und Sie sollen wissen, dass Sie in mir jederzeit einen Vertrauten haben.«

Christoph nickte dankend und klopfte dem Notar auf die Schulter, ehe er mit gemessenen Schritten zur Tür ging, um den Propst zu begrüßen.

5

VOM SCHWEIGEN

*Die Schwestern schweigen von der Komplet bis nach der Prim und
an Feiertagen bis nach der Messe. Sie schweigen immer in der
Kirche, eine wie die andere, außer wenn die Magistra etwas zu
sagen hat. Bei Tisch im Refektorium spricht nur die Magistra und
jene, die serviert; die anderen schweigen. Wenn ihnen etwas fehlt,
klopfen sie mit dem Messer auf den Tisch, und jene, die serviert,
wird sich darum kümmern. Sie können auch fragen, wenn sie noch
Brot wünschen, Bier, Salz oder ähnliche Dinge, aber leise.
Die Kranken und jene, die zur Ader gelassen wurden, dürfen
sprechen, wenn sie sich an ihren privaten Tischen befinden.*

FERIA SEPTIMA, 24. FEBRUARIUS 1498

*J*e älter sie wurde, desto schwerer fiel es Schwester
Ursula, Blumen abzuschneiden, Sträucher zu kür-
zen oder gar einen Baum zu fällen. Die Blumen für den
Altar ließ sie schon lange Schwester Juliana schneiden,
die für den Altarschmuck zuständig war. Sie konnte es
nicht mit ansehen, wenn Juliana ihre Lebensadern durch-
trennte, und ging schnell weg, wenn sie sie kommen sah.
Ein Kirschbaum im Obstgarten trug nicht mehr und hatte
sich unter der Last nicht rechtzeitig gestützter Äste zur
Seite geneigt. Der Stamm fing an, aufzureißen. Ursula
wusste, dass sie ihn fällen musste – je eher, desto besser.
Aber ihr graute davor. Und noch elender wurde ihr bei
dem Gedanken an die Buche, die sie auf Geheiß der Magistra an diesem Tag schlagen sollte. Es war nicht etwa so,

dass ihr diese Arbeit zu schwer gewesen wäre oder dass sie nicht gewusst hätte, wie man sie ausführt. Früher hatte sie sogar hohe Buchen und Nadelbäume gefällt. Sie konnte mit Axt und Säge umgehen und ihre Klingen und Zähne messerscharf schleifen. Sie sägte schnurgerade und ausdauernd, ob nun allein oder zu zweit. Sie wusste, wie man einen Stamm so ansägte, dass er auf die gewünschte Seite fiel und keine Gebäude zertrümmerte. Sie wusste, wie man ihn anschließend zerlegte und mit zwei Ketten hinter den Wagen spannte, um ihn in die Sägerei zu transportieren. All das hatte sie viele Male getan, und die Arbeit war ihr weder fremd noch zu schwer. Nein, was sie abhielt, diese schöne alte Buche heute zu fällen, war das Wissen, dass der Baum älter war als sie selbst. Neunzig, vielleicht sogar hundert Jahre mochte er mindestens zählen. Wer gab ihr das Recht, sein Leben auszulöschen? War ein Baum krank, musste er leiden, wie der arme Kirschbaum – nun gut, dann musste man sich dazu durchringen, ihn zu erlösen. Aber so eine gesunde, uralte Buche, mit welchem Recht konnte sie sie töten? Wer waren sie, die Menschen hier auf dieser Erde, die ihnen doch nicht gehörte? Sie hatten sie nur geliehen bekommen, und es stand ihnen nicht zu, sich an ihr und den Kreaturen, die sie hervorbrachte, schadlos zu halten. Die Buche würde noch ein paar Jahrhunderte weiterleben. Wenn es sie alle nicht mehr gab, wenn es keine einzige fromme Schwester, vielleicht keinen einzigen Menschen mehr auf der Erde gab – die Buche würde vielleicht noch immer stehen. Die Menschen hatten kein Recht dazu, Bäume zu fällen. Sie hatten kein Recht, Blumen abzuschneiden und Äste zu stutzen. Man musste die Natur schützen, man musste ihren Geist bewahren.

Ursula umkreiste den Baum noch einmal und ließ ihre

Axt dann auf die Wiese fallen. Doch es war nicht nur das Wissen um die Vergänglichkeit der Menschen und die Beständigkeit der Natur, das sie zaudern ließ. In den letzten Jahren war noch ein anderer Grund hinzugekommen. Je länger sie mit den Pflanzen und Bäumen lebte, desto mehr hatte sie gelernt, ihre Sprache zu verstehen, ja sogar, sie selbst zu sprechen und sich mit ihnen zu verständigen. Ein Baum wehrte sich, wenn sie ihre scharfen Werkzeuge gegen ihn erhob. Er schrie und weinte. Seine Klage ging ihr durch Mark und Bein. Wurde er dennoch geschlagen, vernahm sie nicht nur das enorme Knarren, mit dem er zur Seite sank und langsam, unendlich langsam erst und dann rasend schnell zu Boden stürzte, nein, sie vernahm auch seinen Todesschrei. Und er zerriss ihr jedes Mal das Herz.

Mit fliegendem Schleier lief Ursula in die Gärtnerei und warf ihre ledernen Handschuhe fort, stieß die Trippen von den Füßen und band die Schürze ab. Dann eilte sie aus dem Garten zurück in den Beginenhof.

⸙

»Und wie seid Ihr hierhergekommen?«, fragte Maria und sah Nopicht erwartungsvoll an. Nopicht war die einzige Schwester, der sie diese Frage zu stellen wagte. Die Vorstellung, niemals einen lieben Mann heiraten zu können und eine Familie zu haben, niemals ein eigenes Kind in den Armen zu halten, machte sie traurig, auch wenn ihr das Leben im Beginenhof allmählich zu gefallen begann. Die Frauen, die sie bisher kennengelernt hatte, mochte sie gern. Sie waren alle nett zu ihr, und die meisten waren recht fröhlich und schienen mit ihrem Leben zufrieden

zu sein. Nicht so verbittert wie die Frauen in dem Waisenhaus, in dem Maria aufgewachsen war, und erst recht
nicht so zanksüchtig und laut wie die Köchinnen und
Dienstmägde, die sie auf dem Gutshof kennengelernt hatte, auf dem man sie, kaum hatte sie die ersten zehn Jahre
ihres Lebens vollendet, hatte arbeiten lassen. Manche der
Schwestern schienen ihr fast so vornehm, still und klug
zu sein wie die Gutsfrau, die Maria immer von weitem
gesehen hatte, wenn sie durch ihren Garten schlenderte,
hier und dort eine Blume schnitt oder lange zwischen den
Stauden verharrte und in die Ferne sah. Die edle Frau hatte viele Gründe, in die Ferne zu sehen. Bestimmt dachte
sie dabei an ihre beiden Söhne, die fern von ihr einem
Kriegsherrn dienen mussten und die sie vielleicht niemals
wiedersehen würde. Oder sie dachte an ihre beiden Töch-
ter, die viele, viele Tagereisen entfernt verheiratet worden
waren. Die eine starb im Kindbett, während Maria noch
auf dem Hof arbeitete. Tagelang hatte die Grundherrin
zwischen den Rosenstöcken gestanden, versunken in den
Anblick von etwas, das nur sie sehen konnte. Maria hatte
sie im Stillen oft beobachtet. Sie tat ihr so leid. Aber natürlich hätte sie es niemals gewagt, zu ihr zu gehen und sie
anzusprechen. Es war ihr auch strengstens verboten, den
Garten der Herrschaften zu betreten.

»Du stellst vorlaute Fragen«, antwortete Nopicht und
ließ nicht ab von ihrer Handarbeit. Die Klöppel flogen
nur so von rechts nach links, und die Garnrolle hopste
aufgeregt auf ihrem Schoß.

»Ich möchte sehr gern eine Familie haben. Aber ich
möchte auch gern im Beginenhof bleiben«, erklärte Maria.

»Man kann nicht den Honig schlecken, den man aufsparen möchte. Du wirst dich entscheiden müssen, meine Tochter.«

»Wie seid Ihr zu Eurer Entscheidung gekommen? Wolltet Ihr denn nie Kinder und eine Familie haben?«

Jetzt ließ Nopicht ihre Klöppelarbeit sinken und sah Maria prüfend an. »Darum, was wir wollen und wünschen, geht es nicht im Leben. Da, wo du herkommst, da hat man keine Familie. Und da, wo ich herkomme, hat man auch keine. Jedenfalls keine glückliche Familie. Was willst du denn den armen Würmern bieten, die nicht von Stand sind? Sollen sie im Armenhaus aufwachsen wie du? Sollen sie knechten und arbeiten müssen wie wir, bis ihre Fingerspitzen bluten? Die Knaben werden in den Krieg oder die Bergwerke geschickt, vor den Pflug gespannt oder in den Manufakturen geschunden. Und den Töchtern ergeht es nicht besser. Wenn sie hässlich und dumm sind, müssen sie Tag und Nacht in der Asche leben. Wenn sie aber hübsch sind, so wie du, geschieht ihnen sogar noch Schlimmeres, das weißt du doch, nicht wahr? Und am schlimmsten ergeht es ihnen, wenn sie gescheit sind, das kannst du mir glauben. Findest du einen guten Mann, der heiraten darf und ausgerechnet dich aussucht, so geh mit Gott. Aber so einer ist schwerer zu finden als Gold. Nein, meine liebe Maria, vergiss getrost deine Träume. Schau dich um, was es hier alles zu tun gibt, und wähle den Ring des Herrn, wie wir es alle getan haben. Unterwirf dich ganz seiner Liebe. Dann findest du ein erfülltes Leben. Wir sind nicht von dieser Welt, ich nicht und du auch nicht.«

»Bist du auch in einem Findelhaus geboren wie ich?«

Nopicht griff hastig nach ihrer Klöppelarbeit und ließ sie wieder sinken. »Nein!«, sagte sie barsch.

»Ich meine es doch nicht böse.« Maria kämpfte mit den Tränen.

Nopicht sah sie mit zusammengekniffenen Lippen an. Sie atmete heftig, und ihre Augen funkelten. Nach einer Weile fasste sie sich und sagte: »Ich will dir eine Geschichte erzählen. Hör gut zu, damit du sie verstehst.« Und dann erzählte sie dem Mädchen die Geschichte von der heiligen Katharina von Alexandrien, die eine junge, schöne Frau war und sich entschlossen hatte, ihr Leben Christus zu weihen. »Als der römische Kaiser eine Schar Christen zum Tode verurteilte, weil sie ihm kein Opfer darbringen wollten, stellte Katharina sich ihm entgegen und bat darum, beweisen zu dürfen, dass sie die besseren Argumente habe als der Kaiser. Der Kaiser ließ die besten Gelehrten des Landes kommen, aber Katharina redete so klug, dass sie alle Philosophen vom Heidentum bekehrte. Zur Strafe schickte der Kaiser sie alle auf den Scheiterhaufen. Was aber geschah mit Katharina, was meinst du?«

Maria zuckte die Achseln.

»Der Kaiser fragte sie, ob sie seine Frau werden wolle.«

»Dann wurde ja alles gut«, sagte Maria.

»Denkst du. Aber stell dir vor, Katharina wollte nicht Kaiserin werden. Sie hatte ihr Leben Christus geweiht, schon vergessen?«

Maria schüttelte den Kopf.

»Und darum wurde sie in einen Kerker geworfen und zwölf Tage und Nächte ohne Wasser und Brot eingesperrt. Sie war schon ganz verzweifelt, bis ihr schließlich ein Engel erschien und ihr versprach, dass Christus ihr beistehen würde, wenn sie nur standhaft in ihrem Glauben bliebe.«

Maria legte den Kopf auf die Arme und verbarg ihre Tränen. Sie ahnte schon, wie es weitergehen würde.

»Sie wurde auf ein Räderwerk gebunden, das mit spitzen Nägeln beschlagen war und sie zerreißen sollte. Da sie aber nicht aufhörte zu beten, kam ein Engel und zerschmetterte das Marterwerkzeug mit solcher Wucht, dass mit ihm viele Heiden getötet wurden. Schließlich mussten sie die Märtyrerin enthaupten.«

»Eine schreckliche Geschichte«, murmelte Maria.

»Nicht schrecklicher als andere Geschichten«, sagte Nopicht. »Warum erzähle ich dir davon? Weil du daraus lernen kannst, dass es das Beste ist, sich nicht an anderen zu orientieren, sondern fest bei seinen eigenen Überzeugungen zu bleiben. Dass es ein Glück ist, dies heute tun zu dürfen. Katharina musste dafür sterben, wir aber können dank ihres Opfers im Namen des Herrn leben, und niemand tut uns etwas Böses an. Das ist ein Privileg.«

»Aber ich bin nicht so klug wie Katharina. Und auch nicht so mutig.«

Nopicht lachte rau. »Du bist köstlich. Meinst du, wenn man unter den Heiden lebte, dürfte man dumm und ängstlich sein? Nein, das ist so, wie unter den bösen Wölfen zu leben.«

»Aber ich möchte doch nur in Ruhe und Frieden leben. Meinst du nicht, dass das möglich ist?«

»Ruhe und Frieden wirst du finden, wenn du dafür sorgst, dass dein Nächster in Ruhe und Frieden lebt. Nur so findest du dein Glück. So sind wir Menschen gemacht.«

»Das verstehe ich nicht.«

»Unser Glück ist immer nur das Glück unseres Nächsten, verstehst du? Wenn du einem Armen gibst, dann gibst du dem Herrn. Und er gibt dir. Viel mehr, als du haben willst! Wenn du einem Kranken hilfst, dann hilfst du dem Herrn, und er hilft dir. Katharina wollte ihren Glauben leben – dazu musste sie ihren Nächsten zu ihrem Glauben bekehren. Das war der Kaiser, denn sie war selbst eine Königstochter. Nur durch ihn konnte sie mit Gottes Hilfe zu ihrem Glauben finden. Wenn du glücklich sein willst, so musst du einen anderen glücklich machen, dann lacht der Herr vor Freude und schüttet sein ganzes Füllhorn über dich aus. Wenn du aber eigensüchtig und habgierig bist und alles Gute nur tust, um Gott zu gefallen, dann geht dein Nächster leer aus und der Herr muss darben. Und dann wirst du am Ende auch darben, und die Tränen des Herrn werden deine Tränen sein. Und am Ende wirst du doch in der Hölle schmoren – ob mit oder ohne Gold und Geld und Hab und Gut.«

»Dann ist es eine Sünde, Gott alles recht machen zu wollen?«

»Nein, es ist keine Sünde. Es ist nur die erste Stufe. Es gibt aber noch weitere Stufen, auf denen die Seele reift. Vergiss die Sünde, mein Kind. Vergiss die Reue, die Beichte, die Gnade, die Tugend und all das. Es gibt nur eins, was zählt: Das ist die Liebe. Nur in der Liebe allein kann unsere Seele ganz frei werden. Dann muss sie sich nicht mehr beherrschen und gegen Hochmut und Stolz ankämpfen. Vergiss den guten Willen, vergiss auch den Glauben. Nur wer in der Liebe ist, kann den Herrn schauen.«

»Und was muss ich tun, um diese Liebe zu finden?«

»Deinen Nächsten lieben wie dich selbst. Ihm geben, was er braucht.«

Nopicht erhob sich, strich ihren Rock glatt und legte die Klöppelarbeit zurück in die Holzschale. Überall auf den Schränken und Truhen im Kapitelsaal standen große und kleine Schalen mit den Klöppelarbeiten der Schwestern, an denen sie während der Rekreation arbeiteten.

»Du willst unbedingt wissen, was ich getan habe, ehe ich hierher in den Beginenhof kam?«

Maria nickte.

»Neugierde ist etwas, was man zu bezwingen lernen muss. Aber du bist fast noch ein Kind, darum will ich es dir durchgehen lassen. Ich bin in Brügge geboren. Mein Vater war ein Kaufmann, und da meine Mutter früh gestorben war und er nicht wieder heiratete, nahm er mich mit auf seine Reisen. Ich wurde von Jung und Alt bewundert, weil ich so schnell rechnen konnte und mich im Französischen wie im Latein bestens auskannte. Ich konnte schneller im Kopf addieren, was meinem Vater gehörte, als seine Kanzleileute auf dem Papier. Ich konnte durch dreistellige Zahlen teilen, multiplizieren und sogar Wurzeln ziehen – schon als ich noch ein Kind war, viel jünger, als du es heute bist. Als ich dann älter wurde, wollte mein Vater mich nicht mehr mit auf die Reise nehmen. Ich sollte zu Hause bei den Mägden bleiben, spinnen und klöppeln und fromme Lieder singen. Da bin ich fortgelaufen, mit einem Stallburschen. Er hat mich auf sein Pferd gesetzt, und so sind wir geritten, Tag und Nacht, bis in die große Stadt Paris.«

»Und dann?«, fragte Maria atemlos.

»Dann nahm das Unglück seinen Lauf«, sagte Nopicht, nahm das Licht vom Tisch und ließ Maria vor sich aus dem Saal treten. Sie war die einzige Novizin heute gewesen, die zur Rekreation bei Nopicht erschienen war. Duretta und Adelheid waren unpässlich und hatten sich krankgemeldet. Christina hatte sich mit einigen anderen Schwestern zum Rosenkranzgebet im Seitenschiff versammelt. So hatte Maria Nopicht ganz für sich allein gehabt.

»Und wie bist du dann hierhergekommen?«

»Geh.« Nopicht schubste die Novizin ins Freie. Die letzten schwarzen Röcke verschwanden gerade durch die Kirchentür. Sie würden zu spät zum Nachtgebet kommen. »Das erzähle ich dir ein andermal. Denk an die heilige Katharina, meine Tochter, wenn du glaubst, zu schwach zu sein für das Leben, das Gott dir auferlegt hat. Nicht unsere Talente und unser Wollen und Wünschen sind wichtig für unser Glück, sondern was wir daraus machen und was wir unserem Nächsten tun. Denk an meine Worte.«

6

VOM FASTEN

Wer es möchte, kann am Sonntag, Dienstag und Donnerstag Fleisch essen, es sei denn, die heilige Kirche verbietet dies. Am Montag, Mittwoch und Samstag darf kein Fleisch gegessen werden, außer am Weihnachtstag.

Vom Martinstag bis Weihnachten fasten die Schwestern, so viel sie es vermögen; darüber hinaus fasten sie an allen Tagen, die die heilige Kirche vorschreibt, und jeden Freitag komplett. Am Karfreitag nehmen sie nur Wasser und Brot zu sich und legen kein Tischtuch auf. Wenn der Dienstag ein Totengedenktag ist, können sie am Mittwoch Fleisch essen.

Sie essen kein Fleisch an den hohen Feiertagen, an allen Tagen des heiligen Johannes des Täufers, an Sankt Peter und Paul, Sankt Magdalene, Unser Lieben Frau, Allerheiligen, Sankt Martin, Sankt Elisabeth, den Ostertagen und an Pfingsten.

Den Schwestern ist es verboten, in der Stadt ohne Genehmigung Essen zu sich zu nehmen. Man geht nicht in die Stadt, wenn man das heilige Abendmahl genossen hat, und an den zwei darauffolgenden Tagen geht man nicht aufs Land, auch nicht an den vier Tagen nach Ostern, Pfingsten und Weihnachten. Und man lässt an diesen Tagen auch nicht zur Ader.

DOMINICA, 25. FEBRUARIUS 1498

Mit großem Wohlgefallen sah der Propst, als er die Magistra nach dem Morgengebet in ihrem Arbeitszimmer hinter dem Kapitelsaal aufsuchte, dass diese in ihrem Arbeitszimmer einen Tisch zum Frühstück gedeckt hatte. Die neue große Uhr von Sankt Salvator, deren Schlag man bis in den Beginenhof hören konnte, schlug gerade die Terz. Propst Albrecht begrüßte die Schwester mit dem Bruderkuss und segnete sie. Sie lächelten sich freundlich zu, und die Magistra bat den Dominikaner an die gedeckte Tafel.

»Zu gütig, Schwester«, murmelte Albrecht und konnte nicht umhin, die aufgetischten Leckereien mit einem raschen Blick abzuschätzen. Vor allem der rote Burgunder war wichtig und in welcher Menge er zur Verfügung stand. Ein frischer Laib Sauerteigbrot verströmte verführerischen Duft. Dazu gab es eingelegte Eier, geräucherten Fisch und Weißkäse mit viel frischen Zwiebeln, gerade wie er es gern hatte am heiligen Sonntag. »Aber wir wollen doch erst das Geschäftliche besprechen.«

»Wie es Euch beliebt«, meinte die Magistra und setzte sich hinter ihr Schreibpult, das von einem Bogen Papier fast vollständig bedeckt war. »Habt Ihr schon die neuen Pläne gesehen? Sie sind ganz vortrefflich – das Haus wird groß werden, Pater, Ihr werdet es nicht glauben.«

Albrecht beugte sich dicht neben der Magistra über die Papiere. Vor lauter gestärktem Linnen konnte er kaum etwas erkennen. Die Beginenhauben wurden von Jahr zu Jahr ausladender. Ein reinlicher Duft umgab die Schwester. Man munkelte, dass manche Beginen sich Seife aus Frankreich kommen ließen, aus dem fernen Marseille. Was für eine Verschwendung. Dafür mangelte es den frommen Frauen offenbar nicht an Geld.

Mutter Walburga musterte den Propst gespannt von der Seite und wartete auf seine Reaktion. »Herr im Himmel, man meint beinahe, eine Schlossanlage vor sich zu haben.«

»Nicht wahr?«

»Platz für einhundert Kranke, drei Behandlungsräume, zwei Badesäle, ein Besucherzimmer und das – ja, was ist das für eine Kammer?«

»Das wird eine Apotheke«, erklärte die Magistra stolz. »Das ist die Idee eines Gewürzhändlers aus der Kaufmannsgilde. Er hat solche Kräuterkammern in Italien besichtigt. Dort können alle Medikamente und Tinkturen gemischt werden, die die Kranken brauchen. Nach den neuesten Methoden und Erkenntnissen natürlich. Und hier, seht Euch dies an.«

»Lehrsaal«, buchstabierte der Propst. »Schau an, wer soll dort unterrichtet werden?«

»Unsere Schwestern natürlich! Sie müssen doch ausgebildet werden. Sie müssen die Grundsätze der Reinlichkeit kennenlernen.«

Der Propst bekreuzigte sich. »Im Namen des Herrn, meinen Sie wirklich?« Er hatte keine rechte Vorstellung davon, was die Magistra genau damit meinte, aber es würde schon richtig sein. Reinlich müssten die Zimmer freilich schon sein in einem Haus mit so vielen Kranken. »Wenn wir so ein Spital gehabt hätten, als die Pest in Brügge wütete – wer weiß, meine gute Mutter würde vielleicht heute noch leben«, spekulierte er.

»Wir denken vor allem an die Aussätzigen. Andere Kranke werden wir nicht aufnehmen können.«

»Ein ganzes Haus nur für die Aussätzigen?«

»Aber ja, Pater. Die Aussätzigen leben jetzt in schrecklichen Verhältnissen am Rande der Stadt. Sie vegetieren vor sich hin, sterben oft an Hunger und Durst, lange bevor die Krankheit sie tötet. Niemand gibt ihnen ein Almosen. Wenn sie mit ihren hölzernen Klappern durch die Straßen ziehen und betteln, laufen alle davon, um sich nicht anzustecken oder weil ihr Anblick so schrecklich ist. Sie brauchen unsere Hilfe am meisten.«

»Aber wird das nicht alle Leprösen aus der Umgebung in unsere Stadt locken?«

»Das Spital liegt innerhalb der Stadtmauern. Es wird nur Platz haben für die Brügger Bürger. Es sei denn, es gibt freie Plätze. Der Rat hat nur unter diesen Bedingungen zugestimmt. Schließlich sorgen wir so dafür, dass die Kranken aus dem Stadtbild verschwinden.«

»Habt Ihr denn keine Angst, selbst krank zu werden?«

»Wie sollte das gehen? Haben wir nicht den Schutz des Allerhöchsten? Wozu wohl hält er die Hand über uns? Im Übrigen ist diese Krankheit nicht für jeden Menschen ansteckend. Man muss gutes Blut haben, dann kann sie einen nicht treffen.«

»Möge Gott Euch beschützen, Mutter Walburga«, murmelte der Propst. »Ich habe den größten Respekt vor Euch.« Der Duft des Räucherfischs zog verlockend in seine Nase, und sachte, aber beständig fing sein Magen an zu knurren. Die Glocke von Sankt Salvator schlug das Viertel, in einer halben Stunde würde das Hochamt beginnen.

»Bleibt noch die Frage der Finanzierung«, schnitt der Propst das heikle Thema an, um das es letztlich ging. Vor allem deshalb hatte die Magistra ihn zu sich gebeten.

»Das, Hochwürden, lasst uns lieber beim Essen besprechen. Ein leerer Magen rechnet nicht gern, stimmt's?«

Der Propst lächelte und rieb sich die Hände. »Ihr seid wahr und klug heute, Schwester. Sehr wahr und sehr klug.«

»Nur heute?«

»Nein, nein, immer schon. Nun denn, schreiten wir

zum Mahl. Ich habe übrigens auch schon eine Idee, wo wir die fehlenden Gelder einwerben könnten.«

»Nun«, lächelte Walburga und klingelte nach einer Schwester, damit sie noch einen Krug mit Burgunder brächte. »Spannt mich nicht auf die Folter.«

»In erster Linie natürlich durch Sparen«, sagte Albrecht und lächelte fein. »In zweiter Linie gibt es vielleicht noch andere Möglichkeiten.«

»Dachte ich mir doch, dass Ihr uns nicht in Stich lassen würdet. Greift zu. Vom Anschauen allein ist noch niemand satt geworden.«

Christina saß steif wie ein Schwan mit langem Hals auf ihrem Bett und flocht geschwind ihre blonden Zöpfe für die Nacht. Sie hatte das dunkle Habit ausgezogen und trug nur noch das weiße Unterkleid, das auch als Nachthemd diente. Duretta lag schon unter der Decke, schlief aber noch nicht. Sie hatte die Arme hinter dem Kopf verschränkt und beobachtete Christina bei ihrer Verrichtung.

»Wenn du das Gelübde ablegst und hierbleibst, bist du dein schönes, langes Haar los«, sagte sie.

Eine dicke Spinne huschte über die Dachbalken, aufgescheucht von dem Talglicht, das neben dem Bett flackerte, und den Schattenspielen, die durch Christinas flechtende Hände entstanden.

»Na und?«, antwortete Christina gelassen. »Außerdem müssen wir gar kein Gelübde ablegen.«

»Der Herr hat's gegeben, der Herr wird es auch wieder nehmen.« Duretta zog ein spöttisches Gesicht.

»Ich kann ganz bestimmt nicht im Spital arbeiten«, sagte Adelheid, die auch schon zwischen den Decken lag und das weiße Laken bis hoch unters Kinn gezogen hatte. »Ich bekomme ganz weiche Knie, wenn ich nur an Aussätzige denke.«

»Daran gewöhnt man sich«, sagte Christina. »Ich habe wochenlang meine Großmutter gepflegt, als sie im Sterben lag. Ihr den Nachttopf gebracht, ihre Laken gewechselt, sie gefüttert und gewaschen. Sie war so dankbar dafür. Es war schön, mit ihr zusammen zu sein.«

»Mein Vater hat offene Beine. Ich musste sie ihm schon als Kind ganz allein verbinden«, steuerte Duretta bei. »Mich kann nichts mehr erschrecken. Ich habe auch immer meinen Brüdern die Splitter herausgeschnitten, wenn sie sich im Holz verrissen hatten.«

»Du hast ja auch zu Hause die Hühner getötet und gerupft«, sagte Adelheid. »Das könnte ich nie. Ich bin nicht so kaltblütig wie Duretta.«

»Sie ist nicht kaltblütig«, sagte Christina. »Duretta wird bestimmt eine wunderbare Krankenpflegerin. Und du, Maria? Wirst du im Infirmarium arbeiten?«

Maria zuckte die Schultern. »Ich weiß es nicht.«

»Maria kann nicht mal einen Fingernagel abschneiden«, spottete Duretta. »Die ist zu nichts zu gebrauchen. Wenn sie so weitermacht, wird sie noch bei Schwester Agnes an der Pforte landen.«

»Duretta«, rief Christina. »Du bist gemein.«

Maria schwieg. Sie trug noch ihr Habit. Es war kalt im Schlafsaal, und sie fror. »Nopicht hat mir heute erklärt, man müsse immer erst für den Nächsten sorgen, dann würde der Herr für einen selbst sorgen. Sind die Aussätzigen auch unsere Nächsten?«

»Der Herr liebt die Kranken am meisten, hat unser Pater immer gesagt«, meinte Duretta. »Im Kranken begegnen wir dem Gekreuzigten.«

Maria sah auf. »Wie meinst du das?«

»Nun«, antwortete Duretta, »wenn man den Menschen im Kranken sieht, vergeht man gleich vor Mitleid oder Abscheu. Ich denke nie daran, dass es ein Mensch wie du und ich ist, der da krank vor mir liegt. Ich denke einfach, es ist Christus am Kreuz mit seinen Wunden, der mich um Hilfe bittet. Und dann helfe ich gern und bin glücklich, dass ich es tun darf und ihm so nah sein kann.«

»Christus würde ich auch helfen, wenn er im Spital läge«, meinte Adelheid versonnen.

»Ich auch«, sagte Christina. Sie hatte ihre Zöpfe fertig geflochten und schlüpfte unter ihr Laken. »Liebend gern. Stellt ihr euch auch immer vor, er wäre ein junger, schöner Mann mit blonden Locken und strahlenden blauen Augen?«

»Unsinn«, sagte Adelheid. »Jesus kommt doch aus dem Orient. Er hatte natürlich-schwarze Haare und einen wilden Bart. Und samtige braune Augen.«

»Auf dem Bild an unserem Altar daheim in Damme hat er aber blaue Augen«, beharrte Christina.

»Ist doch egal«, sagte Duretta und gähnte. »Er ist sowieso nicht zu haben.«

»Mein Bräutigam, mein Bräutigam«, frohlockte Adelheid. »Bald werden wir den Verlobungsring bekommen. Ich habe ihn schon mitgebracht. Mein großer Bruder hat ihn mir geschenkt. Er gehörte meiner Tante.«

Maria begann langsam, sich auszukleiden und ihren Haarknoten unter der Haube aufzulösen. Ihr langer, rotbrauner Zopf fiel über ihren Rücken. Er war so schwer, dass ihr Kopf davon ein Stück nach hinten gezogen wurde, und ihr Blick fiel auf das Kruzifix, das über dem Zimmeraltar hing an der Längsseite des Dormitoriums. Christus in jedem Nächsten zu sehen, das also war als das Geheimnis, das Nopicht versucht hatte ihr nahezubringen. Mit jedem anderen so umzugehen, als sei er es, der Sohn des Höchsten selbst. Nicht aus Mitleid sollte man helfen und Gutes tun, auch nicht aus Berechnung, weil man es dann irgendwann zurückbekäme, sondern um dem geliebten Bräutigam zu dienen, ihm nahe zu sein, ihn zu pflegen, seine Schmerzen zu lindern, seine Füße zu waschen, seine Wunden zu salben. Das war des Rätsels Lösung. Vielleicht würde sie doch bei den Kranken arbeiten können, wenn es ihr gelang, ganz fest an dieses Bild zu glauben. Sie schlüpfte schnell unter ihre Decke und nahm sich vor, es von jetzt an zu versuchen. Dann sprach Adelheid das Nachtgebet für sie alle und löschte das Licht.

7

WIE MAN SPRICHT

Keine Begine spricht von sich aus einen Mann an ohne Zeugen. Sie achtet darauf, dass ihre Begleitung ihr folgen kann.
Ihre Rede sei so kurz und sachlich wie möglich, ohne Ausschweifung, es sei denn, dass dies notwendig ist, und ohne Lüge und Verleumdung. Sie spricht, ohne die Stimme zu erheben, ohne Flüche, ohne lautes Lachen, sondern immer gemessen, das Gesicht freudig, ernst und konzentriert.

FERIA SECUNDA, 26. FEBRUARIUS 1498

Agnes sah dem Jungen beim Essen zu. Sie konnte sich gar nicht sattsehen daran, wie er sich Löffel um Löffel vom süßen, heißen Brei in den Mund schob. Er hatte seine Anstreichersachen und das geliehene Werkzeug aus der Klosterkirche holen wollen. Als er an Agnes' Tür geklopft hatte, hatte sie ihn schnell in ihr Häuschen gezogen und ihm einen guten Brei gekocht. Der Junge war so mager. Nur durfte ihn niemand bei ihr finden.

»Ist das Euer Haus?«, fragte Clemens und sah sich um. Die Wohnküche war klein und dunkel, aber gemütlich. Ein lustiges kleines Feuer brannte unter dem Kessel. Der Rauch zog durch eine Esse ab, neben dem Herd stand ein Stuhl, an dem man sich an besonders kalten Tagen aufwärmen konnte. Auf diesem Stuhl saß Clemens jetzt. Er hatte gestaunt, als Agnes den Schapraai aufgesperrt und den Esstisch ausgeklappt hatte. Ein Schrank, in dem man essen konnte? So etwas hatte er noch nie gesehen. Auch

Napf und Becher und ein paar Küchengeräte wurden im Schapraai verwahrt. Dann gab es noch ein einfaches Bord unter dem Fenster, auf dem eine Wasserkanne und eine Schüssel standen, und einen einzigen Schemel. Und natürlich das Kruzifix mit dem niedrigen Bänkchen davor direkt neben der Tür.

»Nein, das Haus gehört mir nicht. Ich darf hier nur wohnen, weil ich die Pforte bewache. Schau«, sie wies auf das Fenster, das sich nach Westen hin öffnete. »Von hier aus kann ich den ganzen Hof überblicken. Und von dort aus«, sie wies auf die Eingangstür, die nach Osten hinausging, »sehe ich, wer zur Pforte hereinwill oder hinaus.«

»Darf denn niemand den Beginenhof verlassen?«

Agnes schüttelte den Kopf. »Niemand ohne Erlaubnis. Und die Erlaubnis erteilt nur die Magistra. Und niemand darf hereinkommen, ohne sich bei mir zu melden. Das ist die Regel.«

Clemens kratzte seine Schüssel leer und legte den säuberlich abgeleckten Löffel hinein. »Warum denn nicht? Habt Ihr keine Verwandten und Freunde?«

»Doch«, sagte Agnes und lächelte. »Natürlich haben wir die. Aber sie gehören nicht hierher. Hier ist eine Stätte der Ruhe und der Andacht. Hier werden keine Besuche gemacht. Das ist nicht unsere Art.«

»Geht Ihr denn häufig hinaus in die Stadt, um Eure Freunde zu sehen?«

Nun musste Agnes lachen. »Aber nein, mein Junge. Niemals. Wir verlassen unseren Hof nur, wenn wir es müssen. Wenn wir gerufen werden, um einen Kranken zu pflegen oder um eine Totenwache zu halten zum Beispiel.«

»Ist es wirklich wahr, dass Ihr bei den Toten wacht? Ich habe es nicht geglaubt. Meine Mutter hat es gesagt.«

»Deine Mutter hat recht, mein Sohn. Aber was erschreckt dich daran? Wir müssen alle einmal sterben.«

Clemens sah auf seine Hände. »Ich habe auch schon einmal bei einer Toten gewacht«, sagte er schließlich. »Bei meiner Großmutter.«

»Das war sehr brav von dir. Hast du deine Großmutter sehr gern gehabt?«

Clemens nickte und schwieg. Er saß zusammengesunken auf dem Stuhl und machte keinerlei Anstalten zu gehen.

»Du gehst nicht gern nach Hause, nicht wahr?«, fragte Agnes.

Clemens schüttelte den Kopf.

»Hast du Geschwister?«

»Ja. Lauter Schwestern.«

»Dann wird man viel von dir erwarten.«

Clemens blickte dumpf vor sich hin.

»Und dein Vater ist ein Maler?«

»Ja.«

»Auch ein so guter wie du?«

Clemens lächelte gequält. »Meine Großmama, die war eine gute Malerin. Von ihr habe ich gelernt, Gesichter zu zeichnen. Sie hat mir auch gezeigt, wie man Farben anmischt und eine Leinwand aufspannt. Aber ich habe freilich nie Leinwand zum Malen.«

»Die ist sicher sehr teuer«, sinnierte Agnes, und Clemens nickte. »Wie hieß denn deine Großmutter?«

»Maria Anna van Goos. Sie hatte eine eigene Werkstatt hier in Brügge. Sie hat sogar den berühmten Jan van Eyck gekannt. Er hat ihre Bilder bewundert.«

92

»Aha«, sagte Agnes. Sie kannte keinen Jan van Eyck, und richtige Tafelbilder hatte sie sich noch nie angeschaut. Sie kannte nur die schönen Altarbilder in der Klosterkirche, und die genügten ihr auch.

»Mein Großvater war ein Schreiner und hat auch einmal einen Rahmen für ein Bild leimen müssen. Ich weiß noch, wie das große Bild in seiner Werkstatt stand. Ich weiß aber nicht, wie der Maler hieß.«

»Leben Eure Eltern noch?«

Jetzt war es Agnes, die eine Weile still vor sich hin starrte. »Mein Vater ist tot«, sagte sie schließlich. »Meine Mutter habe ich leider schon lange nicht mehr gesehen.«

»Ich möchte meine Mutter am liebsten auch nicht mehr sehen. Sie ist ungerecht.«

»Was meinst du damit, Junge?«

»Ich möchte gern Maler werden, aber sie lässt mich keine Lehre machen. Dabei bin ich begabt, das sagen alle. Aber Mutter meint, als Maler könne ich kein Geld verdienen. Außerdem will sie das Lehrgeld für mich nicht bezahlen.«

»Das ist nicht klug von ihr.«

»Nein, und es ist gemein.«

»Schimpfe nicht auf sie, Junge. Sie ist doch deine Mutter und hat dich geboren und aufgezogen. Dafür musst du ihr dankbar sein. Für alles andere wird der Herr schon sorgen, wenn du nur milde und gottesfürchtig bleibst.«

»Ich weiß nicht, was ich tun soll. Ich hasse die Arbeit als Anstreicher.«

Agnes schloss die Augen und fing leise an, eine Reihe von Paternostern zu beten, denn die Klosterglocke schlug zur Terz. Sie hatte noch viel zu tun an diesem Vormittag.

Nach dem dritten Gebet öffnete sie wieder die Augen und segnete den Jungen.

»Geh jetzt, mein Kind. Ich werde für dich beten, und dann wollen wir mal sehen, ob uns nicht eine Lösung einfällt für dein Problem.«

Hinter dem dicken Schädel des Tuchlieferanten und dem seines schmalen Gesellen tauchte plötzlich noch ein drittes Gesicht im Toreingang auf. Ein kupferroter Schopf rahmte das kantige Gesicht mit lustigen, aber heute eher besorgt dreinblickenden hellbraunen Augen. Advokat Dietz linste dem stämmigen Tuchhändler über die Schulter, hatte aber keine Chance, sich hinter dessen breitem Kreuz hervorzudrängeln.

»Wir haben die Ware nicht bestellt«, wiederholte Agnes und wich keinen Schritt zur Seite. Der flachsblonde Tuchmachergeselle schob sich einfach mit den zwei schweren, schwarzen Tuchballen im Arm an ihr vorbei. »Wir weben unser Tuch jetzt wieder selbst, wir müssen sparen, damit Ihr's wisst.«

»Sparen? Am falschen Ende, würde ich sagen. Ist Euch unsere Arbeit nicht mehr gut genug? Jedes Jahr haben die frommen Frauen zu Fastnacht fünfzig Ellen schwarze Wolle und vierzig Ellen weißes Linnen bei uns abgenommen«, erklärte der Tuchmacher verstimmt. »So war es schon zu Zeiten meines Vaters, Gott hab ihn selig.«

»Nun ruft trotzdem Euren Jungen zurück, Johann Cempe, was ist denn das für ein Benehmen?«, forderte Agnes. »Ich lasse gleich die Magistra rufen, dann werdet Ihr etwas zu hören bekommen.«

»Darf ich vielleicht helfen? Advokat Dietz. Seid gegrüßt, Schwester Agnes.«

Als der Tuchhändler sich zum ihm umdrehte, gelang es Dietz endlich, sich an ihm und dem Burschen vorbeizudrängeln. Er stellte sich neben Agnes, griff nach den beiden Stoffballen und schob den Jungen mitsamt seinen Stoffen durchs Tor zurück. »Ihr hört doch, was die Schwester sagt. Hier wurde kein Tuch bestellt, dann müsst Ihr auch keins liefern. Habt Ihr nichts anderes ins Feld zu führen als Eure Dreistigkeit?«

»Ihr werdet noch von uns hören«, tönte Cempe und ließ seinen mächtigen Brustkorb unter dem schwarzledernen Wams anschwellen. Er wirkte fast doppelt so groß wie der ebenfalls stattliche Advokat, ließ sich aber nicht auf weitere Händel ein. Er hob nur drohend die Faust: »Hören werdet Ihr noch von mir – fromme Schwester, von wegen. Ich werde es dem Gildemeister melden. Dann werden wir ja sehen, ob Ihr Euer Tuch nicht doch lieber bei uns kaufen wollt. Ihr habt gar keine Genehmigung, Webstühle aufzustellen. So wird das nicht gehen, auch nicht, wenn man mit dem lieben Gott im Bunde ist.«

»So macht es, guter Mann, besprecht Euch mit dem Gildemeister. Gott sei mit Euch, gehabt Euch wohl.« Mit diesen Worten entließ Dietz die beiden Männer und sah ihnen nach, bis sie ihre Tuchballen wieder auf ihrem Lastkahn verstaut hatten, der am Minnewater zwischen den anderen Schuten festgemacht war. Dann schloss Agnes energisch die Pforte hinter ihnen. Das Rufen der Bootsleute, das Rasseln der Ketten und Gequietsche der Lastkräne, das Schrammen der Schuten am Kai und das vielstimmige Gekreisch der Möwen, die über den Schiffen kreisten, wurde schlagartig leiser.

Als sie sich wieder umdrehte, stand Dietz ganz dicht vor ihr und lächelte zu ihr herab. Sie war ein gutes Stück kleiner als er und musste den Kopf ins Genick legen, um ihm ins Gesicht zu sehen. Wie lange hatte sie nicht mehr so ungeschützt in die Augen eines Mannes geblickt? Hatte jemals ein Mann sie so angesehen – mit einem Blick, so tief und wach, so interessiert und teilnehmend, fast besorgt? Ein studierender Blick, ein Blick wie eine Hand, die sich mitfühlend auf eine Schulter legte, oder wie ein Brief voller Fragen und voller Erwartung. Ein Blick wie eine Geschichte mit Anfang und Mitte und Schluss.

Agnes senkte den Kopf. Ihre große weiße Haube, deren Seiten sich wie Schwanenflügel unter das Kinn schmiegten, ehe sie sich am Ende aufbogen zu anmutigen Blütenblättern, verdeckte ihr erstauntes Gesicht. Er hatte nicht das Recht, sie so anzusehen. Sie hatte zwar kein Gelübde abgelegt, aber sie hatte doch Keuschheit gelobt und sich der Regel der Beginengemeinschaft unterworfen. Sie hatte den Blick zu senken, jedem gegenüber, vor allem natürlich Männern. Nur dem Herrn hatte sie ihren Blick zu schenken, ihm allein hatte ihre Aufmerksamkeit zu gelten. Was war in sie gefahren, dass sie sich so vergaß? Sie wandte sich ab und trat ein paar Schritte zurück.

»Ich danke Euch für Eure Unterstützung, Advokat. Aber nun sagt, was Ihr wünscht. Ich habe niemanden hereinzulassen, soweit ich es weiß.«

»Soweit ihr es wisst, Agnes«, sagte Dietz. »Das mag wohl richtig sein. Aber ich habe eine wichtige Nachricht zu übermitteln. Für die Magistra.«

»Dann sagt sie mir und ich werde sie ausrichten. Die Magistra hat jetzt keine Sprechzeit.«

»Ich fürchte, ich werde sie trotzdem stören müssen.

Schwester Agnes, nun seid doch nicht so streng mit mir.«

»Ihr Mannsleute habt keinen Zutritt zu unserem Hof, dass wisst Ihr wohl, Dietz. Warum könnt Ihr Euch nicht an unsere Regeln halten?«

»Ich war doch schon öfter bei Euch. Und ich komme doch gar nicht als Mann.« Dietz lachte, wurde aber wieder ernst, als er merkte, dass Agnes nicht einstimmte. »Ich komme als Advokat. Es geht um die Erbschaftssache von Seraphine van Moentack.«

»Ich werde der Magistra ausrichten, dass Ihr hier wart.«

»So standhaft«, rief Dietz, »wie nur eine Nonne sein kann. Himmel …«

»Versündigt Euch nicht!«

»… Herrgott, steh mir bei.«

Agnes bekreuzigte sich und nahm sich vor, Dietz am Abend in ihre Fürbitten einzuschließen. Der Mann hatte es nötig. Er hatte zu viel Feuer. Sicher war er kein schlechter Mensch, aber er konnte die Grenzen nicht wahren. Und fast hätte er sie mit sich in den Abgrund seiner Verfehlungen gerissen. Gottlob stand sie sicher auf dem Fundament ihrer Überzeugungen und hatte mit Gottes Hilfe den Anfeindungen widerstehen können. Gestärkt in ihrem Glauben und ihrer Moral, kam ihr ein Gedanke.

»Sagt, Dietz, kennt Ihr nicht eine Kunstmalerwerkstatt für einen Lehrling, einen begabten Schüler?«

Dietz stutzte, dann breitete sich ein wissendes Lächeln auf seinem Gesicht aus. »Der junge Wandmaler …«

»Pssst«, zischte Agnes. »Ihr wolltet doch stillschweigen.«

»Tue ich ja, Schwester, keine Sorge. Ich habe nichts

gesagt. Aber wenn Ihr mir nicht den Namen des jungen Mannes verratet, werde ich nichts für ihn tun können.«

»Ihr wisst also jemanden?«

»Vielleicht. Könnte sein, ich wüsste jemanden, der eventuell einen Lehrling nimmt. Sagt mir, um wen es sich handelt, und ich werde sehen, was sich machen lässt.«

»Kennt Ihr die Familie van Goos? Der Vater ist auch Maler, taugt jedoch nicht viel. Die Großmutter soll aber eine gute Künstlerin gewesen sein.«

»Maria Anna van Goos, ja, sie war in der Tat eine gute Malerin. Wir waren vor wenigen Tagen bei der Familie im Haus, um zu pfänden. Die Mutter hat schon alle kostbaren Bilder versetzt. Und der Vater vertrinkt Haus und Hof. Ach ja, und jetzt erinnere ich mich auch an den Jungen, ein blasser Bursche, Clemens heißt er, nicht wahr? Der war es also, der die Wandzeichnung in Eurer Kirche gemacht hat! Darauf hätte ich auch allein kommen können.«

»Pssst, so schweigt doch still, ich bitte Euch. Der arme Junge hat niemanden, der ihn fördert. Also tut etwas für ihn, ich bitte Euch sehr. Er verkommt in einer Anstreicherwerkstatt, muss Wände kalken und Pinsel auswaschen. Dabei kann er Porträts zeichnen wie kein Zweiter.«

»Das habe ich wohl gesehen«, sagte Dietz, schlug aber gleich die Hand vor den Mund, als Agnes ihm mit erhobenem Finger drohte. »Ich schweige ja schon. Also, ich werde sehen, was sich machen lässt. Seid Ihr mir nun wieder gut?«

Agnes schüttelte ungehalten den Kopf. Dieses eitle Mannsbild, immer ging es ihm nur um sich selbst!

»Muss ich das als nein verstehen?«, fragte Dietz, neigte den Kopf und sah Agnes mit schelmisch blitzenden Augen an.

»Ich bitte Euch, hört auf damit«, flüsterte sie. »Seht nur … jetzt kommt die Magistra!«

Mit energischen Schritten und wehenden Rockschößen eilte Mutter Walburga auf das Tor zu. Sie trug ihr schwarzes Wolltuch und hatte eine Aktenmappe unter dem Arm. Schon von weitem winkte sie den beiden zu. Agnes verbeugte sich, und auch Dietz begrüßte sie mit einer ehrerbietigen Verneigung.

»Ich wollte gerade zu Euch, Magistra. Aber Eure eherne Aeditua wollte mich nicht einlassen.«

»Das hat sie gut gemacht. Was gibt es Neues?«

»Ich soll Euch ausrichten, dass Mijnheer Vermeulen zur Kenntnis genommen hat, dass Ihr die beiden Testamente Seraphine van Moentacks überprüfen lassen wollt. Solange jedoch wird über das gesamte Geld und Gut der Schwester nicht verfügt werden können.«

»Das ist mir bewusst«, sagte die Magistra.

»Eure Aussichten sind allerdings denkbar schlecht«, fuhr Dietz fort. »Dies ist nur meine persönliche Einschätzung. Aber ein Gerichtsverfahren wird sich womöglich lange hinziehen.«

Die Magistra lachte nervös, um ihren Ärger zu verbergen. Dabei drückte sie die Mappe mit beiden Armen an die Brust wie ein Wickelkind. »Was bleibt uns anderes übrig? Soll es etwa Recht und Gesetz sein, dass Seraphine ihr Leben lang hier unter uns gelebt und gewirkt hat und nun alles ihrer Familie hinterlässt? Die hat ihr so manche Schande angetan, glaubt mir, ich kenne die Familien Moentack und de Vens recht gut. Gerade muss ich wieder einige Angelegenheiten wegen ihres Beginenhauses klären. Alles ist schadhaft und muss gerichtet werden. Seraphine hat nie etwas in dieses Haus gesteckt, das ihr von uns gegen geringe Miete überlassen worden war. Immer hat sie alles gespart. Das haben wir nun davon.«

»Ich fürchte, Ihr werdet am Ende dennoch leer ausgehen. Und das wenige, was Seraphine Euch vermacht hat, im Gerichtsstreit verlieren.«

Die Magistra kniff die Lippen aufeinander. »Ich werde so bald wie möglich mit Propst Albrecht über die Angelegenheit sprechen«, sagte sie schließlich. »Wir unterliegen nicht der öffentlichen Rechtsprechung, sondern direkt dem Erzherzog. Euer Recht ist noch lange nicht das unsrige. Wenn wir es auf einen Rechtsstreit ankommen lassen müssen, wird auch Christoph de Vens lange auf seine Erbschaft warten, das könnt Ihr ihm ruhig ausrichten. Ihr seid doch jetzt sein Anwalt, sehe ich das richtig?«

»Könnte man so sagen«, sagte Dietz etwas gewunden.

»Bisher habt Ihr uns vertreten«, bemerkte die Magistra mit unverhohlener Missbilligung. »Aber der Propst hat mich schon vor Euch gewarnt. Ihr hängt das Mäntelchen immer nach dem Wind.«

»Ganz so einfach ist es nicht«, widersprach Dietz. »Und vorschnelle Urteile stehen Euch nicht gut zu Gesicht, Magistra.«

»Das lasst ruhig meine Sorge sein, was mir zu Gesicht steht!«

So wütend hatte Agnes Mutter Walburga lange nicht gesehen. Wie um sich zu schützen, schob sie vorsichtig ihre Hände in die Ärmel ihres Habits und zog den Kopf ein. Dann begab sie sich mit langsamen Schritten zum Tor, um es für den Advokaten zu öffnen. Er verabschiedete sich mit einer ritterlich knappen Verbeugung von der Vorsteherin, warf Agnes einen zerknirschten Blick zu und verließ den Hof. Die Mittagssonne schickte schnell einen schmalen, gleißenden Keil durch das Tor, dann war sie wieder ausgesperrt aus dem Rund des Hofes.

»Du hältst die Wasserschüssel«, murmelte Schwester Fronika und drückte Maria mit drei Fingern auf den Schemel, der am Fußende des Bettes stand. Ihre Finger waren eiskalt und hart und bohrten sich wie Zangen in die Schulter der Novizin. »Reich sie mir, wenn ich das Schweißtuch anfeuchten muss.«

Sie tauchte ein ehemals weißes Leintuch in die irdene Wasserkumme und wrang es mit ihren roten, kalten Händen aus. Dann faltete sie das Tuch dreimal der Länge nach und legte es wie eine weiße Binde über die Stirn der Kranken.

Katharina von Eschval lag im Sterben. Ihr Gesicht war eingefallen, und ihre Haut hatte die Farbe von schmutzigem Wachs. Sie atmete flach und mit offenem Mund, während ihre Lider über den Augäpfeln zitterten.

»Sie sieht schon den Allerheiligsten, Kinder, betet für sie, betet.«

Mit tief gesenkten Häuptern, die weißen Novizinnenschleier vor das Gesicht gezogen, fingen Duretta und Adelheid an, Paternoster auf Paternoster zu murmeln. Endlich schwangen sie sich ein und fanden einen gleichen Rhythmus: *Pater noster, qui es in caelis, sanctificetur nomen tuum. Adveniat regnum tuum, fiat voluntas tua, sicut in caelo, et in terra …*

Maria bewegte die Lippen zum Gebet ihrer Mitschwestern, bekam aber keinen Ton heraus. Das lange Sterben schockierte sie zutiefst, innerlich fühlte sie sich selbst schon ganz kalt. Sie spürte weder Angst noch Trauer, noch konnte sie die absurde Munterkeit nachvollziehen, die Schwester Fronika erfasst hatte, seitdem sie den Raum betreten hatten.

»Bald wird wieder eine Seele in den Himmel aufsteigen. Oh, die Englein erwarten sie schon, wie werden sie ihre Ankunft feiern! Das ist ein Jubeln und eine Freude, davon können wir nur träumen, wir armen Sünder.«

»Und das Jüngste Gericht?«, hatte Christina ängstlich gefragt.

»Eine fromme Frau wie die gute Katharina hat das Jüngste Gericht nicht zu fürchten, du dummes Ding. Und für den Rest sorgen wir.«

Dann hatte sie Duretta und Christina auf ihre Plätze rechts und links vom Kopfkissen der Sterbenden geschickt und ihnen je eine Wachskerze in die Hand gedrückt. Sie hatte ihnen erlaubt, sich die Schürzen um die Hände zu wickeln, damit das tropfende Wachs sie nicht verbrannte. »Aber ihr werdet es selbst herausbügeln müssen, sowie wir wieder zu Hause sind.«

Nur Maria durfte auf einem Schemel sitzen. Alle drei Stunden sollten sie die Positionen wechseln.

»Drei Stunden?«

»Oder sechs oder zwölf, wer weiß das im Voraus?«

»Braucht es so lange, bis man stirbt?«, fragte Maria schaudernd.

»Ich habe schon über Tage und Nächte Sterbende begleitet. Was denkst denn du – so leicht lässt der Teufel unsere Seelen nicht zum Herrn hinaufsteigen. Das ist ein schwerer Kampf, den wir am Ende alle fechten müssen.«

»Ist der Teufel jetzt hier im Raum?«, fragte Christina ängstlich.

»Der Teufel ist immer da«, antwortete Fronika. »Was seid ihr für Dummchen. Ihr seid doch schon ein paar Wochen bei uns. Habt ihr denn noch nichts gelernt?«

Ihre roten Wangen, die von blauen Äderchen durchzogen waren und ein bisschen herabhingen, zitterten, während die Schwester die Bettdecke der Sterbenden anhob, darunter nach dem Rechten sah und sie dann rundherum wieder feststeckte. Erst nachdem alles seine Ordnung hatte, schickte sie Maria hinaus, um Katharinas Verwandte hereinzulassen.

Hinter der Tür, die in eine karge Stube führte, ungeheizt wie das Sterbezimmer, warteten zwei Männer. Dem Alter und Aussehen nach waren sie vermutlich Brüder. Sie zogen die Mützen vom schütteren Haar und knautschten sie in den Händen, als Maria sie hereinbat.

»Ist sie schon …«

»Nein, Eure Mutter lebt noch. Ihr müsst für sie beten.«

Die beiden Männer, die einzigen überlebenden Söhne der Sterbenden, fielen am Fußende des Bettes auf die Knie und begannen, mit gesenkten Köpfen zu beten. Ein kleines Kind, das auf einem Stuhl schlief, blieb allein im Wohnzimmer zurück. Der Enkel der Sterbenden. Sonst gab es keine Angehörigen. Die Mutter des Kindes war jüngst verstorben. Katharina von Eschval hatte das Kind versorgt, solange sie dazu in der Lage gewesen war. Was nun wohl mit ihm geschehen würde?

Maria nahm wieder am Fußende Platz und starrte auf das Gesicht der Frau, die nun mit dem Teufel rang. So sah es jedenfalls aus. Fronika feuchtete immer wieder das Leintuch an, wrang es sorgfältig aus, benetzte damit Katharinas Lippen und legte es ihr schließlich wieder auf die Stirn.

»Bete«, flüsterte sie scharf, als sie Marias Blick begegnete. »Glotz nicht.«

Nach Mitternacht, die Mädchen hatten schon zweimal die Plätze getauscht und die beiden Männer hatten sich in der Stube auf den Boden zum Schlafen gelegt, kam der Priester noch einmal. Er hatte schon am Nachmittag die Letzte Ölung verabreicht. Er ging zu Fronika und flüsterte ihr etwas ins Ohr.

Maria, die sich kaum noch auf den Beinen halten konnte und nicht mehr spürte, dass ihr immer mehr heißes Wachs auf die Hände tropfte, weil sie die Kerze nicht gerade hielt, wurde schlagartig wieder wach.

»Nein, sie haben mir nichts gegeben«, sagte Fronika mit harter Stimme. »Weckt sie, sie liegen nebenan und schlafen. Wir haben noch nichts bekommen.«

Der Priester verschwand im Wohnzimmer und kam nicht zurück. Vermutlich hatte er sein Geld bekommen.

Im Morgengrauen kamen zwei Nachbarinnen und brachten Brot und Kuchen und heißes Bier für die Mädchen. Fronika lehnte ab und blieb bei der Sterbenden, die noch immer heftig röchelte. Der Teufel musste sehr stark um sie ringen. Maria und Duretta aßen mit großem Appetit, während Christina keinen Bissen herunterbrachte.

»Ich dachte immer, Sterben ginge ganz schnell«, flüsterte Maria, als die Nachbarinnen sie in der Küche allein ließen.

»Ach was«, murmelte Duretta kauend. »Das kann ewig dauern. Manche sterben auch gar nicht, sondern werden wieder gesund und munter.«

»Meinst du, diese hier auch?«

Duretta schüttelte den Kopf. »Nein, die ist bald hin. Wart ab, mittags sind wir wieder zu Hause.«

»Dürfen wir dort wohl gleich schlafen gehen?«, fragte Christina.

Duretta zuckte die Achseln. »Was weiß denn ich?«

Die Nachbarinnen riefen die Mädchen wieder ins Sterbezimmer. Maria durfte sich nun auf den Schemel setzen und die Wasserschale halten, während Christina und Duretta mit den Kerzen hinter dem Bett Position bezogen.

Der Vormittag verging mit zahllosen Gebeten und immer mehr Menschen, die sich am Fußende des Betts zum Gebet auf die Knie niederließen. Katharina war keine reiche Frau gewesen, sie war die Witwe eines einfachen Kontorschreibers, aber sie hatte ein großes Herz gehabt und kannte viele Leute in Brügge. Die Nachricht, dass sie im Sterben lag, verbreitete sich schnell. Am Nachmittag wurde ihr Röcheln merklich lauter. Die Mädchen hatten sich inzwischen alle drei auf Schemel setzen dürfen, weil sie sonst umgefallen wären. Fronika hingegen merkte man nichts an von der durchwachten Nacht. Ihre Wangen leuchteten rot wie eh und je, sie hatte weder gegessen noch getrunken und umsorgte die Sterbende ohne Unterlass mit geübten, sanften Handgriffen, während ihre Lippen unermüdlich Verse murmelten.

Als das Röcheln immer stockender wurde und schließlich mehr wie ein schweres Seufzen klang, was alle Beteiligten außer Fronika zutiefst erschütterte, schickte diese Duretta und Maria hinaus, um Wasser vom Brunnen zu holen und es in dem größten Tiegel zu erhitzen, den sie finden konnten.

»Wofür brauchen wir das?«, fragte Maria, als sie am Brunnen standen. Tief atmete sie die gute, kalte Februarluft. Es dämmerte schon wieder, sie waren jetzt vierundzwanzig Stunden ununterbrochen in diesem Sterbehaus.

»Wenn sie tot ist, müssen wir sie waschen und ankleiden für die weite Reise. Wusstest du das nicht?«

Maria starrte Duretta an. »Wir müssen sie anfassen?
Obwohl sie schon tot ist?«

»Na und? Macht dir das etwas aus? Sie ist doch nur
noch Haut und Knochen. Sie ist nicht schwer.«

»Aber warum müssen wir sie noch waschen, wenn sie
doch sowieso tot ist?«

»Weil sie schmutzig ist. Du wirst schon sehen. Und damit sie hübsch aussieht, wenn sie aufgebahrt wird und alle
von ihr Abschied nehmen wollen.«

Als sie ins Haus zurückkamen, war Katharina endlich gestorben. Maria spürte es gleich, als sie die Tür zur
Schlafkammer öffnete. Fronika stand links über das Kopfende gebeugt und sprach gleichmäßig und mit kräftiger
Stimme Ave-Maria um Ave-Maria. Christina saß zusammengesunken auf dem Schemel, die Wasserkumme
auf dem Schoß, und schwieg. Die Nachbarinnen und die
Söhne knieten stumm am Fußende des Betts, die Hände
vor der Brust gefaltet. Alle umstanden das Bett genau wie
vorher, und doch war alles anders. Vor allem war es still.
Das Todesröcheln hatte aufgehört. Der Mund der Toten
stand offen, ihr Gesicht hatte den gequälten Ausdruck
verloren. Ihr Kopf war nur noch ein Schädel mit ledriger,
fahler Haut bespannt. Kein Mienenspiel, kein Lächeln
und kein Schrecken mehr bewegten Mund und Augen.

Dann sah Maria plötzlich, wie über dem Kopf der Toten
eine kleine, fast durchsichtige weiße Wolke aufstieg, die
nur reinen Frieden und großes Glück ausstrahlte. Wenn
das nicht die ewige Seele war!, dachte sie. Das Wölkchen
stieg langsam höher und höher, bis es an die niedrige Decke des Zimmers stieß, immer kleiner wurde und schließ-

lich verschwand. Maria war ihm mit den Blicken gefolgt und spürte plötzlich eine unendliche Freude in ihrem Herzen. Sie musste lächeln, und alles Elend und Grauen der vergangenen Nacht fiel von ihr ab. Mit glühendem, übervollem Herzen fiel sie ein in Fronikas Gebet: *Ave Maria, gratia plena, Dominus tecum* ...

8

WIE MAN GÄSTE BEHERBERGT

*Niemand soll ohne Genehmigung der Magistra eine fremde Person
zum Essen einladen. Aber eine Begine darf eine andere an die
gemeinsame Tafel oder zu sich ins Haus zum Essen bitten. Die Magistra soll jedoch darauf achten, dass dies nicht zu häufig geschieht.
Es ist nicht erlaubt, irgendeinen Mann zu beherbergen, und man
lädt auch keinen zum Essen ein, wie ehrwürdig er auch immer sei;
sollte aber ein kleiner Junge mit den Frauen zusammenkommen,
kann er in ihrer Gegenwart essen. Sollte jemand von weit her eine
Begine besuchen kommen, so kann er bei ihr essen, schlafen jedoch
muss er woanders.*
*Kein Gast darf länger als einen Tag bleiben, es sei denn, die
Magistra heißt dies für gut.*

FERIA SECUNDA, 7. MAIUS 1498

*D*er Flur war lang und dunkel, und Christoph de
Vens brauchte eine ganze Weile, bis sich seine Augen an das trübe Licht gewöhnt hatten. Dann zeichneten
sich langsam die Konturen dicht an dicht gehängter Bilder
an den Wänden ab und am Ende des Ganges eine schwere Tür, durch deren Ritzen ein paar helle Lichtstrahlen
fielen. Von dort hörte man leise Klopfgeräusche und ein
Schaben, Reiben, Spachteln. Etwas Schweres polterte auf
den Boden. Eine laute Stimme fluchte.

Bald nach Ostern, am Sonntag Jubilate, war Christoph feierlich in die Bruderschaft der Tuchmacher aufgenommen worden. Man hatte ihm jedoch zu verstehen
gegeben, dass er zwar willkommen sei, sich aber noch zu

bewähren habe. Nach einer gewissen Probezeit und der endgültigen Aufnahmezeremonie hatte er dann sein Konterfei abzuliefern, das zu den anderen im Versammlungsraum der Brüder im Stil passen sollte und deshalb bei Meister Georgius angefertigt werden musste. Georgius war zwar etwas schwierig im Umgang und nicht leicht in seiner Werkstatt anzutreffen, hatte aber einen festen Vertrag mit der Bruderschaft, der er selbst als Mitglied angehörte. Am ehesten traf man ihn in der Taverne, morgens, mittags oder abends. Dort saß er mit seinen Malerkollegen und leerte Krug um Krug. Seiner Malkunst täte das jedoch keinen Abbruch, hatte man Christoph versichert. Er konnte es sich schwerlich vorstellen. Man brauchte doch eine ruhige Hand, um einen Pinsel zu führen. Aber wer wusste schon, was in diesen Künstlern vor sich ging? Er jedenfalls hatte davon keine Ahnung. Er würde es ja sehen. Demnächst. Hoffentlich bald.

Plötzlich öffnete sich leise eine Dielentür neben der Haustür, die vermutlich in den Wohnbereich des Hauses führte. Ein junges Mädchen mit reinlicher weißer Haube, ein Talglicht in der Hand, kam auf ihn zu. »Mijnheer de Vens? Ich soll Euch die Bilder zeigen«, flüsterte sie scheu. Sie konnte nicht viel mehr als zehn Jahre zählen. Sie versuchte, das Licht gerade zu halten, aber das heiße Wachs tropfte dennoch auf ihre Hände, auf ihr Kleid und auf den Boden. Sie schien es nicht zu bemerken. Sie nickte Christoph zu und machte ein paar Schritte den Gang entlang.

Im Licht der flackernden Kerze betrachtete Christoph das erste Gemälde. Es zeigte das Gesicht eines streng blickenden Mannes etwa in seinem Alter mit schwarzweißem Kragen. Sein Gewand war ganz schwarz, nur an den

Ärmeln schimmerte dunkelroter Samt. Die Hände waren kräftig und sehnig, Hände, die zupacken konnten und doch Feinsinnigkeit verrieten. In der rechten Hand hielt er ordentlich zusammengelegte Handschuhe. Rechts oben im Bild war in Schwarz, Weiß und Rot sein Wappen abgebildet. Darüber stand in schönen goldenen Lettern: *Anno domini MCDLXXXIX.*

»Hübsch, nicht wahr?«, strahlte das Mädchen. »Ein schöner Mann. Aber er ist schon tot.«

»Ach«, sagte Christoph und schritt schnell weiter zum nächsten Bild. Es war ganz ähnlich aufgebaut. Schwarzes Gewand vor etwas hellerem Hintergrund, fein gezeichnetes Gesicht mit Mütze, weißem Kragen und in der rechten Hand die zusammengelegten Handschuhe.

»Das ist sein Bruder«, erklärte das Mädchen. »Auch gestorben.«

Christoph schritt weiter. »Sind die alle schon tot hier? Alle, die hier hängen?«

Das Mädchen lächelte und schwieg.

»Hoffentlich haben sie noch rechtzeitig bezahlt«, fuhr Christoph fort.

Die Bilder glichen sich wie ein Ei dem anderen. Natürlich hatte ein Maler einen bestimmten Stil, das zeichnete ihn vermutlich aus. Aber so schablonenhaft musste man die Menschen doch auch nicht darstellen. Christoph beschloss, erst einmal eine Probezeichnung anfertigen zu lassen. Eine hübsche kleine Miniatur. Die konnte er dann nach Antwerpen zu Margarethe schicken, damit sie ihn nicht vergaß. Als kleine Aufmerksamkeit oder seinetwegen auch zum Trost, weil seine Abreise aus Brügge sich noch eine Weile verzögern würde.

Wenn er sich recht erinnerte, sahen die Bildnisse der

Männer im Festsaal der Bruderschaft tatsächlich alle so aus wie diese hier. Düster, ernst, feindselig und außerdem irgendwie nichtssagend.

»Gibt es auch noch andere Motive, die der Meister malt?«, fragte Christoph. Er ärgerte sich selbst über seinen unfreundlichen Ton, schließlich konnte das Mädchen nichts für die Arbeit ihres Herrn, ebenso wenig wie dafür, dass der Meister ihn so unverschämt lange warten ließ.

»Ich weiß nicht«, sagte sie und sah ihn mit großen Augen an.

»Andere Bilder. Hellere, freundlichere?«, hakte Christoph nach.

Sie schüttelte den Kopf.

Da kam Christoph ein Gedanke. Er holte seine Geldkatze heraus und hielt ihr eine kleine Münze hin. Gierig schloss sie ihr Händchen darum, raffte ihre Schürze und klapperte auf ihren Trippen mit kleinen Schritten den Gang entlang zur Werkstatttür. Zaghaft klopfte sie an, dann noch einmal stärker. Mit einem Ruck wurde die Tür von innen aufgerissen, und das helle Tageslicht strömte in den dunklen Gang.

»Marieken, was gibt's? Ist schon Mittagszeit?« Ein großer Klotz von einem Mann stand im Türrahmen. Sein Kittel war über und über mit dunklen Farben bekleckert. »Wen hast du denn da bei dir? Ich wollte doch nicht gestört werden.«

»Christoph de Vens«, sagte Christoph, schwang seinen Hut und verneigte sich knapp. »Spreche ich mit Meister Georgius? Ich bin Mitglied der Bruderschaft, dort hat man Euch mir empfohlen.«

»Ihr seid in die Bruderschaft aufgenommen?«, fragte der Mann misstrauisch.

»Und ich möchte ein Porträt anfertigen lassen, jawohl.«

Der Meister, der gar nicht so aussah, wie Christoph sich einen Künstler vorgestellt hatte, trat ein wenig beiseite, um den Kunden einzulassen. Das Mädchen pustete die Kerze aus und schlüpfte schnell mit durch die Tür. Beißender Geruch von ätherischen Ölen, Terpentin, Firnis und verbranntem Holz stieg Christoph in die Nase, so dass er fast niesen musste. Der große Raum war vollgestellt mit Staffeleien, auf denen halbfertige Bilder in allen Größen lehnten. Manche lagen auch einfach auf dem Boden. Einige waren mit Zeichnungen bedeckt, andere mit dunklen Umrissen und durchscheinenden Farbschichten. Alle erinnerten an die ernsten, düsteren Porträts draußen auf dem Gang. An den Wänden rings um die Arbeitsplätze lehnten weitere Tafeln, die Bildflächen nach innen oder außen gewendet. Mindestens fünf junge Männer zählte Christoph, die mit allen möglichen Werkzeugen an den Bildern hantierten. Einer war schon etwas älter, ein anderer noch ein halbes Kind. Zwei rieben mit rußigen Säcken über gelochte Vorlagen, die Gesichter schwarz vom Kohlenstaub, einer schmirgelte eine Bildfläche ab, ein anderer grundierte eine Holztafel. Alle arbeiteten schweigend und sahen nicht auf, begrüßten den Gast nicht einmal mit einem Nicken. Auf der Fensterbank lagen zwei schwarze Katzen zwischen Eimern voll schmutzigem Wasser und Ständern mit Pinseln und Werkzeug.

»Was soll ich Euch sagen?«, brummte der Meister. »Ich habe keine Zeit. Ich arbeite gerade an einer großen Serie.«

»Ich verstehe«, sagte Christoph. Er versuchte, den Abstand zu dem Hünen, der ihn um mindestens zwei Köpfe überragte, so groß wie möglich zu halten. »Ich wollte auch erst mal nur ein kleines Bild anfertigen lassen, das ich meiner Frau nach Antwerpen schicken kann. Es sollte nicht allzu ernst ausfallen. Meine Frau ist in gesegneten Umständen.«

»Für Kleinkram habe ich erst recht keine Zeit.«

Christoph sah sich ratlos um. Der Mann war noch weitaus unangenehmer, als er erwartet hatte. Er wollte doch schließlich für das Bild bezahlen. Wo er sich nun zum ersten Mal im Leben malen lassen wollte – da hätte er gern mit jemandem zu tun gehabt, der sich richtig Mühe gab.

»Was stellt Ihr Euch denn vor?«, meinte der Maler schließlich mürrisch.

»Es soll ein treffendes Bild werden, aber auch ehrwürdig und lebendig«, sagte Christoph. »Und es soll den Betrachter erfreuen.« Er stockte und wagte nicht zu sagen, dass es ihn stolz und glücklich zeigen sollte. Er wollte sich Margarethe von seiner besten Seite zeigen: lebensfroh, erfolgreich, zuverlässig, fruchtbar. Nicht finster, streng und furchteinflößend.

Der Meister fing an, unter den Bildtafeln herumzusuchen, die an die Wände gelehnt standen. »Wo sind denn die Vorlagen für die Hintergründe, verflucht?«, schimpfte er, bis einer der Lehrlinge aufsprang, hinter Christoph vorbeiwischte und ein halbfertiges kleines Bild hervorkramte.

»Gib her«, raunzte Georgius und verpasste dem Lehrling eine Kopfnuss. »Und jetzt wieder an die Arbeit, du Lümmel.«

Der Junge schlich wieder an seinen Platz und begann, Christoph aus den Augenwinkeln zu beobachten. Während Christoph sich verschiedene Hintergründe anschaute, die der Meister ihm vorlegte, fing der Junge an, mit schnellen Strichen eine Rötelzeichnung auf eine von ihm gerade frisch grundierte Holztafel zu werfen.

»Habe ich dir nicht schon oft genug untersagt, deine Kritzeleien hier auf den teuren Platten anzubringen!«, brüllte Georgius, der plötzlich hinter dem Jungen aufgetaucht war, um zu sehen, was er machte. »Clemens van Goos, der schon alles kann und hier nichts mehr lernen muss, nicht wahr? Wenn es so ist, dann kann ich deinem Vater ja sagen, dass er dich gleich wieder abholen kann!«

Christoph de Vens kam neugierig hinter dem Meister her und stutzte, als er die Rötelzeichnung sah. »Aber das bin ja ich!« Die Zeichnung zeigte ihn, wie er gerade zur Tür hereintrat, den Hut in den kleinen, aber kräftigen Händen drehend, das Gesicht straff, mager, den Blick hellwach. Sein heller Rock, die dunklen Beinkleider, die modischen Stiefel, alles war nur angedeutet, aber schon zu erkennen. Obwohl keine Gegenstände als Maßeinheit auf der Skizze zu sehen waren, wirkte die Gestalt klein, aber nicht armselig, sondern im Gegenteil kräftig und energisch.

»Ja, das sollt wohl Ihr sein. Und das darunter ist eine teure, frisch grundierte Tafel für einen eiligen Auftrag, für den wir noch heute die Risszeichnung anbringen müssen!« Mit seiner riesigen Pranke verpasste der Meister Clemens eine schallende Ohrfeige, dass dem Jungen der Kopf herumflog. Der Rötelstift rutschte ihm aus den Fingern, und um ein Haar wäre er von seinem Stuhl gekippt. Als er in seinen Ärmel schniefte, blieben Blutflecken auf dem Kittel zurück.

»Es tut mir leid«, murmelte er mit gesenktem Blick. »Ich habe nicht daran gedacht.«

»Nicht gedacht, nicht gedacht, das höre ich immer wieder von dir, du Nichtsnutz! Du glaubst, du bist wer weiß wer, nur weil du die Leute mit deinen Mätzchen beeindrucken kannst. Aber solange du hier bei mir in der Werkstatt arbeitest, hast du nur das zu tun, was ich dir sage, verstanden?«

Clemens nickte und befühlte mit zitternden Fingern seine blutende Nase.

»Wie war noch gleich der Name?«, wollte Christoph wissen, der von dem Anblick ganz weiche Knie bekommen hatte.

»Clemens van Goos«, murmelte der Junge.

»Ihr kennt vielleicht seinen Vater«, sagte Georgius. »Er ist auch ein Maler, bringt aber nichts zustande. Nicht mal das Lehrgeld für seinen Jungen kann er aufbringen. Ich habe ihn zur Probe aufgenommen, solange die Bruderschaft die Kosten für ihn zahlt. Dann wollen wir weitersehen.«

»Er scheint mir recht begabt zu sein«, bemerkte Christoph.

»Mit seiner Mutter gibt es auch nur Ärger«, fuhr der Meister ungerührt fort. »Sie will, dass ich ihn hier durchfütterte, aber meine Alte hat keinen Platz für einen weiteren Esser. Begabt!«, schnaufte er dann. Das Wort schien ihm gar nicht zu gefallen. »Ich sage Euch was: Wenn einer arbeiten kann, dann bringt er es zu was im Leben. Talent allein, das ist gar nichts. Hübsche Bildchen malen können, damit wird man heutzutage kein Maler mehr. Das kann doch jedes Kind. Arbeiten muss man, fleißig sein, gehorchen, gute Geschäfte machen. Aber das wird dieses Würstchen hier nie schaffen. Das ist ein Träumer. Ein Nichts ist das.«

»Ich glaube …« Christoph ging einmal um den Arbeitstisch des Lehrlings herum und versank in der Betrachtung seines Ebenbilds. Es stimmte einfach alles, obwohl noch kaum etwas zu sehen war: die Körperhaltung, dieser Ausdruck von Konzentration und – ja, eine Eleganz, die ihm natürlich angeboren zu sein schien. Er war geschmeichelt. Genau so sah auch er sich selbst. »Wisst Ihr was, Meister? Ich glaube, ich möchte, dass dieser junge Mann mich malt. Macht mir einen Preis, so teuer kann es nicht werden, wenn er so ein Nichtsnutz ist, wie Ihr sagt. Ich erwarte den Jungen dann morgen früh in meinem Hause.«

Christoph drückte seinen Hut wieder aufs Haupt und reckte sich aufrecht zu voller Größe, als er an Meister Georgius vorbei zur Tür schritt. »Mijnheer, Mevrouw«, er lächelte dem Mädchen zu, das neben der Tür an der Wand lehnte und sich das Kerzenwachs von den Fingern pulte. »Einen guten Tag noch.«

～୧౨～

»Wie der Hirsch lechzt nach frischem Wasser, so schreit meine Seele, Gott, zu dir. Meine Seele dürstet nach Gott, nach dem lebendigen Gott. Wann werde ich dahin kommen, dass ich Gottes Angesicht schaue?«

Pater Linhart schwieg und ließ die Worte lange nachklingen. Seine samtene Stimme hatte wie Musik die Ohren der Novizinnen umspielt. Sie wagten kaum zu atmen, um den schönen Nachklang nicht zu zerstören. Pater Linhart saß auf der Kante des Tischs mit dem Rücken zum Fenster, durch das die helle Sommersonne eine golden schimmernde Wand aus Licht schickte, in der Staubkörnchen tanzten wie die Mückenschwärme am Abend über dem Minnewater. Sein Gesicht lag im Schatten, aber der Blick aus seinen dunklen Augen erreichte die Mädchen trotzdem. Er sah eine nach der anderen aufmerksam an.

»Wie geht es weiter?«, fragte er leise.

»Meine Tränen sind meine Speise Tag und Nacht, weil man täglich zu mir sagt: Wo ist nun dein Gott? Daran will ich denken und ausschütten mein Herz bei mir selbst: wie ich einherzog in großer Schar, mit ihnen zu wallen zum Hause Gottes mit Frohlocken und Danken in der Schar derer, die da feiern.«

»Danke, Duretta. Und weiter? Christina, bitte.«

»Was betrübst du dich, meine Seele, und bist so unruhig in mir? Harre auf Gott; denn ich werde ihm noch danken, dass er meines Angesichts Hilfe und mein Gott ist.«

»Sehr schön. Das habt ihr sehr gut gelernt. Was meint ihr, warum ist diese Seele betrübt, was beunruhigt sie so sehr? Maria, was denkst du?«

Maria sah lange auf ihre Hände, die sie vor sich auf dem Tisch gefaltet hatte. So viele Gedanken gingen ihr gleichzeitig durch den Kopf, dass sie nicht wusste, wovon sie anfangen sollte zu sprechen. Schließlich hob sie den Blick und sah den Pater vertrauensvoll an.

»Ich denke, sie wird sich wohl fürchten, weil sie gesündigt hat und Gottes Gebote missachtete.«

»Und ist es schlimm, Gottes Gebote zu missachten? Christina, was meinst du?«

Christina nickte heftig.

»Was tut man, wenn es geschehen ist?«, fragte Linhart.

»Man bereut es«, rief Duretta, ohne abzuwarten, bis sie gefragt wurde.

Der Pater tadelte sie jedoch nicht, sondern stellte sich hinter sie und legte seine Hand auf ihre Schultern.

»Und womit kann die reuige Seele rechnen? Maria?«

»Mit Gottes Gnade«, sagte Maria leise.

»Sehr schön.« Pater Linhart ging weiter und nahm wieder auf der Tischkante Platz. »Man sagt, dies sei die erste Stufe der Seele, dass sie ihre Sünden erkennt und bereut. Auf der zweiten Stufe folgt sie den Ratschlägen des Evangeliums und dem Vorbild Jesu. Sie kehrt sich ab von allen Gelüsten und Verlockungen des irdischen Lebens und tötet ihre Natur ab. Was mag das bedeuten? Adelheid?«

Adelheid lächelte unsicher und schwieg.

»Kannst du es ihr erklären, Maria?«

»Es bedeutet vielleicht, dass die Seele lernt, alle menschlichen Wünsche abzustreifen. Sie wird nicht mehr von ihnen gequält und beunruhigt. Sie kann sie einfach loslassen.«

»Nun, einfach ist das allerdings nicht«, sagte Linhart.

»Nein, natürlich nicht«, beeilte sich Maria hinzuzufügen. »Man muss sich sehr anstrengen dafür.«

»Richtig. Wir brauchen dafür Tugendhaftigkeit und einen eisernen Willen. Und wir brauchen auch hier die Gnade Gottes.«

Maria nickte.

»Hast du das auch verstanden, Adelheid?«

Adelheid lächelte, aber ein schmerzlicher Zug lag darin. Sie verstand ganz und gar nicht, wovon Maria und Pater Linhart sprachen.

»Und wisst ihr auch noch, was der heilige Bernhard von Clairvaux als nächste Stufe beschrieben hat? Duretta?«

Duretta schüttelte den Kopf.

»Wer weiß es?«

Adelheid senkte beschämt den Blick.

»Christina?«

»Auf der dritten Stufe will die Seele nur noch Liebeswerke vollbringen. Sie will von ganz allein gehorsam sein, weil ihre Seele ganz von der Liebe erfüllt ist.«

»Der höchste Zustand, den eine Seele erlangen kann, ehe sie heimgeht zu ihrem Herrn«, sagte Pater Linhart und nickte gedankenverloren. »Sehr schön, Christina.«

»Aber«, fiel Maria plötzlich ein, »gibt es nicht noch eine weitere Stufe, in der die Seele ihren Willen aufgibt und alle Tugend vergessen kann, weil sie ganz bei Gott ist?«

Pater Linhart wandte sich ihr langsam zu und sah sie überrascht an.

»Was meinst du damit? Eine Seele darf niemals ihren Willen aufgeben und ihre Tugendhaftigkeit vergessen.«

»Aber wie kann die Seele denn zu Gott kommen, wenn sie nur immer mit ihrer Tugendhaftigkeit und Gerechtigkeit beschäftigt ist, statt ganz in der Liebe zu sein? Nur wer ganz in der Liebe ist, kann Gott schauen«, fuhr Maria fort. »Nur dann kann die Seele erkennen, dass er die reine Güte ist und sie selbst nur Schlechtigkeit. Dann kann sie ihren Willen aufgeben und frei von allen Tugenden werden. Sie braucht sie nicht mehr. Sie wird rein und verklärt und ist schließlich verherrlicht. Diesen Zustand kann man mit Worten nicht beschreiben.«

Je mehr Pater Linhart ihr zuhörte, desto mehr versteinerte sich seine Miene. Er erhob sich langsam und blieb vor Maria stehen. Sein warmer, wohlwollender Blick war erst irritiert, dann forschend geworden. Seine schönen Hände, unter deren Haut dunkle Adern pulsierten, zitterten ein wenig, als er sie ineinanderlegte wie zum Gebet. Nach einer ewig scheinenden Stille räusperte er sich und sagte: »Diesen Zustand gibt es nicht, Maria.«

Maria lächelte und sah ihn an. Sie wusste, dass es richtig gewesen war, was sie gesagt hatte, wenn auch nicht ganz das, was der Pater ihnen in den letzten Wochen beigebracht hatte. Die Gedanken schienen ihr vielmehr eine natürliche Fortsetzung dessen zu sein, was er predigte, und ziemlich genau das, was Nopicht ihr erzählt hatte. Maria grübelte, wie sie sich besser ausdrücken konnte. Aber als der Pater immer weiter schweigend vor ihr stand, wurde ihr plötzlich klar, dass er sie gar nicht verstehen wollte. Im Grunde hatte sie diese Dinge hier auch nur gesagt, um ihn auf sich aufmerksam zu machen. Ihn zu beeindrucken. Er war so schön, so sanft, so gut. Sie musste Tag und Nacht an ihn denken. Den anderen Novizinnen ging es ähnlich, sie sprachen von nichts anderem als von ihm, abends vor dem Einschlafen, wenn das Licht gelöscht war. Nur Maria schwieg dazu immer und tat so, als würde sie schon schlafen. Ihre Gefühle für Pater Linhart waren nämlich keine einfache Schwärmerei, über die sie mit den anderen tuscheln und lächeln wollte. Für sie war das alles sehr ernst. Hieß es nicht, dass Gott die reine Liebe und die Liebe das Höchste auf der Welt sei? Dann war diese Liebe, die sie in ihrem Herzen fühlte, vielleicht Gott selbst, der sich ihr zeigte? Durfte sie dem nicht ihr Herz öffnen, musste sie es nicht sogar? Pater Linhart jedoch schien von alldem nichts zu merken. Jedenfalls behandelte er sie nicht anders als die anderen Mädchen.

Maria sah ihn treuherzig an. »Doch, es gibt diesen Zustand. Ich weiß es.«

»Du bist ein albernes Kind und hast keine Ahnung, was

es bedeutet, eine Seele Gott schauen zu lassen. Wie kannst du es dir erlauben, so darüber zu sprechen?« Pater Linharts Stimme war auf einmal hart wie Eisen geworden, und er schleuderte ihr seine Worte entgegen wie kleine, scharfe Messer. Maria stockte der Atem, die anderen Novizinnen erstarrten vor Schreck.

»Ich habe es aber so verstanden«, sagte Maria leise.

»Wer hat dir so etwas beigebracht?«

Maria schwieg. Adelheid fing an zu schluchzen.

»Wer hat mit euch über diese Dinge gesprochen?«, fragte Pater Linhart. »Steh auf, Maria.«

Maria erhob sich. Sie zitterte nun auch und verspürte das Bedürfnis, zu beten. »Herr, hilf mir«, flüsterte sie unhörbar, nur ihre Lippen bewegten sich.

»Sprich lauter, ich kann dich nicht verstehen.«

»Ich habe es so verstanden«, wiederholte Maria und schöpfte noch einmal Mut. »Durch die Liebe allein kann die Seele ganz frei werden und muss sich nicht mehr beherrschen. Dann ist sie frei von Hochmut und Stolz. Auch der Wille muss ihr dann nicht mehr dienen. Dann gibt es nur noch die Liebe.«

»Du weißt nicht, was du sprichst«, sagte Pater Linhart nach einer Weile. »Du hast diese Dinge irgendwo aufgeschnappt – hoffentlich nicht hier bei den Beginen. Du darfst dir von niemandem solche falschen und hochmütigen Gedanken eingeben lassen. Verstehst du das?«

»Nein«, sagte Maria leise, aber bestimmt.

Eine Ader an der Stirn des Paters fing an zu pochen, und seine Knöchel wurden weiß von der Kraft, mit der er seine gefalteten Hände rang. Er atmete scharf ein und aus.

»Was weißt du über das göttliche Leben, Kind?«

»Ich weiß nichts darüber, Pater.«

»Für wen hältst du dich also, dass du davon sprichst, Gott schauen zu können?«

»Ich halte mich für niemanden, Pater. Ich bin nur eine einfache Novizin.«

»Du bist eine eitle und vorlaute Sünderin, Maria.« Plötzlich wandte er sich seinen anderen Schülerinnen zu. »Adelheid? Hast du dieselben Gedanken im Kopf?«

Adelheid schluchzte vor Schreck laut auf und schüttelte dann den Kopf.

»Christina?«

Christina sprang auf und machte einen Knicks. »Verzeiht, ich muss austreten.« Sie rannte aus dem Zimmer.

Der Pater sah Duretta an. Duretta hatte ihr Taschentuch aus dem Kittel gezogen und hielt es sich vor das Gesicht. Man konnte nicht sehen, ob sie weinte oder sich die Nase putzte.

Der Pater machte ein paar Schritte in die Tiefe des Raums hinein, an eine Stelle, die das Sonnenlicht nicht erreichte. Mit gesenktem Kopf, die Hände auf dem Rücken verschränkt, drehte er eine Runde nach der anderen um die dort abgestellten Tische und kam erst wieder zu seinen Schülerinnen zurück, als Christina zurückgekehrt war. Er hatte sich wieder gefangen. Die Mädchen saßen schweigend und verschreckt vor ihm. Keine wagte es, ihn anzusehen.

»Ich will euch etwas erzählen«, fing er an und nahm wieder auf der Tischkante Platz. »Vor ungefähr dreihundert Jahren hat unsere heilige römische Kirche ein geordnetes und damit gerechtes und allgemeines Verfahren entwickelt, durch das die Lehre und alle Fragen des Glaubens bewahrt und geschützt werden können vor Verrätern und

Verbrechern aller Art. Ihr könnt euch vorstellen, dass es schon immer Menschen gab, die uns Christen irritieren und vom rechten Glauben abbringen wollten. Es begann mit den Juden und Römern, die Christus selbst und seine ersten Anhänger, die Apostel, töteten und verfolgten, und es ging so weiter durch alle Zeiten und hört vermutlich nie auf. Es ist eine heilige und hohe Aufgabe der Kirche, sich selbst und alle Gläubigen vor diesen Verbrechern zu schützen. Das leuchtet euch doch ein, nicht wahr, Duretta?«

Duretta nickte. Sie hatte ihr Taschentuch inzwischen vom Gesicht genommen und knetete es als kleines, feuchtes Kügelchen in den Händen.

»Immer wieder tauchen in allen Ländern Ketzer und Gotteslästerer auf, denen die Gläubigen allein hilflos gegenüberstehen. So muss die heilige Kirche als Ganzes dafür sorgen, dass die Verräter entlarvt und von den Rechtgläubigen separiert werden, ehe sie diese verderben. Was sagst du dazu, Maria?«

Maria zog die Schultern hoch und schwieg.

»Du stimmst mir zu?«

»Ja.«

»Und bereust du, dich selbst in gotteslästerliche Gedanken verirrt zu haben? Bereust du, sie jemals laut ausgesprochen zu haben, ja oder nein?«

»Ich weiß es nicht.«

»Du weißt nicht, ob du es bereust?«, fragte Pater Linhart scharf.

Die Mädchen wagten kaum noch zu atmen und hielten die Augen gesenkt.

»Du lügst und du bist ungehorsam!«

»Aber ich habe es so verstanden! Ich wollte nichts Böses tun«, flüsterte Maria verzweifelt.

»Weißt du, was das Gericht unserer heiligen Kirche mit Ketzerinnen macht? Sie werden verhört, bis sie die Wahrheit sagen. Man hilft ihnen auf vielfältige Weise, die Wahrheit zu finden. Auch wenn es oft nicht leicht ist, so ist dies doch ihre einzige Chance, erlöst zu werden. Erst wenn sie gestehen und bereuen, können ihre Seelen vor dem Fegefeuer gerettet werden!«

»Ich glaube, ich habe mir das alles nur ausgedacht«, sagte Maria plötzlich. »Ich wollte … ich wollte mich nur wichtigmachen.«

Pater Linhart sah sie lange an. Ein kleines Lächeln umspielte seine Lippen, und seine Stimme wurde wieder etwas weicher, wie ein Gewand, das beim Aufstehen in sanfte Falten fällt.

»Gut so, mein Kind.« Und als Maria schwieg, fuhr er fort: »Ich denke, wir werden den Unterricht für heute beenden.«

Einer nach dem anderen trafen sie ein: Pieter Broes, Jan van Dycke, Hinerck Vincke, Viktor du Bois de Nevele, und schließlich kam noch Pieterjan van Hulle mit Johann Cempe im Schlepptau. Sie versammelten sich wie jeden Montagabend im Gasthaus »Zum Goldenen Vlies« am großen Markt, gleich neben der Tuchmacherhalle. Die Erstankömmlinge hatten schon ihr Leibgericht bestellt: geschmorte Haxen, Kraut und Gerstenbrei, dazu große Krüge frischen Maibiers, das an dem lauen Frühlingsabend an allen Tischen in Strömen durch die Kehlen rann. Der Ton war entsprechend laut, obwohl der Abend gerade erst begonnen hatte.

»Setzt euch doch«, rief Pieter Broes quer über den Tisch. »Esst und trinkt, es ist genug für alle da.«

Kaum hatten sich Pieterjan van Hulle und Johann Cempe am anderen Tischende auf die Bank fallen lassen, schon standen Bierkrüge vor ihnen und der Wirt mit seiner grünen Leinenschürze kam an den Tisch geeilt, um nach ihren Wünschen zu fragen. Pieterjan gehörte nicht zur Zunft, denn er war Kaufmann und lange nicht so hünenhaft wie die Tuchmacher, Walker und Färber. Er war eher schmal gebaut und vertrug weder viel Bier noch fettes Fleisch. Er bestellte sich eine Fischsuppe und ein Glas Rheinwein und hörte zu, wie die Kollegen sich austauschten und Scherze machten. Der große, fettleibige Pieter Broes, der die meisten Wollweber von Brügge und auch einige aus dem Umland unter Vertrag hatte und außerdem Vorsitzender der Bruderschaft war, führte wie immer die größten Reden. Van Dycke und Vincke kannte Pieterjan nur vom Sehen. Auch sie waren inzwischen Verleger und ließen andere für sich arbeiten. Sie hatten vor allem Walker und Färber unter Vertrag und waren bekannt für die hochwertige Qualität ihrer Waren. Trotz ihrer prahlerischen Sprüche konnten sie jedoch schon lange nicht mehr bei den ganz großen Geschäften mitmischen. Viktor du Bois de Nevele schließlich kannte Pieterjan am besten, denn er war in seinem eigenen Gewerbe tätig, dem Handel mit feinsten heimischen Tuchen.

»Johann, nun bist du dran!«, dröhnte Pieter Broes. »Erzähl uns, was du erlebt hast, damit es alle erfahren.«

Johann Cempe, genauso schüchtern und unberedt wie groß und vierkantig, stocherte verlegen auf seinem abgegessenen Teller herum, nahm schließlich einen großen Schluck Bier aus seinem Krug und sagte: »Tja, also, es trug sich so zu.« Die letzten Gespräche verstummten, alle sahen Johann neugierig an. »Ende Februar, kurz vor Fastnacht, bin ich wie jedes Jahr mit meinem Jungen zum Beginenhof gefahren. Fünfzig Ellen schwarze Wolle und noch was Linnen hatten wir dabei, wie jedes Jahr. Schon immer, schon bei meinem Vater, haben die Schwestern Jahr um Jahr schwarze Wolle und einen Ballen weißes Linnen eingekauft. Doch was soll ich sagen? Dieses Jahr wollten sie meine Ware nicht abnehmen! Gleich am Tor wurde ich aufgehalten.«

»Nicht möglich!«, riefen van Dycke und Vincke wie aus einem Mund.

»Und mit welcher Begründung?«, fragte Viktor du Bois.

»Sie würden ihr Tuch jetzt wieder selbst weben.«

»Ist ihnen das unsrige nicht mehr gut genug?«, dröhnte Broes empört.

»Daran liegt es nicht«, fuhr Cempe fort. »Es sei ihnen zu teuer. Sie müssten ihr Geld zusammenhalten.«

»Prost Mahlzeit«, sagte Vincke und wollte mit seinem Humpen anstoßen. Die anderen ignorierten ihn jedoch, und so trank er allein seinen Krug aus und ließ ihn gleich wieder füllen.

»Versteht ihr das?«, frage Broes. »Wir produzieren das beste Tuch in ganz Flandern. Unsere Preise sind seit Jahrzehnten dieselben, ganz egal wie teuer die Wolle und das Garn sind. Was ist denn in die frommen Frauen gefahren?«

»Sie haben rechnen gelernt«, warf Pieterjan ein. »Das wird uns über kurz oder lang überall so gehen. Der Magistrat soll ja auch sein Tuch schon in England bestellen.«

»Ja, dann«, sagte Johann Cempe und schüttelte ratlos

den Kopf. »Dann können wir alle bald unser Geschäft an den Nagel hängen. Stellt euch vor, alle kaufen nur noch das Billigste. Wo soll das hinführen?«

»Konkurrenz ist die größte Quelle von Zwietracht und Gewalt«, sagte van Dycke. Man sah ihm seine nervöse Aufregung an der Nasenspitze an. »Es kann nicht Gottes Wille sein, dass wir uns aufeinanderhetzen lassen wie tolle Hunde.«

»Die englischen Stoffe taugen nicht das Schwarze unterm Fingernagel«, fuhr Broes großspurig fort, ohne weiter auf den Einwurf einzugehen. »Nach spätestens drei Jahren stehen die Leute wieder bei uns vor der Tür und wollen ihre gewohnte Qualität. Ihr werdet es sehen. Auf Dauer haben wir nichts zu befürchten.«

»In drei Jahren gibt es mich nicht mehr«, murrte Cempe. »Ich habe im letzten Jahr nicht mal halb so viel abgesetzt wie in den früheren Jahren. Lange kann ich das nicht durchhalten.«

»Mir geht es ganz genauso«, sagte Hinerck Vincke. »Dabei habe ich erst voriges Jahr ein neues Kesselhaus bauen lassen, und unsere Rezepturen sind die besten weit und breit.«

»Darum geht es heutzutage doch gar nicht mehr«, sagte Pieterjan, aber alle überhörten den Einwurf. Nichts konnte die Stimmung so rasch in Wallung bringen wie die Erwähnung ihrer ärgsten Feinde, der englischen Tuchweber. Seit Jahren überschwemmten sie mit ihren Tuchen das Festland und drängten die flandrischen Wollwaren immer mehr zurück. Im eigenen Land konnte die Zunft ihre Produzenten noch kontrollieren und unerwünschte Konkurrenz ausschalten. Auf das Ausland aber hatte sie keinen Einfluss. Die englischen Stoffe waren unendlich viel billiger und – man musste es einfach einsehen – oft ebenso gut, manchmal sogar sehr viel besser als die einheimischen Waren. Erzeugten die Engländer doch die Wolle für ihre Tuche selbst und verkauften nur noch die schlechteren Chargen nach Flandern. Ihr eigener Marktanteil ging unaufhaltsam zurück. Wenn nun schon der Rat selbst sein Tuch beim Engländer kaufte, wer würde dann noch flandrisches Tuch haben wollen? Die gottlose Konkurrenz war wie ein Krebs, der sich immer tiefer in den ehemals so blühenden Leib ihrer Geschäfte hineinfraß.

»Es wird nur einen Weg geben, mit der Sache umzugehen«, versuchte Pieterjan noch einmal, sich Gehör zu verschaffen. »Wenn man einen Feind nicht besiegen kann, muss man lernen, mit ihm zu leben. Wir müssen einfach billiger produzieren als die Engländer und Schotten.«

»Bist du des Teufels, Junge?«, polterte Broes. »Flandrisches Tuch ist bekannt für seine Qualität. Und Qualität kostet Zeit, und Zeit kostet Geld. Wenn wir billige Manufakturware anbieten, verlieren wir unseren guten Ruf. Außerdem müssen wir die Wolle teuer bezahlen.«

»Gutes Tuch werden die Menschen immer brauchen«, warf van Dycke ein.

»Wenn die Engländer die Preise für Rohstoffe weiter erhöhen und gleichzeitig ihre eigenen Tuche billig anbieten, können wir nicht gegen sie bestehen«, sagte Pieterjan. »Und wenn sie dann noch aufhören, hier in Brügge Stapelgeld zu zahlen ...«

»So weit wird es niemals kommen!«, fiel ihm Broes hitzig ins Wort.

»Wie kommst du darauf, Pieterjan?«, fragte Cempe ruhig. Urplötzlich verstummten die Gespräche der anderen.

»Ich habe etwas gehört. Einige Händler sollen schon angefangen haben, ihre Waren in Antwerpen zu stapeln und sich hier freizukaufen.«

»Dann sollen sie doch gehen! Haben wir etwa König Maximilian weggejagt, um jetzt vor den Engländern das Knie zu beugen?«

»Wir werden keine andere Wahl haben. Wenn die Engländer ihr Tuch nicht mehr über Brügge handeln und wir das ganze Geschäft an Antwerpen verlieren, ist es aus für den Brügger Tuchhandel. Dann gnade uns Gott.«

»Schuld ist nur dieser verdammte Sand und Schlick«, sagte Broes. »Es wird immer teurer und aufwendiger, unsere Waren von Sluis aus mit den Leichtern bis Brügge zu schaffen. Und selbst der Hafen von Sluis und der obere Zwin werden jetzt unpassierbar für die großen Galeeren.« Er fuhr sich über das Gesicht und wischte sich die Essensreste aus dem dichten grauen Schnurrbart.

Der Wirt kam an den Tisch, räumte die leeren Teller ab und füllte die Bierkrüge nach. »Will jemand einen Branntwein? Was macht Ihr für Gesichter heute?«

»Da sagt Ihr was«, meinte Pieterjan und orderte eine Lage Branntwein für alle. »Man darf sich nicht unterkriegen lassen.«

Broes richtete sich wieder auf und setzte seine Fäuste leise, aber fest neben sich auf die Tischplatte. »Ich werde mich nach der spanischen Rohwolle erkundigen, vielleicht können wir die billiger abnehmen. Und du, Pieterjan, setz dich mit den Reedern in Verbindung und find heraus, was die Engländer wirklich vorhaben. Vielleicht hast du recht mit deiner Vermutung, dann sollten wir das eine tun und das andere nicht lassen.«

»Du meinst, die Engländer hier in Brügge halten und

129

dennoch die Spanier als billige Lieferanten dazuholen ...«
Vincke brach ab, weil die Vorstellung ihm zwar einleuch-
tete, aber höchst unredlich erschien, was jedoch außer
ihn niemanden interessierte.

»Ach was«, sagte Broes. »Wir sind ehrliche Tuchmacher, wir machen keine schmutzige Politik. Du kennst
doch diesen jungen de Vens ganz gut, Pieterjan, stimmt's?
Frag ihn, ob er sich umhören kann unter den Reedern.
Er fährt doch schon seit Generationen auf England und
kennt da viele Leute. Er soll uns auf dem Laufenden halten, wir werden es ihm dann schon vergelten.«

»Und was machen wir nun mit den Beginen?«, kam
Johann Cempe wieder auf sein ursprüngliches Anliegen
zu sprechen. »Sollen wir ihnen das durchgehen lassen?
Sie fangen mit ein oder zwei Webstühlen an, und hin-
terher machen sie eine Manufaktur auf. Dabei können sie
noch billiger produzieren als die Engländer, denn ihren
Weibern müssen sie keinen Lohn zahlen, die leben von
Luft und Liebe.«

»Nun mal nicht den Teufel an die Wand«, beschwichtigte Broes. »Es gibt Mittel und Wege, mit den frommen
Frauen fertig zu werden. Wir müssen ihnen nur abgewöh-
nen, allzu selbständig zu sein. Und wie macht man das?«

Cempe zuckte die Achseln.

»Mit großzügigen Almosen«, sagte Broes lächelnd.
»Ich werde das Thema in der Bruderschaft auf den Tisch
bringen.«

9

Die Geheimnisse des Hauses

Keine erzähle anderen von den unglücklichen Geheimnissen des Hauses, auch nicht innerhalb des Hofes; außer jenen, die etwas helfen könnten.

Feria tertia, 8. Maius 1498

*C*hristoph de Vens war noch mit seinem Frühstücksbier beschäftigt, als es zaghaft an der Haustür klopfte und die Magd Clemens van Goos einließ. Der Junge trug eine Zeichenmappe, Farbkasten und Pinsel unter dem Arm. In seinem sauberen, dunklen Kattunkittel und den dunklen Beinlingen sah er schon fast aus wie ein Geselle, der sich für die Wanderschaft zurechtgemacht hatte. Sein Filzhut war zwar alt und zerschlissen, saß aber frech auf seinem langen, blonden Haar.

Christoph bot ihm von seinem Bier an, aber der Junge lehnte ab und fing an, seine Malutensilien auszupacken und auf dem Tisch auszubreiten.

»In einer Stunde muss ich am Hafen sein. Wenn du bis dahin etwas zustande bringst ...«, sagte Christoph.

Das Licht, das durchs offene Fenster in das dunkel getäfelte Speisezimmer der de Vens fiel, warf keine Schatten und war auch nicht zu grell. Clemens setzte sich mit dem Rücken zum Fenster und fing an zu zeichnen, während Christoph noch auf einer letzten Brotkante kaute.

»Wie alt bist du eigentlich?«, fragte er, um die Stille

zu brechen. »Ich habe mich noch gar nicht hergerichtet.«

»Ich mache vorerst ja nur Skizzen. Dafür braucht Ihr Euch noch nicht herzurichten. Später aber, wenn ich in Öl arbeite, solltet Ihr die Kleidung anlegen, die Eurem Stand entspricht.«

»Ich dachte an meinen neuen schwarzen Rock und den weißen Kragen, einen solchen, wie alle Honoratioren, die bei euch im Flur hängen, ihn tragen. Aber es soll nicht zu dunkel und streng wirken.«

Clemens lächelte und zeichnete schweigend weiter. Sein Kohlestift fuhr schnell und sicher über das grobe Papier. Es war das billigste, das Georgius vorrätig gehabt hatte.

»Soll ich mich irgendwie anders hinsetzen?«

Clemens schüttelte den Kopf.

Christoph schluckte sein Brot herunter und trank anschließend den Bierkrug leer. Was für ein unangenehmes Gefühl, so beobachtet zu werden. Er versuchte, innerlich Haltung anzunehmen, ohne sich in Pose zu werfen. Dann wieder musste er sich konzentrieren, um nicht müde und ungeduldig zu werden. Länger als eine halbe Stunde würde er das nicht aushalten. Wie gut, dass er nur diesem blassen Jungen gegenübersitzen musste und nicht dem vierschrötigen Georgius mit seiner unangenehm barschen Art.

»Du hast dir keinen besonders freundlichen Lehrherrn ausgesucht, nicht wahr?«

»Ich habe ihn mir gar nicht ausgesucht. Und er ist auch nicht mein Lehrherr. Ich kann gar nichts mehr von ihm lernen.«

»Ganz schön selbstbewusst. Musst du denn nichts mehr lernen?«

Clemens hörte einen kleinen Augenblick auf zu zeichnen und lächelte. »O doch, sehr viel sogar.« Dann griff er zum nächsten Papierbogen. »Könntet Ihr bitte einmal zur anderen Seite schauen? Die meisten Menschen haben unterschiedliche Gesichtshälften.«

»Ach ja? Das ist mir noch nie aufgefallen.«

Clemens zeichnete schweigend.

»Du lernst also nichts bei deinem Lehrherrn?«, nahm Christoph den Faden der Unterhaltung wieder auf.

»Weniger als nichts. Zum Glück habe ich schon eine Menge von meiner Großmutter gelernt. Wie man Leinwände aufzieht, grundiert, rahmt und so fort, das alles habe ich schon als Kind gekonnt. Aber über Farben und Firnisse muss ich noch viel mehr wissen. Es ist wichtig, damit die Bilder lange halten.«

»Willst du denn einmal die Werkstatt deines Vaters übernehmen?«

»Das geht leider nicht. Es gibt sie nicht mehr. Konkurs.«

Christoph, der nun zu der schönen, gefächerten Eichentür schaute, die in die Küche führte, seufzte und nickte. »Ich habe von meinem Vater auch vor allem Schulden geerbt. Aber mit Schiffen kann man viel Geld verdienen, wenn man sich nicht ganz dumm anstellt. So wurde aus den Schulden schnell ein stattlicher Gewinn. Du wirst sicher auch mal ein florierendes Geschäft haben, mit deiner Begabung.«

Clemens nickte und nahm das dritte Blatt Papier zur Hand. Es war das schlechteste, voller Löcher und Unebenheiten. Aber es war ihm egal. »Nun bitte noch einmal von vorne. Wenn Ihr Euch mir direkt gegenübersetzen könntet?«

»Jawohl«, sagte Christoph und nahm eine aufrechte Haltung an, als säße er in einem Sattel. »Ist es so gut?«

»Ihr könnt ruhig ganz natürlich sitzen. Es ist besser, Bewegungen zu zeichnen als Standbilder.«

Christoph lächelte und nickte. Der Junge war genau nach seinem Geschmack. Er fühlte sich zunehmend wohl in seiner Gesellschaft. Schade, dass er kein Hausbursche war. Er hätte ihn sofort eingestellt.

»Eigentlich wollte ich ja ein Familienbild anfertigen lassen«, plauderte er. »Aber meine Frau ist gerade nicht hier.«

»Ich werde sowieso öfter kommen müssen.«

»Ich weiß noch nicht, wann sie zurückkommt.«

Clemens stockte kurz, dann zeichnete er weiter.

Christoph lächelte. Manchmal überkam ihn der Wunsch, sich auszusprechen, einfach alles einmal zu erzählen: die Probleme mit Margarethe, die Angst, dass ihr etwas passieren könnte, nun, wo sie doch sein Kind unter dem Herzen trug, der Tod seiner Mutter und dass er so gar nicht um sie trauerte, obwohl er doch womöglich einst in der Hölle schmoren würde für den Schlag, den er ihr versetzt hatte … dass er sich so gar nicht grämte deswegen, ja es noch heute wiederholen würde, wenn er könnte – alles das machte ihm manchmal ein wenig Angst vor sich selbst. War er nicht ein Monster, ein Zwerg, ein Gnom, der seine Seele verkaufte für ein paar Pfennige, für das Erbe von Seraphine und Georgine, seiner Ahnen? Wie viele Gesetze hatte er eigentlich schon gebrochen, und was würde er noch alles ausbrüten in seinem kalten Herzen? Gut, dass er Margarethe aus dem Haus geschickt hatte. Besser vielleicht, dass er nicht dabei war, wenn sie ihr Kindchen zur Welt brächte.

Und dann wieder konnte er sich gut annehmen, so wie er war. Vor allem, wenn er ein paar Becher Branntwein getrunken hatte und jemand an einem lauen Abend im Garten hinter dem Haus seiner Mutter ein trauriges Lied zur Laute sang. Dann wurde er wehmütig und tat sich selbst leid. Er hatte doch nur das Beste gewollt. Er hatte einmal selbst entscheiden wollen, nicht immer nur das tun müssen, was Vater und Mutter und Margarethe von ihm erwarteten. Niemand hatte ihm je eine Chance gegeben, immer hatte er alles alleine fertigbringen müssen. Mit seiner kleinen Statur, ohne besondere Gaben und Talente und ohne Rückenwind. Und er hatte es doch immer geschafft, den Kopf über Wasser zu halten. Was tat da schon ein kleiner Schlag gegen eine alte Frau? Vermutlich wäre seine Mutter sowieso bald gestorben. Ihr Herz hatte ausgesetzt, oder der Schlagfluss hatte sie getroffen. Kein Mensch würde jemals ahnen, dass er, Christoph, der liebende Sohn, ihren Tod verursacht hatte. Er machte sich unnütz Sorgen.

»Meine Frau ist bei ihren Eltern in Antwerpen. Sie erwartet ein Kind, unseren ersten Sohn. Da sind die Weiber gern beieinander.«

»Ach so.« Clemens betrachtete seine letzte Zeichnung einen Augenblick lang nachdenklich. »Ich glaube, wir sollten eine frontale Position für Euch auswählen.«

»Darf ich mal sehen?«

Clemens legte die drei Zeichnungen auf den Tisch. Christoph stand auf und beugte sich über die Bilder. Ein melancholisches, feines Gesicht blickte ihm daraus entgegen. Sein Backenbart, die Locken an den Schläfen und im Nacken rollten sich wie bei einem Kind. Seine Lider sahen aus wie durchsichtig und waren tief über die Augäpfel gesenkt. Den Mund umspielte ein trauriger, aber zugleich auch abschätziger Zug. Er sah mager aus und angespannt.

»Das bin ich?«, fragte er zweifelnd und mit einem Anflug von Missmut. »Das soll ich sein?«

Clemens sah nicht auf. »Das sind nur Skizzen. Frontal wirkt Ihr am besten, finde ich.«

»Das muss aber noch ganz anders werden«, sagte Christoph, und seine Stimme klang strenger, als er gewollt hatte. »Es ist viel zu weich. Ich will ein richtiges Porträt, verstehst du?«

»Es sind nur Skizzen«, wiederholte Clemens ruhig. »Ich muss Euch ja erst kennenlernen.«

»So. Na, dann lerne mich nur richtig kennen. Es fehlt hier noch eine ganze Menge, mein Junge. Trotzdem: Ich bin ganz zufrieden.« Er klopfte ihm auf die Schulter. Clemens war nur wenig größer als er, und Christoph trat nahe an ihn heran. »Es ist ja auch kein Wunder, wir sehen uns heute gewissermaßen erst zum ersten Mal, nicht wahr? Es wird schon gut werden. Morgen sehen wir uns wieder.«

～◦～

Nach dem Frühstück fasste Schwester Ursula Maria beim Arm. Sie hatte große, rissige Hände, die von der schweren Arbeit im Garten und auf dem Land so kräftig waren, dass sie damit zupacken konnte wie ein Mann. Maria erschrak und versuchte vergeblich, sich ihrem Griff zu entwinden.

»Komm mit«, sagte Schwester Ursula und zog Maria am Handgelenk hinter sich her wie ein störrisches Kind.

»Ich kann nicht«, protestierte Maria. »Ich muss ins Infirmarium, ich habe keine Zeit.«

Aber Ursula achtete nicht auf sie, zog sie einfach hinter

sich her, aus dem Refektorium hinaus in den Kreuzgang. Maria musste laufen, um mit Ursula Schritt zu halten, deren Röcke flogen und den Blick auf alte, ausgetretene Trippen freigaben, an denen dicke Brocken von getrockneter Gartenerde klebten. Sie verließen den Kreuzgang an der Rückseite durch ein Türchen, das Maria noch nie aufgefallen war. Es führte in einen engen Hof, in dem ein kleiner Brunnen plätscherte. Gartengeräte lehnten an der überdachten Wand. Auf der anderen Seite stand eine Tür offen. Sie führte in ein dunkles Kämmerchen, in dem noch mehr Gerätschaften herumstanden. Die Morgensonne spielte in den Ecken und Winkeln des Hofs und spiegelte sich auf dem Wasser des Brunnenbeckens. Endlich ließ Ursula Marias Arm los. Ihr Handgelenk schmerzte, und bestimmt würde sie am Arm, wo Ursula so fest zugepackt hatte, einen blauen Fleck bekommen. Ursula drückte der Novizin einen schweren Spaten in die Hand und eine Hacke, die noch viel schwerer war.

»Kalt?«, fragte sie und rieb sich Arme und Körper. »Kalt. Jetzt Arbeit, dann warm.«

»Ich muss fort, Schwester Ursula, ich kann Euch hier nicht helfen. Ich bitte Euch, ich werde im Infirmarium erwartet.«

Aber es war, als ob sie gegen eine Wand redete. Ursula gab dem Mädchen einen festen Stoß, so dass sie fast über die Gerätschaften stolperte, und schubste sie durch ein kleines Türchen aus dem Hof in den Rosengarten. Betörender Duft stieg aus den vielen Blüten empor, die in voller Pracht standen. Über reinliche, mit weißen Muschelkies bestreute Wege gelangten sie in den etwas tiefer gelegenen Gemüsegarten, in dem sich viele rechteckige Beete, sorgfältig von kleinen Buchshecken gesäumt, aneinanderreihten. Die meisten Beete waren noch kahl und mit einer satten, fast schwarzen Erdschicht bedeckt wie frisch umgegraben. Auf anderen Beeten waren schon Saaten aufgelaufen, steckten ihre kleinen grünen Spitzen aus der Erde oder entfalteten die Keimblätter. Hier und da standen noch ein paar Pflanzen Feldsalat oder Spinat, die schon zu blühen anfingen.

Maria ließ sich immer weiter vorwärtsknuffen, sie hatte nicht die geringste Ahnung, was Ursula mit ihr vorhatte. Die komische Alte war ihr immer etwas unheimlich vorgekommen. Vielleicht war sie verrückt. Sie sprach nie ein Wort, mit niemandem. Dabei konnte sie sehr wohl sprechen und auch sehr schön singen, wie Maria während der Gebetszeiten beobachtet hatte. Sie hatte eine tiefe, kräftige Altstimme von einer Klarheit und Reinheit, die man einer derben Gestalt wie ihr gar nicht zugetraut hätte. Ihr Gesicht war immer gerötet und von Blatternarben gezeichnet. Sie hatte etwas Bäuerliches an sich, und wäre sie nicht so verstockt schweigsam gewesen, hätte man sich ihr sicher gern anvertraut. Aber wenn ihr Blick einen traf, gefror einem das Blut in den Adern. Ein durchdringender und zugleich abwesender Blick, unbeseelt wie der Blick einer Blinden. Und dazu diese großen Pranken.

Maria stolperte weiter durch den Obstgarten, vorbei an grünenden Beerensträuchern, einer wunderschönen Weißdornhecke, in der die Vögel um die Wette zwitscherten, bis sich schließlich die große Hand wieder auf ihre Schulter legte. Sie standen vor einer bunten Hoppelwiese voll blühendem Löwenzahn und Geißblatt. Ursula ließ ihre Gartengeräte auf die Erde fallen und schritt ein großes, rechteckiges Areal ab, das etwa ein Viertel des gesamten Geländes ausmachte. Am Ende ragte die mannshohe, rote Backsteinmauer auf, die das Gelände des Beginenhofs gegen die Stadt abgrenzte. Hier war das Gebiet zu Ende, das die Welt den Beginen zumaß. Was jenseits dieser Mauer lag, kannte Maria kaum, und sie würde es vermutlich auch niemals genauer kennenlernen.

»Umgraben, alles. Zwei Spaten tief, verstanden?«

Ursula nahm Maria den Spaten aus der Hand und rammte ihn in die Erde. Mit ihren dicken Holzsohlen trat sie ihn tief ins Erdreich, um dann einen großen Brocken fetter Krume umzuwerfen. Der nächste Spatenstich wurde genau danebengesetzt. Brocken um Brocken flog die Erde auf, legte Wurzeln und Getier frei und ließ einen betäubenden Geruch von Humus und Verwesung aufsteigen. Schweigend reichte die Alte der Novizin den Spaten.

»Warum bin ich hier?«, fragte Maria verzweifelt und sah Ursula in die Augen. »Warum darf ich nicht ins Infirmarium? Was habe ich denn getan, dass ich nicht dorthin darf?«

Ursula drehte sich um und ging wortlos davon.

Maria nahm den Spaten und stieß ihn in die Erde. Er durchdrang nicht einmal die Grasnarbe. Sie hob ihn hoch bis über die Knie und ließ ihn herabsausen. Ein kleines Stückchen drang er ein in den festen Boden. Energisch rammte Maria ihn ins Erdreich, sprang mit ihren zu leichten Trippen darauf, rutschte ab und vertrat sich den Fuß. Der zweite Versuch gelang etwas besser, aber sie fing schon an zu schwitzen und verhedderte sich immer wieder mit ihren Röcken. Nach dem vierten Spatenstich streifte sie ihr Übergewand ab und raffte die hellen Unterröcke bis über die Knie. Nun ging es besser voran. Nach dem zehnten Spatenstich brach die erste Blase an ihrer Hand auf. Das offene Fleisch rieb sich am rauen Eichenstiel des

Spatens und fing bald an zu bluten. Aber jetzt hatte sie herausgefunden, wie sie den Spaten tief in die Erde rammen und mit dem Fuß nachhelfen musste, um einen möglichst großen Brocken Erde loszureißen und umzuwerfen. Nach einer halben Stunde war sie so erschöpft, dass sie kein Glied mehr zu rühren vermochte. Sie ließ sich einen Augenblick ins Gras fallen und besah ihre wunden Handflächen, die sofort anfingen, wie Feuer zu brennen. Von sehr weit her hörte sie die Glocke die Terz schlagen. Sie legte die Hände ineinander und murmelte ein Gebet. Im Infirmarium würden sie sich jetzt an einem kleinen Altar versammeln und gemeinsam beten. Hier, unter Gottes freiem Himmel und erschöpft bis auf die Knochen, musste sie es ganz allein tun. Tränen liefen ihr über die Wangen, und Verzweiflung und Selbstmitleid schlugen in mächtigen Wogen über ihr zusammen.

»Was ist das denn für ein Anblick?«, hörte sie plötzlich die Stimme von Schwester Fronika hinter sich. Maria sprang auf.

»Eine Novizin im Unterkleid im Garten?« Schwester Fronikas Stimme klang tadelnd, aber es schwang auch ein bisschen verwunderte Belustigung mit. »Das darf doch wohl nicht wahr sein.«

»Verzeiht«, rief Maria. »Mir war so warm, die Arbeit ist so schwer ...«, sie verstummte und wischte sich mit ihren schmutzigen Händen die Tränen aus dem Gesicht.

»Du weißt aber, dass du niemals – hörst du: niemals und nirgendwo – außerhalb des Dormitoriums deine Kleider ablegen darfst. Das weißt du doch, Kind, nicht wahr?«

Maria nickte.

»Willst du dich jetzt bitte sofort wieder ankleiden?«

Maria bückte sich hastig, riss sich das Kleid über den

Kopf, ruderte in die langen Ärmel hinein und stand zitternd wieder auf. Das Gewand war an mehreren Stellen mit Erde befleckt, und ihre blutigen Hände hatten ein Übriges getan. Sie drehte die Handflächen um und zeigte ihre offenen Schwielen.

»Du bist wohl keine wirkliche Arbeit gewohnt, mein Kind? Dann wird es Zeit, dass du dich einübst. Aber nicht so, verstanden? Ein bisschen mehr Verstand muss man schon beweisen, wenn man eine neue Aufgabe beginnt.«

»Aber warum bin ich denn hier, ich weiß ja von nichts«, stammelte Maria. »Ich arbeite doch in der Krankenpflege.«

»Du arbeitest dort, wo du hingestellt wirst.«

»Aber ich kann nicht im Garten arbeiten! Ich möchte gern im Infirmarium bleiben.«

»Du hast es gehört, Maria: Du arbeitest dort, wo du eingeteilt wirst. So ist das hier bei uns. Eine jede tut das, was man ihr aufträgt. Es geht nicht nach Vorlieben und eigenen Wünschen. Hast du verstanden?«

Maria schüttelte den Kopf. »Nein. Das will ich nicht. Ich will nicht hier im Dreck wühlen, dafür bin ich …«

»Nun?«, meinte die Schwester lauernd. »Bist du dafür zu fein?«

»Nein. Aber dafür bin ich nicht hier.«

Schwester Fronika sah Maria stirnrunzelnd an. Ihre Mundwinkel zuckten bedrohlich. Sie trat einen Schritt näher.

»Ich glaube, du musst erst einmal die wichtigste Lektion in unserer Gemeinschaft lernen. Wie lautet diese Lektion?«

»Ich möchte Gott lieben und …«

»… und? Was ist das Wichtigste?«

»… ihm gehorsam sein.«

»Ihm allein?«

Maria sah auf. »Ja, vor allem ihm.«

»Und mir«, Schwester Fronika tippte sich mit dem Zeigefinger auf die Brust, genau oberhalb ihres Kruzifixes, das sie an einer goldenen Kette um den Hals trug. »Mir musst du ebenso gehorsam sein. Und vor allem der Magistra, Pater Jeronimus, Pater Linhart und von jetzt ab auch Schwester Ursula sowie allen anderen älteren Schwestern. Wir alle vertreten den Herrn für dich auf Erden. Und wessen Wille spielt demnach keine Rolle?«

Maria zuckte die Achseln.

»Dein eigener, Novizin Maria. Hast du das verstanden? Das ist die erste und wichtigste Lektion. Um sie zu lernen, bist du hier, zu nichts anderem. Alles andere ist für dich im Augenblick nicht wichtig. Du wirst so lange bei Schwester Ursula im Garten arbeiten, bis du sie gelernt hast.«

Maria kullerten dicke Tränen über die Wangen und benetzten ihre zerschundenen Hände.

»Bestätige mir bitte, dass du mich verstanden hast.«

»Ich habe verstanden, Schwester Fronika«, flüsterte Maria.

»Gut so, mein Kind. Du wirst schon noch begreifen, dass wir nur dein Bestes wollen. Aber das Verstehen kommt nach dem Gehorchen und auch nach dem Glauben. Lange danach. So ist es nun mal, so hat der Herr es eingerichtet. Unser Verstand macht viel von sich her, worauf das Leben in der Welt da draußen großen Wert legt. Es lässt die schönsten bunten Lichter glitzern, die unser Auge betören und die Lüste wecken. Das wirkliche Leben aber ist einfach und unscheinbar von außen, aber herrlich von innen. Es ist mit dem Verstand nicht zu begreifen. Du kannst es jedoch erfahren, wenn du uns gehorchst. Auch wenn du dazu deinen Geist und deinen Körper überwinden musst. Wir dürfen nicht auf diese beiden Feinde unserer Seele hören, wir müssen sie in uns abtöten. Das ist der Weg zum Glück. Nur durch das Leid und die Entbehrung und die Vernichtung des eigenen Willens gelangen wir zur Einheit mit Gott und zum ewigen Frieden.«

Maria ließ ihre Hände sinken. Ihre Tränen waren getrocknet, und sie hatte plötzlich heftig zu frieren begonnen, obwohl die Sonne strahlend vom Himmel schien. Alles in ihr war Schmerz und Trauer, bis sie plötzlich spürte, wie Resignation in ihr aufkeimte und sie für diese Gefühle taub machte.

»Das ist die Nachfolge Christi, mein Kind. So hat Christus für uns gelitten. Und nun geh ins Infirmarium und lass dir die Hände verbinden. Ich werde Schwester Ursula anweisen, dass sie dir Holzschuhe besorgt und für den Anfang ein Paar Handschützer. Die Arbeit im Garten kann sehr erfüllend sein und wird dir guttun. Hier«, Fronika machte eine ausladende Bewegung mit beiden Armen, »hier soll unser Kräutergarten neu entstehen. Es gab ihn schon einmal, aber seit vielen Jahren ist er nicht mehr gepflegt worden, und nun ist er ganz verwildert. Schwester Ursula kann das Gelände allein nicht bestellen, und von Kräutern hat sie auch keine Kenntnis.«

Von weitem sah Maria Schwester Ursula vor einem Beet knien, ihre Röcke waren wie ein Teppich um sie herum ausgebreitet. Sie sortierte Wurzeln und Pflanzenteile und redete munter mit sich selbst. Sie lachte sogar hin und wieder und stieß kleine spitze Rufe aus, während sie die Pflanzen betrachtete und in immer wieder neue

Ordnungen brachte. Ihre großen Hände arbeiteten dabei so flink und geschickt wie die Hände eines Uhrmachers.

»Mit wem spricht Schwester Ursula?«, fragte Maria.

»Mit niemandem«, sagte Fronika und legte einen Arm um Marias Schultern. Sie schob sie vor sich her in den Obstgarten, wo Bienen und Hummeln fleißig um die Blüten summten. »Du wirst es schon schaffen, Maria. Aller Anfang ist schwer.«

Die Stimme kannte er doch. Christoph de Vens setzte sich in seinem Badezuber auf und bedeutete der jungen Dame, die ihm mit einer weichen Bürste die Schultern massierte, mit einer Geste, ihre Betätigung für einen Augenblick zu unterbrechen. Der Dampf war so dicht, dass er nicht erkennen konnte, wer auf Armesbreite im Zuber neben ihm saß und sich wie er selbst in wohlig heißer Seifenlauge und umhüllt von ätherischen Düften von des Tages Mühen und Plagen erholte. Doch dann vernahm er durch das allgemeine Gemurmel der Badegäste und der jungen Mädchen, die sich um die Badenden kümmerten, wieder die bekannte Stimme.

»Nein, bitte keine Melisse für mich. Lieber Rosenöl.«

»Pieterjan van Hulle?«, rief Christoph laut in den Dampf hinein. »Bist du es wirklich?«

»Christoph de Vens«, antwortete es aus dem Nebel. »Habe ich recht?«

»Stimmt genau! Alter Freund, was machst du in meinem Badehaus?«

»Dein Badehaus? Das Badehaus von St. Joseph, so ich richtig weiß. Wo sitzt du, links oder rechts von mir?«

»Wenn ich das wüsste!« Die Männer lachten und fuchtelten mit den Armen, um die Dampfschwaden zu vertreiben.

»Mijnheer van Hulle badet rechts von Ihnen«, raunte die Badefrau Christoph ins Ohr. »Soll ich Euch die Laken bringen?«

»Bitte. Ich brauche den Zuber dann nicht mehr.«

Er ließ sich in ein flauschiges Badelaken wickeln, das leicht nach dem Holzfeuer roch, an dem es gewärmt worden war, und wickelte ein zweites Tuch wie einen Turban um seinen Kopf. Dann ging er auf nackten Füßen über die glatten Kacheln zu seinem rechten Zubernachbarn.

Auch Pieterjan van Hulle hatte sich sein Badetuch bringen lassen und wickelte sich gerade hinein.

»Wir hätten zwei schöne römische Senatoren abgegeben, was, mein Freund?«

Die Männer umarmten sich und klopften einander auf die nackten Schultern. »Gehen wir etwas trinken, das haben wir uns jetzt verdient.« Sie schlenderten in den Nebenraum, ein gut geheiztes Kaminzimmer, in dem heißer Grog und Weine aus verschiedenen Ländern ausgeschenkt wurden. Auf der Bank neben dem Feuer saß eine Schöne und spielte leise kunstvolle Weisen auf der Laute. Ein Hündchen lag neben ihr auf der Bank und zappelte träumend mit den Pfoten.

Christoph bestellte eine Kanne Rheinwein und eine Schüssel Gebratenes.

»Du bist mein Gast, Pieterjan. Wie ist es dir ergangen? Wir lange ist es her, dass wir uns gesehen haben?«

Pieterjan zuckte die Achseln. »Mindestens fünf Jahre.«

»Als ob wir nicht in derselben Stadt lebten …«

»Ich war lange weg aus Brügge.«

»Ich nicht. Ich war immer hier«, sagte Christoph. Er schenkte zwei Becher voll und sah zu, wie ein Diener eine Schüssel mit knusprigen Hühner- und Entenbeinen auf den Tisch stellte. Der Duft weckte das Hündchen auf. Es reckte sich, schnupperte in die Luft und sprang von der Bank. Brav nahm es zwischen ihnen am Boden Platz und wartete darauf, dass die Knochen vom Tisch fielen. »Wohin hat es dich verschlagen?«

»Überallhin und nirgends«, sagte Pieterjan und ließ sich Essen und Trinken schmecken. »Zuerst bin ich mit den Hansekaufleuten herumgefahren, England, Norddeutschland, bis hoch nach Litauen. Dann habe ich eine Weile für die Kürschner gearbeitet, Pelze eingekauft und die fertigen Waren weiterverkauft. Schließlich kam ich über Ungarn nach Wien, habe dort Kontakte zum Hof geknüpft und für Maximilians Ausstattung die Textilien eingekauft.«

Christoph pfiff leise durch die Zähne. »Du bist ein Kaliber, mein guter Freund. Hast mit den ganz Großen gespielt?«

Pieterjan ließ sein erstes halb aufgegessenes Hühnerbein vom Tisch fallen, das von dem Hündchen mit Begeisterung geschnappt und unter Krachen und Schmatzen abgenagt wurde. Bald waren die Knochen blank, und das Hündchen ging erneut in Warteposition.

»Ein gefährliches Spiel«, sagte Pieterjan. »Ich bin mit Maximilians Hofstaat nach Brügge zurückgekommen. Es war kein Spaß, dazuzugehören, bei allem, was ihm hier geschehen ist.«

»Du hast ihm rechtzeitig den Rücken gekehrt.«

»So könnte man es sagen«, lachte der andere. »Jedenfalls arbeite ich jetzt auf eigene Kappe. Zum Teil für den Hof des Erzherzogs, aber auch für andere. Man darf sich nicht von einem einzigen Kunden abhängig machen, das ist die Lehre, die ich daraus gezogen habe. Aber wie ist es dir ergangen? Was machen die Schiffe? Lebt dein Vater noch?«

»Schon lange nicht mehr«, antwortete Christoph und berichtete dem Jugendfreund, wie die Mitglieder seiner Familie einer nach dem anderen verstorben waren.

Pieterjan nickte bedächtig und teilnahmsvoll. »Meine Eltern sind auch beide tot. Aber ich habe noch zahlreiche Geschwister. Familie ist wichtig im Leben. Hoffentlich hast du eine liebe Frau gefunden?«

Christoph nickte. Es versetzte ihm einen kleinen Stich, an Margarethe zu denken und auch daran, wie stolz und freudig er früher von seiner Schönen gesprochen hatte. Jetzt rächte sie sich an ihm und ließ nichts von sich hören. Jeden Tag schickte er ihr eine Nachricht – Früchte, Wein, ihre geliebten, sündhaft teuren Zuckerkuchen. Und was bekam er? Kein Wort des Dankes, keine Antwort, nichts. Ob es ihr gutging? Bald würde er es nicht mehr aushalten und ihr nachreisen. Aber wie sollte er ihr bloß klarmachen, dass er der Herr im Haus war? Sie würden nach Antwerpen umziehen, wenn er es für richtig hielt und keinen Tag eher. Sie war seine Frau und hatte ihm zu gehorchen. Und wenn er ehrlich war, dann hätte er ihr am liebsten befohlen, auf der Stelle heimzukommen. Jetzt, da die Beginen das Testament angefochten hatten, würde er sein Elternhaus nicht verkaufen können. Woher sollte er das Geld nehmen, um in Antwerpen ein neues Geschäft aufzubauen? Andererseits – was sollte Margarethe hier, hochschwanger und erst recht nach der Geburt, wenn er ihr Haus und Hof unter dem Stuhl weg verkaufen musste? Das alles musste sie doch verstehen und aufhören, ihn mit ihrem Schweigen zu quälen. Sie wusste nichts von seiner schwierigen Lage, davon, wie schlecht es um seine Geschäfte stand – um den ganzen Handel in Brügge. Es hatte sie nie interessiert, und sie verstand auch nichts davon. Für sie und seine Schwiegereltern war er immer nur der wohlhabende Geschäftsmann aus dem prächtigen Brügge gewesen, und er hatte Sorge getragen, dass dieses Bild keine Risse bekam.

»Ja, ich habe eine sehr liebe Frau gefunden. Sie erwartet gerade unser erstes Kind.«

Pieterjan strahlte. Er war ein wirklicher Freund und freute sich für Christoph. »Dann wirst du ja mit dem Erzherzog gleichzeitig Vater werden.«

»Tatsächlich? Ist die Infantin schwanger?«

»Aber ja doch, weißt du das nicht? Im November wird der Nachwuchs erwartet.«

»Ich kümmere mich nicht um den Herzog. Sicher hat meine Frau mal davon gesprochen, ja doch, ich erinnere mich. Hat nicht seine Schwester gerade ein totes Kind geboren?«

Pieterjan legte einen Finger auf die Lippen. »Bitte, sprich nicht davon. Das bringt Unglück. Dabei hatte sie nach nur sechs Monaten Ehe gerade den Ehemann verloren. Und dann auch noch ihr Kind, den spanischen Thronfolger. Tragisch. Zudem will man sie jetzt aus Spanien nicht wieder ausreisen lassen. Zustände sind das, schwierig, sehr schwierig. Alle fragen sich, wie es nun in Spanien weitergehen wird.«

Die Männer schwiegen eine Weile. Die Weinkaraffe war inzwischen leer und Christoph ließ eine zweite kommen. Vielfältige Gedanken gingen ihm durch den Kopf. Er fühlte sich zum ersten Mal seit Margarethes Abreise und dem Tod seiner Mutter wieder jung und beschwingt. Sein Leben war doch nicht nur Trübsal und Arbeit. Er musste nur nach vorne schauen, nicht zurück. Er schenkte Wein nach und stellte die Schüssel mit den letzten zwei gebratenen Geflügelbeinen unter den Tisch. Aber das Hündchen war satt und lag längst wieder neben seiner Herrin auf der Bank und schlief.

»Wie weit bist du in Kenntnis über die neuste Handelspolitik?«, wollte Pieterjan als Nächstes wissen. »Ich habe gehört, dass die Engländer sich nach Antwerpen orientieren wollen.«

Christoph schnaubte leise. »Die Engländer, ja, und nicht nur die. Alle wandern ab. Willst du wissen, was ich fürchte?«

Pieterjan sah ihn erwartungsvoll an.

»Brügge geht langsam aber sicher zugrunde. Ja, du brauchst gar nicht so skeptisch zu gucken.« Er winkte den Freund über den Tisch zu sich heran. »Und jetzt verrate ich dir ein Geheimnis: Die englischen Tuchhändler verhandeln schon über das Stapelgeld in Antwerpen. Ich hab es aus erster Quelle von einem meiner Kapitäne. So, und nun bist du dran.«

Pieterjan hatte die Augen aufgerissen und starrte ins Leere. Seine schlimmsten Befürchtungen waren also wahr. Was sollten sie nun tun? »Meinst du, man kann darauf noch einwirken?«, fragte er.

»Wie willst du denn darauf einwirken? Du weißt doch, wie es um das Zwin bestellt ist. Auch der Hafen in Sluis versandet jetzt. Bald werden die Galeeren auch dort nicht mehr anlanden können – und was machen wir dann? Wir brauchen immer länger mit unseren Leichtern, um die Waren nach Brügge zu bringen. Der Herzog wird nicht mehr lange die Hand über uns halten.« Christoph beugte sich weit vor und sprach es Auge in Auge mit Pieterjan aus: »Und weißt du, was aus Brügge wird, wenn das Hansekontor wieder nach Antwerpen umzieht? Das wird das Ende sein für uns alle.«

»Aber sie werden doch nicht …«

»Warum nicht?«

»Der Erzherzog wird es nicht zulassen.«

Christoph sah ihn spöttisch an. »Und warum nicht? Weil er in Brügge geboren ist? Oder weil wir alle so gute Menschen sind?«

»Du hast recht«, sagte Pieterjan nach einer Weile. »Im Grunde habe auch ich dieses Gefühl, mich auf einem sinkenden Schiff zu befinden, hier in Brügge. Ich wollte es nur nicht wahrhaben. Ich war froh, wieder zu Hause zu sein.«

»Das ist es«, seufzte Christoph. »Auch ich würde nur zu gerne hierbleiben.«

»Willst du etwa nach Antwerpen gehen?«

Christoph sah gequält auf. »Ich muss – am besten sofort.«

»Und was spricht dagegen?«

»Das Geld. Ich habe keine Mittel. In Antwerpen muss ich ganz von vorne anfangen. Das kostet. Wenn ich wenigstens mein Elternhaus verkaufen könnte.«

»Du willst es verkaufen? So ein schönes Haus bekommst du in Antwerpen niemals. Mich würde es sehr interessieren.«

»Die verfluchten Betschwestern im Beginenhof haben das Testament meiner Tante angefochten«, schimpfte

Christoph. »Sie haben Klage eingereicht. Kannst du dir vorstellen, wie lange das dauern wird?«

Pieterjan zuckte die Achseln. »Kirchenmühlen mahlen langsam.«

»Recht hast du. Aber es ist der Herzog, der über ihre Sache zu entscheiden hat. Der Beginenhof ist direkt dem Prinzen unterstellt.«

»Dann wird es noch länger dauern. Philipp ist gerade unterwegs nach Spanien. Wer weiß, wann er zurückkommt. Und solange ...«

»Sind mir die Hände gebunden.«

»Ich verstehe. Jammerschade. Aber sobald du verkaufen kannst, sag es mir. Hör mal ...«, Pieterjan dachte einen Augenblick nach. »Wie sind deine Beziehungen zur Zunft der Tuchmacher?«

»Gut, warum? Ich habe seit Jahren mit ihnen zu tun. Sie wollen jetzt mit den Spaniern ins Geschäft kommen, aber auch von dort kommt zurzeit alles per Schiff, weil der Landweg durch Frankreich zu gefährlich ist. Ich bin jetzt sogar in ihre Bruderschaft aufgenommen worden.«

»Das habe ich gehört. Darum hätte ich da eine Idee, wie du die Sache mit den Beginen vielleicht etwas beschleunigen könntest. Sprich doch mal mit Broes von der Bruderschaft ...«

Agnes nahm den pfeifenden Kessel von der Feuerstelle und goss kochendes Wasser über die Lindenblüten. Sie hatte sie selbst im letzten Sommer gesammelt und getrocknet. Nun sollten sie gegen Nopichts bellendem Husten helfen. Agnes war über den Zustand ihrer Freundin beunruhigt.

Nopicht sah schon wieder aus, als ob sie fieberte. Aber helfen lassen wollte sie sich natürlich nicht.

»Glaub nicht, dass du eher ins Himmelreich kommst, nur weil du mir einen Hustentee aufbrühst«, blaffte sie mit ihrer gewohnten Bissigkeit. »Bei mir hilft nichts mehr. Meine Lunge ist kaputt. Nun ja, umbringen wird es mich schon nicht. – Wer klopft denn da, sei so gut und sieh nach, Agnes.«

Agnes linste durchs Küchenfenster. Die Vesper war gerade vorbei. Sie hatte sich bei der Magistra von Vesper und Komplet entbinden lassen, weil sie Nopicht versorgen wollte und den ganzen Tag nicht von der Pforte weggekommen war. Die Boten hatten sich die Tür in die Hand gegeben, und immer hatten sie eilige Nachrichten zu überbringen oder Waren abzugeben gehabt, deren Empfängerinnen sie benachrichtigen musste. Sie lief und lief und lief – und wer bezahlte ihr die nötigen neuen Schuhsohlen? Es war schon ein Elend, aber lieber lief sie sich die Hacken ab, als den ganzen Tag an der Spindel zu sitzen oder am Webrahmen. Das war nichts für sie.

Eine zierliche Gestalt im grauen Novizenkleid und mit weißem Schleier wartete vor Nopichts Tür. Agnes öffnete sie einen Spaltbreit.

»Schwester Nopicht ist krank, was möchtest du, Kind?«

»Ich muss sie dringend sprechen, es ist wichtig. Ich bin Maria, Novizin Maria.«

»Ach, du bist die Maria, ich habe schon von dir gehört«, sagte Agnes und öffnete die Tür weit, damit Maria eintreten konnte. Das Mädchen schlug den Schleier ein bisschen zurück, so dass Agnes ihr in die Augen sehen konnte. Sie waren graugrün und leuchteten wie Sma-

ragde. Maria erwiderte ihren Blick ruhig und ehrfurchts-
voll. Dann zerbrach ihre gefasste Miene plötzlich, und ihr
Gesicht zeigte Besorgnis, fast Verzweiflung. »Ich muss mit
Schwester Nopicht sprechen, bitte, und sei es auch nur
ganz kurz.«

»Was ist denn da los?«, rief Nopicht aus dem Nebenzimmer, wo sie mit einem großen Kissen im Rücken auf
dem Bett ruhte. »Wer ist da?«

»Ich bin es, Maria.«

»Warum kommst du nicht herein«, meckerte die Kranke.

Maria schlängelte sich an Agnes vorbei und betrat die
Schlafkammer. Agnes blieb einen Augenblick wie betäubt
zurück. Dann begann sie fahrig, den Lindenblütentee ab-
zuseihen und in zwei Becher zu füllen. Schließlich holte
sie noch einen dritten Becher aus dem Schrank und goss
den Rest des Tees hinein. Sie brachte die beiden vollen
Becher ins Krankenzimmer und stellte sie für Nopicht und
Maria auf den Nachttisch. Dann ging sie in die Küche zurück, setzte sich mit ihrem halbvollen Becher ans Fenster
und sah hinaus in den Hof.

Maria hatte sich neben Nopichts Bett auf den Boden
gekniet und drückte ihr Gesicht in deren Hände.

»Ich habe wohl einen großen Fehler begangen, es tut
mir so leid, aber ich wusste es nicht besser«, begann sie
atemlos.

Nopicht strich ihr über den Kopf und ließ ihre Hand
eine Weile auf der weißen Haube ruhen, bis das Mädchen
sich beruhigt hatte. Dann nahm sie Marias Hände und
stutzte.

»Was soll das?«, fragte sie streng. »Was hast du getan?«

»Ich … ich muss im Garten arbeiten«, stammelte Maria. »Ich darf nicht mehr ins Infirmarium.«

»Na und?«, fragte Nopicht. »Was ist daran so schlimm?«

»Ich bin es nicht gewohnt. Meine Hände …«

»Hast du noch nie richtig gearbeitet?«

Maria schluchzte, aber als sie Nopichts strenge Miene sah, hielt sie die Tränen zurück. Sie wollte nicht selbstmitleidig sein, auch wenn es weh tat, zu allem Kummer nun auch noch getadelt zu werden.

»Ich werde es lernen. Es geht schon besser.«

»Das will ich hoffen. Wir alle leben von unserer Hände Arbeit. Als Begine solltest du stolz darauf sein, dass der Herr dir ermöglicht, dein Brot im Schweiße deines Angesichts selbst zu verdienen, statt abhängig zu sein von anderen. Außerdem gibt es keine bessere Buße für uns Sünder als Arbeit und nochmals Arbeit.«

Maria senkte den Kopf und schwieg. Sie nahm ihre Hände von Nopichts Bettdecke und legte sie in den Schoß.

»Trinken wir den schönen Tee, den Schwester Agnes uns bereitet hat. Er wird uns guttun.«

Mit Marias Hilfe setzte Nopicht sich auf. Maria musste ihr auch den Teebecher an den Mund führen, so schwach war die ältere Frau. Maria schämte sich plötzlich, die arme, kranke Schwester mit ihren eigenen Sorgen zu überfallen. Sie war selbstsüchtig und gedankenlos. Ein kleines Flämmchen der Kraft und Lebenslust kehrte in ihr Herz zurück, das im Laufe dieses schrecklichen Tages mit der schweren Arbeit im Garten gänzlich erloschen zu sein schien. Sie musste einfach akzeptieren, dass man sie dorthin geschickt hatte. Es war eine Herausforderung, keine Strafe. Sie musste lernen, über den eigenen Schatten zu springen und die Dinge in einem größeren Zusammenhang zu sehen. Sie musste sich bemühen, auch die Nöte der anderen zu erkennen. Dieser Gedanke machte sie leicht und zuversichtlich. Sie lächelte und stellte den Teebecher zurück auf den Nachttisch.

»Aha, jetzt geht die Sonne wieder auf, meine Tochter«, schmunzelte Nopicht. »Nun erzähl mir, was geschehen ist.« Sie klopfte auf die Bettkante und Maria nahm gehorsam dort Platz. »Was hat Schwester Fronika denn bewogen, dich in den Garten zu den Würmern und Schnecken zu schicken?«

»Ich war eitel und vorlaut.«

»Du warst eitel und vorlaut?«, wiederholte Nopicht und wartete einen Augenblick, was nun käme. »So kenne ich dich gar nicht. Was hast du getan?«

Aber Maria schwieg. Erst nachdem eine ganze Weile verstrichen war, fuhr sie fort: »Es tut mir leid, ich wollte nicht darüber sprechen, aber es ist mir so herausgerutscht. Ich habe im Unterricht von Pater Linhart von den Stufen gesprochen, die die Seele gehen muss, um ganz zu Gott zu kommen. Er hat jedoch darauf beharrt, dass es die letzte Stufe nicht gäbe, in der die Seele Gott schauen kann und keine Tugend und keinen Willen mehr braucht, sondern ganz in der Liebe ist. Er ist ganz seltsam geworden und sehr böse und wollte unbedingt wissen, wer mir das erzählt habe.«

»Hm«, machte Nopicht bloß.

»Ich weiß, Ihr habt gesagt, das sei ein Geheimnis und gehe niemanden etwas an. Aber ich dachte doch, der Pater …«

»Gerade der!«, schnaubte Nopicht.

Maria sah sie erstaunt an.

»Gerade der ist eben nicht der Geeignete für solche Geheimnisse«, erklärte Nopicht. »Wie ging es weiter?«

»Er sagte, das seien ketzerische und gotteslästerliche Gedanken, die die Kirche nicht dulden könne, und dann hat er uns von der Inquisition erzählt.«

»Und dann?«

»Dann habe ich schließlich gesagt, dass ich mir alles nur ausgedacht hätte. Ich habe nicht gesagt, dass Ihr davon erzählt habt.«

»Du bist ein gutes Kind, Maria. Pater Linhart ist noch sehr jung. Er kennt noch nicht all unsere Gebräuche und weiß manchmal nicht recht mit uns Frauen umzugehen. Wir sind schließlich Beginen, wir haben unsere eigenen Ideen, verstehst du?«

»Aber es ist doch am Ende auch ganz egal, ob die Seele nun drei oder mehr Stufen braucht, um zu Gott zu kommen. Hauptsache, sie kommt irgendwann dort an. Daran glaubt der Pater doch auch, oder?«

Nopicht lächelte ein wenig, aber es war ein schmerzliches Lächeln. »Natürlich. Mach dir keine Sorgen mehr um die Angelegenheit. Damit du es verstehst, nur so viel: Diese Gedanken stammen von einer Begine. Sie war eine sehr fromme und hochgeachtete Frau, die lesen und schreiben konnte und nicht weit von hier aus dem Hennegau stammte. Heute aber wird sie verleugnet, und ihre Schriften können nur heimlich weitergegeben werden. In manchen Gegenden sind sie sogar verboten.«

»Wer ist sie und wo lebt sie denn?«

»Sie ist schon lange gestorben. Man hat sie hingerichtet.«

Maria schlug die Hände vor den Mund. »Warum? Was hat sie getan?«

»Sie wurde als Ketzerin verurteilt. Aber das ist schon sehr lange her, und es war in Paris, nicht hier bei uns. Sie hat nichts getan, als nur ihre Gedanken und Überzeugungen aufzuschreiben und öffentlich zu vertreten. Ihre Schriften heißen *Der Spiegel der einfachen Seelen*, und ihr Name war Marguerite Porète. Und nun vergiss all das wieder, mein Kind. Es gehört zu unserer Geschichte, aber die geht den Pater nichts an. Du musst sie ganz tief in deinem Herzen bewahren. Sie ist der Boden, auf dem wir stehen.«

Maria nickte. »Ich verspreche es. Und ich werde auch die schwere Arbeit im Garten ertragen, Schwester No-picht.«

»Sie werden vielleicht versuchen, dich auszuhorchen und noch öfter zu befragen. Nimm es hin als Prüfung, Maria, und vor allem: Sprich nie wieder über die Liebe. Wir Beginen glauben zuerst an die Liebe und dann erst an die heilige Kirche. Wir sind nicht von dieser Welt. Du kannst stolz darauf sein, dazuzugehören.«

»Das bin ich auch.«

Als Maria sich erhoben und von Nopicht verabschiedet hatte, kam Agnes ihr entgegen, ihren Teebecher noch in der Hand. Sie hatte von der Küche her alles mit angehört. Sie wollte noch einmal einen Blick auf Maria werfen, die sie so sehr faszinierte. Agnes hatte mit den Novizinnen nie etwas zu tun und sah sie immer nur von weitem im Chor, wo sie ganz hinten an der Wand am unteren Ende vor der Chorschranke saßen, so dass sie sie meistens nur beim Ein- und Auszug von hinten sah, wenn sie sich vor dem Altar verbeugten. Marias Gesicht war ihr aber schon aus der Entfernung heraus aufgefallen. Es erinnerte sie an irgendjemanden, aber sie kam nicht darauf, an wen. Es war wie ein Gruß aus früheren Zeiten.

»Pater Linhart hat die armen Mädchen in Angst und Schrecken versetzt«, erklärte Nopicht, als Maria gegangen war. »Diese Dominikaner sind einfach ungeeignet für die Erziehung unserer Novizinnen. Ich werde mit Walburga sprechen müssen.«

Agnes nickte gedankenverloren. »Aber manchmal habe ich auch Angst um dich. Wenn dich nun jemand hört?«

»Wer sollte mich belauschen in meinem eigenen Haus?«

»Du weißt doch, hier haben die Wände Ohren.«

»Da hast du recht. Aber wer soll es denn den Mädchen beibringen, wenn nicht wir? Maria hat schon recht gut verstanden, worum es geht.«

»Ja, Maria ist ein außergewöhnliches Mädchen«, murmelte Agnes. Und dann fiel ihr plötzlich ein, an wen sie sie erinnerte: an ihren eigenen, geliebten Großvater.

◆ 10 ◆

WIE MAN DAS HAUS HÜTET

*Die Magistra bestimmt immer zwei Schwestern, die das Haus
hüten, außer wenn es geschlossen wird, weil Messe ist oder aus
anderen notwendigen Gründen. Sie bestimmt außerdem jede Woche
eine Schwester, die sich um den Haushalt kümmert und um alles,
was damit zu tun hat.*

FERIA QUARTA, 9. MAIUS 1498

Die Magistra hatte sich gleich nach dem Frühstück in ihre Schreibstube begeben und sich eine
kleine Karaffe Burgunder bringen lassen. Das würde sie als
Stärkung brauchen für die anstehende Aufgabe. Vor ihr
lag ein Stapel feines Leinenpapier, mehrfach in einer ganz
bestimmten Anordnung gefaltet, auf dem sie einmal im
Monat die Ereignisse des Klosters aufzuzeichnen pflegte.
Wenn genug Bögen beschrieben waren, ließ sie sie in der
Buchbinderei des Dominikanerklosters zusammenbinden
und zu den anderen Chroniken stellen. Seit über zweihundert Jahren zeichneten so die Vorsteherinnen des Beginenhofs alle wichtigen Begebenheiten für die Ewigkeit
auf. Seit ihrer Wahl zur Magistra oblag ihr diese ehren-
volle Aufgabe, die sie als eine ihrer heiligsten Pflichten
ansah. Sie blätterte die bereits von ihr beschriebenen
Seiten auf. Früher hatte man noch auf Pergament geschrieben. Die alten Chroniken waren schwere, fleckige
Folianten, die nach Leder und Staub rochen. Viele kleine
Bündelchen waren zusammengefasst worden in den leder-

nen Einband. Heutzutage schrieb man mit guter Eisengallustinte auf Papier. Ihre Schrift war vielleicht nicht so schön und gleichmäßig wie die einiger Vorgängerinnen, aber dafür war sie leicht zu lesen, und sie machte nur halb so viele Kleckse wie manch andere. Es galt, den Erwerb oder den Verkauf von Grundstücken und den Erhalt von Erbschaften sowie größerer Stiftungen oder Schenkungen einzutragen. Ebenso wurden alle großen Ausgaben aufgeführt und ihr Zweck genannt, zum Beispiel der Erwerb von Reliquien oder die Renovierung von Gebäuden. Die Aufnahme neuer Schwestern und das Datum ihrer Profess wurden ebenfalls erfasst und noch einmal summarisch am Ende des Jahres erwähnt, ebenso die Abgänge. Die meisten Abgänge erfolgten durch Tod. Die Todestage der Schwestern wurden noch einmal gesondert in einem sogenannten Memorienbuch aufgezeichnet, das wie ein großer Jahreskalender gestaltet war. Auf einen Blick konnte man so sehen, welcher Seelen man an welchem Tage zu gedenken hatte. Alle Schwestern, die im Beginenhof verstarben, wurden darin eingetragen, aber auch andere Menschen, sofern sie sich durch großzügige Schenkungen ein dauerndes Gedenken durch die Schwestern gesichert hatten. Jeden Morgen sah die Magistra nach, welche Gedenken für den jeweiligen Tag zu leisten waren, und schloss sie sodann in die Fürbitten der Gebetszeiten ein. So hatte das ewige Leben der Gefrommen seinen Widerschein auf Erden.

Ihre Aufmerksamkeit galt an diesem Morgen jedoch nicht dem Memorienbuch, sondern allein der Chronik. Walburga suchte sich einen schönen, geraden Gänsekiel aus und tauchte ihn in das Tintenfass, das sie am Vorabend extra frisch hatte füllen lassen.

Als Erstes trug sie das Datum des Tages ein, den 14. Maius im Jahre des Herrn 1498. Dahinter setzte sie einen Punkt, löschte die Zeile ab und tauchte den Federkiel erneut ins Tintenfass. Lange ließ sie den Federkiel über dem Papier schweben, bis sich endlich doch ein Tropfen löste und einen großen schwarzen Fleck auf dem Papier hinterließ. Die Magistra unterdrückte ein böses Wort und ließ die Feder neben das Papier auf die Schreibplatte fallen. Weitere Kleckse entstanden. Sie löschte rasch den gröbsten Schaden vom Tisch und starrte dann wie hypnotisiert auf das Fleckenmuster auf dem Löschpapier. Der Streit um Seraphines Erbe lastete schwer auf ihr. Sie hatte so fest mit diesem Geld gerechnet. Seraphine hatte so viele Jahre hier im Hof gelebt, wie viel hatten sie zusammen erlebt? Seraphine war noch eine junge Frau gewesen, als Walburga nach Brügge kam. Sie war ihre Anleiterin gewesen, als sie eine junge Novizin war, sie hatte sie beten gelehrt, sie hatte sie getröstet, wenn sie Heimweh hatte, und sie hatte sie gestraft und sogar einmal geschlagen, als sie sich schuldig gemacht hatte. Seit Jahren schon hatte Seraphine von ihrem Vermächtnis gesprochen. Nur deshalb hatte Walburga zugestimmt, dass sie zusammen mit ihrer Schwester in der Klosterkirche begraben werden konnte. Und nun dieser Verrat. Freiwillig hatte Seraphine ihren letzten Willen sicher nicht abgeändert. Aber darüber hatte nun der Herzog zu entscheiden. Wenn er denn endlich mal wieder in Brügge sein oder sich sonst seiner prinzlichen Pflichten widmen würde. Bis dahin musste Walburga sehen, wie sie den Spitalneubau ohne Seraphines Erbe bezahlte.

Je länger sie darüber nachdachte, umso abenteuerlicher erschien ihr das ganze Unternehmen. Sie hatte geträumt, statt weise und angemessen zu handeln: Sie hätte erst die Gelder beschaffen und dann die Pläne zeichnen lassen müssen. Sie hatte viele Fehler gemacht. Aber Fehler zu machen war menschlich. Und sie hatte Pech gehabt – wer hätte ahnen können, dass eine angesehene Kaufmanns- und Reederfamilie wie die de Vens sich auf hinterhältige Art und Weise ihr Erbe sichern würde? Dass sie sie sogar verklagen musste? Nun gab es nur eine einzige Hoffnung, das war die Großzügigkeit der Bruderschaft. Aber mehr Einfluss auf deren Entscheidung als durch frommes Gebet und Gottvertrauen stand ihr im Augenblick nicht zur Verfügung.

Was also sollte sie für diesen Monat in die Chronik eintragen? Es gab keine günstigen Ergebnisse für den vergangenen Zeitraum, und ihre Niederlagen wollte sie nicht für die Nachwelt festhalten. Sie schob den beklecksten Bogen beiseite, nahm einen frischen zur Hand und tauchte die Feder wieder in die Tinte. Ganz oben auf das Blatt schrieb sie den Betrag, den die Baumeister für den Neubau des Spitals veranschlagt hatten. Darunter, schön sorgfältig Ziffer für Ziffer, setzte sie den Betrag, den sie bereits angespart hatte. Sie errechnete den Fehlbetrag und warf die Zahlen rechts aus. Es war keine kleine Zahl, es war eine hohe Summe.

Sie ließ ein wenig freien Platz für den Fall, dass ihr noch gute Ideen einfielen, und schrieb dann die bereits bekannten möglichen Erwerbsmaßnahmen untereinander: »Außerordentliche Fürbitten und Gebete für die Bürger«. Sie schätzte die daraus resultierenden Jahreseinnahmen ab und setzte den Betrag rechts unter den Fehlbetrag. Als Nächstes summierte sie die zu erwartenden Legate bis zum Ende des Jahres auf. Es waren nicht sehr viele. Die Brügger Bürger waren vorsichtig geworden mit ihren Schenkungen, denn die Zeiten waren unsicher. Sie ließ die Feder erneut lange über dem Papier schweben, ehe sie sie endlich wieder in die Tinte tauchte, und schrieb: »Fürbitte für die Geburt des ersten erzherzöglichen Kindes«. Bei dem einzusetzenden Betrag zögerte sie wieder. Ob Philipp der Schöne wirklich bereit war, für die glückliche Geburt seines ersten Kindes etwas zu spenden, schien ihr nach allem, was man so hörte, doch eher unwahrscheinlich. Der spanischen Infantin Johanna, seiner jungen Ehefrau, sollte es an Frömmigkeit mangeln. Das hatte ihr gerade der Propst erzählt, und der wusste es wiederum aus erster Hand. Johannas Mutter, Isabella die Katholische, die im fernen Toledo lebte und sich sicher große Sorgen um ihre schwangere Tochter machte, hatte nämlich einen Dominikanermönch nach Brüssel geschickt, der sich um die Tochter kümmern sollte. Dieser wiederum hatte sich mit seinen Ordensbrüdern ausgetauscht, und so war die Kunde bis nach Brügge und in den Beginenhof gelangt: Die junge Erzherzogin war kein Gewinn für fromme Seelen. Sie schien nur eins im Kopf zu haben: die Liebe ihres Ehegatten zu befestigen und seine Seitensprünge und Ehebrüche zu verwinden. Vielleicht gab es ja doch eine Möglichkeit, ihr Herz zu erweichen, wenn sie in so großer Not war? Walburga begann, mit ihrem Federkiel ein paar Zahlen an die Seite zu kratzen, und strich sie wieder aus. Was würde es nützen? Es war sowieso zu wenig. So konnte man kein Spital bauen. Wenn sich keine ernsthaftere und sicherere Einnahmequelle ergab, würde sie eben anderswo etwas einsparen müssen. Aber wo? Sparen ließe sich bei allem, was die Beginen selbst mit ihrer Hände Arbeit herstellen konnten, statt es für teures Geld in der Stadt zu kaufen. So zogen sie Gemüse und Obst im eigenen Garten, brauten Bier, schlachteten selbst, backten Brot, zogen Kerzen und gossen Talglichter, schlugen und sammelten Holz, spannen Wolle, webten die schönsten Wandteppiche, nähten ihre Kleider selbst, stickten und klöppelten und machten noch viele andere Handarbeiten mehr. Handarbeit war das Kennzeichen der Beginen, ehrlicher Hände Arbeit, das war ihr Auftrag, ihr Versprechen. Hinzu kamen die Einnahmen für die wohltätige Arbeit, der seelische und geistliche Beistand der Armen, Kranken und Hilfsbedürftigen. Auch das brachte ihnen Geld ein.

Dem gegenüber standen aber erhebliche Ausgaben. Ganz obenan die Ausgaben für die Betreuung und Visitation durch die Dominikaner. Die Kontrolle und der Schutz der heiligen Kirche kostete sie fast ein Drittel ihrer gesamten Einnahmen. Es folgten die Kosten für Getreide, Gewürze, Fisch und andere Lebensmittel, Seife, Leder, Tuch, Papier und so fort sowie Kontributionen, Zinsen, Pacht und Gebühren für Notare und Ämter, Arbeitslöhne für Handwerker, Tagelöhner und vieles andere mehr. Ihr Tuch webten sie nun schon wieder selbst, das sparte eine Menge Geld. Wo konnte man noch mehr einsparen? Und wo konnte man noch mehr erwirtschaften? Walburga begann zu rechnen. Es gab viele gute Spinnerinnen, Klöpplerinnen und Wollweberinnen im Hof, aber die Tuchmacher aus Brügge zahlten wenig für das gesponnene Garn. Man musste schon froh sein, wenn sie es ihnen überhaupt abnahmen. Es gab so viele Frauen hier, die kräftig, gesund und geschickt waren und schnell ein einbringliches Handwerk hätten erlernen können. Zum Beispiel die Weberei. Wenn sie auch nur einen halb so guten Preis wie die Engländer für ihr Tuch bekämen, würde ein ansehnlicher Betrag übrig bleiben. Oder wenn sie die Leinweberei nähme ... Die Zahlen und Summen, die sich bei ihrer Rechnerei ergaben, wurden immer wirrer, so dass Walburga schon bald den Überblick verlor. Sie legte ihre Feder weg und klingelte nach einer Schwester.

»Lasst bitte Schwester Nopicht holen«, sagte sie der Schwester, die mit einer demütigen Verbeugung und stumm, wie sie gekommen war, den Raum verließ, um wenig später mit der Gewünschten zurückzukommen. Nopicht sah so blass aus, dass Walburga erschrak, als sie in ihre Schreibstube trat. Sie hielt sich gebeugt und drückte ein Schnupftuch an ihre Brust, als sie vor der Magistra Platz nahm.

»Was ist los mit dir?«, fragte Walburga mit leiser Stimme. »Du siehst krank aus.«

Nopicht räusperte sich lange und hielt dabei ihr Tuch an die Lippen gepresst. Endlich hob sie den Blick. Ihre Nase war spitz, der Blick getrübt. »Reden wir von etwas anderem.«

»Es gefällt mir nicht, dass du nicht auf dich achtgibst, meine Liebe«, beharrte Walburga. »Wer kümmert sich um dich?«

»Die gute Agnes quält mich mit ihren Tees und heißen Wickeln. Mir wäre es lieber, man ließe mich in Ruhe. Mit ein bisschen Schlaf komme ich schon wieder auf die Beine. Du hast mich rufen lassen?«

Walburga starrte auf ihre Papiere. Nopicht folgte ihrem Blick und lachte krächzend. Dann streckte sie eine magere Hand danach aus.

»Gib her. Hast du wieder rechnen geübt?«

»Es geht nicht nur ums Rechnen, Nopicht. Wir brauchen Geld. Viel Geld. So viel, wie wir niemals irgendwo einsparen können.«

Nopicht runzelte die Stirn.

»Ich weiß einfach nicht mehr, wie es weitergehen soll. Der Streit um Seraphines Testament ist schlimm für uns.«

»Seraphine war immer unzuverlässig«, schnaubte Nopicht.

»Sie war eine von uns. Ich habe bald niemanden mehr, auf den ich zählen kann in diesem Schlangennest. Du bist krank, der Propst ist ein Schaumschläger, und Pater Linhart …«

»Pater Linhart ist gefährlich.«

»Ich möchte nicht, dass du so von ihm sprichst, Nopicht.«

»Hat er sich bei dir beschwert?«

»Bitterlich. Er sagte, dass du wieder einmal die Novizinnen aufwiegelst.«

»Aufwiegeln?«, rief Nopicht. »Hat er das gesagt?«

»Wie oft willst du dich noch mit den jungen Patern anlegen, die die Dominikaner uns schicken? Wir können nicht ohne sie auskommen, das weißt du doch. Wenn sie nicht mehr die Hand über uns halten, dann gnade uns Gott – ohne ihren Beistand jagt man uns mit Schimpf und Schande zur Stadt hinaus.«

»Ich weiß gar nicht, was er mir eigentlich vorwirft«, sagte Nopicht ruhig. »Darf ich erfahren, was den jungen Mann verärgert hat?«

»Es ist doch ganz egal, was es war«, sagte die Magistra ungeduldig. »Ich habe es schon wieder vergessen. Dir fällt doch immer etwas Neues ein, womit du den Theologen zusetzen kannst. Hör endlich auf damit, Nopicht. Denk auch einmal an mich. Ich bin diejenige, die dein Handeln am Ende rechtfertigen muss.«

»Du bist eine richtige Beamte geworden, Walburga. Eine Bedienstete der heiligen Kirche. Wo ist dein aufrührerischer Geist geblieben, meine Freundin?«

»Red nicht so, Nopicht. Du machst nur Ärger um des Ärgers willen. Um welche Sache geht es dir eigentlich?«

Nopicht lächelte schief. Das war allerdings eine gute Frage. Walburga kannte sie doch sehr genau. Und es tat gut, gekannt zu werden. Es war so selten, dass Menschen einander wirklich ansahen und nicht nur in den eigenen Vorstellungen und Ängsten gefangen blieben. Walburga hatte diese Gabe: den anderen wirklich zu erkennen. Und sie hatte auch die Gabe, ihm dies zu zeigen, ohne den anderen bloßzustellen. Eine fast noch höhere Begabung.

Erwärmt von diesen Gedanken, meinte Nopicht: »Es geht mir darum, diese jungen Mädchen zu einsichtigen Frauen zu erziehen, Walburga. Sie sollen selbst denken und handeln lernen. Das kann nicht jede, ich weiß. Ich weiß auch, dass du denkst, ich habe oft Fehler gemacht und manche Schülerin überschätzt.«

»Einige sind daran zerbrochen.«

Nopicht winkte ab. »Sie wären sowieso zerbrochen. Die Frau, die glaubt, bei uns hübsch warm und trocken überwintern zu können, weil ein anderes Leben ihr nicht möglich ist, die gehört nicht zu uns. Oder ist das nicht mehr deine Meinung?«

Walburga zuckte die Achseln. »Wir können jede Frau brauchen. Jede an ihrem Platz. Nicht jeder Mensch ist ein Kämpfer.«

»Das weiß ich selbst. Sieh mich an, wie schwach ich bin.«

»Du bist nicht schwach, Nopicht. Nicht mal, wenn du krank bist.«

Nopichts Gesicht nahm wieder eine verdrießliche Miene an. »Wenn du wüsstest, wie schwach ich mich oft fühle. Du selbst hast gerade gesagt, dass es dir an Unterstützung fehlt. Wir haben viel zu viele Frauen aufgenommen, die nichts zur Gemeinschaft beitragen. Die nur getragen werden wollen, statt selbst etwas hinzuzutun. Damit aber ist unserer Sache nicht gedient. Dafür haben unsere Ahninnen nicht gearbeitet und gekämpft. Eine Gemeinschaft wie die unsere braucht ständig Erneuerung. Sonst werden wir untergehen. Es wird eine Reformation der Kirche geben, die uns alle hinwegfegt wie ein Wirbelsturm, warte ab. Sie werden unsere Häuser schließen, unsere Höfe zerstören und unsere Frauen in alle Himmelsrichtungen zerstreuen. Oder die Inquisition wird sie holen, diese teuflische Maschinerie.«

»Mäßige dich, Nopicht.«

»Ich weiß, du willst dich gern gutstellen mit den Herren. Mit dem Propst mag das ja noch angehen, der hat nur seinen Wein und seinen Fraß im Sinn. Der will nichts, als dass seine Geschäfte in der Stadt gut laufen und seine Klöster immer reicher und mächtiger werden. Aber Linhart ist anders. Er ist unser Feind, Walburga. Der Mann greift nach den Herzen unserer Kinder. Und solange ich lebe, werde ich dafür kämpfen, dass er auch nicht ein einziges erobert.«

»Du hast die Novizinnen gegen ihn aufgehetzt. Die Leidtragenden sind die Mädchen – ich musste Maria zur Gartenarbeit strafversetzen.«

»Es wird sie nicht umbringen.«

»Sie ist vom Unterricht ausgeschlossen worden, und man wird eine Akte über sie anlegen. Willst du wirklich, dass ihr junges Leben nur wegen des Kleinkriegs zwischen dir und Pater Linhart mit einer solchen Bürde belegt wird?«

»Maria ist klug und stark. Sie hat viele Gaben. Wir müssen sie entfalten.«

»Mit Gottes Hilfe wird sie sie selbst entfalten«, sagte Walburga.

Nopicht zuckte die Achseln und wurde gleich darauf von einem langen Hustenanfall geschüttelt. Walburga goss den Rest Rotwein ins Glas und schob ihn ihr herüber. Gierig trank Nopicht. Ihre Wangen nahmen sofort wieder ein bisschen Farbe an, und ihre Augen begannen zu glänzen.

»Das hat gutgetan«, sagte sie und seufzte. »Und nun gib mir deine Zahlen. Mit Zahlen kann man alles besser sehen. Sie sind nicht so verworren wie Worte.«

»Also gut, aber erst hör mir zu, was ich mir überlegt habe. Der Rechtsstreit um Seraphines Testament wird sich noch hinziehen. Wenn wir Glück haben, bekommen wir die Hälfte, wenn wir Pech haben, gar nichts.«

Nopicht nickte müde.

»Wir müssen uns also selbst helfen. Du erinnerst dich an die Webstühle, die seit Jahr und Tag auf dem Speicher herumstehen?«

Nopicht nickte wieder.

»Vor Jahrzehnten haben die Tuchmacher ein Verdikt erwirkt, das uns verbietet, damit Wolle zu weben. Nur für unseren eigenen Bedarf dürfen wir weben. Wenn wir nun aber alles Leinen für das neue Spital selbst weben würden und dazu auch unser eigenes Garn spännen, dann könnten wir in den ersten Jahren eine große Summe einsparen. Das Spital gehört uns, also ist es ein Eigenbedarf. Was sagst du?«

»Das leuchtet ein«, meinte Nopicht.

»Und wenn wir nun auch den anderen Spitälern der Beginenkonvente in Kortrijk und Gent unser Leinen verkauften, so wäre doch auch das ein Eigenbedarf, oder nicht? Wir gingen ja nicht auf den Markt mit unseren Waren. Könntest du versuchen, auszurechnen, wie viel Überschuss dadurch entstehen würde? Ich gebe dir die nötigen Zahlen.«

Nopicht brauchte keine Feder und keinen Stift, um die gewünschten Beträge zu errechnen, und warf nur einen einzigen Blick auf die Zettel, die Walburga ihr hinschob.

»Wenn wir zwanzig Webstühle Tag und Nacht laufen ließen, könnten wir damit in zehn Jahren den Fehlbetrag für den Spitalbau – zu mittleren Zinskonditionen gerechnet – abzahlen.«

»Zwanzig Webstühle! So viele?«

»Außerdem würdest du die Leinweber von ganz Flandern gegen uns aufbringen.«

Walburga schluckte.

»Die Unterstützung durch die Bruderschaften würden wir in Zukunft auch verlieren.«

»Ich danke dir«, sagte Walburga und seufzte schwer.

***

Christoph de Vens hatte sich jede Störung verbeten und seine beiden Dienstbotinnen zu Bett geschickt. Er wärmte seine Füße an einer Pfanne mit Glut, die er auf den Boden gestellt hatte, und schlürfte aus einem Krug heißen Punsch, der ihm den Magen wohlig erwärmte. Der Tag war kalt und feucht gewesen, die heilige Sophie wollte ihnen wohl noch einmal zeigen, dass der Winter seine eisigen Krallen bis in den Mai hineinstrecken konnte. Schlimmer aber als alles nasse Wetter quälte ihn die Einsamkeit. Gegen seine Mannsgelüste konnte er etwas tun. Mehrmals schon seit Margarethes Abreise hatte er sich in den einschlägigen Häusern von jungen Frauen helfen lassen, wenngleich eher lustlos. Er war noch nicht lange genug verheiratet, um Margarethe wirklich überdrüssig zu sein. Im Gegenteil: Die Sehnsucht nach ihrem zierlichen, aber doch üppigen und weichen Körper quälte ihn heftig. Er wollte in ihren Armen liegen, er wollte ihre Brüste küssen, von ihr liebkost werden und ihren schwellenden Leib unter sich spüren. Ob sie wohl schon ein richtiges Bäuchlein hatte? Sicherlich, schließlich war sie schon im sechsten Monat. Ob es ihr gutging dabei oder ob sie zu leiden hatte? Seine Mutter hatte immer schreckliche Dinge über ihre Schwangerschaften erzählt. Heftige Gelüste auf saure und süße Nahrung, Ängste, Schmerzen und vielerlei Gebrechen. Aber sie war ja immer eine Meisterin darin gewesen, sich in den Mittelpunkt zu stellen und alle Aufmerksamkeit auf sich zu ziehen. Sicher trug Margarethe die Schwangerschaft mit mehr Würde. Vielleicht sogar mit der Leichtigkeit, mit der sie das ganze Leben zu nehmen wusste. Sie war ein wenig oberflächlich, aber zugleich leichtfüßig und ohne knorrigen Egoismus – gerade so, wie er sich eine Gefährtin wünschte. Doch wenn er an die Geburt dachte, wurde ihm bisweilen ganz flau. Hoffentlich überstanden Mutter und Kind alles heil und gesund. Dafür wäre er sogar bereit zu beten.

Er griff zur Feder, die er ins Tintenfass gesteckt hatte, und zog einen Briefbogen aus der Lade. Schräg vor ihm am Punschkrug lehnte die Miniatur, die Clemens van Goos vor kurzem fertiggestellt hatte. Sie zeigte ihn von vorn, die hohe Stirn leuchtend, was seinem Gesicht insgesamt Glanz verlieh. Sein dunkles Haar verlor sich fast vor dem dunklen Hintergrund, die Augen bildeten das Zentrum des Bildes. Meisterlich. Genau so hatte er es sich vorgestellt. Genau so sollte sein Blick Margarethe treffen. »Ich liebe dich, komm heim zu mir, lass uns gemeinsam von vorne anfangen«, sollten seine Augen sagen. Natürlich konnten sie auch etwas anderes ausdrücken. »Ich bin Christoph de Vens, Nachfahre des mutigen Seefahrers Pieter de Vens und seiner stolzen Gattin Georgine, geborene Moentack«, zum Beispiel. Es war ein aufrichtiger Blick, der gewichtige Dinge zu sagen hatte. Wie hatte der Junge das nur gemacht?

»Ich habe gemalt, was ich gesehen habe«, hatte Clemens gesagt, als Christoph das Bild begeistert entgegennahm. »Ich denke mir nichts aus. Ich male immer nur, was ich sehe.«

»Aber du siehst Dinge, die man nicht sehen kann«, hatte Christoph geantwortet. »Vermutlich habe ich dir davon erzählt. Oder nicht?«

Clemens hatte nur gelächelt. Tatsächlich hatte Christoph dem Jungen nicht viel von sich erzählt, das wusste er ja selbst. Es blieb also ein Wunder. Er war ein großes Talent, so viel stand fest. Christoph hatte ihn schon seinem Freund Pieterjan weiterempfohlen, und der wiederum hatte ihn seinen Kollegen aus der Handelsgilde empfehlen wollen. Warum viel Geld für einen Meister Georgius bezahlen, wenn man ein besseres Porträt bei einem jungen Burschen bekam, für den man nur eine Handvoll Münzen bezahlen musste?

Christoph tauchte die Feder in die Tinte und setzte Ort und Datum an den Anfang. »Meine liebe Frau«, schrieb er und stockte. So viel hatte er auf dem Herzen. Wenn er es doch so leicht hätte aufschreiben können, wie Clemens malte! Wenn man etwas aufschrieb, klang es gleich ganz anders. Er wollte Margarethe gern sagen, dass er viel an sie dachte und dass er Sehnsucht nach ihr hatte. Aber konnte man das schreiben? Klang es nicht wie Jammerei, als ob er hinter ihr herliefe? Er legte die Feder nieder und kratzte sich ausgiebig Kopf- und Barthaar. Eine Frau gehörte an die Seite ihres Mannes, das war es, was er eigentlich sagen wollte. Und dass er ihr einfaches Haus in der Sint Jansstraat schon verkauft, aber dafür nur gerade so viel bekommen hatte, dass er davon ein Grundstück in Antwerpen kaufen konnte. Er musste auch Mutters Haus am Dijver, in dem er zurzeit wohnte, veräußern. Einen Interessenten hatte er ja bereits. Er dachte an Pieterjans Vorschlag, mit Broes aus der Bruderschaft zu sprechen. Er wusste schon, worum es ging: Die Bruderschaft plante, eine beträchtliche Summe für den Spitalneubau der Beginen zu spenden. Wenn er versprach, von seiner Erbschaft einen Betrag beizusteuern – zu klein durfte er nicht sein –, würde die Magistra vielleicht Seraphines neues Testament anerkennen und den Rechtsstreit beilegen. Das würde ihm viel Zeit sparen. Zeit, die er mit Margarethe verbringen konnte, mit seiner Familie, mit seinem geschäftlichen Vorankommen. Andererseits hatte er nicht die geringste Lust, den Betschwestern sein Geld in den Rachen zu werfen. Er brauchte sie nicht und hatte sich immer über seine Tante und ihre angebliche Heiligkeit amüsiert. Er hätte jetzt gern mit

Margarethe darüber gesprochen. Sie konnte gut zuhören, und vor allem war sie immer auf seiner Seite – solange er nicht gegen ihre Interessen verstieß. Aber als Ehefrau hatte sie ja gar keine eigenen Interessen zu haben. Das musste sie noch begreifen. Und etwas mehr Geduld müsste sie mit ihm haben. Sie würde es schon noch lernen, sie war ja noch jung, mehr als zehn Jahre jünger als er. Auf jeden Fall hatte er jetzt lange genug ohne sie gelebt, und ihr ging es hoffentlich ebenso. Also gab es eigentlich nur eine Lösung, und die bestand darin, dass sie zurück nach Brügge käme, bis alle ihre gemeinsamen Angelegenheiten geregelt waren. Das musste er ihr deutlich machen – eine ganz einfache Sache, die sich mit drei Sätzen hätte sagen lassen. Nur zu Papier bringen ließ sie sich nicht so leicht. Er seufzte und griff dennoch zur Feder.

»Das Wetter in Brügge ist zum Weglaufen schlecht. Ich hoffe, du bist wohlauf, meine Liebste. Damit du mich nicht vergisst, anbei ein Bildnis, das der junge Clemens van Goos von mir gemalt hat. Schau es dir gut an und tu, was dein Herz dir befiehlt. Dein dich immer und ewig liebender und sehnlich erwartender Gatte Johann Christoph Michael de Vens.«

Erleichtert lehnte er sich zurück und nahm einen großen Schluck von dem Punsch, der inzwischen leider abgekühlt war. Er seufzte tief und beschloss, das Geschriebene nicht noch einmal durchzulesen. Schwungvoll streute er Sand auf das Blatt, bis alles gut bedeckt war. Dann schüttete er den Sand auf den Boden, blies sorgfältig die letzten Körnchen fort und faltete den Boden zu einem kleinen Päckchen zusammen, das er mit seinem Siegellack verschloss. Er drückte seinen Stempel hinein, der einen Einmaster zeigte, eine Welle und den Mond, den sein Vater der Sonne immer vorgezogen hatte. Wenn er einen Sohn bekäme, würde er seinen Stempel ändern lassen und eine Sonne aus dem Mond machen. Wenn es ein Mädchen würde, würde er dem Mond einen Stern hinzufügen. Für jedes Mädchen einen Stern und für den Erstgeborenen die Sonne. Ja, das war eine gute Idee.

Die Kirchturmuhr schlug schon zehn, aber der Propst schickte den jungen Konventualen, der ihm am Abend beim Auskleiden half und sein Nachtlager richtete, trotzdem noch einmal fort. Er war noch nicht bereit, zu Bett zu gehen. Zu amüsant war die Akte um das Testament von Seraphine van Moentack, die die herzögliche Rechtskanzlei ihm am Nachmittag hatte zukommen lassen. Amüsant auch, dass gerade an diesem Nachmittag ein paar Tuchmacher bei ihm gewesen waren, um sich zu beschweren, dass die Beginen ihre Waren nicht mehr abnahmen, sondern von ihrem Recht Gebrauch machten, wieder selbst zu weben. Die Tuchmacher drohten, demnächst keine Garne mehr abzunehmen und überhaupt die Unterstützung für die frommen Frauen einzuschränken. Amüsant – aber auch ärgerlich. Wie sollte er nun für eine gute Stimmung in der Bruderschaft für den Spitalbau sorgen?

Er beschloss, die Angelegenheit nicht zum Problem werden zu lassen. Mit Gottes Hilfe würde sich alles finden.

Nun also auch noch ein Rechtsstreit. Johann Christoph Michael de Vens hieß der brave Bürger, der sein gerechtes Erbe nicht antreten konnte, weil die gute Walburga zu Gericht gegangen war. Hört, hört. Seine Tante hatte zu

Lebzeiten ein Legat zugunsten der Beginen gemacht, das offenbar durch ein neues Vermächtnis ungültig geworden war. Der Herzog hatte ihm die Angelegenheit zur Begutachtung übersandt. Von allen Seiten traten sie auf ihn zu, um ihr Recht zu bekommen. Wie gut, sich stets neutral und mit gut gefülltem Magen in der Mitte zu wissen, dachte der Propst und sah zufrieden auf seinen abgegessenen Tisch. Es hatte Lammbraten gegeben zum Abendessen, dazu Spargel, Speckklöße und einen guten roten Burgunder, eingelegte Backpflaumen und ein so gutes Walnussparfait, wie es nur in einer Klosterküche hergestellt werden konnte.

Er hatte Schwester Seraphine selbst gut gekannt. Eine brave Frau, aufgeschlossen, aber leicht beeinflussbar, mal ungläubig wie der Teufel, dann wieder fromm und gehorsam. Die übliche Mischung von Gut und Böse – genau wie er selbst, wie er unumwunden zugegeben hätte, hätte ihn jemand danach gefragt. Die Frömmigkeit war ein Rahmen, in dem sich ein ehrliches und moralisch gutes Leben leicht vollziehen ließ. Und darauf kam es letztlich an. Glaube, wirkliche Gottessehnsucht, die fand man nur bei Verrückten. Meist endeten sie als Ketzer auf dem Scheiterhaufen. Um ein christliches Leben in der Gesellschaft zu führen, brauchte man keine Gottessehnsucht. Glaube, Liebe, Hoffnung interessierten niemanden, damit konnte man nur Unheil anrichten. Das waren Ideen, und Ideen waren hübsch anzuhören, aber äußerst unnötig in der Realität.

Er klingelte, ließ den Tisch abräumen und dann die Akte zurück in sein Büro bringen.

»Soll ich sie Hochwürden auf den Tisch legen?«, fragte der Konventuale eifrig.

»Nein, leg sie ganz unten ins Regal. Die Sache hat jede Menge Zeit. Zeit, mein Junge, das kannst du dir bei der Gelegenheit gleich merken, heilt sowieso die meisten Krankheiten. Und mit den anderen lässt es sich ganz gut leben.«

❦ 11 ❧

Von der Art, zu gehen

*Der Gang der Schwestern soll würdig sein, der Blick fest, das
Gesicht leicht geneigt, der Kopf bedeckt mit dem Mantel. Sie gehen
eine neben der anderen und nicht eine hinter der anderen, obwohl
auch das möglich ist, insbesondere außerhalb des Hofes.*

Feria sexta, 27. Julius 1498

Mehr als zwei Monate waren vergangen, seit Maria angefangen hatte, im Garten zu arbeiten. Ihre
Hände waren kräftig geworden, ebenso Schultern und
Oberarme, und sie ging mit der festen Bedächtigkeit einer Bäuerin, die sich tagein, tagaus in Holzschuhen auf
unebenem Gelände bewegte. Sie hatte keine Rückenschmerzen mehr vom Bücken und schlief jede Nacht tief
und fest wie ein kleines Kind. Wenn sie am Morgen erwachte, war sie frisch und freute sich schon bei der Morgenandacht darauf, gleich in ihren Garten zu gehen, die
Beete zu kontrollieren, ob auch keine Schnecken oder
Hasen ihre Pflanzen beschädigt hatten, ob nicht Wühlmaus und Maulwurf neue unterirdische Gänge gegraben
hatten und die Wurzeln abfraßen oder ob Käfer, Raupen,
Vögel und anderes Getier sich einen allzu großen Anteil der Früchte stibitzt hatten. Nach dem Frühstück zog
sie rasch die grobe Gartenschürze über ihr Gewand und
schlüpfte in die schweren Holzschuhe, die Schwester
Ursula ihr besorgt hatte. Am Anfang hatte sie keinen

Schritt damit gehen können, so schwer und klobig waren sie. Ihre Trippen, deren dünne Holzsohlen von leichten Lederriemen über dem Fuß gehalten wurden und die sie schon von Kindheit an gewohnt war, fühlten sich dagegen leicht an wie Strohschuhe. Am ersten Abend taten ihr die Füße weh, als wäre sie den ganzen Tag barfuß über Felsen gelaufen. Sie weinte bei jedem Schritt, und es dauerte Tage, bis ihre Füße sich an das Gewicht und das harte Holz gewöhnt hatten. Dann aber entdeckte sie die Vorteile der schweren Schuhe. Sie versanken in keinem Morast, die Füße blieben immer trocken und heil, egal was ihr auf die Füße fiel oder unter den Schuh geriet. Selbst kleine Steine zerbarsten unter ihrem Tritt. Hatten sich Spann und Verse erst einmal daran gewöhnt, das schwere Gewicht zu tragen, waren sie bestens aufgehoben in den Ungetümen. Inzwischen klapperte Maria so geschwind und leichtfüßig damit über den Hof, als würde sie Federn an den Füßen tragen. Sie war eine richtige Gärtnerin geworden, durch und durch.

Wenn sie das Gartentor und den Obstbaumgarten hinter sich ließ, trat sie ein in ihr eigenes Reich. Hier war vor kurzem noch Wildnis gewesen, und nun lag eine geordnete Kulturlandschaft vor ihr. Beet an Beet reihte sich aneinander, von jungen, noch lichten Buchsbaumhecken umfriedet. Sie hatte Buchszweige in die Erde gesteckt, wie Ursula es ihr gezeigt hatte, und die meisten Stecklinge waren angewachsen, bildeten neue Triebe aus und würden mit den Jahren eine dichte Umrandung für die Beete werden und diese vor Tieren, Wind und Wetter schützen. Außerdem sah es hübsch aus, wie die dunklen Buchsreihen sich, Kränzen gleich, um die rechteckigen Beete legten.

In der Mitte des ersten Ackers, den sie mit blutenden Händen umgegraben hatte, hatte sie ein kreisrundes Beet angelegt. Hier hatte sie ihre ersten Heilkräuter eingesetzt. Die Magistra hatte ihr jedes Pflänzchen einzeln in die Hand gelegt. Woher sie kamen, wusste Maria nicht. Manche waren in Töpfchen gepflanzt und trugen Schilder in einer fremden Sprache, die sie nicht verstand. Vielleicht ließ Walburga sie auf den Märkten der Stadt einkaufen oder bekam sie aus anderen Gärten gebracht? Einige stammten aus anderen Teilen des Klostergartens, waren Ableger oder selbstgezogene Schösslinge.

»Bocksdost, reinigt das Haupt, ist gut gegen Ohrenschmerzen und Magengallen. Man kann auch einen Wein daraus machen, der hilft den Frauen, wenn ihre Zeiten ausbleiben«, hatte die Magistra von einem Zettelchen vorgelesen, Maria die kleine, zarte Pflanze mit dem haarigen Stengel in die Hand gelegt und das Kreuz darüber geschlagen, um sie zu segnen. Inzwischen war der Dost gut angewachsen und kräftig in die Höhe geschossen. Nun fing er gerade an zu blühen, kleine rosa Blüten wie Mäulchen, und strömte einen intensiven, etwas herben Duft aus.

So hatte die Magistra ihr Pflanze um Pflanze anvertraut: Spitzminze, Katzenminze und Rossminze, die für alles und jedes gut sind; Melisse, die gegen Schwäche hilft und Schwindel und Fallsucht dämpft, Melancholie und Traurigkeit vertreibt; Rosmarin und Quendel, die mit ihrem starken Duft schon jetzt den Kräutergarten veredelten. Sie hatten so viele heilsame Wirkungen, dass die Magistra sie kaum alle aufzählen konnte, und Maria hatte sich nur einen Teil merken können. Es waren auch verschiedene Salbeisorten hinzugekommen, Gamander

und Barthengel, die Steine zu treiben verstanden von
der Galle und der Leber, Ehrenpreis und Ruhrkraut, Bür-
zetsch und spanische Ochsenzungen, aus deren Blättern
man einen heilsamen Saft pressen konnte, Zapfenkraut
und Schamkraut, über die die Magistra nichts vorlesen
wollte, weil es zu unschicklich war, Mangold und Hah-
nenkamm, Natterwurz, von dem man nur die Wurzeln
benutzen durfte und auch nur ganz wenig, denn sie waren giftig für den Gesunden, aber hilfreich gegen Pest
und Ruhr. Es waren schon zahllose Pflanzen, die da in
dem großen runden Beet beieinanderstanden, eine jede
auf ihrem sorgfältig abgemessenen Platz. Maria kannte
sie alle und ging täglich ihre Namen durch, damit sie sie
nicht vergaß. Sie hatte auch ein kleines Heftchen angelegt, in dem für jede Pflanze eine Seite reserviert war.
Sie trug ein, wann sie sie gepflanzt hatte, wie ihr Name
lautete und gegen welches Gebrechen sie hilfreich war.
Schon kamen die ersten Anfragen aus dem Infirmarium
nach Pflanzen für Tees und Salben, und auch die Bier-
brauerinnen wollten schon Kräuter bei ihr holen. Aber
die Magistra selbst wehrte sie alle ab: In diesem Jahr
sollte Maria noch keinen Stengel herausgeben. Zunächst
mussten sie alle gut anwachsen, ihren ersten Winter
überstehen und heimisch werden. Wenn sie dann im
nächsten Jahr wiederkamen, wäre es Zeit, sie zu vermeh-
ren und zu ernten.

Maria lernte mir Augen und Ohren, mit ihren Händen
und Füßen, mit Kopf und Herz zugleich. Manchmal hatte
sie das Gefühl, der raue Boden könne Wunder vollbringen: Man steckte ein kleines Würzelchen hinein, nährte,
wässerte und schützte es, und heraus kam etwas Wunderschönes und Nützliches. Ihre Ringelblumen leuchteten

wie Sterne, und wenn sie an die unscheinbaren braunen Samen dachte, die sie erst vor kurzem in die Erde gestreut hatte, konnte sie sich nicht genug wundern über die Schöpfung. Wie schnell waren sie gewachsen, hatten kräftige grüne Blätter ausgebildet, und schon sprangen die Blütenknospen auf und blühten Tag um Tag ohne Unterlass. Gewiss war der Rosengarten hinter dem Konvent eine traumhaft schöne und duftende Anlage – aber ihre Kräuterpracht konnte durchaus mithalten. Genau wie aus Rosenblättern konnte man die schönsten Düfte extrahieren, Tees parfümieren und Farbstoffe gewinnen – und heilen. Nicht nur die stolze Rose, auch der hässliche Wegerich, der überall im Straßengraben wuchs, von Füßen getreten und achtlos von Tieren gefressen, konnte von seiner unscheinbaren grünen Blüte, den kleinen schwarzen Samen bis hin zur Wurzel innerlich und äußerlich dem Menschen dienen, wenn ein schwerer, schleimiger Husten ihn quälte.

Maria war entzückt, wie wunderbar und reichhaltig sich Dinge zeigen konnten, die man auf den ersten Blick ablehnte. Nie hatte sie sich für Pflanzen interessieren oder gar begeistern können. Sie hatte keine Scheu vor ihnen gehabt wie vor den Kranken und Sterbenden, ehe sie durch Nopichts Einweisung und die Ermutigung der anderen Schwestern ihre eigenen Erfahrungen mit der wundervollen Arbeit bei den Kranken gemacht hatte. Wie glücklich hatte sie die Pflege und Versorgung der Bettlägerigen gemacht, und wie sehr hatte sie darunter gelitten, nicht mehr bei den Kranken arbeiten zu dürfen. Und nun war sie in diesem Garten angekommen und sah sich schon auf einem fruchtbaren Umweg mit ihren Heilkräutern zu den Kranken zurückkehren! Sie war zutiefst dankbar über die verschlungenen Wege, die der Herr sie gehen ließ, und versprach sich selbst, nicht mehr aufzubegehren, wenn die Schwestern sie hierhin oder dorthin schickten, auch wenn sie den Sinn anfangs nicht immer gleich einsehen konnte.

Am meisten aber bewunderte sie die in sich gekehrte und sonderbare Schwester Ursula, ihre schweigsame Lehrerin. Noch niemals hatte die Frau ihr in die Augen geblickt. Noch nie hatte sie mehr als ein paar gestammelte Worte an sie gerichtet, obwohl sie nun schon lange zusammenarbeiten. Jeden Morgen war sie schon bei ihren Beeten, wenn Maria gleich nach dem Frühstück in den Garten ging. Sie lebte allein in einem Häuschen im inneren Hof gleich neben der Pforte. Oft ging sie nicht zu den Stundengebeten in die Kirche, sondern betete für sich allein in ihrem Haus, hatten die anderen ihr erklärt. Vielleicht betete sie auch gar nicht, hatte Maria gedacht. Wer konnte das wissen? Sie trug zwar die Tracht der Beginen und auch das Kreuz an einer Kette, die sie während der Arbeit unter den Kittel schob, damit sie nicht zerriss. Aber niemals hatte Maria sie im Gebet versunken erlebt. Stattdessen kniete sie oft stundenlang vor einem Baum oder Busch, beugte sich tief über den Bach, der durch den Garten floss und für die Bewässerung sorgte, und bewegte stumm die Lippen. Einmal, als Maria Wasser holen ging, um junge Pflanzen zu gießen, und am Bach aus ihren Holzschuhen stieg, um in das seichte Bachbett zu treten, fuhr Ursula wie eine Furie aus dem Gebüsch.

»Nicht da gehen, nein!«, rief sie und fuchtelte mit den Armen.

»Aber es ist doch nicht kalt«, antwortete Maria. Sie hatte sich auf das kühle Wasser gefreut, denn es war ein heißer Tag, und sie konnte eine Abkühlung gut brauchen.

»Nein, nicht doch stören die Flussnymphe!«, rief Ursula aufgeregt, stand schon neben ihr und schloss ihre Krallenhand um Marias Handgelenk.

Maria schüttelte sie ab und stieg wieder in ihre Schuhe.

»Ist ja gut, ich lasse es bleiben.« Sie beugte sich hinab zu dem klaren Wasser, das hell und sauber über die Kiesel sprang. Flussnymphe? Was Ursula wohl damit meinte?

»Der Nöck«, flüsterte Ursula und beugte sich zu ihr hinab. Dabei war niemand weit und breit zu sehen, nur der Kuckuck rief und ein paar Amseln sangen, es war ein wunderschöner Frühsommertag. »Nöck wohnt hier und lockt dich ins Wasser. Nicht gehen, niemals.«

Maria füllte ihre Bütte. Kein Wesen, nicht einmal ein Fischlein war im Bach zu sehen. Ihr eigenes Gesicht, umrandet vom weißen Schleier, schaute ihr entgegen. Ein paar Haarsträhnen waren unter ihrer Haube hervorgerutscht, sie steckte sie rasch fest. Als sie wieder hochkam, war Ursula verschwunden.

Das war wirklich nicht ihr Tag, dachte Agnes. Während der Mittagsandacht rutschte ihr der große Torschlüssel aus der Rocktasche und fiel polternd zu Boden, ausgerechnet während des stillen Gebets nach dem Introitus. Die Magistra warf ihr quer über die Bänke einen tadelnden Blick zu. Jetzt schwitzte sie unter ihrem warmen Mantel, und der Schleier klebte in ihrem Nacken. Es war so ein heißer Tag. Sie hatte die halbe Nacht gewacht und war erst gegen

Morgen eingeschlafen. Plötzlich fiel ihr der Traum wieder ein, der sie im letzten Morgendämmer in längst vergangene Zeiten ihrer Jugend entführt hatte. Es musste an der schönen Novizin Maria liegen, deren feines Gesicht mit den klaren grünen Augen ihr nicht aus dem Kopf gehen wollte, seit sie sie bei Nopicht zum ersten Mal von nahem gesehen hatte. Sie musste unentwegt an die Zeit denken, als sie selbst so jung wie Maria gewesen war. Mit einem Mal stand das ganze Traumgeschehen wieder vor ihrem inneren Auge, und sie vernahm kein einziges Wort der Schriftlesung. Stattdessen war sie wieder in ihrem dreizehnten Jahr, als sie ihr Elternhaus für immer verlassen musste. Drei Tage lang war sie durch Felder und Wiesen gelaufen und hatte die große Stadt Brügge durchquert, um bis an die Küste zu gelangen, wo sie in die Dienste der Familie van Hofstaed eintreten sollte. Im Morgengrauen eines verregneten Frühjahrstages war sie in Oostkamp, ihrem Heimatdorf südlich vor den Toren von Brügge, losgelaufen. Die Mutter hatte ihr noch einen Brotkanten und zwei Äpfel in den Sack gesteckt. Dann hatte sie ihrem Töchterchen Lebewohl gesagt und es auf den Weg in die Fremde geschickt. Am ersten Abend war sie bis Brügge gekommen, wo sie bei einer alten Verwandten, einer Nachbarin aus Oostkamp, in der Scheune schlafen durfte. Sie ahnte ja nicht, wie bald und unter welchen Umständen sie wiederkommen würde, um ihr weiteres Leben in dieser Stadt zu verbringen. Am nächsten Morgen wanderte sie weiter und kam zwei Tage später auf dem Gutshof hinter dem Seedeich an, wo sich ihr Leben von Grund auf verändern sollte.

Frau van Hofstaed, eine gute Frau mit einem feinen, schmalen Gesicht, erwartete sie schon und nahm sie höchstpersönlich in Empfang. Zuerst schlief sie im Stall, wo sie das Lager mit einer anderen Magd teilen musste, die auch gerade erst auf dem großen Hof angekommen war und jede Nacht bitterlich weinte, weil sie ihre Geschwister vermisste. Agnes weinte nicht. Sie war nicht so traurig gewesen, ihr Elternhaus zu verlassen, denn sie war das letzte Kind, und ihre Eltern mussten schwer arbeiten und hatten nicht viel Zeit für sie gehabt. Sie war eigentlich bei den Großeltern aufgewachsen, aber die waren inzwischen beide gestorben. Ihre Brüder waren schon lange aus dem Haus, sie hatte sie kaum kennengelernt. Ihr Vater war ein Fassmacher, und sein Leben war nur Arbeit und Mühsal gewesen. Kurz nachdem sie fortgegangen war, starb er bei einem Unfall. Die Mutter heiratete später einen Gesellen und bekam noch einmal zwei Kinder. Agnes fühlte sich bei den Hofstaeds, als hätte sie alle Brücken hinter sich abgebrochen. So erging es ihr überall. War sie einmal irgendwo angekommen, fragte sie sich nicht mehr, ob es ihr anderswo besser gefallen könnte. Schon immer hatte sie diese Fähigkeit besessen, sich mit den Gegebenheiten zu arrangieren, die das Leben ihr bot. Sie war keine Träumerin, die stets etwas noch anderes im Herzen nährte als das, was die Wirklichkeit ihr auftischte. Sie war ein einfaches und bescheidenes Gemüt.

Auch deshalb hatte sie es eigentlich nie richtig begreifen können, warum Ullrich von Hofstaed ausgerechnet sie ausgewählt hatte aus den vielen jungen Dingern, die auf seinem Hof lebten. Er, der reiche Erbe und ehemalige Ritter, und sie, das niedere Aschenmädchen. Er musste wohl sehr einsam gewesen sein.

Sie lebte schon zwei Jahre auf dem Gut, erst als Gänsemagd, dann als Aschenmädchen, bis sie schließlich in der

Küche helfen und sogar das benutzte Geschirr in den Räumen der Herrschaft abtragen durfte. Eines Tages war der junge Herr Ullrich in das väterliche Haus zurückgekehrt, nachdem er seinem Herzog im Kampf gegen die Franzosen in der Picardie zur Seite gestanden und sich vielfach bewährt hatte. Nun musste er das Gut übernehmen, ob er wollte oder nicht, denn er war der älteste Sohn und hatte nur drei Schwestern, die alle früh verheiratet worden waren und das Gut hinter dem Deich verlassen hatten. Tatsächlich wäre er lieber in die weite Welt gezogen, das hatte er Agnes später einmal erzählt. Aber natürlich fügte er sich klaglos in seine Pflichten und versuchte sein Bestes, um das riesige Gut mit den vielen Bauern und Tagelöhnern sicher zu führen. Dann starb überraschend der alte Grundherr, sein Vater, und nur wenige Wochen später seine Mutter. Ullrich war plötzlich allein auf sich gestellt. Er war kein Mensch, der sich auf gutgemeinte Ratschläge von anderen verließ, und so entließ er den langgedienten Verwalter seines Vaters, ebenso die Stallmeister und selbst die Schweine- und Kuhhirten. Er wollte alles neu machen. Als einen solchen Menschen hatte Agnes ihn kennengelernt.

Viele Monate lang, einen ganzen Winter über, dauerte ihre Liebe. Dann aber, als der Frost nachließ und die Tage wieder länger wurden, musste Ullrich nach Kortrijk abreisen, wo er geschäftliche Dinge zu verrichten hatte. Als er zurückkam, war er wie ausgewechselt. Als Agnes am Abend wie üblich an seine Tür pochte, öffnete er nicht. Sie ging wieder in ihr Bett, fand aber keinen Schlaf. Am nächsten Tag merkte sie, dass er ihr auswich. Er konnte ihr nicht mehr in die Augen sehen und ging ihr überall aus dem Weg. Ein paar Tage später erfuhr Agnes es dann durch andere: Schon im Mai würde Ullrich heiraten. Die etwas ältere, reiche Tochter aus der Familie des Grafen von Chatillon, der sogar ein ehemaliger Mundschenk des Erzherzogs entstammte.

Es zerschnitt Agnes das Herz. Der Schmerz war so groß, dass sie ihn fast nicht aushalten konnte. Sie war wie gelähmt, wie innerlich gestorben. Obwohl sie ja gewusst hatte, dass es eines Tages so kommen musste. Obwohl Ullrich es ihr selbst an jenem ersten Abend sogar gesagt hatte: dass sie beide nicht füreinander gemacht waren – es tat trotzdem weh.

Als schließlich nicht mehr zu verbergen war, dass ihre Liebe nicht ohne Folgen geblieben war, packte Agnes eines Morgens Ende April ihr Bündel zusammen und machte sich auf den Weg nach Brügge. In der großen Stadt hoffte sie, ein Armenhaus zu finden, das sie aufnehmen würde.

Von Ullrich van Hofstaed hatte sie seitdem nie wieder etwas gehört. Man sagte, dass seine Ehe nicht besonders glücklich sein sollte und kinderlos geblieben war.

So weit führten Agnes ihre schmerzlichen Erinnerungen. Die Mittagsmesse war längst vorüber, alle anderen Schwestern waren schon lange zum Essen gegangen. Agnes erhob sich aus dem Chorgestühl, verneigte sich vor dem Altar und ging langsam durch die Kirche zum Ausgang. In ihrem Traum heute Nacht hatte sie wieder an Ullrich van Hofstaeds breiter Brust geruht. Sie hatte seine schönen, weichen Hände in ihrem Haar gespürt und auf ihrer Haut. Sie war nicht unglücklich, diese Erfahrungen in ihrem Leben gemacht zu haben, und deshalb würde sie auch niemals wirklich eine Braut Christi werden können. Sie war unrein, voll Schuld und Sünde – und fest davon überzeugt, dass diese Art Sünde zu einem richtigen Leben dazugehörte. Sie hatte ihre Strafe erhalten. Sie hatte ein Kind geboren und es sogleich wieder hergeben müssen. Sie hatte gebüßt. Sie war mit sich im Reinen.

Die raue Kälte nackten Gesteins an seiner Wange und dann auf seiner ganzen rechten Seite war das Erste, was Clemens spürte, als er die Augen aufschlug. Es war stockdunkel um ihn herum. Er war draußen, im Freien, er spürte den kühlen Abendhauch über sich hinwegstreichen. Ein Käuzchen schrie, und von ferne hörte er das Rumpeln eines Pferdegespanns. Wo war er und was war geschehen? Er versuchte, sich aufzurichten, aber ein Schmerz fuhr ihm wie ein glühendes Messer in die Glieder, so dass er sich gleich wieder niedersinken ließ. Der Abend war lau gewesen, die Luft wie ein Streicheln auf der Haut seiner Wangen, die von der Arbeit und den Ausdünstungen der Ölfarben gerötet und etwas gereizt war. Den ganzen Tag über hatte er an einem kleinen Porträt gearbeitet, mit dem der Meister ihn beauftragt hatte, nachdem er die Miniatur von Christoph de Vens gesehen hatte. Er hatte ihn zu Mijnheer Frisius geschickt, einem ehemaligen Ratsherrn, der ein Bild von seiner jungen Nichte anfertigen lassen wollte. Clemens hatte verschiedene Skizzen von dem Kind gemacht. Es war ein hübsches Mädchen, aber quirlig und kaum fähig, ein paar Minuten stillzusitzen. Keine einfache Arbeit und ganz gewiss nichts für Meister Georgius. Aber Clemens machte das nichts aus. Ihm genügte ein einziger Blick, und ihr Konterfei stand ihm genau vor Augen. Er musste es nur noch aufzeichnen. Danach war er zurück in die Werkstatt getrabt, um die Tafel, auf der das

Bild gemalt werden sollte, zu grundieren. Er hatte es sogar noch geschafft, die Vorzeichnung aufzubringen und die Hintergründe zu malen. Meister Georgius gab ihm neuerdings hin und wieder einen Ratschlag oder korrigierte die Farbmischung. Sogar ein paar von seinen feinen Marderhaarpinseln hatte er Clemens überlassen – natürlich nur die alten, ausgemusterten. Trotzdem hütete Clemens sie wie einen Schatz und nahm sie sogar jeden Abend mit nach Hause, damit sie ihm nur ja niemand wegnahm oder durch falsche Behandlung zerstörte. So schnell würde er keine neuen erhalten. Aber obwohl Georgius ihn nun etwas besser behandelte, unterrichtete er ihn doch nicht wie einen richtigen Lehrling – und das, obwohl Advokat Dietz das Lehrgeld für ihn bezahlte. Dietz meinte, Georgius wolle sich vermutlich keine Konkurrenz heranzüchten. Clemens wusste nicht, was das bedeuten sollte, aber es war ihm letztlich auch egal. Hauptsache, er durfte malen. Hauptsache, man gab ihm Farben, Tafeln, Pinsel und Stifte.

So hatte er heute wieder bis spät in die Nacht hinein gearbeitet und sich erst auf den Weg nach Hause gemacht, als es zu dunkel geworden war, um noch weiterarbeiten zu können. Er war hungrig gewesen, denn zu essen bekam er auch nichts von seinem Lehrherrn, und er hatte keinen Groschen in der Tasche, um sich selbst etwas zu kaufen. Aus den Tavernen schollen Lärm und Geschrei, da traute er sich nicht hinein. Sicher saß sein Vater wie immer in der Malerklause, er hätte ihm bestimmt ein Bier spendiert. Aber zu essen gab es dort auch nichts. So schlenderte er langsam weiter durch die laue Sommernacht. Kurz vor der Brücke am Genthof auf einem Platz, auf dem bei den Prozessionen und bei Festumzügen die

Bühnen der Akrobaten und Feuerspucker errichtet wurden, hatte sich eine Spielmannsgruppe aufgestellt. Drei Männer spielten Dudelsack, Fiedel und Triangel, und ein junges Mädchen tanzte dazu. Eine kleine Menge hatte sich um die Musikanten versammelt, und wenn ihnen ein Lied gefiel, sangen sie mit und begannen zu tanzen. Das Mädchen trug nur einen kurzen Rock, der die Knie frei ließ, und ein Mieder, wie seine Mutter es unter den Kleidern trug, während die Männer in fremdländisch bunte Sachen gekleidet waren: kostbare Seidenhemden, wie Edelleute und Adelige sie trugen, mit Spitzen, Pelzkragen und funkelnden Steinen besetzt. Hosenbeine aus Samt und Seide, mit Quasten, Fransen und sogar mit Schellen verziert, die bei jeder Bewegung munter klingelten. Ihre Schuhe glänzten wie Gold und Silber und liefen in nach oben gebogenen Spitzen aus. Das Mädchen sprang auf ledernen Sandaletten, deren Bänder bis in die Kniekehlen geschnürt waren. Aber alles sah zerrissen und alt aus, wie lange getragene Kleider, die niemals geflickt worden waren. Fasziniert beobachtete Clemens das farbige Treiben und konnte sich nicht sattsehen daran. Vor allem das Mädchen hatte es ihm angetan. Er konnte seinen Blick nicht von ihr abwenden. Sie schien es zu bemerken und tanzte immer näher zu ihm heran. Ihre Arme waren mit unzähligen glitzernden Armreifen geschmückt, und in ihre prächtigen Locken hatte sie schillernde Bänder geflochten, die sie fliegen ließ, während ihr Körper sich verführerisch im Takt bewegte. Ihr Gesicht war noch kindlich rund, sie war bestimmt mindestens zwei Jahre jünger als Clemens. Ganz in seiner Nähe blieb sie schließlich stehen und zog eine kleine Flöte aus dem Rock, auf der sie eine wunderschöne Melodie zu spielen begann. Die

Männer stimmten ein in die melancholische, getragene Weise und umringten Clemens, dem das Blut ins Gesicht stieg vor Scham, so im Mittelpunkt zu stehen.

Plötzlich steckte die Spielfrau die Flöte wieder weg und griff mit ihrer kleinen, erhitzten Hand nach seiner, zog ihn zu sich heran und begann sich mit ihm zur Musik im Tanz zu wiegen. Ihr Körper war leicht und schmal, aber sie führte ihn mit eiserner Kraft, als würde die Musik selbst sie dirigieren. Einen Moment lang schmiegte sie ihr Gesicht an seines und flüsterte ihm ins Ohr: »Ich mag dich, wie heißt du?«

Clemens stammelte seinen Namen, obwohl er es gar nicht wollte. Er schämte sich so sehr, und gleichzeitig genoss er die Nähe zu dem Mädchen und die Bewegungen zur Musik. Er spürte, wie sich eine Lust in ihm regte, die ihn gierig machte und ihm gleichzeitig große Angst bereitete. Wenn er gekonnt hätte, wäre er fortgelaufen. Aber der Kreis der Musikanten hatte sich fest um ihn und die Spielfrau geschlossen. Um sie herum drehten andere Paare sich im Kreise, der ganze kleine Platz wogte von bewegten Leibern. Dann wurde die Musik schneller, immer schneller, und plötzlich ließ das Mädchen ihn los und fing an, sich wie ein Kreisel um sich selbst zu drehen. Dabei warf sie Beine und Arme in die Luft, und ihre Haare mit den hübschen Bändern wirbelten um sie herum. Clemens nutzte die Gelegenheit und drängelte sich durch die Menschenmenge, bis er wieder von der sicheren Dunkelheit unter den Brückenpfeilern verschluckt wurde. Einen Augenblick lang lehnte er sich ans Brückengeländer, um wieder zur Ruhe zu kommen. Er verspürte große Lust, zurück zu dem Mädchen zu laufen, um noch einmal ihren Atem, ihre Haut zu spüren. Noch nie hatte ein Mädchen ihn angefasst, noch nie hatte er ein fremdes Mädchen berührt oder auch nur berühren wollen. Das war jenseits seines Denkens und Fühlens gewesen. Oft schon hatte er mit großen Ohren zugehört, wenn die Gesellen in der Werkstatt von ihren Abenteuern erzählten. Aber er verstand gar nicht, was sie so hinzog zum anderen Geschlecht. Es musste doch lästig sein, wie ein kleines Kind Hand in Hand mit jemandem zu laufen. Er konnte sich zwar vorstellen, eine Frau zu verehren, wie man die Mutter Maria verehrte, ihre schöne Gestalt, wie sie zum Beispiel von dem Maler Memling gemalt worden war – schöner konnte eine Frau einfach nicht aussehen. Aber eine Frau anzufassen, ohne sie zu verehren, ohne sie überhaupt zu kennen, das schien ihm falsch und sinnlos zu sein. Doch jetzt spürte er plötzlich selbst diese Sehnsucht nach dem fremden Körper, er sehnte sich zurück nach der kleinen, heißen Hand der Tänzerin, und dabei wusste er noch nicht einmal ihren Namen!

Er wartete ab und hörte zu, wie die Menschen klatschten, als die Musik aufgehört hatte. Dann wurden die Fackeln gelöscht, und die Menge verlief sich. Vielleicht kamen die Musikanten bei ihm vorbei und er würde noch einmal einen Blick auf die Schöne werfen können? Vielleicht ihre Hand ergreifen und sie nach ihrem Namen fragen? Ob sie einem der Musikanten angehörte? Oder ob die Männer zu ihrer Familie gehörten? Aber plötzlich war der ganze Platz leer, und die Musikanten waren verschwunden. Keine Spur mehr von dem ganzen Vergnügen.

Die Glocke von Liebfrauen schlug zehnmal, die Stadttore würden nun geschlossen werden. Eilig wollte Clemens sich auf den Heimweg machen. Er hatte die Brücke überquert und dann – ja, dann wusste er plötzlich gar nichts mehr. Was war geschehen? Jemand hatte ihn gerufen, er hatte sich umgedreht, und dann war alles dunkel geworden. Man hatte ihn niedergeschlagen. Ein oder zwei junge Burschen waren es gewesen, aber die Gesichter hatte er nicht erkannt. Ihre Stimmen waren ihm entfernt bekannt vorgekommen. Das Gelächter des einen hatte er noch im Ohr. So langsam kam die Erinnerung zurück, Stück für Stück. Und gleichzeitig trat der Schmerz in sein Bewusstsein. Seine Schulter pochte fürchterlich und sein Kopf war ein einziges Dröhnen und Brennen. Er fasste sich vorsichtig an die Schläfen. Blut klebte an seinen Händen; an Wangen und in den Ohrmuscheln war es bereits angetrocknet. Er stöhnte und versuchte noch einmal, sich aufzusetzen. Jetzt ging es etwas besser. Man musste ihn in die Seite getreten haben. Sein Hemd war zerrissen. Die Mutter würde schimpfen. Und alles war voller Dreck, denn er lag neben dem Brückenpflaster im Kot. Er blieb einen Moment lang sitzen, wartete ab, bis das Drehen in seinem Kopf aufhörte und der Schmerz in seiner Seite weniger wurde. Dann fischte er nach seinem Taschentuch im Hosensack und wischte sich das Blut aus den Augen. Kein Mensch war weit und breit zu sehen, der ihm hätte aufhelfen können. Es musste schon sehr spät sein, vermutlich war er eine ganze Zeit lang bewusstlos gewesen. Schließlich schaffte er es, sich am Brückengeländer hochzuziehen und ein paar torkelnde Schritte bis zur nächsten Straßenecke zu machen. Da fiel ihm auf, dass er seinen Ranzen nicht mehr bei sich hatte. Auf der Brücke hatte er nicht gelegen. Bestimmt hatten die Schläger ihn gestohlen. Dabei war gar nichts Wertvolles darin gewesen – nur seine Pinsel! Mit denen doch außer ihm kaum jemand etwas anfangen konnte.

Mühsam und vor Schmerzen vornübergekrümmt, tastete er sich weiter.

Nach einer endlos scheinenden Zeit kam er schließlich vor seiner Haustür an. Der Morgen fing schon an zu dämmern, und die ersten Vögel flöteten. Er zitterte am ganzen Leib vor Kälte und konnte keinen einzigen Schritt mehr machen. So sank er im Eingang nieder, zu schwach, um anzuklopfen.

Als er am Mittag in seinem Bett erwachte, stand seine Mutter über ihm gebeugt, eine Waschschüssel in der einen Hand und einen Lappen, mit dem sie seine Wunden säuberte, in der anderen.

»Halt still und stell dich nicht so an«, herrschte sie ihn an und rieb weiter an seinem Gesicht herum. Clemens fühlte sich zu schwach, um aufzubegehren. »Wer sich nachts herumtreiben kann und bis mittags im Bett liegt, kann wohl auch das bisschen Weh aushalten. Und dann erzählst du mir gefälligst, woher du das Geld hast, in der Taverne zu sitzen.«

»Ich habe kein Geld«, murmelte Clemens mit geschwollenen Lippen. »Ich war nicht in der Taverne.«

»Lüg nicht! Du bist genauso dreist und verdorben wie dein Vater. Jetzt, wo du als Maler in seine Fußstapfen trittst, meinst du wohl auch, sein Lotterleben nachahmen zu müssen. Genau so habe ich es befürchtet, die Mutter Maria ist meine Zeugin! Darum wollte ich, dass du einen anständigen Beruf erlernst und nicht dieses Künstlerzeug. Das tut den Männern nicht gut.«

»Ich bin verprügelt worden«, versuchte Clemens zu erklären und sah plötzlich das Gesicht eines Burschen vor sich. War er gestern Nacht dabei gewesen? Es war das Gesicht von Robert, dem ältesten Lehrburschen von

Meister Georgius. Aber war nicht auch ein Mädchen dabei gewesen, war da nicht der helle Rock der Spielfrau im Hintergrund hinter den Gestalten umhergeflattert? Ob er träumte oder delirierte? Er hatte doch wirklich gar nichts getrunken. »Ich habe Hunger«, flüsterte er. »Und großen Durst.«

»Das glaube ich gern, der Herr hat Hunger und Durst. Aber kein Geld und keine Arbeit, wie? Nicht mal deinen Ranzen hast du nach Hause gebracht. Wer seinen Brei verschüttet, kann ihn hinterher nicht wieder einsammeln. Ich sage dir etwas, du Nichtsnutz. Einen Kanten Brot bringe ich dir noch, und ich stelle dir Wasser hin. Und wenn du wieder auf den Beinen bist, dann nimmst du deine Siebensachen und verschwindest. Ich brauche keine zwei Hungerleider in meinem Haushalt. Du kannst bei deinem Meister wohnen oder in deiner Bruderschaft, die werden es schon bezahlen. Du bist ja so begabt – aber lass sie nur nicht wissen, dass du ein Rumtreiber bist, dann ist es bald aus mit der Kunst. Bei mir jedenfalls brauchst du nicht wieder anzukommen.«

Damit warf sie ihren Lappen in die Schüssel und rauschte aus der Schlafkammer. In der Ecke sah Clemens seine jüngste Schwester Johanna kauern, die gerade erst zwei Jahre alt geworden war. Sie hatte sich beschmutzt und kaute wimmernd auf einem Stofffetzen, der einmal ihre Windel gewesen war. Draußen rief die Mutter laut nach ihr, dann sprang die Tür noch einmal auf, sie griff das Kind am Arm und zerrte es schreiend aus dem Zimmer.

Clemens schloss die Augen und drehte den Kopf zur Wand. Wenn sie ihn doch totgeschlagen hätten, die bösen Buben. Was sollte nun aus ihm werden, wenn die Mutter ihn hinauswarf? Beim Meister brauchte er ohne die Pinsel nicht wieder aufzutauchen. Wäre er doch nur bei den Spielleuten geblieben. Das schöne Mädchen hätte ihn mit sich genommen und für ihn gesorgt. Und jeden Abend würde er mit ihr tanzen ...

12

DIE KLEIDUNG

Ihre Kleidung sei einfach und wenig farbig, so dass niemand sie für hübsch oder kostbar halten kann; das Gleiche gilt für die Kopfbedeckung und die Schuhe.

Die großen Kopfschleier sollen nicht mehr als 2 Livres oder 30 Deniers kosten, die kleinen 14 Deniers. Die Haube soll 12 Deniers kosten und keine Fransen haben.

Ihre Kleider bestehen aus einem Unterrock und einem Oberkleid ohne Ärmel, das lang genug ist, um alle anderen Kleidungsstücke zu bedecken. Der Schleier soll kürzer sein als das Überkleid und keine Schnüre und Schleifen haben.

Sie können weiße Unterkleider tragen. Der Überwurf soll nicht mehr als 5 oder 6 Livres kosten. Zwei Teile der Tracht sollen weiß sein und der dritte Teil schwarz. Wer will, kann ein weiteres Tuch benutzen, das 2 Livres kostet. Der Unterrock muss bis ganz unter die Achseln reichen.

FERIA SEPTIMA, 28. JULIUS 1498

»Habt Ihr schon das neue Bild in der Schöffenkammer im Freiamt gesehen?«, wollte die Magistra wissen.

»Das Diptychon von David?« Dietz nickte. »Ja, das habe ich. Ein bemerkenswertes Bild.«

»Wie sieht es denn nun aus?«, fragte die Magistra ganz atemlos vor Neugier. Vor Jahren hatte der bekannte Brügger Maler Gerard David vom Rat den Auftrag bekommen, ein mahnendes Bild vom Jüngsten Gericht für den Schöffensaal anzufertigen. Er hatte auch einen ordentlichen Vorschuss dafür bekommen, aber sich jahrelang Zeit gelassen mit dem Bild. Nun endlich sollte er es abgeliefert haben. Aber es stellte nicht das Jüngste Gericht oder die Verurteilung unseres Herrn durch Pontius Pilatus dar, sondern etwas ganz anderes. Sie hatte den Propst und andere hohe Geistliche voll Entsetzen darüber flüstern hören. Jedoch hatte man ihr nicht verraten, was das Bild nun anstelle der üblichen Gerechtigkeitsdarstellungen zeigte.

»Eine echte Überraschung«, sagte Dietz und machte eine dramatische Pause, um die Aufmerksamkeit der Magistra voll auszukosten. »Es sind zwei Szenen aus einer Geschichte aus dem Altertum. Auf der einen Tafel zeigt er den Perserkönig Kambyses, der den Richter Sisamnes verhaften lässt, weil er sich zu einem falschen Urteil hat bestechen lassen. Auf der zweiten Tafel sieht man Sisamnes auf einen Tisch geschnallt, während ihm die Schinder bei lebendigem Leibe die Haut abziehen. Und im Hintergrund sieht man den Richtstuhl, den nun der Sohn des Sisamnes erhalten hat, über dem die abgezogene Haut des Vaters hängt.«

»Oje«, rief die Magistra, »das ist ja grauenhaft!«

»Es soll eine deutliche Warnung an alle Richter sein, sich nicht bestechen zu lassen.«

»Die Menschen wollen erschüttert werden. Aber muss man das so grausam zeigen? Was meinen Sie, Advokat?«

»Nun, das Bild spiegelt den Geschmack der Leute. Wichtiger finde ich, dass der Rat damit kundgetan hat, dass zwischen Stadt und Erzherzog nun alles wieder im Lot ist. Das ist doch eine gute Botschaft. Ob Pilatus mit seinem Fehlurteil in einer Gerichts- und Ratsstube wirklich das richtige Motiv gewesen wäre, möchte ich bezweifeln.«

»Es gibt nur den einen Richter, der immer gerecht ist. Verweist die Verurteilung Christi nicht vor allem darauf?«

Dietz nickte zögerlich, dachte jedoch, dass die gute Walburga es sich mit dieser Deutung vermutlich zu einfach machte. Die Zeiten hatten sich gewandelt, das wollten die Kirchenleute einfach nicht wahrhaben. Nicht allein der Herr im Himmel leitete die Geschicke der Menschen, sondern diese nahmen sie selbst in die Hand. Und sie mussten deshalb auch die Verantwortung dafür übernehmen. Er hielt es für ein gutes Zeichen, dass diese Auffassung sich mehr und mehr durchsetzte. Schließlich entschied doch eher als Gottes Gnade das Verhältnis der Stadtverwaltung zum Fürstenhaus über Wohl und Wehe aller Einwohner von Brügge. Man konnte sich bei den wichtigen Entscheidungen nicht mehr allein auf den Herrn im Himmel verlassen. Dafür waren die Probleme einfach zu schwerwiegend. Nach den blutigen Aufständen des sich dem Ende zuneigenden Jahrhunderts, der Gefangensetzung Maximilians mit all ihren Folgen, konnten die Brügger Bürger froh sein, dass endlich wieder Ruhe und Vertrauen zwischen den Herrschenden hergestellt wurde. Das Diptychon von David, das dieser im Auftrag des Rats abgeändert und ausgeführt hatte, sprach von genau diesem bereinigten Verhältnis. Mit der Geschichte von Kambyses und Sisamnes legte man sich dem Fürsten vertrauensvoll zu Füßen.

»Ich finde, das Werk setzt ein richtiges Zeichen, Magistra. Die Beschäftigung mit der Antike kann außerdem unseren Bürgern nur zur Ehre gereichen. Ich denke, der Bischof wird sich unseren Ratsherren anschließen.«

»Und der Propst?«

»Der Propst hat das Bild schon gesehen und für ausgezeichnet befunden.« Dietz lächelte. Der Propst fand das Bild natürlich skandalös, aber er hatte seine Gründe, die Kröte zu schlucken und gute Miene zu machen. »Womit wir beim Thema wären, Magistra.«

Die Magistra seufzte. »Sie haben recht, Dietz, wir haben Wichtigeres zu tun, als uns über Ratsbeschlüsse und neue Bilder zu unterhalten. Ich jedenfalls bin sehr froh, dass Ihr um dieses Gespräch nachgesucht habt. Unsere letzte Begegnung war etwas unglücklich. Dabei hatten wir doch immer ein sehr gutes Verhältnis.«

Dietz nickte lächelnd.

»Was gibt es Neues in unserem Testamentsstreit? Kommt Ihr mit schlechten Nachrichten?«

Dietz schüttelte den Kopf. »Soweit ich weiß, liegt die Sache jetzt beim Erzherzog.«

»Philipp der Schöne kann sich unseren Argumenten unmöglich verschließen. Letzter Wille hin oder her, es gibt unzählige Zeugen für Seraphines wiederholte Willensbekundungen zu Lebzeiten, dass sie all ihr Hab und Gut dem Beginenhof vermachen wollte. Für das Dokument hingegen, das nur zwei Monate vor ihrem Tod verfasst wurde, gibt es keinen einzigen Zeugen!«

»Das ist zweifelsohne richtig, Magistra. Aber nehmen wir einmal an, der Herzog sollte Euch wider Erwarten nicht folgen und das letzte Testament für gültig erklären. Wollt Ihr es wirklich darauf ankommen lassen? Noch gäbe es den Weg eines Vergleichs.«

»Was ist das für ein Weg? Klärt mich auf, Advokat. Ich bin nur eine einfache, fromme Frau und kenne mich mit Euren Spitzfindigkeiten nicht aus.«

»Daran ist nicht viel Spitzfindiges, Magistra. Mein Mandant Christoph de Vens ist der einzige leibliche

Nachfahre von Seraphine van Moentack, nämlich ihr Neffe. Das dürft Ihr nicht außer Acht lassen. Es müssen Rechtsgüter gegeneinander abgewogen werden.«

»Was soll das heißen?«

»Es soll heißen, dass Christoph de Vens niemals gänzlich leer ausgehen kann, was die Erbschaft seiner Tante Seraphine angeht. Aber vielleicht würde er Euch entgegenkommen mit einer erheblichen – sagen wir, mit einer Spende.«

»Eine Spende? Was hat die mit dem Testament zu tun?«

»Nichts.«

»Wir sollen also unsere Klage zurückziehen und stattdessen eine Spende erhalten?«

»Es ist bisher nur ein Vorschlag, werte Mutter Walburga.«

»Wie viel?«

»Wir würden mit dem Propst über die Summe verhandeln.«

Die Magistra schwieg lange und schüttelte dann traurig den Kopf. »Daher weht also der Wind«, sagte sie. »Es geht wieder einmal um unsere Selbständigkeit.«

»Sagen wir es so: Ich würde meinem Mandanten dieses Angebot ans Herz legen. In der Hoffnung, dass Ihr mein Vertrauen zu schätzen wisst – immerhin spreche ich zuerst mit Euch darüber ... Letztlich kann solch ein Vergleich ja nur mit Einverständnis beider Parteien stattfinden«, sagte Dietz.

Die Magistra ließ ihre Hände in den Weiten ihrer Ärmel verschwinden und sah den Anwalt starr an.

»Für Christoph de Vens wäre der Betrag, an den ich denke, schmerzhaft, das versichere ich Euch«, sagte Dietz.

»Für uns ist der Verlust des Rechts ebenfalls schmerzhaft.«

»Das Recht liegt nicht ganz eindeutig auf Eurer Seite«, merkte Dietz vorsichtig an. »Außerdem liegt es in der Natur der Sache eines Vergleichs, dass beide Parteien bluten.« Dietz wusste genau, was die Magistra jetzt dachte: Sie blutete für eine gute Sache. Die Beginen brauchten das Geld für den Spitalbau, sie bettelten und baten schon überall um Unterstützung. Recht hatte sie, gekränkt und verletzt zu sein. Aber Christoph de Vens hatte auch recht aufgrund der Tatsachen. Außerdem hatte er eine Familie zu ernähren, das Haus und die Grundstücke waren sein Erbe, mit denen er sein Geschäft retten musste. Auch er handelte nicht nur eigennützig. Dietz verkniff es sich jedoch, für seinen Mandanten zu kräftig bei der Magistra um Verständnis zu werben. Gegnerische Parteien konnte man nicht überzeugen oder überreden. Auch die besten Argumente waren in einer Vergleichsaushandlung nur Füllstoff für die Gesprächspausen. Man verausgabte sich damit, dabei brauchte man die Kraft dringend zum Aussitzen. Letztlich entschied ganz allein das Kräfteverhältnis. Die Magistra war eine Meisterin im Durchhalten – das konnte man als einfacher Jurist von den Geistlichen nur lernen.

»Erleichtert würde die Entscheidung sicher durch ein kleines Zugeständnis von anderer Seite«, schlug Dietz vor.

»Und die wäre?«, fragte Walburga mit undurchschaubarer Miene.

»Mein Mandant könnte unter Umständen ein gutes Wort in der Bruderschaft der Tuchmacher für die frommen Schwestern einlegen.«

Walburgas Augenbrauen schossen in die Höhe. »Ich wusste gar nicht, dass er dort aufgenommen wurde.«

»Vor kurzem erst. Er muss sich sozusagen noch bewähren.«

»Aha. Dazu bieten wir ihm dann wohl eine gute Gelegenheit.«

»Man könnte es so sagen. Wie Ihr wisst, haben die Tuchmacher eine recht starke Fraktion, die Euch zurzeit … nun, sagen wir, nicht besonders wohlgesonnen ist.«

»Was wisst Ihr davon?«

»Wissen tue ich gar nichts, Magistra. Ich habe nur Gerüchte gehört …«

»Auf diese Ebene wollen wir doch wohl nicht hinabsteigen.«

»Sicherlich nicht. Es wäre ja auch nur ein zusätzliches Angebot.«

»Und wie lautet das Angebot konkret, Advokat?«

»Mein Mandant würde sich dafür verwenden, dass Euch die Bruderschaft bei Eurem Spitalbau unterstützt.«

»Damit haben wir sowieso gerechnet!«

»Eine gefährliche Sache, Mutter Walburga! Man ist dort recht ärgerlich und könnte sich auch einmal für andere Projekte in Brügge entscheiden. Die Tuchmacher …«

»Ich habe verstanden.«

»Freilich, das müsste man alles noch genau klären. Ich sehe jedoch nicht ein, warum wir nicht auch in dieser Angelegenheit gemeinsam ein Stückchen weiterkommen könnten.«

Die Magistra erhob sich unvermittelt. Nun schien es mit ihrer Fassung vorbei zu sein. »Fast zweihundert Frauen leben hier in meiner Obhut. Die meisten sind arme Frauen, Frauen, für die sonst niemand sorgt. Wir geben ihnen

Arbeit und Brot, wir geben ihnen Schutz für Leib und Leben und vor allem für ihr Seelenheil. Wir erwirtschaften keine Gewinne. Wenn wir Geld verdienen, dann fließt jeder Groschen zu den Armen und Ärmsten, Advokat. Trage ich etwa Gold und Seide? Essen wir üppiges Wildbret und lassen den Wein in Strömen fließen? Ich weiß, es gibt all diese Unarten in manchen Klöstern und Konventen. Auch Geistliche sind nur Menschen und können fehlen. Wir Beginen aber gehören nicht dazu. Wir gehören keinem Orden an und müssen auch in diesem Punkt immer um unser Fortbestehen bangen. Wir gehören aber auch nicht der Welt an und müssen somit an allen Orten kämpfen, damit man uns überleben lässt. Wir gehören nur zu Gott, wir sind so arm wie die Lilien auf dem Felde und rechtloser als ein Sklave, weil wir nur Frauen sind. Ich kann nicht verstehen, warum kluge Menschen wie Ihr nicht einsehen können, dass wir niemandem Konkurrenz machen, sondern nur mit unserer Hände Arbeit unser Brot verdienen wollen. Was wollen denn Broes und seine Zunftgesellen erreichen? Dass wir verhungern? Dass wir die Kranken und Leprösen auf den Gassen liegen lassen, statt sie in sauberen Räumen in frische Laken zu betten und wie Menschen sterben zu lassen? Und wie, ich bitte Euch – wie sollen wir all diese Dinge bezahlen, wenn wir sie nicht selbst in harter Arbeit herstellen? Wem schaden wir damit, wem nehmen wir etwas weg?«

»Ihr habt ja recht, Magistra«, beschwichtigte der Advokat. »Für mich habt Ihr recht, durch und durch. Für die Tuchmacher freilich …«

»Die Tuchmacher!«, rief die Magistra. »Gott sei mit ihnen. Auch sie könnten einmal krank werden und unsere Hilfe brauchen!«

»Freilich, so muss man es sehen«, sagte Dietz und war unendlich erleichtert, als es an die Tür klopfte.

»Wer ist denn da?«, rief die Magistra ärgerlich, ging selbst zur Tür und riss sie auf. Draußen standen zwei Schwestern, eine ältere, resolut aussehende, und eine junge, die nur einen schlichten weißen Schleier statt der großen Beginenhaube trug. Dietz sah sie an, und sein Herz schlug ihm plötzlich bis in den Hals. Einen Augenblick lang hatte er gedacht, Agnes stünde vor ihm. Er hatte sie vorhin am Tor schmerzlich vermisst. Sie pflegte eine Mitschwester, war ihm gesagt worden, als er sich nach ihr erkundigt hatte. Er hatte einen kleinen Stich gespürt, eine leise Enttäuschung. Er freute sich immer so, sie zu sehen und mit ihr zu plaudern. Vielmehr: Er hatte seine Freude daran, sie aus dem Gleichgewicht zu bringen mit seinen Scherzen. Entzückend, wie sie um ihre Heiligkeit zu kämpfen hatte! Wenn hier eine keine echte Begine war, so war sie es! Und doch wirkte sie rührend fromm und bemüht, dazuzugehören und eine von den ganz Braven und Gestrengen zu sein. Zu gern hätte er sie einmal in die Arme genommen. Oder sie auf einen Tanzboden gestellt, um mit ihr durch die Nacht zu wirbeln ... Es mangelte ihm gewiss nicht an Verehrerinnen, und er war kein Kostverächter. Aber noch niemals hatte eine Frau ihn so erfrischt, so bezaubert und herausgefordert wie die kleine, unscheinbare Begine Agnes. Vielleicht war es ihre hochgeschlossene Tracht, die ihn reizte? Vielleicht dachte er nur an das köstliche Erlebnis, sie vom rechten Weg abzubringen? Nein, er fühlte ganz sicher, dass unter dem dunklen Rock und der weißen Haube eine wunderbare Gefährtin für ihn steckte.

Und nun stand plötzlich diese junge Frau vor ihm, die

Agnes wie aus dem Gesicht geschnitten war. Aber sie war es eben leider nicht selbst. Agnes hatte offenbar eine Doppelgängerin.

»Schwester Juliana, Maria, was führt euch unangemeldet zu mir?«, fragte die Magistra und ließ die beiden nicht eintreten.

»Ich muss Euch dringend sprechen«, sagte Schwester Juliana. »Eine Sache, die keinen Aufschub verträgt.«

»Ob etwas Aufschub verträgt oder nicht, entscheide allein ich. Geht an eure Arbeit und kommt nach der Mittagsmesse wieder. Und wascht euch vorher die Schuh«, fügte sie mit Blick auf den Boden hinzu, der von dicken Erdbrocken übersät war. Eine deutliche Schmutzspur führte bis zur Tür des Kapitelhauses.

Die Schwestern verbeugten sich, und die Magistra schloss energisch die Tür hinter ihnen.

Dietz hatte sich erhoben. Aufgewühlt knöpfte er seinen Rock zu und griff nach seinem Hut, den er auf einer Truhe abgelegt hatte.

»Mutter Walburga, ich danke Euch für das vertrauliche Gespräch. Ich werde mich wieder bei Euch melden, sobald es Neuigkeiten gibt. Ich empfehle mich.«

»Gott sei mit Euch«, erwiderte die Magistra und entließ den Advokaten. »Und bitte lasst mir noch ein Weilchen Bedenkzeit.«

⟡

»Wer klopft denn da so spät in der Nacht?«, rief Christoph und hielt sein Licht höher. Eine dunkle Gestalt kauerte neben der Tür, rührte sich aber nicht. »Nun kommt schon heraus und zeigt Euch.«

Es war kurz vor Mitternacht, und seine Bediensteten waren schon alle ins Bett gegangen. Christoph sprach laut und zornig, um seine Furcht zu verbergen. Endlich richtete sich die Gestalt auf. Er leuchtete ihr ins Gesicht.

»Clemens? Bist du es?«

Der Junge, der am Boden gekauert hatte, kam mühsam auf die Beine und blinzelte ins Licht. Seine Augen waren fast gänzlich zugeschwollen, und um die blutigen Krusten, die einmal seine Augenbrauen gewesen waren, zeigten sich tiefpurpurne Flecken. Er trug ein kleines Bündel in der Hand. Christoph drückte sich in den Türrahmen und zog den Jungen ins Haus. Kopfschüttelnd sah er zu, wie der Junge sich hinkend in die Diele schleppte. Er schloss die Tür hinter ihm und legte den dicksten Riegel vor, den seine Mutter nur bei Sturm und Unwetter oder bei Prozessionen und Unruhen zugeschoben hatte. Dann leuchtete er den Jungen mit seinem Talglicht von oben bis unten ab.

»Wie siehst du aus? Was ist mit dir geschehen? Hat man dich verprügelt? Wer war das? Doch nicht etwa Georgius?«

Clemens schüttelte den Kopf. Er war zu schwach, um allein stehen zu können, und lehnte sich gegen die Mauer. Am frühen Nachmittag hatte er sich zu Hause aufgemacht und sein Bündel geschnürt. Seine Mutter hatte sich nicht noch einmal gezeigt, der Vater war wie immer abwesend. Er hatte beschlossen, sie beim Wort zu nehmen und fortzugehen, egal wohin. Stundenlang war er durch die Straßen getaumelt. Immer wieder hatte das Lachen in seinem Kopf getönt, das er während des Überfalls gehört hatte. Ob es wirklich Robert gewesen war, der ihm mit ein paar Kumpanen einen Denkzettel hatte

verpassen wollen? Da wäre es nicht ratsam gewesen, ihm
so geschwächt unter die Augen zu treten. Robert war
der älteste und der schlechteste Lehrjunge bei Meister
Georgius. Mehrmals hatte der Meister ihn vor Clemens
getadelt und ihm außerdem noch die Leistungen des so
viel Jüngeren unter die Nase gerieben. Clemens hatte mit
Schrecken den blanken Hass in den Augen Roberts auf-
glühen sehen. Er war ihm in der Werkstatt aus dem Wege
gegangen, soweit dies möglich war. Aber Robert hatte ihn
immer im Blick gehabt, als ob er nur auf eine Gelegenheit
wartete, ihm eins auszuwischen. Nun hatte er es vielleicht
auf diese Weise getan. In die Werkstatt konnte Clemens
also nicht zurück. So war er durch Brügge gestrichen. Die
Menschen waren an ihm vorübergelaufen, hatten ihn ge-
schubst, beschimpft, beiseitegetreten. Schließlich hatte
die Dunkelheit sich schützend über ihn gelegt, aber mit
der Nacht war auch die Kälte gekommen. Und der Hunger. Plötzlich hatte er sich vor dem Haus von Christoph
de Vens wiedergefunden und mit letzter Kraft an die Tür
geklopft. Da war er nun, und weiter konnte er nicht mehr
gehen.

»Leg dein Bündel ab«, sagte Christoph. »Leg es hier in
die Diele, hier kommt nichts weg. Die Tür ist verriegelt,
du hast es ja gesehen. Hier kommt niemand herein. Weißt
du, wer dir das angetan hat?«

Clemens schüttelte den Kopf. »Es ist gestern Nacht
passiert. Meine Mutter ...«

»Deine Mutter hat sich sicher erschrocken«, sagte
Christoph. »Oder was ist mit deiner Mutter?«

Clemens schwieg und starrte zu Boden.

»Ist gleich. Du kannst erst mal hier schlafen. Ein richtiges Bett kann ich dir nicht bieten, die Magd schläft

schon. Die Hausfrau ist auch nicht da. Aber du kannst dir ein Lager hier unten am Feuer richten. Hast du Hunger?«

Clemens nickte.

»Dann hol ich uns jetzt einen Krug Bier, und ein Kanten Brot wird sich in der Küche auch noch finden lassen.«

Kopfschüttelnd verschwand Christoph und kehrte bald mit Speis und Trank zurück. »Seines Lebens ist man nicht mehr sicher in Brügge«, meinte er, nachdem er Brot und Wurst für Clemens abgeschnitten hatte und die Bierkrüge gefüllt waren. »Du hast dich hoffentlich nach Kräften gewehrt?«

Clemens aß und trank und spürte, wie seine Lebensgeister langsam zurückkehrten. Er schüttelte den Kopf. »Dazu hatte ich gar keine Gelegenheit.«

Christoph sah auf Clemens' Hände. Sie waren größer als seine eigenen, aber das wollte nicht viel heißen. Wie alles an Christoph waren auch seine Hände klein, aber kräftig. Clemens' Finger dagegen waren extrem lang, dünn und sehnig, genau wie der ganze Knabe. »Wie alt bist du eigentlich?«

»Sechzehn«, sagte Clemens und log ein Jahr hinzu. »Ich kann für mich selbst sorgen.«

»Soso, glaubst du. In deinem Alter bin ich noch zur Lateinschule gegangen. Habe Latein gepaukt, Griechisch, Arithmetik und Musik. Willst du denn gar nichts lernen im Leben, außer zu malen?«

Clemens grinste. »Malen kann ich schon.«

»Auch noch hochmütig. Bürschchen, so einfach ist das Leben nicht. Man braucht mehr, um sich durchzuschlagen, als das, was Gott uns in die Wiege gelegt hat.«

»Und womit verdient Ihr Euer Geld?«

Christoph nahm einen großen Schluck Bier und wischte sich den Mund mit dem Ärmel ab.

»Mein Vater hat mir einen alten Handelssegler hinterlassen, mit dem er dreißig Jahre lang nach England gefahren ist. Die Seefahrt war aber nicht meine Sache. Ich bin zu klein dafür.« Er sah Clemens an und wartete auf dessen Reaktion. Aber der lachte weder noch sah er mitleidig aus. Der Junge konnte so still beobachten wie ein Reptil, ohne eine Miene zu verziehen. Das war Christoph schon aufgefallen, als er für ihn Modell gesessen hatte. Und dabei schien er sich alles, was er sah, haargenau zu merken.

»Also habe ich den alten Kahn auf Reede gebracht. Es bringt aber nicht viel mit nur einem Schiff und ein paar Leichtern. Ich muss ein zweites kaufen, bin aber zurzeit nicht flüssig genug. Meine Frau hat Geld mitgebracht, aber noch sitzt der Vater auf den Dukaten. Nun überlege ich, ob ich umsattle. Die Englandfahrer ausrüste. Ich kann ihnen alles besorgen, was sie brauchen: Proviant, Ausrüstung, Takelage, Seeleute, Werkzeug, nautische Geräte, alles eben, von der Kabinenausstattung bis zum Topsegel.«

»Das ist sicher interessant. Man kommt viel herum.«

Christoph nickte. »Sehr interessant. Vor allem, wenn man nicht viel Geld hat. Aber von Geld hast du vermutlich gar keine Ahnung, oder?«

Clemens zuckte die Achseln, verzog dann das Gesicht. Seine Wunden schmerzten. Er hatte gerade lange genug gelächelt, damit Clemens sehen konnte, dass ihm auch ein Zahn ausgeschlagen worden war.

»Und jetzt schlage ich vor, wir gehen ins Bett. Vielleicht sollte sich morgen ein Bader deine Wunden ansehen.«

Juliana wischte über den Altar und das Tabernakel, rückte die Kerzenständer zurecht und schnitt die Dochte der Kerzen kurz. Sie ließ die Altardecken durch die Luft fliegen, ehe sie sie auf dem geweihten Tisch ausbreitete und die Falten herausstrich. Der Totenschädel im Reliquienschrein rechts vom Altar schien sie höhnisch anzugrinsen. Sie hatte diesen Schädel, der angeblich dem heiligen Bonifatius gehört haben sollte, noch nie leiden können. Ihretwegen musste es keine solch grauslichen Reliquien in den Kirchen geben, und schon gar nicht so nahe am Altar, wo man schließlich das Abendmahl feierte. Am Ende legte sie das quadratische Evangilar in die Mitte, wischte Kelch und Hostienschale gründlich aus, stellte beides links vom Evangeliar hin und deckte ein neues Kelchtuch darüber. In der Sakristei füllte sie die Blumenvasen mit frischem Wasser und sammelte die alten Blumen ein, um sie auf den Kompost zu werfen.

Zweimal in der Woche musste Juliana im Garten Altarblumen schneiden, und immer wenn sie Ursula, der Gärtnerin, begegnete, war diese vollkommen in sich selbst und in lebhafte Selbstgespräche vertieft. Mal gestikulierte sie dabei, als wolle sie jemanden fortscheuchen, mal lächelte sie und tat, als ob sie jemanden ansehe, dann wieder verneigte sie sich, legte eine Hand aufs Herz, zuckte mit den Schultern oder schüttelte den Kopf – kurz, Gesten und Mimik zeigten deutlich, dass sie sich mit jemandem unterhielt. Nur mit wem? Es war ja niemand da außer ihren Rosen und Nelken. Den Garten hatte sie wundervoll im Griff, dagegen konnte man nichts sagen. Sie hatte einen grünen Daumen, und alles unter ihren Händen fing an zu wachsen und zu gedeihen. Wenn nur dieses unheimliche Gemurmel nicht gewesen wäre … Juliane grauste es vor

Ursula. Wenn die alte Gärtnerin jemanden in den Garten kommen sah, lief sie eilig davon. Wenn man sie an-
sprach, tat sie, als hätte sie nichts gehört. Sie drehte sich
einfach um und ging fort. Oder sie nickte kurz, als sei sie
zu schüchtern, um eine richtige Antwort zu geben, und
verfiel sogleich wieder in ihre unverständlichen Zwie-
gespräche. Womöglich war sie vom Teufel besessen? Oder
sie sprach mit den Engeln, aber die konnte man, soweit
Juliana wusste, nur im Gesang erreichen. Was also trieb
Ursula?

Gestern, endlich, hatte sie Maria gefragt, die ja seit einigen Monaten mit Ursula zusammenarbeitete, mit wem
die Alte eigentlich dauernd plauderte. Und was hatte das
Mädchen geantwortet?

»Das geht Euch gar nichts an. Ursula spricht mit sich
selbst, und sie tut niemandem weh damit. Was kümmert
Ihr Euch darum?«

Frech war sie gewesen, rotzfrech. Aber die Magistra
hatte sich geweigert, sie zu rügen, als Juliana sie auf-
gesucht und ausdrücklich darum gebeten hatte. Sie solle
das Mädchen in Ruhe lassen, hatte sie gesagt. Die habe es
schon schwer genug.

Juliana wusste wohl, was Maria zu verdauen hatte. Sie
hatte zufälligerweise mitbekommen, wie der schöne Pater
Linhart mit der Magistra gesprochen hatte. Ketzerisches
Gedankengut hatte sie weiterverbreitet und war dafür
vom Unterricht ausgeschlossen worden. Nun musste sie
so lange im Garten unter Obhut der wunderlichen Ursula
arbeiten, bis sie die nötige Reife für die weitere religiöse
Unterweisung erreicht hatte. Maria konnte von Glück sagen, dass man sie nicht aus dem Konvent ausgeschlossen
hatte – oder Schlimmeres. Aber man wusste wohl nicht,

wohin mit ihr. Sie kam aus dem Waisenhaus, auch das hatte Juliana in Erfahrung gebracht. Und sie war im Armenhaus geboren, »Mutter unbekannt«. Juliana wusste, was das bedeutete. Hatte sie doch selbst im Armenhaus gearbeitet, vor vielen, vielen Jahren. Nur die Frauen, die ihre Kinder heimlich zur Welt brachten, ließen ihren Namen nicht eintragen. Meist hatten sie Ehebruch begangen, wofür sie in manchen Städten und Gemeinden ausgepeitscht und die Männer sogar hingerichtet werden konnten. So streng war man in Brügge nicht mehr, leider. Juliana hatte eine Zeitlang im Geburtshaus gearbeitet. Jeden Tag waren dort Frauen erschienen, um unter Schmerzen ihre Bälger auf die Welt zu bringen. Alte und junge, einige von ihnen fast noch Kinder. Sogar reiche Frauen waren darunter, aber die meisten waren arm, manchmal schon halb verhungert. Oft hatten sie sich während der letzten Monate ihrer Schwangerschaft versteckt, waren bis auf die Knochen abgemagert oder hatten sich bis zur Ohnmacht eingeschnürt, damit niemand sah, dass sie guter Hoffnung waren. Am liebsten hätten sie ihre Kinder gleich nach der Geburt umgebracht, damit die Schande wieder aus der Welt käme. Es war sogar einmal vorgekommen, dass eine Kindsmutter sich nachts in das Zimmer mit den Neugeborenen geschlichen und ihr Kind erwürgt hatte. Aus diesem Grund sagte man den Müttern meistens, dass ihre Kinder gleich nach der Geburt gestorben seien. Dann hatte die liebe Seele Ruh, und die Schwestern schafften die Säuglinge so schnell wie möglich ins Waisenhaus, wo sie zusammen mit den anderen Waisen versorgt und zu möglichst anständigen Menschen erzogen wurden.

Eine schwere Arbeit war es gewesen, der Dienst im Geburtshaus. Jetzt, auf ihre alten Tage, hätte sie ihn nicht mehr leisten können. Die stöhnenden Frauen, das Blut und immer diese winzigen, schreienden Bündel, die außer dem Herrgott niemanden hatten auf Erden, der sie liebte. Nein, das Elend hatte sie nicht länger mit ansehen können. Da kümmerte sie sich lieber um die Sauberkeit des Altars in ihrer schönen neuen Kirche. So gut wie hier bei den Beginen war es ihr im ganzen Leben nirgendwo gegangen. Ihre Arbeit war wenig anstrengend, das Leben still und geruhsam, sie hatte immer genug zu essen und zu trinken und ein warmes Bett sommers wie winters. Aber ganz zufrieden war sie eben doch nicht.

Juliana warf die verblühten Altarblumen auf den Kompost und ging in den Rosengarten, wo sie acht schöne, langstielige Rosen fand. Dazu schnitt sie sechs blaue Schwertlilien und ein paar Stengel Schleierkraut, das gab zwei schöne Sträuße rechts und links auf dem Altar. Rechtzeitig zur Mittagsandacht wäre alles wieder hübsch.

Als Juliana den Garten verließ, sah sie Ursula hinter einem Busch kauern und mit großen Augen aufgeregt Geschichten erzählen, während ihre Hände flink wie Wiesel trockene Blätter von einem Lorbeerbusch ablasen.

13

WIE MAN KAPITEL HÄLT

*Viermal im Jahr versammelt die Magistra alle Schwestern, um
Kapitel zu halten. Alle, die es wollen, bekennen ihre Sünden, eine
vor der anderen. Nach dem gemeinsamen Gebet gibt die Magistra
den Schwestern Ratschläge für ihre Führung, zum Trost, für ihre
Besserung und in allen Dingen, die sie benötigen.*
*Während des Kapitels soll niemand sprechen außer der Magistra
und denen, die ihre Sünden bekennen oder die ihre Mitschwestern
anklagen. Wer dennoch etwas sagen möchte, muss die Magistra um
Erlaubnis bitten. Die Magistra kann ihr die Erlaubnis erteilen oder
verweigern, so wie es ihr klug erscheint, und niemand darf es ihr
vorwerfen.*
*Niemand darf eine Mitschwester auf bloßen Verdacht hin anklagen,
sondern nur für das, was sie gesehen oder selbst gehört hat. Keine
entschuldige oder verdecke den Fehler einer anderen. Keine klage
eine andere an aus Rachsucht oder aus Mangel an Nächstenliebe.
Niemand darf das Kapitel ohne Genehmigung verlassen. Wenn
eine Schwester dem Kapitel ohne Grund fernbleibt, wird sie in aller
Öffentlichkeit im selben Kapitel gezüchtigt.*

DOMINICA, 19. AUGUSTUS 1498

Am Sonntagnachmittag rief die Magistra alle
Schwestern in den Kapitelsaal. Viermal im Jahr traf
man dort zusammen, um vor der ganzen Gemeinschaft seine Sünden zu bekennen, seine Strafe dafür zu empfangen
und gemeinsam Buße zu tun.

Für Maria, Duretta, Adelheid und Christina war es
das erste Mal, dass sie am Kapitel teilnahmen. Sie hatten
schon viel davon gehört, und Adelheid hatte schlaflose

Nächte gehabt vor Angst, vor aller Augen ermahnt und womöglich gezüchtigt zu werden. Sie war keine große Sünderin, aber auch kleine Sünden konnten gefährlich sein, das hatte man ihr von Kindesbeinen an eingeschärft. Wichtig war, seine Sünden ehrlich zu bekennen und zu bereuen, egal ob der Fehler groß oder klein gewesen war. Aber genau das bereitete Adelheid beträchtliche Schwierigkeiten.

Maria ging es nicht anders. Schon am Morgen war sie in düsterer, fast verzweifelter Stimmung. Morgengebet und Messe vermochten sie nicht aufzumuntern. Selbst die Sonnenstrahlen, die am Vormittag durch die Fenster in die düstere Apsis drangen und unzählige bunte Flecke auf den Boden warfen, hatten sie heute nicht verzaubern können. Der hohe Gesang der Liturgie, die schönen Stimmen der Schwestern und das beruhigende Psalmodieren hatten sie nicht in ihren Bann geschlagen wie sonst immer. Stattdessen dachte sie mit Zittern an den Augenblick, da sie ihr Knie beugen und vor aller Augen ihre Schuld würde bekennen müssen. Es war demütigend. Aber genau darauf kam es an, hatte Nopicht ihnen erklärt: auf die nötige Demut.

Beim Mittagessen stocherten alle auf ihren Tellern herum. Das schöne frische Gemüse, das jetzt direkt aus Ursulas Garten auf den Tisch kam, mochte niemand genießen. Duretta zerkrümelte ihr Brot und stieß fast den Wasserkrug um, als sie die Weizengrütze weiterreichte. Die Lesung bei Tisch stimmte schon auf das Kapitel ein. Es ging um die Liebe, die Liebe Gottes natürlich, und die Liebe des Menschen zu Gott: »Wer nicht entschlossen ist, alles zu leiden und zum Willen des Geliebten zu stehen, der ist nicht wert, den schönen Namen eines Liebenden zu tragen«, las Schwester Therese mit leiernder Stimme aus der *Imitatio Christi* vor.

Ach je, immer nur leiden, immer nur gehorchen. Maria spürte ihren Widerwillen wie einen quälenden Stachel in der Brust. Am liebsten wäre sie hinausgelaufen, hinaus aus dem Hof, in die weite Welt und in die Freiheit, die an diesem schönen Sommersonntag besonders lockte. Oder zumindest wäre sie gern in ihren Garten geflohen, hätte sich zwischen den blühenden Beeten ihrer Kräuter und Blumen auf ihren Lieblingsplatz unter dem Weißdorn verkrochen und in den Himmel geschaut, der so hoch und weit und blau war in diesen Tagen. Aber wer beim Kapitel fehlte, wurde strengstens bestraft, ebenfalls vor aller Augen, noch am selben Tag. Es war eines der schlimmsten Vergehen, derer man sich schuldig machen konnte. Das hatte man ihnen eindrücklich klargemacht.

So gingen sie also schweren Herzens, eine hinter der anderen her. Im Hof zwitscherten die Spatzen, und eine Lerche sang hoch oben in der Luft über den Gärten. Im Kapitelsaal aber war es dunkel und kalt. Die großen Kerzen in den schweren Haltern mussten entzündet werden, damit alle einander sehen konnten. Es war eine große, finstere Runde von Frauen, alte und junge, alle in ihre schwarzen Tücher gehüllt mit weißen Schleiern. Die Hauben hatten sie abgelegt.

Am Kopfende saß die Magistra auf ihrem reichverzierten Stuhl, den Äbtissinnenstab in der Hand. Als das Füßescharren und Stühlerücken endlich aufgehört hatte, erhoben sich alle auf ihr Zeichen hin. Sie räusperte sich.

»Benedicite …«

»Dominus«, antworteten die Schwestern im Chor und beugten den Kopf.

Dann bat die Magistra um Gottes Segen für die Zusammenkunft und alle Freunde, die lebenden und die toten, und schloss: »Retribuere dignare, Domine, omnibus nobis bona facientibus propter nomen tuum vitam eternam.«

»Amen«, sagten die Schwestern.

Es folgten Gebete, das Kyrieeleison und Paternoster, bis die Magistra das Zeichen gab, dass man sich wieder setzen könne.

»Wir alle, liebe Mitschwestern, sind arme Sünderinnen, das ist gewiss. Wenn wir nicht stetig uns bemühten, unsere Fehler zu erkennen und zu bereinigen, würden wir schon heute für immer und ewig in der Hölle brennen müssen. Aber Gottes Gnade ist unendlich. Und wer bereut und seine Sünden bekennt, dem sollen sie verziehen werden. So steht es geschrieben, und so soll es sein. Wer sich schuldig bekennen will, möge nun niederknien.«

Mehrere Schwestern sanken von ihren Stühlen auf die Knie. Es waren viele, die niederknieten, mehr als die Hälfte. Adelheid und Duretta waren sitzen geblieben. Adelheid zitterte am ganzen Leibe. Maria holte tief Luft und ließ sich auf die Knie fallen. Sie war die Letzte, die niedersank. Auch Christina blieb sitzen.

»Mea culpa, mea culpa«, murmelten die knienden Schwestern, die eine laut und deutlich, die andere leise, manche vom Weinen erstickt.

»Stehet auf«, sagte die Magistra, und alle setzten sich wieder auf ihre Stühle.

Dann trat eine der ältesten Beginen, Schwester Therese, in die Mitte des Kapitelsaals vor die Runde der Schwestern, beugte den Kopf vor der Magistra und bekannte ihre Sünden. Sie habe das Fasten gebrochen, sie habe der Völlerei gefrönt und nicht immer die reine Wahrheit gesprochen. »Ich habe all das getan und auch noch viele andere Sünden mehr begangen.«

Das Schweigen nach diesem Bekenntnis lastete schwer. Es dauerte ewig, schien es Maria, dabei waren es wohl nur wenige Sekunden. Wer jetzt etwas hinzuzufügen hatte und die Sünderin anklagen wollte, konnte sich erheben und sprechen. Man durfte aber nur das sagen, was man mit eigenen Augen gesehen oder mit eigenen Ohren gehört hatte, keinen bloßen Verdacht aussprechen. Man durfte auch keine Rache üben an einer Mitschwester während des Kapitels, geschweige denn sie zu Unrecht anklagen. Man sollte einfach nur ihr Sündenregister ergänzen. Aber Maria war Schwester Therese noch nie persönlich begegnet. Sie gehörte zum selben Konvent, sie aßen im selben Refektorium und man begegnete sich auf den Gängen. Außerdem hatte sie sie natürlich beim Gebet und in der Messe gesehen, aber auch dort war sie ihr in der Masse der Schwestern nie besonders aufgefallen. Sie war schon so alt, was sollte sie sich noch zuschulden kommen lassen? Auch keine andere Schwester erhob sich, um Therese anzuklagen. Also stellte die Magistra sich vor sie hin und verkündete ihre Strafe:

»Du sollst sieben Paternoster und sieben Ave-Maria beten. Und für die Völlerei sollst du fasten, indem du an drei Tagen der Woche kein Bier trinkst und einmal in der Woche am Abend deine Suppe stehen lässt.«

Ein seliges Lächeln erschien in Schwester Thereses Gesicht, als hätte die Magistra ihr die freundlichsten Worte gesagt. Sie verbeugte sich und ging zurück an ihren Platz.

Dann trat die nächste Schwester in die Mitte und bekannte ihre Sünden. Und so ging es eine nach der anderen, von der ältesten bis zur jüngsten. Und die Magistra verteilte ihre Strafen, gerecht, aber sehr milde: Es gab Psalmen zu beten, bis zu fünfzig Salve-Regina, Fastenvorschriften und auch Züchtigungen, aber nur selbstangebrachte Schläge, die nicht in der Öffentlichkeit des Konvents zu vollstrecken waren. Es wurden keine wirklich schweren Sünden gebeichtet, fand Maria, und nicht ein einziges Mal erhob sich eine Schwester, um den Selbstbezichtigungen ihrer Mitschwestern eine Anklage hinzuzufügen. Langsam entspannten sich die Novizinnen, und als Maria endlich an der Reihe war, trat sie ganz mutig vor und führte ihre Sünden auf:

»Ich habe Schuld auf mich geladen, weil ich oft ungehorsam war und eigensinnig. Ich denke meistens zuerst an mich und erst dann an die anderen und an die Regel. Ich bin gierig bei Tisch, und ich wünsche mir manchmal, ein Vogel zu sein und davonzufliegen. Das alles habe ich getan und noch viele andere Dinge mehr.«

Maria biss sich auf die Lippen. So viel hatte sie gar nicht sagen wollen, aber es war alles so aus ihr herausgerutscht. Sie wagte nicht, aufzusehen in die starren Gesichter der Schwestern um sie herum. Sie starrte zu Boden, und es schien ihr, als ob die Zeit stehenbliebe. Es war totenstill im Raum. Dann hörte sie ganz von ferne die Stimme der Magistra:

»Bitte, Christina, wenn du etwas gegen Maria vorzubringen hast, sage es laut und deutlich.«

Christina stand auf und stellte sich neben Maria. »Es gibt noch mehr«, sagte sie, und ihre Stimme war fest und klar. Sie sprach so laut, dass alle sie verstehen konnten. »Maria ist hochmütig. Sie kann sich nicht unterordnen und drängelt sich überall vor.«

Dann nahm sie wieder Platz. In Marias Ohren rauschte das Blut so laut, als wäre sie in einen Ozean hinabgetaucht, aus dessen Tiefen sie niemals wieder emporkommen würde. Noch niemals hatte ihr jemand so offen etwas vorgeworfen. Dazu ein so schwerwiegender, ungerechter Vorwurf! Sie rang nach Luft, aber sie konnte nicht atmen, so stark war der Druck auf ihrer Brust. Schließlich wandte sie den Kopf und stammelte: »Was habe ich dir getan, Christina?«

»Niemand hat dir erlaubt zu sprechen«, fuhr die Magistra scharf dazwischen. »Niemand spricht hier ohne meine ausdrückliche Erlaubnis. Auch du nicht, Nopicht.«

Nopicht war aufgestanden und stand mitten im Raum. Sie hatte den ganzen Nachmittag über leichenblass auf ihrem Stuhl gehockt und das ganze Geschehen mit halbgeschlossenen Augen verfolgt.

»So nimm denn mein Bekenntnis an, Magistra.« Sie ließ sich auf die Knie fallen. »Mea culpa.«

»Erhebe dich«, sagte die Magistra unwirsch. »Und sprich erst, wenn du dran bist.«

Nopicht stand wieder auf und ging zurück an ihren Platz. Ihr Gesicht war hart, ihr Mund nur eine dünne Linie. Sie ließ den Blick nicht von Maria.

Die Magistra stellte sich vor Maria hin und verkündete die Strafe: fünfzehn Paternoster, dreißig Ave-Maria, ein Fastentag pro Woche, bis ihre Gier sich gelegt hätte, und für zwei Monate das Verbot, mit Christina zu sprechen.

Maria verbeugte sich und ging zurück zu ihrem Stuhl.

»Du hast deine Strafe erhalten, Maria«, sagte die Magistra und sah Maria milde an. »Deine Schuld ist dir damit vergeben. Du solltest dich über diesen glücklichen Augenblick freuen. Man sieht es dir nicht an, mein Kind.«

Maria spürte Tränen aufsteigen. Mit Mühe gelang es

ihr, den Mund zu einem schwachen Lächeln zu verziehen. In ihrem Innern aber empfand sie bitteren Kummer.

»So ist es schon besser«, sagte die Magistra und gab Nopicht das Zeichen, als Nächste und Letzte vorzutreten.

»Ich bekenne mich schuldig, mein Amt missbraucht zu haben«, sagte Nopicht mit lauter Stimme. Sie stand hocherhobenen Hauptes inmitten ihrer sprachlosen Mitschwestern. »Ich habe den Novizinnen von unserem großen und zu Unrecht von der Welt und der heiligen Kirche verachteten Vorbild Marguerite Porète erzählt und sie damit in große Schwierigkeiten gebracht. Ich bereue meine Sünde nicht, aber ich bekenne sie hier.«

»Was ist in dich gefahren?«, zischte die Magistra, die einen Moment lang alle Würde fahrenließ, und trat ganz nah vor Nopicht hin. »Was fällt dir ein, das Kapitel für deine private Rechtfertigung zu missbrauchen? Hast du keinen Respekt mehr vor unserer Regel und vor mir?«

Nopicht beugte den Kopf. »Ich hab den größten Respekt vor Euch, Mutter Walburga. Aber hier wurden gerade falsche Bekenntnisse und falsche Beschuldigungen vorgebracht. Das ist es, was unsere Regel verletzt und was ich nicht ertragen kann. Wir können das nicht zulassen.«

»Was hier zugelassen wird oder nicht, bestimme ganz allein ich«, sagte die Magistra, und ihre Stimme war scharf wie ein frisch geschliffenes Messer. »Du bist ungehorsam und hochmütig, du machst dich der schwersten Vergehen schuldig. Ich klage dich hiermit an.«

Nopicht blieb stehen, den Kopf gesenkt, und ließ die Strafpredigt über sich ergehen. Die Magistra versuchte, sich zu sammeln, und wartete ab, ob noch jemand Anklage gegen Nopicht erheben wollte. Aber keine wagte es. Die Schwestern saßen wie verschreckte Kaninchen auf ihren

Stühlen und wagten nicht, aufzublicken. Nur Marias Blick war weit und offen und ruhte auf Nopichts knochigem Rücken, der sich nicht einen Millimeter beugte. Sie war zutiefst getröstet und konnte für einen Augenblick sogar Christina verzeihen. Was war nur in sie gefahren? Sie war doch sonst immer die Sanftheit in Person. Sie würde sie später danach fragen – aber nein, sie durfte ja nicht mehr mit ihr sprechen …

Die Magistra nahm wieder Haltung an. Ihre Miene hatte sich entspannt, und ihre Stimme war wieder mild, als sie die Strafe für Nopicht verkündete: fünfzig Paternoster, fünfzig Ave-Maria und dreißig Psalmen. Außerdem das Verbot, bis auf weiteres mit den Novizinnen zu sprechen. Sie war vom Unterricht suspendiert.

Nopicht lächelte zart wie eine Braut, die gerade ihren Heiratsantrag vernommen hatte, und ging zurück zu ihrem Platz. Als sie sich setzte, warf sie Maria einen ganz kurzen Blick zu und zwinkerte. Die Bewegung war so flüchtig, dass außer ihnen beiden niemand sie hatte wahrnehmen können.

⁓

»Hier bin ich«, flüsterte Christina und trat hinter dem Pfeiler hervor, der sie verdeckt hatte. Pater Linhart trug noch seinen Chormantel, darunter die Albe und die grüne Stola für die Werktage. In den Messgewändern sah er ganz anders aus als in dem schwarzen Talar, den er im Unterricht trug, irgendwie fremder. Und er schaute sie auch fremder an als gewöhnlich. Christina war fast ein bisschen entmutigt, als sie seinem strengen Blick begegnete. Er hatte doch sonst immer nur freundliche Worte für sie und war voller Milde, wenn er mit ihr scherzte. Seit Maria nicht mehr seine Lieblingsschülerin war, hatte er sich ganz ihr zugewandt, so als wären Duretta und Adelheid gar nicht da. Die blasse Adelheid schlief sowieso meistens während des Unterrichts. Sie war immer nur müde, kam morgens kaum aus dem Bett und nickte abends beim Gebet sogar auf den Knien ein. Und wenn sie wach war, weinte sie vor Heimweh nach ihrer Familie und ihren zahlreichen Geschwistern. Sie war wirklich nicht für das Leben einer Begine geeignet. Duretta dagegen hatte damit keine Probleme. Sie arbeitete für drei, konnte schwere Sachen schleppen, große Körbe mit gesponnener Wolle oder das schwere Gurkenfass in der Küche – das machte ihr alles nichts aus. Sie schloss ihre dicken Arme um den Kübel, atmete hörbar aus und stemmte ihn hoch. Alle Schwestern staunten über ihre Kräfte. Dafür aß sie aber auch für drei, mindestens. An den Fastentagen, montags, mittwochs und freitags, trieb sie sich ständig in der Küche herum, und Christina hatte auch schon einmal gesehen, wie sie einen Kanten Brot und sogar ein Stück Käse von den Platten gestohlen hatte, die für die Bewirtung von Gästen der Magistra bereitstanden. Sie hätte den Diebstahl anzeigen müssen. Bestimmt war er kein Einzelfall gewesen. Beim Essen ließ Duretta niemals eine Schüssel vorbeiziehen, ohne sich nachzunehmen. Sie hamsterte tagsüber, was immer sie bekommen konnte, und aß es abends vor dem Einschlafen heimlich im Bett. Sonst werde sie nachts vor Hunger wach und könne nicht mehr einschlafen, hatte sie Christina einmal erklärt. Aber das war doch Unsinn. Duretta schlief wie alle anderen nachts tief und fest wie ein Murmeltier. Die Nächte waren viel zu kurz und die Tage viel zu anstrengend, als dass man hätte wach liegen können. Am staunenswertesten aber war das viele Bier, das Duretta trank. Vielleicht hatte sie deshalb immer so großen Hunger? Bier mache hungrig, hatte Christinas Großmutter immer gesagt. Sie war selbst eine große Biertrinkerin gewesen. Durettas Krug war immer leer, und sie füllte ihn mindestens dreimal bei einer Mahlzeit. Das machte neun Krüge Bier am Tag! Wenn Christina so viel getrunken hätte, hätte sie nur noch geschlafen und überhaupt nicht mehr arbeiten können.

Christina wusste wohl, dass es ihre Pflicht gewesen wäre, alle diese Beobachtungen entweder zu melden oder aber zu vergessen. Man durfte nicht urteilen über seine Mitschwestern, man musste sie lieben wie sich selbst. Aber nichts auf der Welt fiel ihr so schwer, wie alle anderen hier zu lieben. Schon als Kind waren ihr die Fehler der anderen ins Auge gesprungen, sie hatte gar nichts dagegen tun können: ihre Mutter, wie sie heimlich kostbare Butter bei der Großmutter stahl und in den eigenen Buttertopf strich; der Vater, wie er auf die Dielen spuckte, wenn er glaubte, dass niemand es sah, obwohl doch die Mutter sich darüber immer so sehr aufregte; die Großmutter sogar, die sich an Körperteilen kratzte, die man überhaupt nicht anrühren durfte, und dabei erleichtert seufzte – immer war Christina gerade in der Nähe, wenn ihre Mitmenschen sich unbeobachtet glaubten und die allgemeinen Regeln überschritten. Sie wollte es gar nicht sehen, aber sie sah es nun mal, als wäre sie darauf geeicht. Sie selbst hatte selten Gelüste, Verbotenes oder Ungehöriges zu tun. Sie aß nicht gern und immer eher zu wenig als zu viel; sie trank ungern Bier und tat es nur, weil es nichts anderes zu trinken gab; sie spuckte nicht aus und kratzte sich nicht, und nichts schien ihr wert, gestohlen zu werden. Sie hatte ja alles, was sie brauchte. Sie ging mit offenen Augen durch die Welt und schaute. Und dabei schaute sie eben vor allem auf die Handlungen ihrer Nächsten, die sie oft alles andere als liebenswert erscheinen ließen.

Sie eilte durch das Kirchengestühl und machte Pater Linhart ein Zeichen, ihr zu folgen. Vor dem Elisabeth-Altar ging sie kurz in die Knie und beugte den Kopf.

»Sie ist schön, nicht wahr?«, bemerkte sie und sah den Pater von der Seite an. Seine strenge Miene war zum Glück etwas milder geworden, und während er den Altar betrachtete, umspielte wieder das schöne, gütige Lächeln seine Lippen, das sie von ihm kannte.

»Ja, wunderschön«, sagte er, und Christina konnte sich einen Augenblick lang vorstellen, er meinte sie. Sie versanken beide einen Moment lang schweigend im Anblick der heiligen Elisabeth.

»Sie ist meine Lieblingsheilige. Und wer ist Eure?«, flüsterte Christina.

»Ich habe sie alle gleich gern«, sagte Pater Linhart. »Vielleicht mag ich Ursula ein bisschen lieber als die anderen.«

»Ursula wurde getötet, weil sie sich geweigert hatte, sich einem Fürsten hinzugeben, nicht wahr?«

»Dem Hunnenkönig, der die Stadt Köln belagerte. Nachdem er Ursula getötet hatte, erschien eine riesige Schar Engel und befreite die Stadt von den Besatzern. Bis heute verehren die Kölner die heilige Ursula und haben sie zu ihrer Schutzpatronin gemacht. Ich habe selbst die Kirche betreten, die sie ihr gestiftet haben.«

»Ihr wart schon einmal in Köln? Ist das sehr weit weg?«

»Ziemlich weit. Aber ich war noch weiter weg, in Italien, in Rom.«

Christina staunte und legte noch mehr Bewunderung in ihren Blick. »Standhaftigkeit und Keuschheit sind das Höchste, finde ich«, flüsterte sie.

»Ja«, antwortete der Pater und berührte Christina ganz leicht am Ellbogen, als sie sich gemeinsam wieder erhoben. »Aber dazu gehört auch die Versuchung.«

»Ist die nicht immer da?«

Pater Linhart lächelte unergründlich und blieb ganz nahe neben ihr stehen. Sie konnte die Wärme seines Leibes spüren und seinen herben Duft riechen. Sie fühlte sich schwach und doch stark von der Körpermitte her. Es war ein köstliches Gefühl, und sie wünschte, es würde niemals aufhören.

»Was wolltest du mir nun zeigen?«, fragte der Pater schließlich. Seine Stimme war so leise wie ein Lufthauch, als ob auch er mit dieser Schwäche und gleichzeitigen Stärke zu kämpfen hatte.

Christina schloss die Augen und atmete tief. Sie machte einen Schritt heraus aus der innigen Nähe und trat hinter den Altar, wo weiter oben an der Wand ein weißes Laken hing, das man vor der gekalkten Wand kaum ausmachen konnte.

Pater Linhart stutzte und trat vor das Laken, das etwa auf der Höhe seines Kopfes endete. Dann hob er die Hand und zupfte daran. Es bewegte sich sacht wie ein Vorhang. Der Pater zog stärker, bis es schließlich herabfiel. Erschrocken sprangen sie beide zur Seite. Pater Linhart starrte voller Entsetzen auf die Wand.

»Ein Menetekel«, stammelte er. »Gezählt hat Gott der Herr deine Herrschaft und macht ihr ein Ende. Gewogen

228

wurdest du auf der Waage und zu leicht befunden. Geteilt wird dein Reich und den Medern und Persern gegeben.«

»Buch Daniel, Kapitel fünf, Vers sechsundzwanzig bis achtundzwanzig«, flüsterte Christina.

»So ist es. Das ist ein Fluch.«

Christina sah ängstlich auf. Das Gesicht des Paters war verzerrt von Schrecken und Verwirrung. Christina verstand nicht ganz. Im Buch Daniel waren es doch Worte an der Wand gewesen. Hier aber war es nur ein Bildnis.

»Das sind all unsere Schwestern. Das sind wir. Ist es sehr schlimm?«, fragte sie vorsichtig.

»Es ist ungeheuerlich«, sagte der Pater. »Es ist ein Frevel. Ein Teufelswerk, das uns erschienen ist zur Warnung. Ich muss sofort zum Propst, er muss es sehen.«

»Und was soll ich tun?«, rief Christina ihm nach.

»Bete!«, rief Pater Linhart und verschwand in der Sakristei.

༄

Schon seit zwei Wochen wohnten Clemens und Christoph gemeinsam und verstanden sich prächtig. Clemens taten die Ruhe, das geregelte Essen und die Entfernung von seinen ständig streitenden Eltern, dem betrunkenen Vater, der zänkischen Mutter, unendlich gut. Er hatte eine freie Gesindekammer unter dem Dach bezogen und dort einen kleinen Tisch unter das Fenster gestellt, an dem er tagsüber zeichnete. Christoph hatte mit Meister Georgius gesprochen und im gegenseitigen Einvernehmen die Probezeit für beendet erklärt. Die Lehrbuben hatten sich während des Gesprächs im Hintergrund der Werkstatt herumgedrückt und mit großen Ohren gelauscht. Ob es wirklich einer von ihnen gewesen war, der Clemens nachts auf der Brücke überfallen hatte, oder ob es eher die Musikanten gewesen waren oder ob ganz Fremde für den Überfall verantwortlich waren – man wusste es nicht. Die Stadtwachen interessierten sich nicht dafür, wenn ein junger Lehrbursche, der sich des Nachts in den Straßen der Stadt herumtrieb, statt brav im Bett zu liegen und zu schlafen, von irgendjemandem verprügelt wurde. Clemens musste froh sein, dass er mit dem Leben davongekommen war – außerdem hatte ihm das Unglück ganz neue Lebensumstände beschert, wenngleich diese nur vorübergehend waren. Es war das erste Mal in seinem jungen Leben, dass er nicht von anderen herumgestoßen wurde, sondern einfach nur das tun konnte, was er wollte: ausschlafen, sich satt essen und von Sonnenaufgang bis zu ihrem Untergang zu zeichnen. Frühmorgens und abends, wenn es dunkel war, ging er hinunter in die Küche und half den Mädchen. Er holte Holz, schürte den Herd, holte Wasser vom Brunnen und Bier aus der Brauerei nebenan oder erledigte Botengänge für Christoph. Der gewöhnte sich daran, Clemens von seinen Geschäften zu erzählen, und er hörte sogar auf die Ratschläge, die Clemens zu geben wusste, vor allem, wenn es in irgendeiner Form um Farben und Materialien ging. Einmal musste Christoph Schiffsfarbe besorgen. Clemens ging mit und fand auf Anhieb genau den richtigen Farbton, mit dem die Dielenbretter auf dem Leichter ausgebessert werden konnten. Er traf auch geschmackssicher die richtige Auswahl der Möbelstoffe, mit denen der Kapitän einer Hansekogge seine Sitzpolster neu beziehen sollte. Mit erstaunlicher Sicherheit schickte er Christoph in den großen Tuchhallen durch die Reihen der Händler, um die richtigen Stoffe zu finden. Man zeigte ihm hundert verschiedene Farben, Muster und Materialien, aber er musste gar nicht nachdenken, schüttelte einfach nur den Kopf, bis der Händler den geeigneten Stoff vorlegte.

Christoph hatte seinen Spaß daran und nahm Clemens gern mit. Vor allem aber erfreute er sich an den Zeichnungen, die der Junge anschließend aufs Papier warf, wenn sie gemeinsam mit ihrer Biersuppe oder einem Krug heißen Punsch am Feuer saßen und den Tag ausklingen ließen. Ob Tuchhändler oder Kapitäne, Marktfrauen, Matrosen oder Edelleute – alle, denen Clemens tagsüber begegnet war, wurden noch am selben Abend aufs Papier gebannt.

»Du brauchst Farben und Tafeln und ein Atelier«, sagte Christoph eines Abends bestimmt. »Du brauchst einen Lehrherrn, damit du deinen Meisterbrief erwerben kannst. Es gibt so viele gute Maler hier, wir werden schon einen für dich finden.«

»Die guten haben schon zu viele Gesellen, und die schlechteren werden mich nicht wollen, weil sie mich als Konkurrenz fürchten.«

»Wir nehmen sowieso nur den besten. Was du noch zu lernen hast, kannst du dir dort abgucken.«

Clemens verzog keine Miene. Er war es nicht gewohnt, dass andere so zu ihm sprachen. Hauptsache, er musste nicht wieder zu einem schlechten Maler, wie sein Vater einer war. Die machten ihm bloß das Leben schwer.

»Vielleicht müssen wir dich nach Paris schicken«, sinnierte Christoph. »Dort soll es ausgezeichnete Schulen geben. Ich werde in der Bruderschaft darüber sprechen.« Er stocherte nachdenklich im Feuer. Irgendwie, fand Clemens, war er anders als an den vorangegangenen Abenden.

»Warum kann ich nicht einfach noch ein bisschen hierbleiben?«, fragte Clemens. »Ich kann mich nützlich machen. Ich könnte das Haus renovieren, dann könnt Ihr es leichter verkaufen, wenn es endlich so weit ist.«

Christoph schwieg und setzte sich wieder an den Tisch. Das Feuer flackerte jetzt lichterloh und warf wilde Schatten über sein Gesicht.

»Ich wollte es dir eigentlich noch nicht sagen, aber vermutlich wirst du es doch bald erfahren müssen. Es sieht so aus, als ob die Beginen einlenken und ich das Haus bald verkaufen kann.«

»Ich verstehe«, sagte Clemens und legte seine Zeichenkohle weg. Die gute Zeit war also vorbei. Sie war sehr kurz gewesen. Es tat weh, sich vorzustellen, dass dieses schöne Haus, in dem er so glücklich gewesen war, nun bald verkauft und an fremde Leute gegeben werden würde. Und Christoph würde dann wohl sofort nach Antwerpen gehen. Er konnte es nicht abwarten, seine Frau wiederzusehen. Das war ja auch verständlich.

Bald darauf nahm Clemens seine Zeichenmappe und ging in seine Kammer hinauf. Er konnte lange keinen Schlaf finden, aber dann schlief er doch und erwachte erst, als die Sonne schon hoch am Himmel stand Sein Entschluss stand fest. Er wollte nicht warten, bis Christoph ihn hinauswarf. Er wollte keine Last werden. Er packte seine wenigen Sachen in das kleine Bündel, das er von zu Hause mitgenommen hatte, und fegte die Kammer aus. Dann versicherte er sich, dass Christoph nicht mehr im Haus war, klemmte seine Zeichenmappe unter den Arm und stieg leise die Treppe hinab. Als er aus der Haustür schlüpfte, fuhr gerade eine prächtige zweispännige Kutsche vor und versperrte ihm den Weg. Der Kutscher sprang vom Bock, wobei er Clemens auf die Füße trat, und riss den Schlag auf, damit eine junge, hübsche Frau auf die Straße klettern konnte. Sie trug einen eleganten spitzen Hut mit halbem Schleier, den sie sich vor das Gesicht zog, als sie Clemens sah. Ihre Gewänder waren aufwendig gearbeitet, und erst auf den zweiten Blick sah Clemens unter dem tiefen Faltenwurf, dass die schlanke Frau einen großen, runden Bauch hatte. Es musste Margarethe de Vens sein. Er zog verlegen die Mütze vom Kopf und sah auf seine Schuhe.

»Du bist sicher der talentierte junge Maler, von dem Christoph mir das schöne Bildnis geschickt und in seinen Briefen vorgeschwärmt hat. Du sollst mich malen, hat er gesagt. Nun, hier bin ich. Sei so lieb und hilf dem Kutscher, meine Koffer abzuladen, und lass die Dienstmägde holen. Ach, ist es schön, wieder zu Hause zu sein! Und wo ist mein Gatte?« Sie lachte hell wie eine Vesperglocke und schlug vor Freude über ihre gelungene Überraschung die Hände vors Gesicht, als sie die entgeisterten Mienen der Dienstmägde sah, die unter der Tür erschienen und fast in Ohnmacht fielen, die gnädige Frau vor sich zu sehen.

～ 14 ～

Die Züchtigung

*Die Magistra kann die Schwestern mit der Hand, mit der Rute oder
dem Palmzweig züchtigen, wann immer sie Missetaten begehen.
Keine Begine schlage ihre Mitschwester wegen eines Fehlers, aber
man tadle sie freundlich und barmherzig.
Keine beschimpfe jene, die getadelt wurden, weder während des
Kapitels noch außerhalb, sondern man bete für sie; und keine tadle
eine Mitschwester ohne Grund.*

Feria tertia, 21. Augustus 1498

Mit wachsender Besorgnis beobachtete die Magistra das Lächeln des Propstes, das schon den ganzen Vormittag seine Lippen umspielte. Irgendwann, bald, würde es verschwinden, und dann würde er mit gestrenger Stimme seinen Tadel anbringen. Sie war so nervös, dass es ihr schwerfiel, die Hände ruhig zu halten während des langen Gebets, das der Dominikaner nach dem Essen mit ihr sprach. Er ließ sich Zeit, fügte den Dankesformeln noch ein paar Fürbitten hinzu und schloss mit dem Satz: »Und nimm auch den talentierten Maler auf in dein Herz, Herr, denn er wusste nicht, was er tat.«

Walburga schluckte. Ihr Mund war zu trocken, um das »Amen« über die Lippen zu bringen.

»Amen«, sagte der Propst mit fester Stimme. Dann hob er sein Glas und schlürfte genüsslich den letzten Schluck roten Burgunder, den die Magistra aus dem hintersten Weinkeller hatte holen lassen. Ein Pinot Meunier, fünf

Jahre gealtert und doch nicht vergoren, was eine Kunst war. Dazu hatte sie Rebhühner braten lassen, geröstete Maronen und Sommergemüse aufgetischt und so helles Brot, wie es sonst nur Könige vorgesetzt bekamen. Sie hatte die kostbarsten Damastdecken auflegen lassen und das silberne Besteck, das die gute Königin Margarethe vor langer Zeit dem Beginenhof gestiftet hatte. Die Fensterläden waren geschlossen und sperrten die Augustsonne aus. Echte Wachslichter beleuchteten ihr Arbeitszimmer, in dem die Speisetafel gedeckt war, nichts war ihr zu teuer, kein Aufwand zu hoch gewesen, um den Propst an diesem Tag zu beköstigen. Und er hatte es zu würdigen gewusst und es sich gründlich schmecken lassen. Nicht eine Marone war übrig geblieben. Ein Teller mit einem Berg abgenagter Knochen stand auf dem Boden, die zweite Karaffe Burgunder war fast leer. Ihr Kopf drehte sich schon, aber gleichzeitig war sie so klar wie selten. Das heißt, sie sah mit aller Klarheit die Verwirrung, in der sie steckte.

»Den talentierten Maler?«, wiederholte die Magistra und hob die letzte Silbe fragend an.

»Den talentierten Maler«, bestätigte der Propst. »Oder findet Ihr das Bild nicht gelungen?«

Walburga atmete tief ein und ließ die Luft langsam ausströmen. Vor dem gemeinsamen Mittagsmahl hatte sie den Propst in die Kirche geführt. Gemeinsam hatten sie das Laken vollständig entfernt und das »Menetekel«, wie Pater Linhart es genannt hatte, angesehen. Seitdem war das Lächeln auf den Lippen des Propstes nicht mehr verschwunden. Statt über das Teufelswerk zu wettern, hatte er im Gegenteil offenbar Mühe, seine Belustigung zu verbergen. Statt ihr eine strenge Predigt zu halten, wie sie den Hof besser zu führen habe, aß er in aller Gemütsruhe, trank sich eine rote Nase an und betete am Ende auch noch für den Schmierfinken, der ihr das Ganze eingebrockt hatte.

»Ich frage mich nur«, meinte er schließlich gedehnt, und das Lächeln gefror in seinem Gesicht, »wer das Laken über dem Bildnis angebracht hat.«

»Das Laken«, wiederholte die Magistra dumpf. »Das Laken ist aus unserer Wäschekammer.«

»Woher sonst? Oder meint Ihr etwa, der Teufel persönlich habe sein Bettlaken bei Euch an der Wand ausgespannt?« Er fing wieder an zu lächeln. Walburga überlegte, ob sie eine dritte Karaffe Burgunder opfern sollte, konnte sich aber nicht dazu durchringen.

»Nein, selbstverständlich nicht«, sagte sie.

»Das heißt doch Folgendes«, fuhr der Propst fort. »Lassen wir das Problem beiseite, wer die Zeichnung angebracht hat. Der- oder besser: diejenige, die sie verdeckt hat, ist für mich der interessantere Mensch, denn sie hat sich bewusst schuldig gemacht. Sie hat sich Zugang zu Eurer Wäschekammer verschafft, verfügt über Hammer und Nägel und hat möglicherweise Helfershelferinnen aus Eurem Kreis …«

Die Magistra sah ihn vorsichtig an. Der hohe Geistliche lächelte noch immer, aber seine Augen lachten nicht mit. Allmählich gefror ihr das Blut in den Adern vor Angst.

»Möglich«, sagte sie schließlich. »Die Person könnte aber auch die Wäsche von der Bleiche gestohlen haben.«

»Richtig, Magistra. Wenn sie eine Fremde ist, müsste sie jedoch die Pforte passiert haben. Die Pforte des Hofs ist doch ständig besetzt?«

Walburga beeilte sich zu nicken. Das Gefährliche an den hohen Geistlichen war ihre Hinterhältigkeit, ihre nie offen gezeigten Gefühle und Absichten. Man wusste nie, woran man war, und musste ständig auf der Hut sein, um die kunstvoll verborgenen Vorwürfe und ihre leisen Vorzeichen wahrzunehmen. Es war eine ganz eigene Kunst, diese Art von Mitteilungen zu entschlüsseln. Normalerweise verstand sie sich gut darin, aber an diesem Tag – und angesichts der Schwere der Vorwürfe – fühlte sie sich der Lage nicht gewachsen.

»Schwester Agnes ist eine zuverlässige Pförtnerin«, fuhr sie fort. »Ohne ihr Wissen kommt ganz sicher niemand hinein oder hinaus. Natürlich kann sie auch einmal kurz verhindert sein. Bei längerer Abwesenheit wird sie natürlich vertreten …«

»Einmal nicht aufgepasst, und schon ist es geschehen …«, murmelte der Propst leise. Und fuhr dann noch leiser fort: »Und was gedenkt Ihr nun zu tun, Magistra?«

»Was schlagt Ihr vor?«, entgegnete Walburga. Sie wusste überhaupt nicht, was sie antworten sollte. Was war gewünscht? Was war notwendig?

»Es ist Eure Gemeinschaft.«

Nun saß sie in der Falle. Sie hätte vielleicht doch die dritte Karaffe Burgunder bringen lassen sollen. Zu spät.

»Pater Linhart …«

»Pater Linhart«, schnitt der Propst ihr das Wort ab, »spielt hierbei überhaupt keine Rolle.«

»Ihr glaubt also nicht, dass das Bild Teufelswerk ist?«, fragte die Magistra geradeheraus. Und dann war es, als ob ihr ein riesiger Stein vom Herzen rollte, denn der Propst fing herzhaft an zu lachen. Er beugte sich vor und griff nach seinem leeren Glas, und die Magistra sprang rasch auf, um eine Schwester zu rufen und nun doch die Karaffe noch einmal füllen zu lassen.

Als sie wieder Platz nahm, wischte sich der Propst mit seinem enorm großen weißen Taschentuch im Gesicht herum. Er nahm seine Kappe ab und tupfte auch seine Tonsur sorgfältig. Die Sommerhitze, das gute Essen und der Wein hatten inzwischen auch diesen kühlsten aller Räume des Gebäudes erwärmt.

»Wir hatten vor ein paar Wochen einen Anstreicher angestellt, der ein paar Pfeiler weißeln sollte«, sagte Walburga. »Mein Gedanke war, dass er vielleicht das Bild gemalt haben könnte.«

»Sehr vernünftig«, sagte der Propst und lächelte breit, als leise eine Laienschwester durch die Tür schlüpfte und die gefüllte Karaffe auf den Tisch stellte. Die Magistra schenkte die Gläser voll und erhob das ihre.

»Ich bin sehr froh, dass wir der Sache nun auf die Spur gekommen sind«, sagte der Propst und stieß mit ihr an. »Sicher werdet Ihr auch bald herausfinden, wer das Bild mit dem Laken verhängt hat, und die entsprechenden Maßnahmen ergreifen.«

Walburga verstand nicht, was er damit meinte, aber sie nickte.

»Ich erwarte, dass diese Person des Hofes verwiesen wird.«

Walburga erstarrte.

»Sind wir da einer Meinung?«

»Hat Pater Linhart …«, stammelte Walburga.

»Pater Linhart lasst getrost meine Sorge sein«, meinte der Propst. »Der Pater ist jung, ein Heißsporn. So waren wir doch auch einmal, nicht wahr, Magistra?«

Unversehens fing die Magistra an zu kichern, so albern wie die Novizinnen beim Abendmahl. Sie war komplett durcheinander und vermutlich auch ganz betrunken.

Hauptsache, der Hexereiverdacht wurde von ihrem Hof genommen. Mit allem anderen musste und würde sie schon fertig werden.

Der Propst beugte sich vertraulich vor. Er lächelte milde und wurde dann ohne Übergang plötzlich wieder ernst. »Ich wusste doch, dass wir einer Meinung sind«, sagte er und erhob sich. Er verneigte sich vor der Magistra, ließ seine fleckige Serviette zu Boden gleiten und reichte ihr die Hand, damit sie ihren Abschiedskuss auf seinem Ring anbringen konnte.

»Ihr habt mich rufen lassen?«, sagte Dietz und sah Agnes vergnügt an. »Und hier bin ich«, er schwenkte seinen neuen hellen Hut und ging auf die Schwester zu, die seine fröhliche Begrüßung nicht erwiderte, sondern ihn mit ernster Miene in den Hof winkte.

»Pssst«, machte sie und legte die Hand an die Lippen. »Wenn uns nur keiner hört.« Sie sperrte ihre Haustür auf und spähte sorgfältig über den Hof, ob sie auch niemand beobachtete, ehe sie Dietz rasch ins Haus schob. Wenn jemand sah, dass sie allein mit einem Mann in ihrem Häuschen verschwand, würde sie sich niemals herausreden können. Ein schlimmeres Vergehen gab es nicht, und wenn man entdeckt wurde, stand darauf die sofortige Ausweisung aus dem Hof. Aber es war Abendessenszeit, und keine einzige Begine war auf dem Hofgelände zu sehen. In den Konventen wurde pünktlich um Viertel nach sechs Uhr aufgetischt, und die Frauen, die allein wirtschafteten, pflegten ebenfalls gleich nach der Vesper ihr Nachtmahl einzunehmen. Trotzdem konnte man nie sicher sein, ob nicht doch irgendwo jemand herumlief und seine Augen und Ohren wer weiß wo hatte. Vorsichtshalber hatte Agnes eine tote Ratte in ihrer Küche deponiert und würde für den Fall, dass sie verraten wurde, sagen, dass sie Angst vor der Ratte gehabt hätte und den ersten besten Menschen, der ihr begegnet sei, gebeten habe, ihr bei der Erlegung des Tiers behilflich zu sein.

So stand Dietz nun plötzlich mitten in ihrem Pförtnerinnenzimmer, von dem die Küche und die Stube abgingen. Ihre Schlafkammer befand sich jenseits eines kleinen Gärtchens mit eigenem Brunnen auf der anderen Seite des winzigen Innenhofs. Alles war klein und eng gebaut, damit möglichst viele Häuser in dem Rund des Hofs Platz fanden. Dietz füllte mit seiner stattlichen hohen Statur das Zimmer fast bis zur Decke aus. Agnes bat ihn, auf dem strohbespannten Holzstuhl Platz zu nehmen, aber da dieser für ihn reichlich niedrig war, besah er ihn nur kurz, und sie blieben beide stehen. Durch die geöffneten Fensterläden schien die Abendsonne und blendete ihn, so dass er sich zur Seite neigte und sich plötzlich sehr dicht neben ihr befand.

»Gestern Morgen wurde Clemens' Zeichnung in der Klosterkirche entdeckt«, eröffnete Agnes ihm ohne Umschweife.

Dietz schmunzelte. »Das musste ja einmal passieren.«

»Aber ausgerechnet Pater Linhart musste sie es zeigen!«

»Wer hat wem was gezeigt?«

»Christina, eine unserer Novizinnen, hat das Bild dem Pater gezeigt.«

»Ist sie etwa das hübsche junge Mädchen, das Euch wie aus dem Gesicht geschnitten ist?«

Agnes schoss das Blut in die Wangen. »Was redet Ihr da?«, fragte sie barsch.

»Ich habe neulich bei der Magistra eine junge Schwester gesehen, die Euch so ähnlich sah, dass ich zuerst dachte, meine kleine Agnes vor mir zu sehen. Wie glücklich ich für diesen kurzen Augenblick war!« Dietz lächelte und zeigte dabei seine schönen, schneeweißen Zähne. »Ich glaube, sie heißt Maria. Kann das sein?«

»Maria«, stammelte Agnes. »Ja, wir haben eine Novizin, die Maria heißt. Mit der Tracht und der Haube sehen wir uns doch alle mehr oder weniger ähnlich.«

»O nein, ich kann da durchaus Unterschiede erkennen«, lachte Dietz.

»Was nehmt Ihr Euch heraus«, sagte Agnes, aber es klang nicht wirklich böse.

»Der Pater hat also das Bild entdeckt«, nahm Dietz den Faden wieder auf. »Und was geschieht nun? Hat er es übermalen lassen?«

»Was Ihr wohl denkt! Er hält es für ein Werk des Teufels. Er will uns vors Tribunal bringen.«

»Vors Tribunal?«

»Vor den Inquisitor.«

Advokat Dietz wurde plötzlich ernst. »Das ist kein Spaß«, sagte er. »Damit habe ich nicht gerechnet.«

»Wenn wir den Maler nicht nennen, der das Bild an die Wand gebracht hat, will er den ganzen Beginenhof anklagen. Vor allem aber wollen sie diejenige bestrafen, die das Bild verborgen hat.«

»Aber niemand hat uns gesehen«, meinte Dietz beschwichtigend. Dann runzelte er die Stirn. »Man kann Euch doch nicht anklagen, nur weil Ihr ein Laken in der Kirche aufgehängt habt. Oder doch?«

Agnes schlug die Hände vors Gesicht, um die Tränen zu verbergen, die ihr in die Augen schossen. »Gott behüte uns … Man hat Beginen schon wegen viel weniger angeklagt.«

»Kleine Agnes«, murmelte Dietz, nahm sanft ihre Hände und hielt sie fest in seinen warmen Fingern, bis Agnes' Schultern aufhörten zu zucken. »Macht Euch keine Sorgen. Ich werde nicht zulassen, dass Ihr vor das Inquisitionsgericht kommt. Ihr habt nichts Unrechtes getan. Soll ich Clemens bitten, dass er sich stellt? Ihm können sie nichts tun. Für ihn war das Ganze doch nur ein Dummer-Jungen-Streich. Er wohnt zurzeit bei Christoph de Vens, ich kann ihn leicht erreichen.«

Agnes schüttelte heftig den Kopf. »Auch das noch! Auf gar keinen Fall dürft Ihr mit Christoph de Vens über uns reden!«

»Da habt Ihr recht. Auf ihn ist die Magistra gerade nicht gut zu sprechen.«

»Wenn sie herausfinden, dass ich das Bild verhängt habe, bin ich verloren. Und jetzt ist es auch zu spät, um Reue zu zeigen und um Vergebung zu bitten.«

»Reue und Vergebung? Was habt Ihr denn verbrochen? Seid doch nicht gleich so ängstlich, Agnes. Ihr könntet doch behaupten, Ihr hättet das Bild nur bedecken wollen, damit das Werk des Teufels die anderen Schwestern nicht verderbe.« Dietz lachte, und seine Augen blitzten vor Streitlust.

»Ihr macht Euch über mich lustig«, sagte Agnes leise. Wie sollte sie dem Advokaten erklären, dass jede Verletzung des Gehorsams für die Begine ein schweres Vergehen darstellte? Dass sie Unrecht getan hatte, ohne es zu beichten. Nicht einmal beim Kapitel hatte sie sich dieser

Untat bezichtigt. Sie hatte sich tief und immer tiefer in der Sünde verstrickt. Auch wenn sie ganz sicher nicht verhext war und keine bösen Absichten bei ihrem Tun gehabt hatte, so hatte sie doch gelogen und betrogen, statt ihre Entdeckung gleich der Magistra zu melden und sich ansonsten aus der Sache herauszuhalten. Wie sollte sie das einem Menschen von außerhalb klarmachen?

»Hätte ich nur das Laken nicht aus der Wäschekammer geholt! Es ist nur eine Frage der Zeit, bis eine mich anzeigt. Hätte ich nur gleich die Magistra verständigt, als ich das Bild entdeckte«, murmelte sie. »Nun werden sie mich bestimmt aus dem Hof jagen. Und wohin soll ich dann gehen? Ich habe niemanden, bei dem ich unterkommen könnte.«

»Wirklich niemanden?«, fragte Dietz zärtlich, immer noch mit einem Lächeln im Gesicht. »Habt Ihr darüber schon ganz genau nachgedacht?«

Agnes schwieg und versuchte, ihre zitternden Finger aus den schönen, warmen Händen des Advokaten zu ziehen. Aber er ließ es nicht geschehen. Schlimmer noch: Er zog sie ganz zu sich heran und drückte sein Gesicht an ihre Wange. Seine Haare kitzelten ihr Kinn, und dann, plötzlich, sie wusste selbst nicht, was über sie kam, folgte sie einfach ihrem Herzen und vergrub ihr Gesicht in seinem Hals. Dietz hob vorsichtig das Gesicht und rieb seine Wange an ihrer. Dann suchten seine Lippen die ihren, und er gab ihr einen zarten, keuschen Kuss.

Agnes schlug die Augen nieder. Einen Moment lang glaubte sie, sie nie wieder öffnen zu können und zu wollen. Nicht ein einziges Gebet fiel ihr ein, keine Zeile. Sie wollte einfach verweilen, länger diese warme, duftende fremde Haut spüren, das kräftige Haar, das sie an Ullrich erinnerte und an die wunderschönen Nächte, die sie vor ewig zurückliegenden Zeiten miteinander verbracht hatten. Sie ließ zu, dass Dietz' Hände in ihre weiten Ärmel glitten und ihre Unterarme streichelten, bevor sie sich fest um ihre Taille schlossen.

Nachdem sie eine Ewigkeit so eng zusammengestanden und geschwiegen hatten, machten sie sich endlich Stück für Stück wieder voneinander los. Dietz sah glücklich aus, aber er vermied es, ihren Blick zu suchen. Agnes stand ruhig vor ihm und richtete ihre Kleider, die Haube und den Schleier. Noch immer kam ihr keine einzige Zeile eines Gebets in den Sinn. Es war, als sei ihre Seele leergefegt von allen Gebeten, so wie ein Dorf, dessen Bewohner geflohen waren.

»Ich möchte, dass Ihr wisst, dass Ihr jederzeit bei mir Zuflucht finden könnt«, sagte Dietz nach einer Weile. »Jederzeit und solange Ihr wollt.«

»Ich danke Euch«, sagte Agnes leise. »Ich hoffe, es wird nicht so weit kommen.«

»Ich hingegen hoffe sehr, dass es einmal so weit kommt«, sagte Dietz mit Nachdruck, griff wieder nach ihrer Hand und drückte einen Kuss darauf. »Ich wünsche es mir von ganzem Herzen.«

15

VON DENEN, DIE LÜGEN UND STEHLEN

*Keine Schwester sage die Unwahrheit, weder bei der Beichte noch
anderswo. Keine Schwester nehme von den Dingen einer anderen
ohne deren Erlaubnis oder die Erlaubnis der Magistra, wenn die, die
es betrifft, nicht im Haus ist.*
*Die, welcher einer Lüge oder eines Diebstahls überführt ist, muss
einen ganzen Tag lang vor dem ganzen Konvent am Boden essen
und erhält eine Züchtigung während des Kapitels. Außerdem muss
sie versprechen, es nie wieder zu tun. Sollte sie es dennoch ein
weiteres Mal tun, muss sie drei Freitage lang vor dem ganzen Konvent am Boden essen, erhält nur Wasser und Brot, und von jedem
Kapitel des Hofes erhält sie eine Züchtigung. Wenn sie es ein drittes
Mal tut, wird sie aus dem Hof ausgewiesen.*

FERIA QUINTA, 30. AUGUSTUS 1498

Agnes wedelte sich mit ihrem Schleier frische Luft
zu. Es war noch immer drückend heiß, obwohl
die Sonne gerade hinter den Dächern versank. Vom Minnewater her zog ein fauliger Geruch über den Hof, denn
der lange, heiße Sommer hatte die Wasserstände der Reie
erheblich abgesenkt. Noch nie hatte sie einen solchen
Sommer in Brügge erlebt. Tag für Tag hatte die Sonne
erbarmungslos auf die Stadt niedergebrannt, ununterbrochen, über Wochen. Die Beeren und Früchte wurden
davon süß und gut in diesem Jahr, aber die Bauern auf den
Märkten klagten über die Trockenheit auf den Feldern
und Weiden. Sie hatten reiche Heuernten eingebracht,
aber das Getreide war vertrocknet, und die Rüben waren

klein geblieben. Auch die Flussfischer stöhnten, während Winzer und Moster sich die Hände rieben.

Nur Nopicht konnte es nie warm genug sein. Sie wickelte sich in ihr Wolltuch, sommers wie winters, schob die Hände in die Ärmel und zog ihr wollenes Unterkleid kaum je aus. In den meisten Häusern und Kreuzgängen war es noch einigermaßen kühl, und auch hier draußen auf dem schattigen Bänkchen mit Blick in den Rosengarten, wo die beiden Platz genommen hatten, hätte die Temperatur nicht angenehmer sein können.

»Du bist nicht in Ordnung«, sagte Agnes und sah ihre Freundin missbilligend an. »Du gibst nicht auf dich acht. Bei deinem Husten solltest du im Bett bleiben und nicht schon wieder arbeiten.«

»Ich arbeite doch gar nicht«, versetzte Nopicht. »Der Unterricht ist mir verboten, und die paar Abrechnungen, die Walburga mir hinlegt, erledige ich nebenbei. Das kann man wirklich nicht Arbeit nennen.«

»Es ist gut, dass du nicht unterrichtest. Das wäre viel zu anstrengend für dich.«

Nopicht zog eine verächtliche Grimasse, entgegnete aber nichts. Gutgemeinte Fürsorge war meistens nur eine Art der Machtausübung. Agnes war kein Machtmensch, und das, was sie sagte, war ehrlich gemeint. Trotzdem waren Nopicht die ewigen Ermahnungen und Aufforderungen zur Schonung lästig.

»Walburga weiß schon, warum sie das getan hat. Und wir wissen es auch. Damit Pater Linhart nicht den ganzen Beginenhof ins Verderben reißt, opfert sie lieber eine der Schwestern. Reden wir nicht mehr darüber. Was mich viel mehr interessiert, ist die Frage, wer dieses Bild in der Kirche gemalt hat. Und wer von den Unsrigen so abgebrüht war, das Laken darüberzuhängen. Wie konnte sie nur auf so einen Unsinn kommen? Ehe wir das nicht herausfinden, wird der Propst keine Ruhe geben.«

Agnes rutschte unbehaglich auf ihrem Platz herum.

»Ich habe immerhin eine Vermutung, wer der Maler sein könnte«, fuhr Nopicht fort, ohne Agnes' Reaktion zu bemerken. »Es gab doch die Anordnung, die Kirchenpfeiler auszubessern. Ich erinnere mich an einen Posten in den Zahllisten. Wir haben einen Anstreicher bezahlt, spottbillig, vermutlich ein Laufbursche. Er hat im Februar seinen Lohn erhalten. Kannst du dich daran erinnern?«

Agnes schüttelte den Kopf.

»Müsstest du aber, denn du hast ihn vermutlich hereingelassen. Wie sonst sollte er in die Kirche gekommen sein?«

»Der Pfarrer lässt manchmal Handwerker durch die Sakristei hinein.«

»Stimmt.« Nopicht nickte langsam. »Warum eigentlich?«

»Damit sie nicht durch den Hof gehen müssen.«

»Jetzt hab ich es!«, rief Nopicht mit all ihrer früheren Lebendigkeit. Agnes fuhr vor Schreck zusammen. »Hast du mir nicht damals erzählt, dass du früh am Morgen eine finstere Gestalt durch den Hof hast laufen sehen? Der Leibhaftige persönlich, wurde gemunkelt. Es war natürlich dieser Malerbursche. Statt unsere Pfeiler und Pilaster zu weißeln, hat er diese Schmiererei an die Wand gebracht. Und das haben wir nun davon: Hexereiverdacht und Hetze! Wenn wir Pech habe, bekommt die Bruderschaft Wind davon und streicht uns alle Zuwendungen für den Spitalneubau.«

Agnes spürte, wie ihr der Schweiß im Nacken unter

der Haube hervor- und dann am Rückgrat hinablief. Ihr Herz raste, und sie war ganz atemlos, als sie schließlich antwortete:

»Ich weiß, Nopicht, du bist meine Freundin. Eigentlich wärst du ja auch unsere Magistra ...«

»... das stimmt nicht. Ich habe das Amt an Walburga abgetreten, und das ist auch gut so.«

»Aber eigentlich haben wir dich gewählt, und wenn du nicht so krank wärst ...«

»... ich bin nicht krank, das ist Unsinn. Ich habe nur keine Lust auf die viele Arbeit. Walburga hingegen hat sich um das Amt gerissen. Also habe ich es ihr übertragen, und damit genug davon.«

Agnes bekreuzigte sich und holte tief Luft.

»Gut, lassen wir das. Für mich bist du trotzdem unsere eigentliche Magistra, und ich fühle mich verpflichtet, dir alles zu sagen, was ich weiß. Aber ich muss dich auch bitten, als meine Freundin ...«

Nopicht drehte sich zur Seite und sah Agnes kopfschüttelnd an. »Was ist denn bloß los mit dir? Hat dir ein Mannsbild den Kopf verdreht?«

Das Blut schoss Agnes in die Wangen, und sie verlor endgültig die Fassung. Schon liefen die ersten Tränen, sie fühlte sich so elend, dass sie einfach nicht länger Haltung bewahren konnte. Hemmungslos weinte sie sich an Nopichts Schulter aus. Ihre große weiße Haube zitterte, und ihre Schultern zuckten, während Nopicht vorsichtig die Arme um sie schloss, bis sie sich beruhigt hatte.

»Vielleicht erzählst du jetzt alles der Reihe nach«, schlug sie schließlich vor. »Du hast den Malerburschen also gesehen? Und warum hast du mir nie etwas davon erzählt?«

»Dietz hatte eine Lehrstelle für ihn besorgt. Er ist so begabt … Und seine Eltern kümmern sich nicht um ihn. Bestimmt wird er einmal ein berühmter Porträtmaler, eines Tages …«

»Dietz?«, fragte Nopicht. »Meinst du den Advokaten Dietz?«

Agnes nickte, denn sprechen konnte sie nicht, weil erneut die Tränen ihr die Kehle zudrückten.

»Was hast du denn mit dem Advokaten zu schaffen?«

Agnes zuckte die Achseln und schniefte.

»Ich verstehe. Er stellt dir nach.«

Agnes schlug die Hände vor das Gesicht.

»Du hast dich also wirklich verliebt? Und dann noch in diesen Schürzenjäger? Der macht doch jeder schöne Augen!«

Agnes richtete sich auf. Ihre Tränen versiegten mit einem Schlag. Sie putzte sich die Nase mit dem schönen bestickten Taschentuch, das sie eigentlich nur an hohen Feiertagen im Chor benutzte, wenn der Weihrauch ihr zu arg in der Nase kitzelte. »Woher weißt du das?«

»Jetzt erzählst du mir erst einmal, was los ist. Hat er dir etwa die Heirat versprochen?«

Agnes lächelte und schüttelte den Kopf. »Noch nicht.« Ihr Herz zitterte, als sie das sagte, es war schon ganz zu ihm hinübergewachsen. Sie war dem Herrn untreu geworden, so schnell und so leicht war es um sie geschehen. Vor Kummer darüber hätte sie am liebsten gleich wieder zu weinen angefangen.

»Was wirst du ihm antworten, wenn er dich fragt?«

»Er wird mich nicht fragen.«

»O doch, das wird er tun. Wo sonst findet er so leicht eine treue, fleißige, gesunde junge Frau, die weder sein

Geld für Putz und Tand herausschmeißen noch ihn mit einer großen Familie belasten wird? Du bist eine ideale Partie, Agnes, ist dir das denn nicht klar?«

Agnes schüttelte den Kopf.

»Also, was wirst du ihm antworten?«

»Dass ich schon vergeben bin.«

»Das wäre das Klügste. Aber ich fürchte, du wirst dich anders entscheiden. Und vielleicht hast du sogar recht. Hast du schon Erkundigungen über ihn eingeholt?«

»Was denn für Erkundigungen?«

»Über seinen Verdienst, seinen Leumund, seine Herkunft, seine Reputation als Anwalt. Was schaust du so? Hast du etwa noch nie geheiratet?«

Sie lachte, und Agnes stimmte ein, während sie sich die letzten Tränen aus dem Gesicht wischte.

»Nein, daran habe ich noch gar nicht gedacht. Aber er hat mich ja auch noch gar nicht gefragt, und ich will den Beginenhof doch gar nicht verlassen. Was soll ich denn machen ohne euch? Außerdem habe ich noch ganz andere Probleme.«

»Und die wären?«

Agnes seufzte und schaute über den Hof, von wo die Glocke zu ihnen herüberklang, die sie zur Komplet rief. Wie sollte sie jemals ohne den festgefügten Ablauf des Beginenhofs leben und glücklich sein können? Am Anfang hatte sie gedacht, sich niemals in das Leben fügen zu können: die vielen Gebetszeiten und das Schweigen und die Kontrolle an allen Ecken und Enden. Sie hatte innerlich aufbegehrt, war krank geworden, wäre am liebsten davongelaufen, um dann doch immer wieder andere und immer schönere Seiten des Lebens unter den gleichgesinnten Frauen zu entdecken. Und dann hatte sie sich mit Nopicht angefreundet, die ebenfalls aufbegehrt hatte, wenn auch auf ganz andere Weise als sie selbst. Sie dachte nicht an sich, sondern an übergeordnete Ziele und Ideen. Sie kämpfte nicht verzweifelt und orientierungslos wie Agnes, sondern klug und scharfzüngig. Darum war sie auch oft gezüchtigt und bestraft worden, ehe sie unter den Beginen langsam, aber sicher aufgestiegen war, was ihr im letzten Jahr sogar die Wahl zur Magistra eingebracht hatte. Sie war die Klügste von ihnen allen, sie hatte ein Problem schon längst gelöst, ehe andere überhaupt erst darauf aufmerksam wurden, und vor allem verstand sie auch die Welt da draußen besser als irgendeine andere von ihnen. Aber sie hatte das Amt nicht antreten können, zu krank war sie damals schon gewesen.

Und nun sollte Agnes gehen und dies alles hinter sich lassen: die schönen feierlichen Andachten, den gemeinsamen Gesang, die Herzensruhe, die sie hier gefunden hatte, die Feste und Feiern, die gemeinsam durchlittenen dunklen Wintertage im kalten Chorgestühl, die nächtlichen Gebete, bei denen sie sich um mitgebrachte heiße Steine und Stövchen scharten, um die Eisfinger zu wärmen; die lauen Sommernächte, in denen sie nachts über den Hof gewandert war, wenn sie nicht schlafen konnte, in die Sterne geschaut und sich so geborgen gefühlt hatte hinter der weißen Mauer, die sie umschloss. Sie schottete sie ab von der Welt, aber sie gab ihnen auch die Freiheit, allein zu leben, ohne wirklich allein sein zu müssen. Fünfzehn lange Jahre, an die sie voll Dankbarkeit dachte und deren Bitternisse und Verletzungen so wesenlos waren wie die Wolken, die über den Hof zogen. Stattdessen sollte sie womöglich eines Tages wieder an der Seite eines Mannes leben, noch einmal die körperliche Liebe erleben, schwanger werden und gebären. Wenn es Gott gefiele, würde sie gesunde Kinder bekommen und sie behalten dürfen und an ihnen alles gutmachen können, was sie an ihrem ersten Kind gesündigt hatte. Sie würde sie zu guten und frommen Menschen heranziehen. Ja, sie hätte gern noch mehr Kinder gehabt, so viele, wie Gott ihr eben schenkte. Sie würde gern alles für sie tun und all ihre Kraft und Fürsorge in ihre Pflege geben. Aber ob dieser Mann, der Advokat Dietz, eine wie sie, die nichts zu bieten hatte und weder von Stand war noch reich, ja nicht einmal mehr jung und schön, wirklich fragen würde? Warum ausgerechnet sie? Nein, das würde nie geschehen. Er hatte ihr ein Obdach angeboten für den Fall, dass sie in Not wäre. Ein freundliches Angebot christlicher Nächstenliebe, nicht mehr. Bestimmt war er kein schlechter Mann, der jedem Rock nachstellte. Aber ihr zukünftiger Ehemann war er sicher auch nicht.

Und doch – er hatte sie geküsst. Und sie hatte ihn geküsst. Es fing an, genau wie damals …

»Ich habe noch eine ganz andere Last zu tragen, Nopicht. Ach, wenn du mir doch helfen könntest …« Agnes schluckte und nahm noch einmal Anlauf. Nopicht saß endlich still neben ihr, die Hände im Schoß. Die Glocke wurde immer leiser, bald würde sie ganz aufhören zu schlagen.

»Ich glaube, dass unsere Novizin Maria meine Tochter ist«, sagte Agnes. Endlich war es heraus. Sie spürte eine große Erleichterung, wie man sie in der heiligen Beichte manchmal erfuhr, aber nur selten. Meist war es nur dummes Zeug, was man dort redete.

Nopicht nickte gelassen. »Das hat aber lange gedauert«, sagte sie schließlich. »Dabei sieht man es euch doch schon von weitem an.«

»Du weißt es schon?«

»Jede hier weiß es. Nur du nicht. Und Maria auch nicht, nehme ich an.«

»Das heißt, es ist wirklich wahr?«

»Natürlich ist es wirklich wahr«, sagte Nopicht. »Ich kenne schließlich Marias Akte.«

»Mein Kind ist am 14. März 1483 im Armenhaus zu Brügge geboren«, sagte Agnes.

»Ja, ich glaube, das ist genau Marias Geburtsdatum. Vater unbekannt, Mutter unbekannt.«

Agnes schloss die Augen und sah für einen winzigen Augenblick wieder das dunkle Geburtszimmer vor sich, in dem es nach Blut roch, nach ihrem eigenen Blut. Sie sah ihre Hände sich nach dem Kinde strecken, das die Wehmutter gerade aus ihr herausgezogen hatte. Sie hielt es hoch und ließ es schreien, dann brachte eine andere es schnell hinaus. Genau so würde es ablaufen, hatte man ihr vor der Geburt gesagt, als sie angegeben hatte, dass sie das Kind nicht behalten wolle. Und trotzdem hatte es ihr das Herz zerrissen, als es so geschah. Erst am nächsten Morgen, als eine junge Schwester in der Tracht der Beginen zu ihr ans Bett getreten war und ihr gesagt hatte, dass ihr Kind gleich nach der Geburt gestorben sei, war dieser Schmerz versiegt. Er war einer todeskalten Traurigkeit gewichen, als sei ein Teil ihres Herzens in dem Augenblick versteinert. Sie hatte lange gebraucht, um Frieden zu finden mit ihrer eigenen Entscheidung, mit ihrem eigenen Schicksal und dem ihres armen Kindes.

»Maria«, flüsterte sie leise. »Meine Maria.«

»Sie ist nicht deine Maria, sondern unser aller«, sagte

Nopicht sachlich. »Sie ist eine erwachsene junge Frau. Sie ist dein Fleisch und Blut, aber auch nicht mehr. Was willst du von ihr – jetzt braucht sie dich nicht mehr. Sie ist ein wunderbarer Mensch geworden, erfreu dich an ihr und lass sie in Ruhe.«

»Ja«, sagte Agnes. »Du hast recht. Sie soll niemals erfahren, wer ihre Mutter ist und was ich ihr angetan habe. Lieber sterbe ich, als dass ich es ihr sage.«

»Wenn wir uns beeilen, kommen wir noch rechtzeitig zum Introitus«, sagte Nopicht und eilte schon mit langen Schritten über den Hof.

❧

Ursula hatte ihr Kleid hochgeschlagen und hockte mit den nackten Knien auf dem Boden. Sie rutschte zwischen den Sträuchern herum und ließ Zweig um Zweig durch ihre Finger gleiten.

»Aber diesen noch, diesen einen noch, mein Sträuchlein, dann ist es auch gut für dieses Jahr. Du wirst sehen, willst du groß und kräftig werden und viele Früchte tragen, dann musst du das alte Holz hergeben, anders geht es nicht. Wir müssen auch die Alten hergeben, wir Menschen. Freiwillig will niemand gehen, es tut immer weh.«

Sie streichelte den Zweig, der zu einem prächtigen alten Himbeerstrauch gehörte, der im Frühsommer üppig Früchte getragen hatte. Eine Wonne, dieses Sträuchlein, unermüdlich, kräftig und gesund, und seine Himbeeren schmeckten himmlisch, wie ihr Name es versprach. Sie waren in Küchlein gebacken worden, damit jede Schwester etwas davon zu kosten bekam, und in eine gute Fruchtsuppe, die sie mit ihrem himmlischen Aroma veredelt

hatten. Aber das Leben war nun einmal hart und ungerecht. Eines Tages waren auch die besten alt und schwach
und wurden aussortiert, abgeschnitten, weggeworfen. Da
konnte man noch so gute Ernte eingebracht haben.

Ursula verstand das Weinen des Strauches nur zu gut,
und es zerriss ihr fast das Herz, aber in ihrer Schürzenta-
sche lauerte schon schwer und kalt das scharfe Garten-
messer, mit dem sie den Zweig kappen würde. Ihr graute
nur vor dem gellenden Schrei des Buschs, wenn er ihn
hergeben musste. Es tat ihr selbst weh, und wenn man
ihr am eigenen Leib ein Glied abgetrennt hätte, hätte ihr
Schmerz nicht größer sein können.

Sie umfing den ganzen Busch mit beiden Armen,
drückte alle seine widerspenstigen Zweige an ihre Brust,
legte ihr Gesicht zwischen die langsam sich verfärbenden,
feinbehaarten Blätter und sprach aus vollem Herzen ein
Gebet, damit der Strauchgeist endlich seine Einwilligung
gab. Es dauerte lange, und ihre Knie sanken tiefer und
tiefer in die lockere Erde ein, dann endlich gab sie die
Zweige wieder frei. Laut betend umfing sie den zum Tode
verurteilten Zweig und fuhr mit beiden Händen bei geschlossenen Augen an ihm herunter, bis ihre Finger die
geeignete Stelle für den Schnitt gefunden hatten. Dann,
laut anbetend gegen das anschwellende Gejammer und
Geschrei des Strauchs, zog sie das Messer aus der Rocktasche und schnitt den Ast ab. Gleich darauf warf sie sich
zu Boden und hielt sich die Ohren zu, weil sein Weh-
klagen alles andere übertönte. Was für ein Grauen und
Schrecken, wie lange noch musste sie ihm diese Qualen
zufügen und mitleiden?

Als der Strauch endlich ermattete und sein Geschrei
leiser wurde, kam Ursula langsam wieder auf die Füße.

Sie barg den Zweig in ihrem hochgeschlagenen Rock-
schoß und schlug die Augen auf. Was sie sah, ließ sie vor
Schreck erbleichen. Ihr Herz schien stehenzubleiben,
dann fand sie ihre Fassung wieder, und der Schreck wurde
zur Empörung.

»Weg, weg, weg von hier!«, schrie sie, und ihre Stimme
klang ähnlich gellend wie die des Buschgeistes. Sie sprang
auf, ließ ihre Röcke fallen und lief über die Wiese in Richtung der Gewächshäuser davon.

»Bleibt stehen, Schwester Ursula!«, rief Pater Linhart
und nahm die Verfolgung auf.

Auch Schwester Juliana schürzte ihre Röcke und haste-
te über die Wiese, der Gärtnerin hinterher. »Haltet sie!«,
rief sie dem Pater nach, bevor sie atemlos auf eine der
Bänke, von denen aus man auf den Rosengarten schauen
konnte, zusammensackte. »Ich kann nicht mehr …« Sie
japste nach Luft und presste eine Hand aufs Herz, das mit
großen Sprüngen zu schlagen schien. So viel Bewegung
war sie nicht gewohnt, ganz im Gegensatz zu der irrsin-
nigen Ursula, die jeden Tag, den der Herr werden ließ,
unter freiem Himmel schwere Arbeit tat. Hatten sie sie
doch tatsächlich mitten bei ihrer Hexerei erwischt! Hoffentlich bekam der Pater sie zu fassen, wer konnte wissen,
was sie sonst alles unternahm, um ihnen zu entkommen.
Wer mit den dunklen Mächten im Bunde war, war zu allem fähig.

Tatsächlich konnte der Pater Schwester Ursula ein-
holen, aber als er gerade den Arm nach ihr ausstrecken
wollte, um sie zu ergreifen, setzte sie, gelenkig wie ein junges Ding, über ein Mäuerchen, riss die Tür eines Schup-
pens auf und verschwand darin. Bis der Pater ihr gefolgt
war, hatte sie schon von innen einen großen Riegel vor-

geschoben, und wie sehr er auch an der Tür rüttelte und zerrte, sie bewegte sich nicht mehr.

Pater Linhart wartete eine Weile und versuchte, auf Schwester Ursula einzureden, aber aus dem Schuppen drang kein Laut nach draußen. Schließlich gab er es auf und machte sich auf die Suche nach Schwester Juliana. Er fand sie noch auf dem Bänkchen am Rosengarten.

»Habt Ihr sie?«, rief sie ihm schon von weitem zu.

»Nun, gewissermaßen«, sagte der Pater. »Sie hat sich eingesperrt, in einem Gartenschuppen hinten bei den Komposthaufen. Von außen kann man die Tür nicht öffnen.«

»Der Teufel hat Besitz von ihr ergriffen, habt Ihr es gehört? Glaubt Ihr mir nun endlich, Pater?«

Pater Linhart ließ sich neben ihr auf die Bank fallen und schnaufte. Diese teuflischen Beginenschwestern brachten ihn noch um den Verstand! Da hatte man ihm gesagt, im Beginenhof sei es ein ruhiges Leben, die Schwestern seien still und zufrieden, solange man sie in Ruhe ließ und vor allem nicht an ihrer Selbständigkeit und ihren privaten Geldgeschäften rührte. Fromm und demütig seien sie und gläubiger als der Papst persönlich. Und nun dies: Hexerei und Aberglaube an jeder Ecke, Missgunst, Zank und Habgier, ein Sündenpfuhl, den auszutrocknen er ganz allein einfach nicht die Kraft hatte. Er musste sich Verstärkung holen, noch heute würde er mit dem Propst sprechen. Ein Tribunal würde er anzetteln, in dem jede Einzelne von ihnen verhört werden würde. Und die Novizinnen, die müsste man ihnen auch nehmen, denn hier konnten sie ja nur Teufelswerk lernen.

»Natürlich habe ich es gehört«, antwortete er schließlich. »Mit eigenen Ohren. Sie spricht mit fremden Mächten und ist ganz sicher auch von ihnen besessen. Wir sollten aber trotzdem sicherheitshalber noch einmal den Garten absuchen, ob sich nicht irgendwo fremdes Volk versteckt. Die Möglichkeit müssen wir ausdrücklich ausschließen.«

»In unserem Hof treibt sich kein fremdes Volk herum«, sagte Juliana im Brustton der Überzeugung. »Dafür sorgt schon unsere brave Pförtnerin, die lässt niemanden hinein oder hinaus.« Sie neigte sich etwas näher zum Pater und sagte mit gesenkter Stimme: »Und sei es auch nur, weil sie am liebsten allein mit den Mannsbildern gurrt und turtelt. So eine ist sie nämlich, unsere liebe Agnes, jawohl. Aber hereinlassen tut sie niemanden, das ist gewiss.«

»Ich werde mich trotzdem noch mal hinter den Sträuchern umsehen, ob sich da nicht jemand verbirgt. Geht Ihr zum Schuppen und passt auf, dass Ursula uns nicht entkommt. Ich hole dann die Magistra, auf die wird sie doch wohl hören.«

»Nun wird sie endlich in den Karzer kommen, bei Wasser und Brot«, flüsterte Juliana, während sie ihre Röcke raffte und durch die Beete zum Kompost lief. »Und dann ist Schluss mit den Geisterbeschwörungen, ein für alle Mal.«

Als der Geräteschuppen in Sicht kam, ging Juliana langsamer. Die Tür war noch immer geschlossen, aber irgendetwas irritierte sie, es gehörte nicht hierher. Dann plötzlich merkte sie es: Es roch so seltsam. Es waren nicht die Komposthaufen, die reinlich und gut gepflegt, einer neben dem anderen auf der rechten, an die Obstbaumwiese angrenzenden Seite aufgereiht waren, auch nicht die hohen Sonnenblumen, deren dunkelgelbe Blütenblätter schon verdorrt waren, während ihre braunen Fruchtstände noch in der Sonne trockneten. Es war Brandgeruch, jetzt roch sie es ganz deutlich. Er kam aus dem Schuppen. Schon stieg eine dünne, feine Rauchfahne aus dem Dach empor.

Sollte die verrückte Ursula da drinnen Feuer gelegt haben? Juliana lief zur Tür und hämmerte dagegen. Nun hörte man schon die Flammen knistern, war da nicht ein Stöhnen, ein furchtbares Stöhnen, das gar nicht menschlich klang?

»Ursula, sperr die Tür auf, sofort!«, schrie Juliana und hämmerte erneut dagegen. Aber nichts tat sich, nur der Rauch wurde immer dicker und beißender.

Wenn nun das Feuer immer größer wurde, dachte Juliana und sah sich um. Der nächste Brunnen befand sich hinter dem Rosengarten, und der Bach war noch weiter weg, aber was half es, sie musste Wasser holen und Hilfe.

Sie rannte davon, mit fliegenden Röcken und Schleiern, aber da begann das Feuer hinter ihr aus dem Schuppen emporzuschlagen, und ein Schrei wie der eines Menschen, der bei lebendigem Leib geröstet wird, gellte in ihren Ohren, nistete sich dort ein wie ein Gast, der niemals wieder abreisen wird. Andere Schwestern kamen ihr entgegengeeilt, mit von Schrecken gezeichneten Gesichtern. Sie rafften die Röcke und liefen um Eimer, liefen zum Brunnen, zum Bach, flugs wurden Ketten gebildet, Eimer um Eimer weitergereicht vom Bach bis zum Schuppen.

Aber der Schuppen brannte lichterloh. Trockenes Holz, an seiner Rückseite hoch aufgestapelte Scheite, vom Sommerwind gut durchgetrocknet, sorgten für eine Feuersbrunst, die meterhoch über den Köpfen der Schwestern loderte bis in die tiefe Nacht hinein.

Und immerzu, nie leiser werdend, klang Ursulas Schrei

in Julianas Ohren. Ursula, die in den Flammen gebraten wurde. Die ganze Nacht über und den nächsten Tag lang wand sich Juliana wie im Schmerz und schrie ebenfalls. Dann plötzlich hörte sie auf. Stumm saß sie auf ihrem Bett und starrte vor sich hin. Wenn man sich ihr näherte, fing sie an zu toben, so dass man sie bald fesseln musste und ganz allein im Keller des Infirmariums in eine Kammer sperrte, weil niemand es neben ihr aushielt.

Nach drei Tagen und Nächten starb Juliana an dem Schrei in ihrem Kopf. Kein Mensch sonst hatte ihn gehört.

Und als die Asche, die von dem Schuppen und dem Holzschober im Garten übrig geblieben war, kalt wurde und man die Unfallstelle untersuchen konnte, fand sich darin keine Spur mehr von irgendeinem menschlichen Wesen.

16

VOM ADERLASS

Alle, die sich zur Ader lassen möchten, können dies viermal im Jahr tun. Die aus Notwendigkeit öfter zur Ader lassen möchten, erbitten sich die Erlaubnis dafür. Wer zur Ader gelassen wurde, darf an drei Tagen Fleisch essen, wenn die heilige Kirche es nicht verbietet; sie essen drei Tage lang am gemeinsamen Tisch, ob im Refektorium oder woanders. Aber es müssen immer genügend Schwestern übrig bleiben, damit jene gepflegt werden können, die zur Ader gelassen wurden.

FERIA SEPTIMA, 15. SEPTEMBRIS 1498

»Wenn erst das Kind da ist, musst du mich mit dem Säugling malen, Clemens«, sagte Margarethe, und das feine Lächeln auf ihren Lippen wurde intensiver, was Clemens rasch aufnahm und versuchte, in seiner Skizze umzusetzen. »So ein nackter Knabe auf dem Schoß der Mutter, die mit einem einfachen, aber kostbaren Kleid angetan ist und eine helle Haube trägt – ein Kind ist doch der schönste Schmuck für eine Frau, findest du nicht? Du könntest mich auch als Modell für ein Madonnenbildnis nehmen. Hast du schon einmal eine Madonna gemalt, mein Junge?«

Clemens schüttelte den Kopf.

»Du hältst wohl nicht so viel von der Kirche, wie? Ich halte gar nichts davon.« Sie lachte hell und schüttelte den Kopf, was Clemens zu einigen Korrekturen veranlasste. Schließlich ließ er die neuen Pinsel, die Christoph ihm gekauft hatte und die viel besser waren als die alten von Meister Georgius, sinken, nahm die Skizze von der Staffelei und legte sie vor sich auf den Tisch.

»Bist du etwa schon fertig?«, rief Margarethe, sprang auf und schaute ihm über die Schulter. »Oh, das bin ich? Doch, ich bin es.« Sie nahm den Papierbogen hoch und hielt ihn etwas von sich weg, als könnte sie ihn so besser beurteilen. Sie gefiel sich sehr mit den offenen, kupferfarbenen Locken, die ihr prachtvoll bis auf die Hüften hinunterfielen. Ihre Haut wirkte rosig frisch, und sie hatte in der Schwangerschaft kein einziges Gramm Fett an der falschen Stelle angesetzt. Es gab nur diesen festen runden Bauch unter dem üppigen Busen, sonst war sie rank und schlank wie immer. Sie stützte eine Hand ins Kreuz und studierte jedes Detail von Clemens' Skizze. Die schlicht übereinandergelegten Hände wirkten friedlich, aber nicht zu fromm. Rechts trug sie ihren Ehering und links den Verlobungsring, den Christoph ihr damals geschenkt hatte. Ihr Haar fiel ihr über die Schultern und wurde an den Schläfen mit goldenen Spangen gehalten, die mit Rubinen besetzt waren. Clemens hatte jeden Stein einzeln funkeln lassen, genau wie die Perlen ihrer Halskette. Die kostbare Robe aus teuerstem englischem Samt, die im Dekolleté mit Brabanter Spitze und Zobel besetzt war, kam wunderbar zur Geltung. Irgendwie kam ihr das Bild bekannt vor.

»Habe ich diese Pose nicht schon einmal irgendwo gesehen?«

Clemens nickte und grinste. »Erkennt Ihr es?«

Margarethe zuckte die Achseln. »Ich weiß nicht woher … Ach, jetzt habe ich es. Hängt es nicht im Sint Janshospitaal und ist von diesem Deutschen gemalt …«

»Hans Memling.«

»Aber ich weiß nicht, ob es mir wirklich gefällt, eine Nachahmung zu sein.«

»Es ist keine Nachahmung«, belehrte Clemens sie milde. »Es gibt festgelegte Ansichten für Porträts. Dadurch kommen die Personen erst richtig zur Geltung.«

»Soso, wenn du meinst. Und mehr als ein Brustporträt wäre wohl nicht schicklich gewesen in meinem Zustand?«, fragte sie und ließ ihre Hand auf Clemens' Schulter ruhen. »Oder wollte Christoph nicht mehr bezahlen?« Sie lachte und fuhr fort: »Aber von dir würde ich mich gern auch einmal ganz malen lassen. Wer weiß, wie lange man noch lebt und hübsch aussieht! Wenn ich erst mal alt und runzlig bin, kannst du noch genug Brustporträts von mir malen.«

»Euer Gatte hat mich nur mit einem Brustporträt beauftragt. Er selbst hat sich ja auch nur so porträtieren lassen. Die beiden Bilder sollen doch nebeneinanderhängen.«

»Ach ja, richtig. Wie klug du bist, Clemens.«

»Ich muss Euch aber bitten, noch einmal Platz zu nehmen. Ich möchte eine weitere Skizze anfertigen, dann kann ich morgen mit dem Ölbild anfangen.«

Margarethe seufzte und ließ sich wieder in den Sessel sinken, den Clemens sorgfältig ins richtige Licht gerückt hatte. Sie langweilte sich immer so schnell, aber wenn der junge Bursche auch nicht besonders unterhaltsam war, so war es doch nicht uninteressant, sich hinterher so hübsch gemalt wiederzufinden. Ihre Kinder und Kindeskinder würden noch ihre Schönheit bewundern können, das war doch eine großartige Sache. Sie schob ihre Hände übereinander und legte sie auf ihrem Bauch ab. Sie würde ganz sicher auf ihre Idee mit dem Madonnenbild zurückkommen, wenn der Kleine erst mal da wäre. Dass es ein Sohn wurde, dessen war sie sich ganz sicher. Er hatte sich in den letzten Monaten heftig bewegt. So strampelte kein Mädchen, das hatte ihre Mutter auch gesagt. Und die hatte immerhin sieben Mädchen geboren, eines hübscher als das andere. Auch wenn man die Schönheit ihrer älteren Schwestern heute leider nicht mehr wiederfinden konnte. Massig und korpulent waren sie geworden von dem guten Essen, das sie selbst ihren Familien auf den Tisch brachten. Essen, essen, essen, etwas anderes taten die Neureichen in Antwerpen nicht. So plötzlich zu Geld und Reichtum gekommen, fraßen sie sich alle zu Tode. Ihr Vater war fast doppelt so dick wie früher und konnte sich kaum noch bewegen. In seiner Jugend war er ein einfacher Fischfänger und -händler gewesen und schwere Arbeit gewohnt. Jetzt, da er von den Fischen auf andere Waren umgesattelt hatte und nicht mehr selbst zur See fuhr, sondern andere Seeleute schickte, aß er trotzdem nicht einen Deut weniger als früher. Das konnte ja nicht gutgehen. Die drei Monate, die Margarethe im Hause ihrer Eltern zugebracht hatte, waren die reinste Mastkur gewesen. Anfangs hatte sie noch mitgehalten, schmeckte es doch alles viel zu gut, was ihre Mutter auftischte. Aber dann merkte sie, wie ihre Röcke und Kleider spannten, und das nicht nur, weil ihr Bauch wuchs. »Du musst jetzt essen für zwei«, hatte ihre Mutter gescholten. »Du willst doch nicht etwa hungern, das schadet dem Kind, und du bist schuld, wenn es krank zur Welt kommt«, hatte sie gesagt. Daraufhin hatte es einen fürchterlichen Streit gegeben, nach dem Margarethe am liebsten direkt zurück nach Hause gefahren wäre. Aber da Christoph zu stolz gewesen war, um sich bei ihr zu entschuldigen und sie wieder zurückzuholen – womit sie insgeheim täglich gerechnet hatte –, hatte sie notgedrungen bleiben und gute Miene zum bösen Spiel machen müssen. Schließlich hatte sie zu dem altbewährten Mittel von vorgetäuschter Krankheit gegriffen und sich wie früher schon zu Hause mit angeblichen Bauch- und Kopfschmerzen ums Essen gedrückt. Das war die einzige Ausrede, die akzeptiert wurde und die sogar noch dazu führte, dass man sie besonders fürsorglich behandelte, weil man Angst hatte, dass dem Kinde etwas geschehen könnte. Zwei ihrer großen Schwestern waren im Kindbett gestorben, genau wie die Großmutter und zwei Tanten. Sie hatten schmale Becken, die Frauen der Familie Verhoeven, auch Margarethe. Darum konnten sie ein großes Gewicht auch nicht mit Würde tragen, sondern brauchten ihre schlanke Taille, um zu beeindrucken. Nur ihre kleinste Schwester, die gerade zwölf Jahre alt gewordene Philine, schien wie sie eine Elfe zu bleiben. Sie war fast zu dünn, ein rührend zartes Geschöpf. Hoffentlich war sie trotzdem robust und zäh genug für dieses Leben.

»Die schönen Menschen sterben immer zuerst, findest du nicht auch, Clemens?«, fragte Margarethe. Die Stille fing an, ihr an den Nerven zu zerren, und lange würde sie das Stillsitzen nun nicht mehr aushalten.

Clemens zuckte die Achseln.

»Du würdest einen guten Mönch abgeben, so schweigsam, wie du bist. Was hast du gesagt, bist du nun ein frommer Mensch oder nicht?«

»Nicht besonders fromm«, sagte Clemens.

»Aha. Also, ich bin gar nicht fromm. Soll ich dir etwas sagen, mein Junge? Ich bin der Meinung, dass das alles nur Hokuspokus ist, was die Priester erzählen. Vom ewigen Leben und von der Hölle und dem Fegefeuer, das sind doch alles Hirngespinste. Ich habe einen Onkel, der lebt in Amsterdam und kennt dort ein paar wichtige Gelehrte. Die glauben auch nicht an das ganze Gerede. Und wenn man dann sieht, wie hässlich diese Menschen aussehen mit ihren schwarzen Kappen, und erst die Frauen mit diesen weißen Hauben – nein, ich würde mich ja freiwillig niemals in solche Kleider zwingen. Und was für ein Geld sie einem abnehmen, für alles und jedes wollen sie Geld haben!«

»Aber als Madonna malen lassen wollt Ihr Euch schon«, sagte Clemens.

»Dafür wäre ich doch schön genug, oder? Na, ich sehe schon, du interessierst dich für nichts anderes als deine Bilder. Das ist wohl auch gut so.«

»Ich glaube, die Heiligenmalerei liegt mir nicht.«

»Und schlau bist du auch, Clemens. Das zeichnet doch einen großen Künstler aus, dass er sich auf das Wichtigste konzentriert, nicht wahr? Das hat mein Onkel immer gesagt. Aber warte ab, wenn das Kind da ist, wirst du es genauso schön zeichnen wie mich, davon bin ich überzeugt. Aber nun hoffe ich, dass wir bald fertig sind. Der Advokat wird gleich kommen.«

Clemens schaute auf. »Advokat Dietz?«

»Genau der«, sagte Margarethe. »Du kennst ihn?«

»Er hat mir mal eine Lehrstelle besorgt.«

»Dann kannst du ihn gleich begrüßen. Das ist wirklich ein wundervoller Mann. Das einzige stattliche Mannsbild, das hier in Brügge herumläuft, wie ich finde. Von den Junggesellen jedenfalls. Er duckt sich nicht von den Popen und Prälaten, und er hält auch nichts von der Frömmelei, das sieht man gleich. Er ist viel zu klug dafür.«

Sie erhob sich und strich ihre Röcke glatt. Dann trat sie

vor den Spiegel und prüfte ihre Frisur, steckte ein paar Locken fest und strich sich über den Leib, als müsste sie alles wieder an die richtige Stelle rücken. »Nun guck nicht so besorgt, kleiner Maler. Ich bin meinem Mann treu, keine Sorge. Aber schöne Augen wird man doch wohl machen dürfen, oder?«

Übermütig kichernd verließ sie das Zimmer, während von draußen die Glocke hereinklang und die Ankunft des Advokaten ankündigte. Clemens packte seine Malutensilien zusammen und schob die Skizzen, die bereits getrocknet waren, in seine Zeichenmappe.

Marias Hände zitterten, als sie ihren Ärmel hochschob und festhielt, damit Schwester Cäcilia mit einer Binde das Blut stauen und der Bader ihre Herzvene finden konnte. Das kleine Messer, mit dem er sie anritzen würde, blitzte schon in seiner Rechten, während die Finger seiner linken Hand trotz ihrer Grobschlächtigkeit mit feinen Griffen in ihrer Armbeuge nach der geeigneten Stelle suchten. Schwester Cäcilia stand neben ihnen und hielt mit einer Hand die Binde, mit der anderen streichelte sie beruhigend über Marias Schulter. Es war nicht das erste Mal, dass sie ihr Blut reinigte, aber es war das erste Mal, dass sie bei einem Bader zur Ader ließ. Im Waisenhaus hatte man den Kindern Schröpfköpfe gesetzt. Das warme Schröpfglas auf der Haut machte weniger Angst als das scharfe Messer, das man zum Aderlass verwandte. Maria schaute weg, als der Bader zum Schnitt ansetzte. Neben ihr lagen Christina und Duretta, die die Prozedur schon hinter sich hatten und sich nun ausruhen durften. Adelheid war vom

Aderlass befreit, weil sie zu schwach war. Als der Bader den Schnitt setzte, entfuhr Maria ein leiser Schrei, sie starrte auf den dunklen Blutstrahl, der aus ihrem Arm rann und von Schwester Cäcilia geschickt in einem Gefäß aufgefangen wurde. Der Schmerz war gering, der Schreck umso größer. Sie musste sich zusammennehmen und fasste sich selbst an den Händen, um ihr Zittern zu verbergen. Christina und Duretta hatten keinen Mucks gemacht, als das Blut aus ihren Armbeugen quoll.

Mindestens zweimal im Jahr, am besten viermal, sollten sie zur Ader lassen, hatte Schwester Cäcilia ihnen erklärt. »Dafür gibt es eine besondere Speisung, und ihr müsst an dem Tag nicht zur Arbeit gehen.«

Maria sah zu, wie ihr Blut langsamer floss und schließlich versiegte, als Schwester Cäcilia die Staubinde entfernte. Während sie ihr dann einen kleinen Verband umlegte, ging der Bader schon zur nächsten Patientin, bei der kurz darauf ebenfalls das Blut zu fließen begann.

Duretta und Christina, die auf sie gewartet hatten, erhoben sich von ihren Liegen und halfen Maria auf die Beine.

»Es gibt frisches weißes Brot mit Butter und Apfelmus«, schwärmte Duretta und eilte ihnen voran in den Speisesaal, aus dem ihnen heute ungewohnt munteres Geplauder und helles Lachen entgegenschallte. Aderlasstage waren Festtage, alle waren erleichtert, die Prozedur wieder einmal hinter sich gebracht zu haben. Man schmauste ohne Hemmungen und trank dazu frisches Bier oder süßen Most von den eigenen Obstbäumen.

»Na, ihr Mädchen, habt ihr auch zur Ader gelassen?«, empfing Schwester Fronika die Novizinnen. »Dabei habt ihr es doch noch gar nicht nötig«, flüsterte sie hinter vorgehaltener Hand. »Ihr habt doch von Natur aus noch einen schönen Teint. Wir Alten dagegen ...«, sie winkte ab, als wollte sie darüber lieber nichts weiter sagen. Eitelkeit war zwar eine lässliche Sünde, aber trotzdem! Glucksend griff sie nach dem leeren Mostkrug und verschwand in der Küche, um ihn zu füllen.

»Habt ihr schon von der Sache mit dem Bild gehört?«, flüsterte Duretta und schob sich ein großes Stück mit süßem Mus bestrichenes Weißbrot in den Mund. Ihr Buttertöpfchen hatte sie schon geleert, und nun beobachtete sie neidisch, wie Christina sorgfältig den letzten Rest Butter aus ihrem Töpfchen kratzte. Maria hatte sogar noch ein wenig von der raren Kostbarkeit übrig. Sie schien ganz in Gedanken verloren und kräuselte die Brauen, als sie zu Duretta aufsah. Dann schüttelte sie den Kopf. Sie wusste nicht recht, ob sie heute ausnahmsweise mit Christina reden durfte oder ob das Redeverbot auch für diese Gelegenheit galt. Normalerweise schwiegen sie ja sowieso den Tag über. Es wurde nicht gern gesehen, wenn die Novizinnen zusammen tuschelten oder gar lachten. Nur in der Rekreationszeit durfte man ungehemmt plaudern, werktags zwischen Abendessen und Nachtgebet und am Samstagnachmittag. Aber dann gab es immer irgendetwas mit den anderen Schwestern zu besprechen oder zu erzählen, sie waren nie allein. Im Dormitorium aber und in den Unterrichtsstunden schwiegen Christina und Maria eisern, wie es ihnen beim Kapitel auferlegt worden war. Seltsamerweise stellte Maria fest, dass sie inzwischen eingesehen hatte, dass Christina nicht ganz unrecht gehabt hatte mit ihrer Bemerkung. Im Grunde hatte sie ihr sogar schon verziehen. Sie hatte sich ja wirklich im Unterricht bei Pater Linhart nur hervorheben wollen.

Christina schob die Krümel auf dem Tisch zusammen. »Was meinst du damit? Was für ein Bild?«

»In der Kirche hinter dem Elisabeth-Altar gibt es ein großes Gemälde, das über Nacht erschienen ist.«

»Und woher weißt du davon?«, fragte sie streng.

Duretta sah erschrocken auf und fing an zu stottern. »Ich ... ich weiß es eben. Ich habe es selbst gesehen. Eine Schwester aus der Wäschekammer hat es mir gezeigt.«

»Das durfte sie gar nicht«, zischte Christina. »Es ist ein Menetekel, und man darf es nicht ansehen, sonst wird man blind. Darum wurde es auch zugehängt.«

Duretta blieb der Mund offen stehen, obwohl sich darin noch ein Stückchen Weißbrot mit Mus befand. Sie legte die Hand vor den Mund und würgte schließlich alles hinunter, ohne zu kauen. »Ist das wirklich wahr?«

»Pater Linhart hat es mir gesagt. Man darf nicht mal darüber sprechen!«

»Aber Schwester Brid hat mir gesagt, Schwester Agnes habe das Bild zugehängt. Das dürfe ich aber nirgendwo weitererzählen.«

»Das ist nicht wahr«, widersprach Christina.

»Doch, das ist wohl wahr. Agnes hat sich dafür extra ein weißes Laken in der Wäschekammer geliehen. Schwester Brid weiß es ganz genau, weil sie die Laken verwaltet.«

»Dann musst du es der Magistra melden«, sagte Christina.

»Nein, das muss sie nicht«, sagte Maria. »Wir müssen nur melden, was wir mit eigenen Augen gesehen oder erlebt haben.«

»Aber die Pförtnerin ist nicht blind geworden«, sagte Duretta verwirrt. »Ich habe sie doch gestern noch gesehen. Sie hat mich ganz freundlich gegrüßt.«

»Schwester Agnes«, sagte Christina. »Das ist jedenfalls sehr interessant. Sie steht sowieso dauernd am Tor und spricht mit den Männern. Und sie kommt oft nicht zur Messe. Mit der würde ich mich nicht abgeben.«

»Wir sollen andere nicht beobachten und anschwärzen«, sagte Maria leise. Sie sah Christina dabei nicht an, in der Hoffnung, dass dies genügte, um die Auflage einzuhalten, nicht mit ihr zu sprechen.

»Ich schwärze niemanden an«, entgegnete Christina scharf. »Aber die Magistra sucht dringend die Person, die das Bild verhängt hat.«

Christina hatte so laut gesprochen, dass die anderen Schwestern, die nach und nach aus der Badestube vom Aderlass ins Refektorium strömten, auf sie aufmerksam wurden und anfingen, ihnen Blicke zuzuwerfen. Schwester Fronika stand schließlich auf und trat an ihren Tisch.

Maria senkte den Kopf, aber es war schon zu spät, Fronika klopfte mit den Fingerknöcheln auf die Tischplatte.

»Was gibt es hier zu streiten zwischen euch? Worum geht es, Kinder? Was ist so wichtig, dass ihr euch darüber erhitzt?«

Maria und Christina schwiegen, und Duretta starrte Schwester Fronika mit offenem Mund an.

»Wir haben über das Bild in der Kirche gesprochen und über Schwester Agnes«, stammelte sie schließlich.

»Über Schwester Agnes«, sagte Fronika bedrohlich leise. »Aber ihr kennt doch unsere Regel und wisst, dass man nicht über andere Schwestern spricht, nicht wahr? Ich glaube, ihr braucht ein wenig Nachhilfeunterricht und überhaupt mehr Zucht und Ordnung. Wenn es noch einmal vorkommt, werde ich es melden müssen, wie ihr euch benehmt, ausgerechnet nach dem Aderlass! Was gibt es denn über Schwester Agnes zu schwatzen?«

»Sie hat das Bild in der Kirche verhängt«, sagte Christina. »Sie hat sich dazu ein Laken aus der Wäschekammer geliehen.«

»Was für ein Bild? Was redest du denn da für einen Unsinn?«, donnerte Fronika. »Verschwindet in eure Betten und ruht euch aus, bis man euch zur Vesper ruft. Kein Wort mehr über andere Schwestern und über Dinge, die euch nichts angehen, verstanden?«

⁓

Die Magistra saß an ihrem Schreibpult und hatte alle Unterlagen für die nächste Leinenbestellung des Infirmariums vor sich ausgebreitet wie einen Schlachtplan. Wenn sie die Preise verglich, war die Entscheidung, bei wem sie bestellen wollte, ganz einfach: bei den Engländern. Sie produzierten am günstigsten, und ihre Qualität war verbürgt. Wenn sie an ihre Region dachte und an die Landschaft, aus der sie stammte – das flache, fruchtbare Weideland südlich von Brügge, wo ihre Familie große Güter besaß und viel Land bestellen ließ –, hätte sie wirklich am liebsten bei den Engländern bestellt anstatt bei den Brügger Tuchhändlern, die lieber die neuen billigen Rohstoffe aus Spanien bezogen, als die hiesige Schafschur und Leinernte aufzukaufen. Und wie schlecht sie die kleinen Familienmanufakturen bezahlten, in denen sie spinnen und weben ließen! Was herauskam, war gute Ware, aber zu völlig überhöhten Preisen. Doch sie musste jetzt umsichtig sein und alles dafür tun, dass die Tuchmacher sich beruhigten, damit die Stifter in der

Bruderschaft ein Einsehen hatten und an den Spitalneubau dachten, wenn ihnen das Geld locker saß. So war
es nun mal, sie konnten zwar unabhängig wirtschaften,
aber nur auf der Basis von Almosen und milden Gaben,
Schenkungen, Erbschaften und Stiftungen. Mit ihrer
Hände Arbeit das nötige Geld für Investitionen zu verdienen war einfach nicht möglich. Im Gegenteil: Mit
ihrem Geld mussten sie auch noch die ortsansässigen
Händler und Produzenten bedienen und durften nicht
einmal dort kaufen, wo es billig war.

Walburga seufzte. Es lohnte nicht, weiter darüber nach-
zugrübeln, sie würde sich nur ärgern und die schlimmsten
Gedanken in ihrem Herzen heranzüchten.

Es klopfte zaghaft an die Tür. Unwirsch bat sie Schwester Fronika herein, die nach einer tiefen Verbeugung
schüchtern an der Tür stehen blieb.

»Nun tritt näher, Fronika, was hast du auf dem Herzen?
Es ist schon spät, es wird gleich zur Vesper läuten.«

»Entschuldigt, dass ich Euch unangemeldet belästige«,
begann Fronika stockend. »Ich wusste nicht, an wen ich
mich wenden sollte, darum bin ich direkt zu Euch gekommen.«

Walburga legte ihre Feder nieder und schob die Papiere
zusammen. Heute würde sie die Bestellung also nicht mehr
fertigmachen. Und das war auch gut so. Morgen war einer
neuer Tag, und die Dinge würden wieder anders aussehen.
Es war die Stimme des Herzens, die heute in ihr sprach –
nicht die richtige Stimme für kluge Geschäfte. Sparen
war wichtig, aber nicht so wichtig, dass man eher fremde Länder und Leute unterstützte als die einheimischen
Bürger, die auch ihre liebe Not hatten, das Brot zu verdienen. Ihr Tuch würde fest und haltbar sein, es war gut

gearbeitet, was wollte man mehr? Die Bruderschaft würde schon für ihren Beginenhof sorgen. Und wenn sie es nicht tat, würde es andere geben, die die Beginen unterstützten. War es nicht eitel und hochmütig von ihr, unabhängig und selbstständig wirtschaften zu wollen – lag doch ihr Schicksal allein in Gottes Hand? Er würde letztlich für sie sorgen, er hatte es noch immer getan.

Sie legte friedlich ihre Hände auf den Papierstapel und sah ihre Prokuratersche erwartungsvoll an. »Das habt Ihr richtig gemacht. Nun sprecht.«

»Es ist ja heute der Bader im Haus«, begann Fronika.

»Ich weiß«, sagte die Magistra.

»Und die Novizinnen saßen heute Mittag bei der Speisung zusammen und stritten sich.«

Walburga zog die Stirn kraus. »Christina und Maria haben doch noch Sprechverbot?«

»Es war vor allem Duretta, die viel zu laut wurde, und es ging um …«

»Nun?«

»Es ging um das Bild in der Kirche und das Tuch, das …«

Walburga stand auf und kam schnell hinter ihrem Schreibtisch hervor. Sie beugte sich weit vor und sah Fronika eindringlich an, die Arme in die Seiten gestemmt. »Ja?«

»Das Tuch kommt aus der Wäschekammer …«

»Ich weiß.«

»Es wurde von dort ausgeliehen.«

»Nun lass dir doch nicht jeden Satz einzeln aus der Nase ziehen. Was ist denn mit dir los? Wer hat das Tuch ausgeliehen?«

»Agnes. Schwester Agnes.«

Walburga richtete sich auf und ließ verwundert die Arme sinken. »Schwester Agnes?«

»Ich weiß«, flüsterte Fronika. »Es ist gar nicht ihre Art. Agnes ist immer sehr sorgfältig in allen Dingen. Sie hat sich noch nie etwas zuschulden kommen lassen.«

Walburga dachte plötzlich an die Szene, wie sie Agnes und den Advokaten Dietz vor einer Weile an der Pforte getroffen hatte. Sie hatten so vertraut miteinander gesprochen, so wie gute Freunde, die sich gerade auf der Straße getroffen hatten und sich zum gemeinsamen Abendessen verabredeten. Oder wie Familienmitglieder, die sich neckten und Neuigkeiten erzählten. Oder wie – ja wie ein Paar, ein jungverliebtes Paar … Sie hatte es bemerkt, es hatte sie irritiert, aber sie hatte es schnell weggeschoben, weil es so gar nicht zu den Dingen passte, die sie gerade im Kopf gehabt hatte, und weil es ihr ebenso ging wie Fronika: Sie kannte Agnes immer nur als höchstzuverlässige, gehorsame, penibel Ordnung und Regel einhaltende Mitschwester. Sonst hätte man ihr ja auch niemals das verantwortungsvolle Amt an der Pforte übertragen. Nur einer aus tiefstem Herzen standhaften Schwester konnte man es überlassen, tagtäglich mit der Welt draußen in Kontakt zu treten, ohne die Orientierung nach innen, in den Hof und in das geistige Leben hinein, zu verlieren. Schwester Agnes hatte das Leben in der Welt zur Genüge kennengelernt. Die Magistra wusste eine ganze Menge über sie. Genau deshalb hatte sie sie immer für fähig gehalten, an der Pforte, der Nahtstelle zur Welt, zu arbeiten. Und bis jetzt hatte Agnes den Dienst auch hervorragend gemeistert – viele Jahre lang. Aber wer wusste, was passiert war? Vielleicht hatte sie jemand absichtlich vom Weg abgebracht und niemand hatte es bis jetzt bemerkt? Sie würde mit Agnes ein ernstes Wort reden müssen. Nach der Vesper, oder besser morgen früh nach der Messe. Einmal darüber schlafen, hatte ihre Mutter ihr immer empfohlen. »Wenn es um wirklich wichtige Dinge im Leben geht, mein Kind«, hatte sie ihr gesagt, »dann nimm dir vorher die Zeit, alles zu verstehen, ehe du dich ins Getümmel wirfst.« Wie oft musste Walburga an diesen klugen Rat ihrer lieben Mutter denken. Er hatte sich noch immer als richtig erwiesen.

»Ich danke dir, Fronika, dass du damit gleich zu mir gekommen bist. Ich werde der Sache nachgehen. Vergiss es nun wieder und sprich bitte mit niemandem darüber. Gibt es noch weitere Schwestern, die euch zugehört haben?«

Fronika schüttelte den Kopf. »Aber ich fürchte, Duretta ist nicht die Einzige, die aus der Wäschekammer erfahren hat, wer das Leintuch ausgeliehen hat. Ihr müsst ein Exempel statuieren.«

»Ich werde mit der Angelegenheit angemessen umzugehen wissen, seid unbesorgt«, sagte Walburga, segnete die Mitschwester und öffnete für sie die Tür. Draußen begann die Vesperglocke zu schlagen. Aus allen Häusern und Konventen strömten die Beginen über den Hof und reihten sich vor der Kirchentür auf.

Walburg und Fronika zogen ihre Kopfschleier tief ins Gesicht, verbargen die Hände in den Ärmeln und liefen mit gesenkten Häuptern über den Hof in die Kirche.

17

KRANKHEIT

Wenn eine Schwester krank ist, lässt man den Beichtvater kommen. Sie spricht mit ihm von all ihren Sünden, und sie macht ihr Testament, nachdem sie seinen Rat erhalten hat. Am besten tut man dies jedoch, solange man noch bei guter Gesundheit ist.
Jene, die die Totengebete kennen, mögen sie beten; jene, die sie nicht kennen, rezitieren zweimal die sieben Psalmen oder dreißig Paternoster und Ave-Maria.

DOMINICA, 23. SEPTEMBRIS 1498

Als die Wehmutter endlich ankam, war es schon spät am Abend, aber das große Haus am Dijver war hell erleuchtet. Hinter jedem Fenster brannte Licht, und die beiden Knechte und die alte Magd waren noch auf den Beinen, schürten das Feuer im Herd in der Küche und oben im Schlafzimmer neben der Kammer, in der die Gebärende lag. Christoph öffnete selbst die Haustür und führte die Wehmutter in den ersten Stock. Margarethe lag erschöpft und verzweifelt auf ihrem Polster. Clemens saß neben ihr und hielt ihre Hände, wenn eine Wehe kam. Die Wehmutter schickte die beiden Männer hinaus.

»Habt Ihr kein Mädchen, das bei Euch sitzen kann?«, fragte sie Margarethe streng. »Das hier ist kein Geschäft für Männer, das ziemt sich nicht.«

»Ach«, sagte Margarethe und schüttelte den Kopf. »Ich sterbe vor Schmerzen und soll mich von einer Kuhmagd trösten lassen? Clemens!«, rief sie mit schriller Stimme. »Komm sofort zurück, ich brauche dich!«

Christoph, der noch in der Tür stand, drehte sich zu ihr um. In seinem Blick lagen Vorwurf und Schmerz. Zwei Wochen, während derer Margarethe nun wieder zu Hause war, hatten genügt, um alle Sehnsucht nach ihr zu vertreiben. Im Gegenteil, er war entsetzt, wie selbstsüchtig und fremd seine geliebte Frau ihm geworden war. Sie kannte nur noch ihre eigenen Bedürfnisse, Wünsche und Meinungen. Es war, als hätte das Kind in ihrem Leib ihre Herrschsucht angefacht wie der Sturmwind einen Funken, der bislang in der Asche gut verborgen gewesen war. Wie sehr hatte er diese Frau geliebt, wie arg unter der Trennung gelitten und heftig sich auf das Wiedersehen gefreut. Und erst auf das Kind, auf seine Familie … Bekümmert wandte er sich ab und schob den Malerlehrling an den Schultern vor sich die Treppe hinunter ins Wohnzimmer, während hinter ihnen ein neuer Schrei die Stille zerriss. Wie glühende Messer schnitten diese Schreie schon seit Stunden in seine Ohren. Zuerst hatten sie noch übertrieben geklungen, als wolle seine Frau sich vor allem Erleichterung verschaffen, sogar von einer gewissen Theatralik gefärbt. Aber dann wurden sie immer gellender. Inzwischen waren sie voller Panik und aus tiefstem Herzen kommend. Sie erschütterten Christophs Inneres und bereiteten ihm einen ganz eigenen, ohnmächtigen Schmerz. Am liebsten wäre er fortgelaufen, hätte das Haus verlassen, die Straße, die Stadt. Aber er wollte kein Feigling sein. Das hätte er sich niemals verziehen. Dem nächsten, lang anhaltenden, von unbändigem Schmerz hervorgepressten Schrei folgte ein Wimmern, das nicht weniger schlimm war. Die beruhigende Stimme der Wehmutter legte sich nach und nach darüber. Dann war es wieder für einen kurzen Moment still.

Einige Stunden später war die Geburt noch nicht vorangekommen. Margarethes Schreie wurden immer kraftloser, aber es gab keine Pausen mehr zwischen ihnen. Ein konstantes Wimmern erfüllte das Haus, in dem alle nur noch auf Strümpfen schlichen und flüsterten, um Erschütterungen und Lärm zu vermeiden. Die Wehmutter hatte mehrfach heißes Wasser angefordert und neue Tücher, schließlich die alte Magd zu ihrer Unterstützung in die Kammer gebeten. Christoph hatte sie nicht mehr ins Zimmer gelassen.

»Das ist nichts für Mannsbilder. Ihr werdet schon früh genug wieder beisammen sein. Geht schlafen, Ihr werdet Eure Kraft brauchen, wenn das Balg da ist.«

Christoph war zurückgeschlichen ins Wohnzimmer, wo Clemens hellwach, wenn auch fahlgesichtig vor Müdigkeit, aufrecht auf einem Stuhl saß. Er hatte schon viele Geburten erlebt, war er doch das älteste von vielen Geschwistern. Aber seine Mutter hatte niemals auch nur einen Mucks getan. Wenn es Zeit wurde, hatte er die alte Muhme aus der Nachbarschaft holen müssen, heißes Wasser bereiten und die schon zurechtgelegten Tücher in die Kammer der Mutter bringen müssen. Kurz darauf hatte meist ein krähender Schrei das gelungene Ende des Vorgangs kundgetan. Dann hatte er den Vater aus der Taverne geholt und den Torkelnden heil nach Hause geleitet. Das neue Kind hatte der immer erst Stunden später zu Gesicht bekommen, wenn er wieder nüchtern war. Clemens aber hatte gern der Mutter im Wochenbett Gesellschaft geleistet und sich an dem schlafenden neuen Menschlein nie sattsehen können. Er hätte auch jetzt gern weiter

Margarethes Hand gehalten, die vertrauten, schweißnassen Finger gedrückt, die wie die Hand seiner Mutter sich unter den Wehen verkrampften. Aber er durfte nur still hier warten, Stunde um Stunde, dass der erlösende Schrei erfolgte. Aber er kam nicht.

Gegen Morgen, das Wimmern Margarethes war kaum noch zu vernehmen, trat die Wehmutter aus der Kammer. Christoph sprang auf. Er war weiß wie die Wand, und unter seinen Augen waren dunkle Ringe zu sehen.

»Was ist los?«, rief er ängstlich.

»Das weiß der Herrgott«, sagte die Wehmutter. Sie trocknete ihre Hände an einem großen, schmutzigen Handtuch ab. Die Ärmel ihres grauen Kleides waren bis über die Ellbogen aufgekrempelt. »Das Kind liegt falsch. Wir können nichts tun«, fügte sie hinzu.

»Was heißt das?«, rief Christoph schrill. »Was ist mit meiner Frau?«

Die Wehmutter sah ihn streng an. »Betet«, sagte sie ruhig. »Das Leben Eurer Frau und Eures Kindes liegt allein in Gottes Hand.«

Christoph sah aus, als ob er auf die Frau losgehen und sie schütteln wollte. Seine Hände zitterten, bis er sie zu Fäusten ballte und dann wie zum Gebet verschränkte. Schließlich schlug er sie vors Gesicht und schluchzte aus tiefster Kehle: »Mein Gott, tu mir das nicht an!«

Clemens stand langsam auf und blieb hilflos mitten im Zimmer stehen. Die Wehmutter ging wieder in die Kammer, aus der jetzt kein Laut mehr drang.

»Ich könnte Hilfe holen«, sagte Clemens leise und legte eine Hand auf Christophs Arm.

Christoph de Vens nahm die Hände vom Gesicht. Er hatte geweint, seine Augen schwammen noch in Tränen.

»Hilfe«, murmelte er. »Ja, hol Hilfe. Bitte.«

»Ich kenne eine Begine, Schwester Agnes. Vielleicht weiß sie Rat. Wenn doch die Wehmutter keinen mehr weiß.«

»Eine Begine?«, sagte Christoph dumpf. »Aus dem Weingarten? Niemals. Niemals soll eine von den Betschwestern mein Haus betreten.«

Clemens zog erschrocken seine Hand zurück. »Sie ist eine gute Frau.«

»Niemals«, wiederholte Christoph. »Hol Hilfe, Clemens, ich befehle es dir. Geh, hol den Bader oder irgendjemanden sonst, der jetzt helfen kann. Steh hier nicht herum, verdammt, wir müssen doch etwas tun!«

Als hätte Margarethe seinen Befehl gehört, fing plötzlich im Nebenzimmer das Wimmern wieder an. In kurzen Abständen zeigten helle, spitze Schreie an, dass das Geburtsgeschehen wieder in Gang gekommen war. Die Tür zur Kammer flog auf, und die alte Magd stürzte heraus. »Wasser!«, brüllte sie durchs Haus. »Bringt heißes Wasser!« Und während alle anfingen zu rennen, um das Gewünschte herbeizuschaffen, drang durch den Lärm hindurch leise, aber bestimmt der erste, quakende Schrei des Säuglings.

»Ein Junge!«, rief die Wehmutter laut und deutlich.

Christoph und Clemens stürzten zur Kammer, aber die Tür wurde ihnen vor der Nase zugeschlagen. Erst nach einer endlos scheinenden Zeit, in der alle Bewohnerinnen und Bewohner des Hauses auf der Treppe knieten und beteten, öffnete sich die Tür langsam wieder. Die Wehmutter stand im Türrahmen, den Säugling eng in mehrere Tücher gewickelt auf dem Arm. Sie hielt ihn Christoph hin, aber der schob sie zur Seite und stürzte in die Kammer. Margarethe lag schmal und gerade auf dem Bett. Ihre geschlossenen Augen ruhten tief in den Höhlen. Sie war so blass wie die Laken, die das blutige Geschehen um sie herum notdürftig bedeckten. Ihr nasses Haar ringelte sich zu feinen Locken, die um ihren Kopf herum über das ganze Kissen ausgebreitet waren.

»Margarethe«, flüsterte Christoph und sank neben ihr auf die Knie. Er streichelte ihr Gesicht. Es war kühl und glatt. »Margarethe« – seine Lippen formten ihren Namen, aber kein Ton kam heraus. Seine Hände irrten über den Körper seiner Frau, den die Atmung kaum noch hob und senkte. Dann stand plötzlich alles still.

Clemens, der von der Tür aus zugesehen hatte, drehte sich auf dem Absatz um und lief aus dem Haus.

Maria versuchte, die langen Schritte, mit denen Fronika und der fremde Junge vor ihr hereilten, nachzumachen, um mitzukommen, aber sie fiel immer wieder hinter ihnen zurück. Der Schreck saß ihr noch in den Gliedern. Mitten in der Nacht, so war es ihr vorgekommen, hatte die Schwester sie aus dem Schlaf gerissen. Tatsächlich war es nur wenige Minuten vor dem Weckruf zur Prim gewesen.

»Zieh dich an, wir müssen zu einer Totenwache«, hatte sie ihr ins Ohr geflüstert. »Ich laufe schnell und hole uns die Genehmigung.«

Während Fronika zur Magistra eilte, war Maria mit zitternden Gliedern in die Kleider gefahren, hatte ihren Zopf geflochten und um den Kopf festgesteckt, Schleier und Haube angelegt und sich das schwarze Wolltuch umgelegt. Eine Totenwache bedeutete, dass der Tod schon eingetreten war, also hatte man es nur noch mit den Geistern zu tun, nicht mehr mit einer lebenden Seele. Mit den Geistern fühlte sie sich vertrauter, seit sie mit Schwester Ursula im Garten gearbeitet hatte, während die Lebenden ihr immer fremder wurden. Seit Ursulas Verschwinden fühlte sie sich ständig mit ihr in Kontakt. Es war, als ob sie noch lebte und nun beredter war als vorher. Obwohl alle davon überzeugt waren, dass Ursula in der Scheune verbrannt war, und es auch wirklich nur so sein konnte, schien es Maria doch, als ob die alte Gärtnerin ständig neben ihr stand, wo auch immer sie sich zu schaffen machte.

»Schneide jetzt die Beerensträucher, dann treiben sie wieder aus im nächsten Frühjahr«, gab sie ihr am Morgen wie gewohnt Anweisung. Nur dass sie ihr nicht mehr stumm und wie immer etwas zu grob das Messer in die Hand drückte und auf die Pflanzen zeigte, sondern nun mit Wort und Rede sanft in ihrem Ohr wohnte. »Nein, nicht diesen Trieb schneiden, der ist doch noch jung und frisch und erst in diesem Jahr gewachsen. Nimm das alte Holz, aber tu ihm nicht weh!«

Und es war, als ob Ursula mit ihren trockenen, schwieligen Fingern nach Marias Hand griff und sie von Zweig zu Zweig führte, ihr die Schnittstellen zeigte und den richtigen Winkel, in dem das alte Holz herausgeschnitten oder das junge gekürzt werden musste. Als ob ihr meckerndes Kichern erklang, wenn die Rosendornen sie stachen oder sie mit ihrem schweren Holzschuh im Schlamm am Bach einsank, so dass das Wasser ihr in den Schuh lief. Manchmal hörte sie unversehens das Gemurmel der Alten hinter einem Busch, einer Hecke oder bei den Geräteschuppen, wo sie mit einer Pflanze sprach, ein freches Tier ausschimpfte oder mit dem knarrenden Scharnier der Gartenpforte Zwiesprache hielt. Plötzlich konnte sie auch die Worte verstehen, die Ursula sagte, und fand ihre Reden logisch und verständlich, geradezu weise – während sie ihr früher unsinnig und zusammenhanglos vorgekommen waren. Sprach sie etwa schon selbst mit den Pflanzen und Tieren?, hatte sie sich erschrocken gefragt. War es ihre eigene Stimme, die sie da hörte, waren es ihre Worte, die ihr so klug und vernünftig vorkamen? Vielleicht war der Garten verzaubert oder von heidnischen Geistern bewohnt, die nun von ihr Besitz ergriffen, weil Ursula verschwunden war. Oder war Ursula doch noch da, wie durch ein Wunder gerettet, und versteckte sich nur hinter den Büschen und Bäumen? Aber wozu? Und wovon hätte sie leben sollen? Um ihren Verdacht zu prüfen, hatte Maria einmal über Nacht ein Stück Brot in einen kleinen Käfig gesperrt und auf dem Gartentisch liegen gelassen. Tiere hätten es nicht holen können. Aber am nächsten Morgen hatte auch sonst niemand daran gerührt. Niemals fehlte irgendetwas aus ihrem Reich.

Während sie vor dem Konventsgebäude im Hof auf Fronika wartete, begann die Klosterglocke, zur Morgenandacht zu rufen. Und in das Läuten hinein hörte Maria plötzlich wieder Ursulas Stimme:

»Was stehst du hier herum, geh in den Garten, schneide Mariendistel und Mönchspfeffer, Kamille, Dill und Fenchel, vielleicht wirst du es brauchen.«

Maria raffte ihre Röcke und eilte in den Garten, wo die Morgensonne schon in die ersten Ecken blinzelte. Tauschwere Äste schlugen ihr um die Beine auf dem Weg zu ihrem Heilkräuterbeet. Tief sank sie mit den Schuhen in die satte Erde ein. Beschmutzt wie ein Landmädchen würde sie in der Stadt ankommen. Ohne Messer riss sie sich an der Distel die Hände blutig und zog Kamille und Fenchel mit erdigen Wurzeln aus dem Beet. Was sollte sie bloß bei einer Totenwache mit diesen Pflanzen? Es war ihr ein Rätsel, aber egal, die Stimme in ihrem Ohr war deutlich laut und nicht zu überhören gewesen. Sie verbarg die Pflanzen notdürftig unter ihrem Tuch und eilte zurück in den Hof, wo Fronika schon ungeduldig auf sie wartete.

»Wie siehst du aus!« Fronika klopfte Blätter und Erde von Marias Kleidern und scheuchte die Novizin zum Tor, wo Agnes auf sie wartete, während die anderen Schwestern über den Hof der Kirche zustrebten. Die Pförtnerin drehte den großen Schlüssel und öffnete das Tor gerade so weit, dass die beiden Beginen hinausschlüpfen konnten.

Vor dem Tor stand ein schmaler Junge, nicht viel älter als Maria selbst, auch nicht viel größer oder kräftiger.

»Du bist Clemens?«, fragte Fronika und beugte den Kopf, um den Jungen nicht anzusehen, während sie mit ihm sprach. »Führe uns nun zu dem Haus.«

So liefen die beiden vor ihr her. Clemens hatte mit wenigen Worten Fronikas Fragen nach der armen Verstorbenen beantwortet. Laut klackerten die Trippen der Schwestern über die gepflasterten Straßen, in denen die ersten Fuhrwerke verkehrten und schon viele arbeitsame Bürger über die Straßen ihren Geschäften nacheilten.

»Eine junge Frau, im Kindbett dahingegangen«, erläuterte Fronika einer Passantin, die sie grüßte und nach ihrem Weg fragte. »Gott sei mit Euch«, wünschte diese den Eiligen und verneigte sich tief vor ihnen. Auch Maria neigte den Kopf, wie man sie gelehrt hatte, Fremde außerhalb des Hofes zu grüßen. Als sie sich wieder aufrichtete, fiel ihr Blick auf ein Fenster in einem Haus auf der anderen

Seite der Gasse. Erschrocken griff sie nach Fronikas Arm. Die beiden Schwestern sahen eine junge Frau, die sich weit hinausbeugte, um beide Fensterflügel einzuholen. Sie trug noch ihr Nachtkleid, das mit feinen, weißen Spitzen besetzt und sehr sparsam zugeschnitten war. Ihre üppigen blonden Locken fielen ihr noch unfrisiert in das hübsche Gesicht. Da neigte sich von hinten ein dunkler Männerkopf über sie, drückte ihr einen Kuss ins Haar und schaute auf, den Schwestern direkt in die Augen. Maria erschrak bis in die Knochen. Aber da eilten Fronika und Clemens schon weiter, und Maria musste ihnen folgen. Fronika ließ sich nichts anmerken und legte nur einen Finger auf die Lippen, als Maria sie fragend ansah. Aber der Mann im Fenster war Pater Linhart gewesen, daran gab es keinen Zweifel.

18

ROHE REDE UND SCHIMPFWORTE

Wer unhöflich oder roh mit der Magistra spricht oder mit einer Mitschwester oder wer auf den Teufel schwört oder auf irgendeinen anderen Dämon, muss einen Tag lang bei Wasser und Brot fasten. Geschieht dies vor fremden Personen, ist die Strafe doppelt so hoch. Und alle, die andere beschimpfen, erhalten dieselbe Strafe, zumindest wenn sie es nicht öffentlich bereut haben.

FERIA SECUNDA, 24. SEPTEMBRIS 1498

Dietz, kommt herein«, rief der Propst und winkte dem Advokaten mit einem jovialen Lächeln zu, der vorsichtig den Kopf durch die Tür gesteckt hatte. »Ihr wollt mir sicher vom Ausgang des Erbschaftsverfahrens am Niedergericht berichten.«

Dietz verbeugte sich knapp vor dem Ordensgeistlichen, der es nicht für nötig hielt, sich aus seinem Sessel zu erheben. Er saß weit zurückgelehnt hinter seinem kostbaren Eichenholzschreibtisch, auf dem riesige Folianten rechts und links des Schreibplatzes aufgestapelt waren, als sollten sie das Möbelstück beschweren. Der ehrwürdige Propst des Dominikanerklosters galt trotz seiner Genusssucht noch immer als Gelehrter und war ein gefürchteter Rhetoriker. In seinem rotgedunsenen Gesicht blitzten die Augen noch immer mit Schärfe und Witz. Über seiner Tonsur, umrandet von eisgrauem, ganz kurzgeschnittenem Haar, saß keck das violette Scheitelkäppchen. Das weiße Habit war nicht mehr ganz makellos rein.

»Nehmt Platz. Was kann ich Euch anbieten? Ich habe gerade ein schönes Fässchen aus Châteauneuf geschickt bekommen. Mögt Ihr einen Schluck probieren?«

»Ist das nicht dieses Örtchen in der Nähe von Avignon, wo Jacques Duèse sich einen Weinberg richten ließ?«

Der Ordensgeistliche fing an zu glucksen und schnippte mit den Fingern, woraufhin ein junger Priester aus einer Abseite trat und einen zweiten Becher für den Advokaten und eine Karaffe mit dunklem, köstlich funkelndem Wein brachte. Dazu stellte er ein Schälchen mit gesalzenen Mandeln zwischen die Folianten und verschwand ebenso still und leise, wie er gekommen war.

Der Propst schenkte Dietz ein und hob seinen Becher: »Ich wusste doch, dass wir uns verstehen, Advokat. Möge der Herr mit uns sein.«

Dietz erschrak fast, so streng war der Geschmack des herben Roten, der seinen Mund füllte. Er ließ die Flüssigkeit hin und her wandern, rollte sie über die Zunge und schluckte sie schließlich in kleinen Portionen herunter. Sie wärmte die Kehle wie ein guter Brand, machte wach und entspannte zugleich. Gleich trank er einen zweiten Schluck und fand das kostbare Getränk nun schon viel weniger herb. Die Fülle in der Sonne des Südens gereifter Früchte entzündete auf das Köstlichste die Geschmacksnerven, ein ernster Geschmack, sehr männlich, sehr ehrlich.

»Alle Hochachtung, der Pontifex hatte Geschmack«, lautete sein Urteil.

»Nun, ob Johannes XXII. wirklich genau diesen Wein genossen hat, wage ich zu bezweifeln. Ich habe ihn vom Bischof in Avignon geschickt bekommen. Ich nehme an, er ist eine moderne Schöpfung. Dieses Fass ist jedenfalls keine hundert Jahre alt. Höchstens fünf oder sechs!«

»Sei es drum«, antwortete Dietz. »Hauptsache, er schmeckt.«

»Das ist wahr, Advokat. ›Trist aber muss das Leben aussehen, wenn man nicht den im Blut liegenden Lebensüberdruss mit ergötzlichem Zeitvertreib fortscheucht.‹«

»Was für ein trefflicher Satz – stammt er von Euch?«

»Bewahre. Ich bin leider kein Literat. Ein guter Freund und Ordensbruder hat ihn von einem Augustinermönch aufgeschnappt, der hochbegabt sein soll. Freilich konnten die Brüder ihn nicht halten. Er soll nun an der Sorbonne studieren.«

»Wie ist sein Name? Vielleicht muss man ihn sich merken.«

»Erasmus«, sagte der Propst. »Er kommt aus Rotterdam. Hoffen wir mal, dass er nicht als Ketzer endet.«

»Wie mancher kluge Geist«, wagte Dietz anzumerken.

Die Augen des Propstes blitzten. Er hatte Freude daran, die Grenzen seines Gastes auszuloten. Wie weit würde der andere gehen, wie weit sich vorwagen? Er war ein mächtiger Mann in Brügge, aber von viel zu gutem Benehmen, als dass er ein im vertraulichen Geplänkel geäußertes Wort allzu ernst genommen hätte. Aber einmal gesagt, würde er seine Spuren hinterlassen. Denn wie hieß es doch so schön: *Im Anfang war das Wort …*

»Ihr habt doch nicht etwa jemand Bestimmten im Sinn?«, fragte er.

Dietz leerte seinen Becher. Nun schien der Rebensaft ihm ganz mild und weich zu schmecken. Wie Samt glitt er die Kehle hinab. Welch kostbarer Trunk, der solche Vielfältigkeit und Farbigkeit aufzuweisen hatte. Welch begnadetes Land, das solche Kostbarkeiten wachsen ließ. Was hatte Flandern dagegen zu bieten: Kohl und Rüben, die

die Bauern mühsam aus der schweren, nassen Erde herausbringen mussten, salzige Fische, die mutige Fischer aus der stürmischen See zogen, saure Äpfel, aber immerhin süße Beeren, Pilze und Wildbret in Hülle und Fülle. Und dazu das gute Bier und den scharfen Brand – nein, beklagen konnten auch sie sich nicht, wenn man es recht besah. Es war ein reiches Land, in dem sie lebten.

Der Propst füllte die Becher nach und prostete Dietz zu. Sie tranken genüsslich.

»Nein«, sagte Dietz schließlich. »Jemand Bestimmten hatte ich nicht im Sinn. Wenngleich es solche gibt, die bei diesem Thema weniger Scheu zeigen.«

»Ihr sprecht in Rätseln«, meinte der Propst gedehnt.

»Das ist vielleicht auch besser so.« Dietz lächelte.

Der Propst schwieg. Sein Lächeln war nun einer nachdenklichen Miene gewichen. Er wusste genau, von wem Dietz sprach. Sein Gegenüber verkehrte zu regelmäßig bei den Beginen, als dass es einen Zweifel daran hätte geben können, dass er von Pater Linhart und den jüngsten Begebenheiten sprach. Breiteten Walburga und ihre Frauen etwa kirchliche Angelegenheiten vor weltlichen Herren aus – Dinge, die die Klostermauern nicht zu verlassen hatten? Oder machte Dietz sich seine eigenen Gedanken, weil die Konflikte schon so deutlich zutage traten, dass selbst ein Außenstehender sie bemerkte? Und wie sollte er als oberster Wächter über die Frauen damit umgehen? Direkte Nachfragen führten immer in eine Position der Schwäche. Für hinterlistige Lockungen aber war der Advokat zu schlau.

»Ich meine Pater Linhart, wie Ihr unschwer erraten habt«, legte Dietz seine Karten auf den Tisch. »Er ist ein unangenehmer Mensch.«

»Eure Offenheit in Ehren, aber Ihr sprecht recht deutlich über ein Mitglied meines Ordens und meines Hauses, meinen Mitbruder.«

Dietz nickte und schwieg.

»Ich habe nicht den Eindruck, dass Pater Linhart sich etwas vorzuwerfen hätte.«

Dietz lächelte. Er hatte eine Karte aufgedeckt, nun war es am Propst, seinerseits eine Karte ins Spiel zu geben. Wenn er es jedoch vorzog, in der Deckung zu bleiben, war das Spiel beendet. Der Propst seufzte, als ihm seine Lage klarwurde, und sagte vorsichtig:

»Es gibt da gewisse Ungereimtheiten in der Innengestaltung der Beginenkirche.«

Dietz lachte mit offenem Mund und nahm eine entspanntere Haltung ein. »Ja, so könnte man es ausdrücken. Aber ich werde mich hüten, in Eure Belange hineinzureden. Ich weiß nur, dass die Beginen ein paar mutige Weiber sind – allen voran die Magistra. Ich schätze Mutter Walburga sehr. Sie ist eine kluge und fähige Frau. In Brügge würde es anders aussehen, wenn mancher Mann so viel Tatkraft und Verantwortung besäße wie dieses Weib. Viele der ihr Anvertrauten haben nichts auf der Welt als die Kleider, die sie am Leib tragen. Sie verschafft ihnen Brot und Arbeit, sie hilft ihren bescheidenen Seelen, glücklich zu werden, und kümmert sich darüber hinaus noch um die vielen Armen der Stadt. Denkt doch nur an das ungeheure Vorhaben, ein Spital für die Leprösen zu errichten, was für ein Werk! Davon könnte sich manch einer ein Beispiel nehmen in unserer Stadt. Ich finde es ...«, er zögerte und gab noch eine theatralische Minute hinzu, »... ich finde es nicht ehrbar, solchen Menschen Knüppel zwischen die Beine zu werfen, statt ihre Arbeit bedingungslos zu würdigen und zu unterstützen.« Dietz beugte sich vor: »Um es ganz deutlich zu sagen: Wenn diese Frauen wirklich der Hexerei bezichtigt und vor die Inquisition gestellt werden sollten – dann stelle ich mich freiwillig dazu.«

Der Propst bremste den Advokaten mit einer besänftigenden Handbewegung. Er hatte schon einige Sätze zuvor entschieden, dieses Gespräch so schnell wie möglich abzubrechen. Wie immer, wenn man Laien erlaubte, auch nur einen Fingerbreit Einsicht zu nehmen in kirchliche Belange, vergaßen sie sogleich das Maß. Das rechte Maß in allen Dingen zu erlernen aber war eines Ordensmanns höchstes Gebot. Er schnippte leise mit den Fingern, und sein Adlatus erschien wieder und räumte, ohne zu zögern, die leeren Becher und die Weinkaraffe ab.

Der Propst erhob sich. »Es war mir ein Vergnügen, Advokat, mit Euch zu plaudern. Wir müssen im Dialog bleiben.«

Auch Dietz erhob sich und schluckte trocken. Hatte der alte Kirchenfürst es doch am Ende geschafft, ihn zu demütigen. Er zwang sich zu einem Lächeln und nickte. Dann zog er lässig seinen letzten Trumpf aus dem Ärmel.

»Weshalb ich eigentlich gekommen bin – das Niedergericht hat mir mitgeteilt, dass der Herzog in der Testamentssache De Vens gegen den Beginenhof ›De Wijngaard‹ entschieden hat. Aber Ihr werdet vermutlich schon davon wissen?«

Der Propst lächelte. Ein kleines Nachtreten nach einem Schlagabtausch, das gefiel ihm. Er dachte an die Akte ganz hinten in seinem Schreibtisch, die er noch nicht begutachtet hatte, und schüttelte den Kopf. »Ihr spannt mich auf die Folter.«

»Nun, angesichts der Tatsache, dass mein Mandant Christoph de Vens sich bereit erklärt hat, großzügig den Spitalbau der Beginen zu bedenken, hat der Herzog das letzte Testament von Dezember vergangenen Jahres für gültig erklärt.«

Der Propst neigte demütig das Haupt. »Wenn es dem Herrn gefällt, wird er uns die nötige Hilfe schicken. Ich danke Euch, Dietz, für Euren Einsatz.« Dann sprach er einen Segen, schob die Hände in die Ärmel seines Habits und zog sich ohne ein weiteres Wort zurück.

Dietz, plötzlich allein gelassen im Amtszimmer des Propstes, stellte fest, dass der Rote aus Châteauneuf nicht nur äußerst wohlschmeckend war, sondern auch ziemlich hochprozentig ein musste. Er drehte sich langsam auf dem Absatz um und ging mit schwankenden Schritten zur Tür.

Als Fronika und Maria am Dijver ankamen, öffnete ihnen die alte Magd die Tür, um sie zu empfangen. Christoph de Vens hatte sich zurückgezogen, als er die Beginen kommen hörte. Für den Säugling hatte man eine Amme geholt. Der Kleine hatte bisher nicht trinken wollen, war aber trotzdem eingeschlafen. Mursia, Margarethes Zimmermädchen, die erst nach dem Tod ihrer Herrin von einem Besuch ihrer Eltern heimgekommen war, hatte ihn mit zu sich ins Zimmer genommen und dort schlafen gelegt. Christoph hatte seinen Sohn noch kein einziges Mal angesehen.

Clemens zeigte den Beginen die Örtlichkeiten des Hauses und führte sie dann ins Sterbezimmer. Margarethe lag sehr schmal und klein zwischen kostbare weiße Atlaskissen gebettet, die reichlich mit Klöppelarbeiten verziert waren. Ein perlenbesetzter Überwurf war über ihren Körper gebreitet, der unter den Decken fast nicht auszumachen war. Man hatte ihr die Hände auf der Brust gefaltet und die Augen geschlossen. Ihr Haar war wieder getrocknet und kräuselte sich wie frisch frisiert. Man hatte ihr ein mit großen weißen Perlen besetztes Diadem in die Locken gesteckt. Das zarte Gesicht, weiß wie Schnee und bar jedes Zeichens von Leben, trug nicht länger den stolzen Zug, den es im Leben gehabt hatte. Margarethes Gesichtsausdruck wirkte vielmehr geläutert, ein bisschen wehmütig vielleicht, aber friedlich.

»Sie ist schon hinübergegangen«, flüsterte Fronika. »Das ist gut. Dann kann der Säugling besser atmen.«

Maria brachte ihre Gartenkräuter in die Küche, während Fronika das Totenzimmer untersuchte, die Fenster öffnete und, als sie nirgends ein Kreuz aufgehängt fand, ihr eigenes, das sie an einer Kette um den Hals trug, abnahm und über einen der Bettpfosten hängte. Sie entzündete die mitgebrachten Kerzen, stellte sie am Kopf- und Fußende des Betts auf, setzte sich auf einen Schemel neben die Tote und begann das Totengebet.

Als Maria zurückkam, stand Clemens noch immer unter der Tür.

»Darf ich hierbleiben?«, fragte er.

Maria drehte sich zu ihm herum. Sie hatte den schmalen, schlaksigen Jungen, der sie hierhergeführt hatte, noch gar nicht richtig wahrgenommen. In ihrem Kopf ging alles durcheinander: der Pater, den sie unterwegs in dem fremden Haus mit einer fast unbekleideten Frau gesehen hatte, die wunderschöne Tote, die nicht viel älter war als sie selbst und schon so elend hatte sterben müssen – nur weil sie einem Kind das Leben geschenkt hatte! Empörung über diese schreiende Ungerechtigkeit und gleichzeitig die Sorge um die Seele der Toten, die ganz allein und ohne Gebete, ja ohne auch nur ein Kruzifix in der Nähe, ihre sterbliche Hülle verlassen hatte und sich nun irgendwo zwischen Himmel und Erde auf dem Weg zum Jüngsten Gericht befand, ganz ohne Beistand.

Der Junge sah fast ebenso blass aus wie die Verstorbene. Auch er hatte wie alle anderen im Haus die ganze Nacht über nicht geschlafen. Was wollte er hier? Sie fragte ihn danach.

»Zuschauen.«

»Es gibt nichts zu sehen. Wir beten.«

»Ich weiß. Ich habe auch schon mal bei einer Toten gewacht. Da wart ihr auch dort, ihr Beginen, meine ich.«

»War es deine Mutter?«, fragte Maria traurig. Und wie eine Luftblase im Wasser stieg plötzlich ein Schmerz in ihr herauf. Jetzt wusste sie, warum sie so verwirrt war und traurig beim Anblick der jungen toten Mutter. Auch ihre Mutter war vielleicht gestorben, weil sie sie zur Welt gebracht hatte. Wie schrecklich, wenn es so wäre! Sie wusste nicht, wo ihre Mutter und ihr Vater waren, es hatte niemals jemand mit ihr darüber gesprochen. Alle Kinder im Waisenhaus waren dort, weil sie keine Eltern mehr hatten. Mehr wurde ihnen nicht gesagt. Sie sollten keine dummen Fragen stellen, hatte man ihnen eingeschärft, und wenn sie doch nachgefragt hatten, hatte man ihnen ein paar Streiche auf die Finger gegeben und sie zur Strafe in die Ecke gestellt. Aber Maria hatte ohnehin gar nicht genauer wissen wollen, warum sie im Waisenhaus war. Sie hatte sich vorgestellt, dass sie nun mal keine Eltern hatte, so wie andere Kinder keine Geschwister hatten oder nur

die Mutter oder nur den Vater – es gab viele Möglichkeiten, wie Kinder aufwuchsen. Nur wenige hatten alles,
was man sich wünschte.

»Nein, meine Großmutter«, sagte Clemens leise.

Maria lächelte. Clemens hatte wunderschöne tiefblaue
Augen, die groß und ruhig in die Welt schauten und keinen bösen Gedanken zu kennen schienen. »Das tut mir
leid«, sagte sie.

»Sie war der beste Mensch auf der Welt.«

Maria nickte. Sie legte die Hände ineinander und sprach
leise ein Paternoster für Clemens. Dann fügte sie noch ein
Ave-Maria hinzu und noch eins und noch eins. Langsam
wurde sie ruhiger. Die Verwirrung dieses Morgens legte
sich, verblasste und verschwand schließlich ganz, wie sie
so Schulter an Schulter neben Clemens am Fußende des
Totenbetts stand und tonlos, nur die Lippen bewegend
und mit dem Herzen sprechend, Gebet um Gebet hersag-
te. Im flackernden Kerzenlicht sah die Tote fast wieder
lebendig aus, obwohl ihre Blässe immer ausgeprägter wurde und ihre Züge langsam erstarrten. Nein, sie war nicht
mehr von dieser Welt, sie hatte Abschied genommen, so
wie sie es alle eines Tages würden tun müssen. Es war der
Weg des Menschen, und es war ein guter Weg, denn ein
jeder musste ihn gehen, der eine eher, der andere später.
Ein neues Leben begann jetzt für die Frau, ein Leben ohne
Schmerzen und Kummer, davon war Maria überzeugt. Sie
schloss ihre Augen und überließ sich immer mehr dem
Frieden, die das Gebet in ihr erzeugte. Wie eine Sonne
strahlte an ihrer Seite die Wärme des jungen Mannes,
der ebenfalls ganz versunken zu sein schien, in was auch
immer. Maria war, als bildeten sie eine Einheit der Ruhe
und Geborgenheit in diesem Raum, in dem Leben und

Tod vor kurzem noch miteinander gerungen und sich dann schmerzhaft voneinander geschieden hatten. Fronikas leises Gemurmel wurde immer stärker übertönt von den Geräuschen der Außenwelt, dem Rattern der Karren und Kutschen auf den Straßen, Hufgetrappel, Rufen und Schreien. Ein neuer Tag war erwacht für die Lebenden.

Ein kräftiger Schrei, der das ganze Haus erfüllte, riss die Beginen schließlich aus ihrer kontemplativen Stille. Clemens, der neben Maria am Fußende des Totenbetts eingenickt war, erwachte und sprang auf die Füße. Eine Zeichnung rutschte von seinem Schoß und fiel auf die Dielen. Sehr klein und fein war das Gesicht der Toten eingefangen, einmal von vorn, dann schräg von der Seite und im Profil. Auf einem zweiten Blatt war Maria abgebildet, ihr zartes Profil unter der Haube und dem Schleier, die weit auseinanderstehenden Augen, ihre gerade Nase und der weich geschwungene Mund. Ein fast noch kindliches Gesicht, wäre da nicht der wissende, aufmerksame Blick gewesen, den Clemens ebenfalls eingefangen hatte.

»Geh, sieh nach dem Kinde«, sagte Fronika, ohne ihre Haltung zu verändern, und setzte ihr Gebet fort.

Da erschien auch schon das Zimmermädchen unter der Tür.

»Ist der Herr nicht hier? Was soll ich nun tun?«

Maria ging zu ihr. »Wo ist denn der Kleine?«

Das Mädchen führte sie die Treppe hinunter und auf der anderen Seite der Diele zwei Treppe wieder hinauf. Ganz oben unter dem Dach lag ihre Kammer, und in der Kammer stand die Wiege mit dem Neugeborenen, der, krebsrot im Gesicht, um sein Leben schrie. Sein kleines Mündchen war weit aufgerissen, die rote Zunge leuchtete zwischen den zahnlosen Gaumen, die Augen waren fest zugekniffen. Das ganze kleine Wesen war ein einziger Schrei, Hunger und Durst, ein einziger Schmerz. Maria beugte sich hinab und nahm das Bündelchen heraus. Es war ganz leicht, und sie konnte das zerbrechliche Körperchen mit beiden Händen vollständig umfassen, so schmal war es. Nur das kahle Köpfchen wog schwer, und sie stützte es ab, während sie das schluchzende Kerlchen an ihre Brust drückte.

»Er muss trinken«, sagte sie. »Wo ist die Amme?«

»Er will ja nicht trinken«, sagte das Mädchen und zuckte die Achseln. »Er wird wohl nicht überleben.«

»Du«, sagte Maria mit einer Autorität, die sie selbst erschreckte. Sie war jünger als das Zimmermädchen, aber nicht nur ihr Habit und ihr Stand gaben ihr Autorität, sondern vor allem ihr sicheres, intuitives Wissen. »So etwas sagst du nicht noch einmal. Es ist nicht unsere Sache, Leben und Tod zu bemessen, das tut der Herrgott ganz allein. Und wenn er dieses Knäblein leben lassen will, dann wird er es tun, ganz egal, wie widrig die Umstände sind.«

Das Mädchen sah Maria erstaunt an, dann raffte sie ihre Röcke und sprang die Treppen hinunter. Nach wenigen Minuten schon kam sie zurück. »Die Amme sagt, ihre Milch ist versiegt, weil der Knabe sie gekniffen hat. Sie will nicht noch einmal kommen.«

Maria, die das Kind an ihrem Daumen nuckeln ließ und so für einen Augenblick hatte beruhigen können, stieg die Treppen hinunter. Clemens stand in der Diele mit den beiden Knechten, die in der Küche Brotzeit gehalten hatten.

»Ich weiß eine junge Mutter, nicht weit von hier, meine Muhme«, sagte der eine. »Sie wird dem Kleinen etwas Milch geben können.«

»Führt mich zu ihr«, sagte Maria bestimmt.

»Müssen wir nicht den Herrn fragen?«, warf das Mädchen ein.

»Der schläft endlich«, sagte der andere Knecht. »Er hat gesagt, er will das Kind nicht sehen.«

»So lasst uns gehen«, entschied Maria. »Auf der Stelle.«

»Ich komme mit«, sagte Clemens.

Zu dritt, Maria mit dem Säugling auf dem Arm, liefen sie durch die Straßen von Brügge, in denen das Marktgeschehen jetzt wie jeden Tag tobte und lärmte. Das Kind war in der Wärme ihrer Arme wieder eingeschlafen, aber vielleicht war es auch schon zu schwach, um länger wach zu bleiben. Sein Strampeln aber war kräftig gewesen, und auch im Schlaf wirkte er stark und lebendig, fand Maria. Sie hatte im Waisenhaus schon manchen Säugling auf dem Arm gehalten, sie kannte sich aus mit den kleinen Wesen. Aber dieser hier war etwas Besonderes, das spürte sie. Er schien von einer wütenden Kraft beseelt, die allein ihn wohl auch aus der misslichen Geburtslage befreit hatte. Was interessierte es die Natur: Die Mutter war tot, das Kind aber wollte leben.

In einer finsteren Seitengasse unweit des Hafens kehrten sie ein in ein unsauberes Haus, deren Decken so niedrig waren, dass sie sich alle bücken mussten, um hineinzukommen. In einer engen Kammer, die klamm und dunkel war, saß eine junge Frau, umringt von kleinen Kindern, und legte Wäsche zusammen. Sie erhob sich nicht von ihrem Stuhl, als die Gäste das Zimmer betraten, und hörte stumm an, was sie begehrten. Erst jetzt sah Maria, dass sie gar nicht aufstehen konnte, weil ihr ein Bein fehlte. Eine hölzerne Krücke lehnte neben dem Stuhl an der Wand. Eine andere Frau scheuchte die Kleinkinder aus dem Zimmer und machte etwas Platz auf dem Bett, das mit schmutzigen Laken bedeckt war. Maria setzte sich und reichte der jungen Mutter den Säugling. Sie öffnete ihre Bluse und bot dem Knaben, der inzwischen wieder erwacht war, die Brust. Der Knabe riss die Augen auf, die noch keine klare Farbe angenommen hatten, aber schon wissbegierig und aufmerksam in die Welt sahen. Er schien das Gesicht über sich genau zu betrachten, dann ging sein Blick zur Decke, als fixierte er die dunklen Balken, die Astlöcher und schartigen Bohlen. Seine Lippen wurden mit der Brustwarze gelockt – aber er öffnete das Mündchen nicht. Er drehte den Kopf weg und schloss die Augen. Ein zweiter Versuch, ihn zum Trinken zu bewegen, führte nur dazu, dass er wieder zu schreien anfing, gellend und voller verzweifelter Kraft. Es hatte keinen Zweck. Die Frau reichte das Bündel an Maria zurück.

»Aber er hat solchen Hunger«, sagte Maria verzweifelt.

Die Frau zuckte die Achseln. Sie sah Maria traurig an und begann, die Wiege neben sich zu schaukeln, wo ihr eigener Säugling ruhte, der von dem Geschrei nicht aufgewacht war.

»Gebt ihm Ziegenmilch«, schlug die andere Frau vor, die vielleicht eine ältere Schwester der Mutter war oder deren Mutter. »Ich habe etwas hier, die gebe ich Euch mit. Kommt, so hat es keinen Zweck.«

Maria bedankte sich und versprach, der Frau etwas Geld zu schicken für ihre Dienste. Der Knecht winkte ab. »Das machen wir schon«, sagte er und führte Maria wieder auf die Straße, wo Clemens in der Sonne saß und sie hoffnungsvoll ansah.

»Er hat nicht getrunken«, sagte Maria und musste

plötzlich lachen, als sie Clemens' ungläubiges Gesicht sah. »Ich glaube, er ist ein Hungerkünstler. Sicher wird er einmal ein großer Asket.«

Clemens' Miene schwankte einen Moment zwischen Bekümmertheit und Belustigung, dann stimmte er in Marias Gelächter ein. Mit raschen Schritten eilten sie zurück zum Dijver.

»Maria«, rief die Magd, als sie in die Küche kam. »Da bist du ja! Gerade hat die Schwester das Mädchen zum Beginenhof geschickt, um zu melden, dass du ohne Erlaubnis in der Stadt herumläufst. Geh schnell hinauf zu Schwester Fronika, Kind.«

Maria stutzte einen Moment, aber dann fing der Knabe auf ihrem Arm wieder an zu wimmern.

»Das ist doch jetzt nicht wichtig«, sagte sie. »Wir müssen das Kind füttern, es wollte wieder nicht trinken. Könnt Ihr bitte diese Ziegenmilch für ihn erwärmen?« Sie stellte die Milch, die die gute Frau ihr mitgegeben hatte, auf den Küchentisch. »Habt Ihr etwas, womit wir es ihm einflößen können?«

»Das werde ich schon besorgen. Geh nur zuerst hoch zu eurer Schwester, sie ist sehr böse auf dich. Das Kind kannst du ruhig hierlassen.«

Maria senkte den Kopf. Sie hatte ganz vergessen, dass sie kein freier Mensch war, sondern auch hier der Regel unterlag. Aber war ein hungerndes, schreiendes Kind nicht wichtiger als jede Regel der Welt? Sie hätte Fronika Bescheid sagen müssen, sie hatte auch kurz daran gedacht, aber befürchtet, die strenge Schwester würde sie nicht gehen lassen, sondern jemand anders mit dem Kind fortschicken. Und sie wollte den Kleinen einfach nicht hergeben. Beschämt drückte sie ihn an ihre Brust.

»Ich kann mich jetzt nicht um Schwester Fronika kümmern«, murmelte sie. Dann fiel ihr Blick auf die Kräuter, die sie am Morgen im Garten eingesammelt hatte.

»Seid so gut und kocht einen Tee aus diesem Kraut, das wird dem Knaben helfen, die schwere Milch zu verdauen.«

Die Magd sah verächtlich nach dem Kraut und nickte. »Als wenn unsereins noch nie einen Balg durchgefüttert hätte«, murmelte sie, aber sie tat, worum Maria sie gebeten hatte.

Der Kleine hatte ohne Murren zwei Kännchen Ziegenmilch ausgetrunken und war danach in Marias Armen eingeschlafen. Sie selbst war auch auf der Küchenbank eingenickt. Mit einem Ruck erwachten sie beide, als die Hausglocke laut und mahnend anschlug. Die Sonne schien hell in die Küche, sicher war es schon später Nachmittag, und dies war der Priester, der noch vor der Vesper für die Taufe kommen sollte. Und der Knabe war noch nicht einmal gewaschen und angekleidet! Schon klopfte es an der Tür, und Clemens trat in die Küche.

»Es ist der Pater, Maria, du sollst das Kind bringen.«

»Sag ihm, es dauert noch einen kleinen Moment, ich muss mich doch noch zurechtmachen und den Kleinen auch. Sag, das Kind trinkt gerade.«

Clemens zog sich wieder zurück, drehte sich in der Tür jedoch noch einmal um, und sie lächelten sich zaghaft zu. Marias Lächeln blieb auf ihrem Gesicht stehen, während sie den Säugling anschaute, ihm sachte über die Wange strich und ihn unter dem Kinn kraulte, bis er richtig wach war. Er gähnte lautlos mit seinem zahnlosen Mündchen, und seine Augen versuchten, Marias Blick zu fixieren, was ihm auch schon ein kleines bisschen gelang. Von der guten Ziegenmilch schien er bereits kräftiger und auch etwas schwerer geworden zu sein, sein Körperchen war nicht mehr nur Haut und Knochen. Man wagte schon eher, ihn beherzt anzufassen, und seine Bewegungen waren weicher und elastischer, wenngleich voll fahriger Energie. Er würde überleben, auch wenn seine Mutter gestorben war. Es schien, als habe er all ihre Lebenskraft aufgesogen in dem Augenblick, in dem sie sie freigeben musste. So war der Lauf der Dinge: Die Lebenden speisten sich aus den Toten.

Maria begann, den kleinen Körper aus den Tüchern und Windeln zu wickeln, in die man ihn mehr oder weniger kunstvoll eingeschlagen hatte. Schon von klein auf hatte sie es geliebt, Säuglinge zu wickeln, zu säubern und zu wärmen, es war ihr so vertraut, als hätte sie nie etwas anderes im Leben getan. Diesem kleinen Wesen aber fühlte sie sich besonders verbunden, fast so, als hätte sie es selbst auf die Welt gebracht. Ihre Brüste waren klein und trocken und konnten ihm leider keine Milch spenden. Alles andere aber konnte sie ihm geben wie eine richtige Mutter.

Es klopfte noch einmal, und diesmal stand Christoph de Vens in der Tür. Zum ersten Mal sah Maria den Hausherrn, den sie sich stattlich und groß vorgestellt hatte, mit prächtigen Kleidern und den Insignien häuslicher Macht geschmückt. Stattdessen stand ein schmaler, zierlicher Mann vor ihr, der die Schultern hängen ließ und dessen Gesicht deutlich die Spuren tiefen Kummers trug. Er sah schweigend zu, wie Maria seinen Sohn wickelte. Seine

Miene zeigte keine Regung. Er begehrte nicht, sein Kind in den Arm zu nehmen, es zu begrüßen oder zu liebkosen. Mit zerstörtem, verbittertem Gesicht, aber unfähig, eine Träne zu vergießen, voller Wut und Kränkung, hatte er sich in seinen Zimmern verbarrikadiert und mit seinem Schicksal gehadert, das ihm die Frau genommen und einen gesunden Sohn geschenkt hatte.

»Kommt nun endlich, der Pater hat nicht ewig Zeit«, sagte er mürrisch. »Alle warten auf Euch.«

»Habt Ihr denn schon einen Namen für den Knaben?«, fragte Maria und legte das Kind auf ein besticktes Kissen, das ihr die Magd für die Taufe herausgelegt hatte. Auf diesem Kissen war auch Christoph de Vens einst getauft worden, vor mehr als dreißig Jahren.

»Was ist das für ein Kissen?«, meinte Christoph, Marias Frage ignorierend. »Wer hat es Euch gegeben?«

»Eure Magd. Es ist Eure Familientradition, die Kinder auf diesem Kissen taufen zu lassen, hat sie gesagt«, antwortete Maria.

»Nehmt es weg«, befahl Christoph kurz.

»Aber ...«

»Nehmt es weg!«, wiederholte er streng. »Ihr hört doch, was ich sage.«

Maria zog das schöne Kissen unter dem Säugling weg und wickelte ihn in die Decke, in der er geschlafen hatte. Seine dunklen Augen verfolgten jede ihrer Bewegungen. Christoph stand mit hängenden Schultern in der Tür und wartete ungeduldig, dass Maria fertig wurde. Sie hatte nicht einmal Zeit gehabt, ihren Schleier zu richten und ein paar Haarsträhnen wieder festzustecken. Seit vierundzwanzig Stunden hatte sie keine Minute Zeit gefunden, sich zu waschen, ihre Kleider zu wechseln, sich frisch zu machen. Jetzt, wo das Kind endlich trank, würde sie die Säuglingssachen aus dem Zimmer der Verstorbenen herausholen und Milch und Honig besorgen müssen für die nächste Mahlzeit. Sie musste die Kanne säubern, aus der er trank, und die Windeln auswaschen. Die Magd hätte ihr zur Hand gehen können, aber die war mit tausend anderen Dingen beschäftigt, die anfielen, wenn eine Hausherrin gestorben war. Der Leichnam war schon aufgebahrt, die Beisetzung sollte ganz früh am nächsten Morgen stattfinden. Margarethes Familie aus Antwerpen würde nicht anreisen können. Man vertrüge sich nicht mit Christoph, hatte Maria herausgehört. Außerdem sei Margarethes Vater nicht gesund genug für die beschwerliche Reise in der Sommerhitze. So würde die unglückliche Margarethe im engsten Kreise bestattet werden, auf ihrem letzten Weg nur begleitet von ihrem trauernden Gatten, dem winzigen Söhnchen und ihren Bediensteten. Kaum jemand hatte sie in Brügge gekannt in der kurzen Zeitspanne, die sie hier gelebt hatte.

Und es hatte auch noch niemand den Säugling sehen wollen. Es war, als ob er gar nicht existierte, als ob auch er mit der Mutter gestorben sei. Vielleicht war es auch das, was Maria so eng mit ihm verband: seine unermessliche Einsamkeit vom Tag der Geburt an. Es erging ihm ebenso wie ihr selbst, seitdem sie auf der Welt war.

Als auch Clemens' Gesicht hinter Christoph in der Tür erschien, war Maria endlich fertig, und ihr Herz klopfte, als sie mit dem Kind die Treppe zur Stube hinaufstieg. Nun würde der Junge aufgenommen werden in die Gemeinschaft der heiligen Kirche, ein feierlicher und großer Augenblick für das Kind wie für alle, die mit ihm verbunden waren. Der Herr würde ihn annehmen und seine

Einsamkeit aufheben für immer und ewig. Sofern es dem Kind gelänge, den rechten Glauben zu finden. Das, so wusste Maria aus eigener Erfahrung, war das Nadelöhr, durch das jeder ganz allein hindurchfinden musste.

Auch die Stube wurde vom Abendsonnenschein erleuchtet, der sich wundervoll farbig in den bemalten Glasfenstern brach. In den bunten Strahlen tanzten die Staubkörnchen wie auf einer Waldlichtung. Die hohe, schlanke Figur Pater Linharts zeichnete sich dunkel gegen das Sonnenlicht ab. Maria erschrak und presste automatisch den Säugling so fest an ihre Brust, dass dieser zu weinen anfing und sich lange nicht beruhigen ließ, sondern in ein leises und beständiges Jammern verfiel.

»Sieh an«, sagte Pater Linhart. »Unsere ungehorsame Novizin. Ich habe schon von Schwester Fronika gehört, dass du dich wieder einmal nicht zu benehmen weißt.«

»Ich habe mich um den Kleinen gekümmert. Er wollte nicht trinken, er hat ja sonst niemanden.«

»Nein, freilich, er hat niemanden. Das soll sich nun ändern, Maria.« Der Pater griff nach einem Weidenkorb, der neben ihm auf dem Boden stand. Er war mit einem Kissen ausgepolstert, auf dem sorgfältig in der Mitte ein hölzernes Kreuz drapiert war. »Leg ihn bitte hier hinein.«

Maria presste das Kind an sich. Sie schüttelte den Kopf. Der Pater kam einen Schritt auf sie zu und hielt ihr den Korb hin.

»Nein«, sagte Maria und wich zurück, vorsichtig das Köpfchen des Kindes mit der Hand schützend. Christoph, der vor dem Kamin stand, runzelte die Stirn. Clemens war neben der Tür stehen geblieben. »Man hat mir gesagt, das Kind solle getauft werden. Er ist sicher wieder hungrig, lasst es uns schnell vollbringen«, sagte Maria.

»Das Kind soll in der Kapelle getauft werden, am Tauf-
becken, so wie es sich gehört«, sagte Pater Linhart und
lächelte. Aber seine Stimme hatte einen bedrohlichen
Unterton. »Darum werde ich es jetzt mitnehmen, so ist
es abgesprochen. Nicht wahr, Mijnheer de Vens? Das ist
doch Euer Wunsch.«

»Aber er hat das Kind noch nicht einmal angesehen!«,
rief Maria. »Er will es gar nicht haben, dabei kann das
Kind doch nichts dafür, dass seine Mutter bei der Geburt
starb. Das geschieht allenthalben, es ist ein Unglück, aber
wir können nichts dagegen ausrichten. Habt doch Erbarmen mit dem Kleinen.«

»Niemand will ihm etwas tun«, sagte Pater Linhart.
»Du brauchst dich nicht zu erregen. Er wird zu den Brüdern und Schwestern vom heiligen Kreuz gebracht und
dort in christlicher Nächstenliebe aufgezogen werden.
Hier in diesem Haushalt kann er nicht bleiben, es ist ja
niemand da, der sich um ihn kümmern kann, wie du ganz
richtig bemerkt hast.«

»Ich kann mich um ihn kümmern«, sagte Maria.

»Du bist eine Novizin aus dem Weingarten und hast
gelobt, dich an die Regeln der Beginen zu halten. Das ist
schon Aufgabe genug, und nicht einmal das will dir recht
gelingen. Du bist ohne Erlaubnis durch die Stadt gelaufen,
du bist weder in der Lage noch reif genug, auch nur für
dich selbst zu sorgen, Maria. Außerdem ist der Beginenhof
kein Ort für verwaiste Säuglinge. Wie stellst du dir das
vor? Es ist ein Ort des Glaubens und der Kontemplation.
Du tust dich recht schwer damit, dich diesem als würdig
zu erweisen. Leg nun den Säugling in den Korb und begib
dich so schnell wie möglich zurück in den Beginenhof, ich
befehle es dir.«

Maria stand erstarrt zwischen den Männern, das warme Kind an die Brust gedrückt und den Blick auf den leeren Weidenkorb vor sich gerichtet. Wie konnte sie dieses Kind, das sich so vertrauensvoll an sie schmiegte, verlassen und in den nackten, kalten Korb legen? Wer würde sich seiner annehmen bei den Brüdern und Schwestern vom heiligen Kreuz? Würde es dort zugehen wie in dem Waisenhaus, in dem sie selbst aufgewachsen war, wo die Säuglinge den ganzen Tag über in ihren Körbchen lagen, fest eingewickelt in Tücher, damit sie nicht aus eigener Kraft anfingen, herumzukrabbeln wie kleine Tiere, die ihren einsamen Gefängnissen entkommen wollten? Wenn sie anfingen zu laufen, wurden sie in Käfige gesperrt, allein oder zu zweit und zu dritt, wo sie übereinander herpurzelten und sich einander mit den Fingern in die Augen griffen. Niemals wurde dort ein Kind aufgenommen, gewärmt und liebkost von den frommen Schwestern und Brüdern, die sie versorgten, weil sie eine solche Behandlung nicht für sinnvoll hielten und auch gar keine Zeit dazu hatten. Sie mussten ja immerzu beten und singen und so viele andere Arbeiten tun. Wie viele Kinder starben angesichts dieser lieblosen Behandlung? Nur die stärksten und härtesten entwickelten sich weiter und wurden schließlich selbst zu kalten, frömmelnden Brüdern und Schwestern. Nicht jeder hatte das Glück, wie sie selbst an ein paar herzliche, freigebige Menschen unter ihnen geraten zu sein, die sich ihrer angenommen hatten, verstohlen und heimlich, gegen alle Regeln. Nein, freiwillig würde sie dieses Kind nicht hergeben für ein solches Leben.

Sie hörte, wie Clemens hinter ihr leise die Tür aufstieß, und ein kalter Luftzug aus der Diele streifte ihren Rücken. Plötzlich drehte sie sich herum und lief aus der Diele.

Sie stürzte zur Haustür hinaus und auf die Straße, wohin, wusste sie nicht, nur fort. Clemens kam ihr nachgelaufen und holte sie nach wenigen Schritten ein. Er griff nach ihrer freien Hand und lotste sie geschickt durch die vollen Gassen von Brügge. Den Säugling an sich gepresst, folgte sie Clemens, immer weiter, weit fort, nur weg vom Hause de Vens mit den herzlosen Männern und dem leeren Weidenkorb. Sie liefen und liefen, bis sie den Stadtrand erreichten und sich in einem Heuschober verkriechen und verschnaufen konnten. Schulter an Schulter ließen Maria und Clemens sich ins Heu fallen. Maria wickelte das Kind aus der Decke und hielt es hoch über sich. Und das Kind lachte, oder zumindest sah es sehr vergnügt aus.

»Nennen wir ihn Jan«, sagte Maria. Clemens nickte und schloss einen Moment lang seine Arme ganz fest um Maria und das Kind.

❧ 19 ❧

WIE MAN SICH ENTSCHULDIGT

*Wenn eine Schwester einer anderen ein Leid zufügt durch ihre
Rede oder durch Taten, so entschuldigt sie sich, ohne zu zögern;
und die andere verzeiht ihr unverzüglich unter der Bedingung, dass
sie ihr mit der Hilfe des Beichtvaters oder der Magistra eine Strafe
auferlegt.*

FERIA SECUNDA, 24. SEPTEMBRIS 1498

Nopicht lehnte mit geschlossenen Augen an der
weiß gekalkten Wand des Pförtnerinnenhäuschens
und genoss die wärmende Abendsonne, die ihr direkt ins
Gesicht schien. Auch die Wand wurde von den letzten
Strahlen der Spätsommersonne angenehm gewärmt, genau
wie das Bänkchen, auf dem sie saß. Weinlaub raschelte in
der leichten Brise, die heute nach der See schmeckte, die
so nah und doch für sie – wie für alle hier – so fern schien.
Wann war sie je am Meer gewesen? Als Kind hatte ihr
Vater sie einmal an den Strand mitgenommen, in einem
Fischerdorf an der Küste. Und dann noch einmal später,
auf einer Reise durch die Normandie. Endlos lang schien
es her zu sein, wie in einem anderen Leben. War sie wirklich einmal die tollkühne junge Frau gewesen, die sich
einfach Männerkleider angezogen hatte und auf einem
Pferd durch Flandern und halb Frankreich geritten war?
Immer auf der Suche nach dem Glück. Oder vielmehr auf
der Flucht davor … aber um das zu verstehen, hatte sie
überhaupt erst so weit reisen müssen. Andere verstanden

es nie, pflegte sie sich zu beruhigen, wenn sie an diese Phase ihres Lebens dachte. Die meisten verstanden nie, dass das Glück allein in ihnen ruhte, in ihrem eigenen Herzen, das geliebt und beschützt werden wollte. Sie suchten die Liebe bei anderen. Es war eine Rechnung, die nie aufging, aber das wusste man erst, wenn man älter war. Man konnte nicht damit rechnen, denjenigen, der einen für immer und ewig richtig verstand, unter den wenigen Menschen zu finden, denen man im Leben begegnete. Der einfache, gläubige Mensch, der sich von seinem Gott geliebt glaubte wie ein Kind von seiner Mutter, der hatte es leicht, sich damit abzufinden. Aber komplizierte und kluge Menschen, wie auch Nopicht nun einmal einer war, die hatten es schwerer damit. Sie mussten oft erst mühsam und bitter die Illusionen der Liebe in ihrem Leben erfahren, bis sie erkannten, dass Bescheidenheit und Demut, innere Einkehr und der Glaube an den Herrn im Himmel allein ihre Sehnsucht stillen konnten. Da ruhte der wahre Frieden, den man im Leben finden konnte. Und so offenbarte sich das Glück zum Beispiel mit einem Sonnenstrahl und der Wärme, die er auf der Haut verbreitete, dem leisen Rascheln des sich einfärbenden Herbstlaubs oder dem frischen Geruch der nahen See. Nopicht war voller Dankbarkeit, einen solchen Augenblick erleben zu dürfen.

Sie schlug die Augen auf, als sie die leichte Berührung einer Hand auf ihrer Schulter spürte. Die Magistra stand vor ihr und legte ihren kühlen Schatten auf Nopicht.

»Entschuldige, dass ich dich störe, aber ich suche unsere Pförtnerin. Hast du sie gesehen?«

»Du störst nicht, Walburga. Ich habe nicht geschlafen, falls du das annehmen solltest«, antwortete Nopicht. Seit ihrer Krankheit glaubten alle, sie müsse sich immerfort ausruhen. Wie sehr sie dieses Stigma der Krankheit hasste – mehr als die Krankheit selbst, dachte sie manchmal. »Aber du wirst mit mir vorliebnehmen müssen. Agnes hat sich hingelegt. Sie fühlt sich nicht wohl.«

»Ich muss sie dringend sprechen.«

»Sie schläft. Sie ist krank.«

»Was fehlt ihr?«

Nopicht setzte sich auf. Gleichzeitig rückte sie ein wenig zur Seite, um auf der Bank Platz zu machen.

»Setz dich, steh mir nicht in der Sonne, Walburga. Agnes ist unpässlich. Erinnerst du dich nicht mehr an die Leidenstage unserer Jugend?«

Die Magistra schüttelte ärgerlich den Kopf, nicht um die Frage zu verneinen – wie hätte sie sich nicht daran erinnern können? –, sondern um die unbotmäßige Frage der Mitschwester abzuwehren. Sie machte einen Schritt auf die Tür zu und streckte die Hand nach dem Türgriff aus. Nopicht sprang auf und stellte sich ihr in den Weg.

»Geh zur Seite, Nopicht«, zischte Walburga. »Wenn ich sage, dass ich Agnes sprechen muss, dann wirst du mich daran nicht hindern.«

Nopicht lächelte, blieb jedoch so an die Tür gelehnt stehen, dass sie mit ihrem Körper den Türgriff verdeckte.

»Es geht wieder einmal um das Bild in der Kirche, nicht wahr? Komm, setz dich zu mir, lass uns in Ruhe darüber sprechen. Es hat gar keine große Bewandtnis damit, ich wollte es dir schon längst sagen. Ich war es, die diesen kleinen Malerburschen dabei entdeckt hat.«

»Du?«, fragte die Magistra. »Das glaube ich nicht!«

»Doch, doch, ich kann es dir beweisen. Er heißt Clemens, und er sollte die abgeblätterte Farbe am Pfeiler hinter dem Elisabeth-Altar ausbessern.«

»Du hast ihn dabei gesehen«, wiederholte die Magistra langsam und fassungslos. »Und du hast mir nicht davon berichtet?«

»Ich tue es jetzt«, sagte Nopicht ungerührt und zog die Magistra neben sich auf die Bank. Die Sonne schien ihr jetzt direkt in die Augen, so dass sie sie schließen musste.

Walburga hob die Hand vor die Augen, um sie zu beschatten und Nopicht ansehen zu können. »Jetzt erst?«

»Ich wollte es ja schon lange tun«, sagte Nopicht leise, aber mit Nachdruck. Von weitem kamen Christina und Duretta auf sie zu, aber sie gingen langsam und trugen schwer an einem Paket, das sie wohl an der Pforte abliefern sollten. »Es kam einfach immer etwas dazwischen. Erst war ich krank ... dann war wieder etwas anderes.«

»Erst die Sache mit Pater Linhart, deine private Fehde und dein unverschämtes Benehmen beim Kapitel. Und nun das – was soll ich mit dir tun, Nopicht? Was soll ich nur tun? Weißt du, was all das für Folgen für uns haben kann?«

Nopicht nickte.

»Und außerdem – mir wurde überzeugend berichtet, dass Agnes das Bild verhängt habe. Propst Albrecht betrachtet das als die größte Missetat bei der ganzen Sache und fordert drastische Strafmaßnahmen gegen die Täterin.«

»Propst Albrecht«, wiederholte Nopicht mit einer abfälligen Geste.

»Lenk nicht ab!«

»Es stimmt nicht. Agnes hat nichts mit alledem zu tun.«

»Elisabeth hat bereits eingeräumt, dass Agnes das Laken, mit dem das Bild verhängt war, aus der Wäschekammer geholt hat.«

»Nun, allein konnte ich es nicht fertigbringen.«

»Ihr habt gemeinsam gehandelt? Du hast die arme Agnes mit hineingezogen?«

Nopicht nickte.

»Wart ihr denn ganz und gar von Sinnen?«

»Im Gegenteil. Hast du dir das Bild einmal angesehen?«

»Na und?«

»Es ist eine ausgezeichnete Komposition. Hervorragende Miniaturen von all unseren Schwestern. Warum sollen wir es nicht behalten? Die Nachwelt würde sich daran erfreuen.«

»Porträts von uns in unserer heiligen Kirche? Nopicht, ich verstehe nicht mehr, was in dich gefahren ist. Ich werde dem Propst davon berichten müssen. Bei der nächsten Visitation ...«

Nopicht lächelte und blinzelte in die Sonne. O ja, es würde ihr Freude machen, ihre eigenen Worte im nächsten Visitationsbericht wiederzufinden. Vielleicht würde es sogar in der Chronik verzeichnet werden: Im Septembris anno 1498 hat Schwester Nopicht treffliche Porträts aller Schwestern als Wandgemälde in der Klosterkirche anbringen lassen ... »Was spricht eigentlich dagegen, theologisch betrachtet?«

»Das geht uns nichts an. Wir sind keine Theologen.«

»Du sollst dir kein Bildnis machen«, dachte Nopicht laut nach. »Aber das betrifft nur den Herrn, nicht seine Bräute. Oder was meinst du?«

»Ich muss mit diesem Jungen sprechen. Wie kommt

314

er dazu, unsere Kirche zu besudeln? Damit hat das ganze Unheil angefangen«, sagte die Magistra.

»Er ist begabt ...«

»Er hat den Teufel im Leib. Wenn Pater Linhart von ihm erfährt ...«

»Bringt er es fertig und stellt ihn vor die Inquisition!«

Die Magistra bekreuzigte sich. »So wahr mir Gott helfe«, murmelte sie. »Und euch beide mit dazu.«

»Es wäre mir eine Ehre«, sagte Nopicht und erhob sich, um den Novizinnen das Paket abzunehmen. Es war so schwer, als ob es Wackersteine enthielt.

»Zwei Ballen Linnen, eine Lieferung für die Beginen in Kortrijk«, sagte Christina.

»Das geht wieder zurück in die Werkstatt«, sagte die Magistra und erhob sich ebenfalls von der Bank. Die Novizinnen sahen sie überrascht an. »Ja, ihr habt richtig gehört. Ihr müsst das Paket zurücktragen. Hier wird kein Tuch mehr ausgeliefert.«

Nopicht trat zurück und lehnte sich wieder vorsorglich gegen die Tür zu Agnes' Pförtnerhaus.

»Wir sprechen uns noch, Nopicht. Spätestens beim nächsten Kapitel«, sagte Walburga leise. Dann ging sie mit sehr würdevoll erhobenem Haupt zurück zu ihrem Haus.

❦

»Endlich«, sagte Dietz, als Agnes vor ihm stand. Sie hatten sich schon von weitem gegenseitig erkannt – obwohl Agnes ohne ihre Haube, das Haupt nur mit einem kleinen weißen Schleier bedeckt, kaum auffiel unter den anderen Frauen, die an diesem Abend durch die dämmrigen Straßen liefen. Agnes hingegen hatte Dietz schon an seiner Haltung erkannt, an dem krausen, roten Backenbart und diesem Haarschopf, der immer so seltsam zerzaust zu sein schien, obwohl er von nahem betrachtet ordentlich geschnitten und gekämmt war. »Endlich«, wiederholte er und ballte die Fäuste, um dem Impuls zu widerstehen, Agnes einfach voller Freude in die Arme zu schließen.

Agnes wandte das Gesicht ab und senkte den Kopf. Ihr Atem flog. Alles an ihr zitterte.

»Ihr seid gekommen«, fuhr Dietz fort, und wenn es auch vielleicht eine Frage hatte werden sollen, so kam es doch mehr wie eine triumphierende Feststellung über seine Lippen. Aber seine Stimme bebte. »Ich habe gewusst, dass Ihr kommen würdet. Oder besser, ich habe es sehr gehofft. Ich freue mich so sehr.«

Was hätte Agnes darum gegeben, geradeheraus und mit offenem Herzen zu Dietz sprechen zu können, ihn einmal richtig anzusehen, geradewegs in die Augen. Sie schüttelte den Kopf, so dass ihr Schleier flog. Sie war nun mal eine fromme Frau, der es nicht zustand, sich mit einem Mann allein zu treffen. Was hätten die Leute gedacht? Sie konnte nicht einfach in der Öffentlichkeit mit ihm sprechen, noch weniger durfte sie sich zu ihm in sein Haus begeben. So war sie spontan losgelaufen, als seine Nachricht sie erreicht hatte, dass er in dem schützenden kleinen Hain hinter dem Minnewater auf sie wartete. Von weitem hörte Agnes die Klosterglocke die siebte Stunde schlagen. In einer halben Stunde musste sie zurück sein und Nopicht erlösen, die für sie die Pforte bewachte, solange sie sich unerlaubt und ohne Genehmigung vom Hof entfernt hatte.

»Ich brauche Eure Hilfe«, stammelte Agnes. »Ich habe gerade erfahren, dass Maria weggelaufen ist!«

»Maria – das ist doch ...«, stammelte Dietz.

»Maria ist meine Tochter.«

Dietz starrte Agnes an. In seinem Kopf schienen die Gedanken zu rasen. »Das wusste ich nicht«, murmelte er, um Zeit zu gewinnen.

»Das konntet Ihr auch nicht wissen. Ich habe es ja selbst bis vor kurzem nicht gewusst.«

»Wie kann das sein?«

»Das ist eine lange Geschichte, Dietz. Ich werde sie Euch sicher gern einmal erzählen, aber jetzt ist nicht der richtige Zeitpunkt dafür. Und bitte, sprecht mit niemandem darüber.«

»Ich schwöre es«, sagte Dietz, und der Schalk zog leise wieder in seine Augen ein.

»Auch nicht mit Maria selbst, sollte sich die Gelegenheit ergeben«, fuhr Agnes eindringlich fort. »Sie weiß es nämlich auch noch nicht.«

»Ich brenne darauf, die ganze Geschichte zu erfahren, die sich hinter diesen Rätseln verbirgt, Agnes. Ihr überrascht mich immer wieder aufs Neue.«

»Es ist nur die kleine Geschichte meines Lebens, Advokat. Die Geschichte einer armen Sünderin, nicht mehr, aber auch nicht weniger. Aber erst einmal muss ich Maria wiederfinden, versteht Ihr?«

»Was ist denn geschehen?«

»Wenn ich das wüsste. Maria ist heute früh mit Schwester Fronika zu einer Totenwache gerufen worden. Margarethe de Vens ist heute Nacht im Kindbett gestorben.«

»Wie furchtbar«, rief Dietz erschrocken. »Die arme Frau, der arme Mann!«

»Das Kind soll leben, sagte man mir«, fuhr Agnes fort. »Maria kümmerte sich um den Säugling. Aber irgendetwas ist geschehen, ich weiß nicht, was. Daraufhin ist sie davongelaufen – mit dem Kind. Schwester Fronika hat uns eine Nachricht überbringen lassen. Wenn ich es der Magistra melde, wird Maria aus dem Konvent ausgeschlossen. Genau wie ich.«

»Dann müssen wir sie finden. Ich gehe sofort zu Christoph de Vens. Er wird jetzt Unterstützung brauchen. Vielleicht kann ich dort erfahren, was vorgefallen ist. Wenn ich zurückkomme, werde ich Euch berichten.«

»Ich muss jetzt zurück, um das Tor für die Nacht zu schließen. Vor morgen früh kann ich Euch nicht wieder treffen.«

»Handelt nicht voreilig. Vielleicht ist Maria morgen früh schon wieder da. Weit kann sie allein nicht kommen.«

»Sie ist nicht allein«, flüsterte Agnes. »Der junge Maler, Clemens van Goos, ist bei ihr.« Agnes bekreuzigte sich.

»Das ist gut«, meinte Dietz. »Clemens ist klug und besonnen, er wird Maria beschützen.«

»Ich weiß nicht, ob das der Schutz ist, den Maria jetzt braucht«, sagte Agnes bitter.

Dietz blickte Agnes einen Augenblick nachdenklich an. Dann legte er seine Hände auf ihre Schultern und zog sie an sich. Und Agnes ließ es geschehen.

∽ 20 ∾

Von der Lesung im Refektorium

Jede Begine soll in einer Woche als Vorleserin am Sonntag oder zu einem anderen Zeitpunkt die Lesung dieser Regel im Refektorium übernehmen.

Feria secunda, 24. Septembris 1498

Hoffnungsvoll glitten Agnes' Augen bei der Komplet über die Reihen der weißen Hauben hinweg. Aber natürlich entdeckte sie nur die drei anderen Mädchen, die an ihren hellblauen Schultertüchern leicht als Novizinnen zu erkennen waren: Christina, Duretta und Adelheid. Marias Platz war leer. Nopicht fing ihren Blick auf und machte ihr ein Zeichen. Beim Auszug der Schwestern aus der Kirche ließ Agnes sich zurückfallen, bis Nopicht sie eingeholt hatte.

»Ich muss dich dringend sprechen. Lass deine Tür offen. Sowie alle Lichter gelöscht sind, werde ich zu dir kommen.«

Agnes konnte nichts entgegnen, denn die Magistra schob sich zwischen sie.

»Schwester Agnes, ich erwarte Euch gleich morgen früh nach der Morgenandacht im Kapitelhaus.«

Agnes verbeugte sich stumm und stolperte über den dunklen Platz zu ihrem Pförtnerinnenhaus zurück. Sie ließ sich gleich, nachdem sie die Tür hinter sich geschlossen hatte, auf einen Stuhl fallen und versuchte, ihre Gedanken zu ordnen. Das alles konnte nur eines bedeuten: Man hatte sie verraten. Morgen früh würde sie aus dem Hof gewiesen werden. Es war alles verloren.

Sie entzündete ein Talglicht und sah sich in ihrer kleinen Küche um. Sie hatte gern hier gelebt, auch wenn es ein einfaches, karges Leben gewesen war. Sie liebte die Ruhe und das Gefühl, behütet zu sein. Damit war es nun vorbei. Ihre Vergangenheit hatte sie eingeholt. Sie musste sich ihr jetzt stellen. Vor allem aber musste sie ihr Kind beschützen. Und sie wusste plötzlich auch, was es dafür zu tun gab.

Sie durfte nichts mitnehmen von hier, nur das Kreuz an der Wand über der Tür gehörte ihr. Es hatte all ihre Klagen und Schmerzensmomente mit angehört, so viele Bitten, aber auch Dankesworte von ihr vernommen. Es war ein schlichtes, dunkles Holzkreuz mit einer einfachen Öse am oberen Ende, mit der es an der Wand befestigt war. Es war für sie ein Symbol, ein Knotenpunkt, wie der Knoten in einem Taschentuch. Ein Symbol für Leiden und Tod wie für Erlösung und Auferstehung, denn es war leer. Niemand hing daran, das war ihr wichtig. Der Leib verging, das ewige Leben konnte man nicht darstellen. Das wohl auch war es, was so verwerflich war an dem Wandbild in der Kirche. Es stellte ihre Leiber dar statt die Schönheit ihrer befreiten Seelen. Sie ließ das Kreuz in die Tasche gleiten, die sich unter ihrer Schürze befand.

Dann holte sie Wasser vom Brunnen im Hof und putzte ihre Feuerstelle, räumte alle Schränke und Zimmer auf, zog die Wäsche ab und legte sie sorgfältig zusammen. Persönliche Gegenstände besaß sie nicht, es gab nichts fortzuwerfen. Als sie einen letzten Blick in die Runde warf, klopfte es an der Tür. Es war Nopicht. Sie ließ sie schnell herein.

⁓

Obwohl Agnes überall Ausschau hielt, konnte sie Dietz nirgendwo entdecken, als sie im ersten Morgenlicht durch die Straßen von Brügge eilte. Es herrschte schon reges Treiben auf den Gassen und Plätzen, denn der Heumarkt mit seinem großen Warenangebot aus aller Welt zog die Bauern und Händler aus der Umgebung in die Stadt. Die einen wollten ihre Wintervorräte auffüllen, die anderen ihre Speicher leeren. Da war ein Rufen und Geschrei in der Luft, und jeder war eifrig damit befasst, sich selbst und seinem Geschäft zu dienen. Das war die Welt, in die Agnes nun zurückkehren musste, und sie spürte, wie ihr die Angst die Kehle hochkroch. Aber sie hatte keine Wahl. Was man einmal begonnen hatte, musste man auch zu Ende bringen.

Sie überquerte die steinerne Brücke über die Reie. Niemand machte ihr Platz, niemand zog den Hut vor ihr. Sie trug zwar noch die Kleidung einer frommen Frau, aber die Menschen schienen schon zu merken, dass sie es im Innern nicht mehr war. Dass sie ihre Gelöbnisse gebrochen hatte.

Endlich stand sie atemlos vor dem hochherrschaftlichen Haus der de Vens, deren Türmchen und Verzierungen sie zuletzt in Begleitung der Magistra bewundert hatte. Wie ewig lang schien das her zu sein, dabei war bloß ein halbes Jahr vergangen seitdem. Mit seinen glasierten Ziegeln und dem schönen polierten Gebälk hob das Haus sich ab von den einfacheren Nachbarhäusern. Sie zog an der

Klingelschnur, die eine Messingglocke im Haus in Gang setzte, und fast gleichzeitig sprang die Haustür auf. In der Diele hatte sich eine kleine Gruppe schwarzgekleideter Menschen versammelt. Und hinter ihnen sah Agnes den großen schwarzen Sarg, dessen Deckel gerade geschlossen wurde. Eisig schweigend sahen die Leute Agnes an. Es waren ein paar Dienstleute, Knechte und Mägde, sie kannte niemanden. Sie bekreuzigte sich und blieb unschlüssig in der Tür stehen. Da teilte sich die Gruppe plötzlich, und der Hausherr trat heraus.

»Was wollt Ihr?«, fragte Christoph de Vens. Er sah Agnes feindselig an, aber sie nahm all ihren Mut zusammen, fest entschlossen, sich nicht einschüchtern zu lassen.

»Ich bin Schwester Agnes aus dem Beginenhof zum Weingarten. Ich suche unsere Novizin Maria. Ist sie noch bei Euch?«

»Sie ist gestern Abend davongelaufen. Ich habe es Eurer Magistra schon ausrichten lassen.«

»Wisst Ihr denn wirklich nicht, wohin sie gegangen sein könnte? Sie ist ein gutes Mädchen, sie hat sicher nichts Böses tun wollen«, sagte Agnes mit Verzweiflung in der Stimme.

»Gutes Mädchen hin oder her«, sagte Christoph und trat aus dem Haus auf die Straße. »Wenn ich erfahren sollte, dass sie sich bei Euch versteckt hält, dann gnade Euch Gott. Dann hat es die längste Zeit einen Beginenhof in Brügge gegeben – so wahr ich Christoph de Vens heiße! Und nun seid so gut und lasst mich passieren. Ich muss meine Frau zu Grabe tragen.«

Er winkte den Männern im Haus, die daraufhin den Sarg aufhoben und ihn langsam und schweigend aus dem

Haus trugen, während Christoph hinter ihnen die Tür verschloss.

Agnes ließ sich vor den steinernen Stufen in den Schmutz der Straße fallen und begann für die Verstorbene zu beten.

Stumm saß die Magistra am Tisch, und Nopicht saß ihr ebenso schweigsam gegenüber. Zwischen ihnen lag das Schlüsselbund für die Pforte des Beginenhofs, Symbol ihrer Abgeschlossenheit von der Welt, aber auch ihrer Eigenständigkeit und des Schutzes. Daran hing nicht nur der große schwarzeiserne Schlüssel für das Tor, sondern auch Kopien sämtlicher Schlüssel zum Kapitelhaus, für die Kirche, zur Wohnung der Magistra und zu allen Kellerräumen. Das kleine Schlüsselbund daneben gehörte zum Wohnhaus der Pförtnerin.

»Agnes hat alles zurückgelassen. Sie hat nichts mitgenommen, nicht einmal ihr Brevier.«

»Es gehört dem Konvent. Sie hat nichts eingebracht.«

»Aber viele Jahre hier gearbeitet. Soll das ganz umsonst gewesen sein?«

»Umsonst? Was meinst du damit, Nopicht?«

Nopicht zuckte die Achseln. »Ist ja auch gleich. Sie ist fort und wird sicher nicht zurückkommen.«

»Womit wir zwei Schwestern auf einen Schlag verloren hätten. Erst der Tod der guten alten Seraphine. Dann Julianas schreckliches Ende. Das unerklärliche Verschwinden von Ursula. Nun auch noch Maria und Agnes. Was sagt Ihr dazu, Pater Linhart? Was haben wir getan, dass der Herr uns so straft?«

Pater Linhart, der zwischen den beiden Fenstern des Kapitelsaals auf und ab gegangen war, blieb stehen. Seine Miene war finster, wie seine Gedanken. Er schüttelte den Kopf und schwieg.

»Seit zwei Jahren stehe ich nun den Beginen vor. Alles, was wir in dieser Zeit angefangen haben, liegt in Scherben«, sagte Walburga bitter. Tatsächlich warf sie sich selbst den größten Anteil an dieser Entwicklung vor. Sie war zwar beliebt, auch gefürchtet, die meisten Schwestern achteten sie. Aber ihre Anordnungen wurden nur schleppend umgesetzt, der Gehorsam ließ zu wünschen übrig. Sie hatte sich immer bemüht, ihre Zusammenarbeit mit dem Propst, dem gutmütigen alten Beichtvater Rektor Pater Jeronimus wie auch mit dem ehrgeizigen Vikarius Pater Linhart einvernehmlich zu gestalten – aber die Zeichen standen auf Sturm, sie konnte nichts daran ändern. Schwierigkeiten und Spannungen, wohin sie auch sah. Immer häufiger gab es Querelen zwischen einzelnen Beginen, gab es Mitglieder der Gemeinschaft, die sich der Regel widersetzten und über die Stränge schlugen. Selbst die Novizinnen wurden nun schon aufsässig, statt sich still einzufügen in die Reihe der Schwestern, wie es in früheren Zeiten gang und gäbe gewesen war. Woran lag es nur? Waren die Zeiten so anders geworden? War es die sich ständig wandelnde Welt da draußen, die die Frauen so selbstsüchtig machte und nur um ihr eigenes Glück bemüht? Wie konnte sie nur das Ruder wieder herumlegen und das Schiff auf den alten, bewährten Kurs zurückführen: Eine für alle und alle für den Herrn? »Es fehlt der Glaube allenthalben«, sagte sie leise. »Es fehlt an Demut und Liebe. Es fehlt uns am Wesentlichen.«

»Ihr müsst ein Exempel statuieren«, sagte Pater Linhart. »Einmal hart durchgreifen. Ihr werdet sehen, dann wird Euch die Herde wieder folgen. Lasst Ihr aber die kranken Zweige weiter wachsen, so verderben sie Euch bald die ganze Ernte.«

Nopicht sah den Pater lange an. Sie wusste, dass es klüger gewesen wäre zu schweigen, aber sie spürte, dass sie sich nicht mehr länger würde beherrschen können. Sein zynischer Bericht aus dem Haus de Vens, seine kalte Reaktion auf Agnes' Fortgang – Reisende solle man nicht aufhalten, hatte er gesagt, als wäre Agnes nur irgendein Gast unter ihnen gewesen und nicht viele Jahre, ja eineinhalb Jahrzehnte lang, ihrer aller Mitschwester, zuverlässige und fleißige Pförtnerin, Freundin und Verschworene. Und nun auch noch seine guten Ratschläge, die alles nur noch schlimmer machten. Nein, sie würde nicht länger schweigen können.

»Ihr riecht wohl schon wieder frisches Blut für Eure Scharfrichter«, sagte sie und ließ sich jedes Wort auf der Zunge zergehen. »Wenn Ihr nur strafen und züchtigen könnt. Dabei überseht Ihr aber ganz und gar die eigentlichen Bösewichte, selbst wenn sie Euch vor der Nase herumtanzen.«

Linhart schnellte zu Nopicht herum. »Was wollt Ihr damit sagen? Hat nicht unser Herr Jesus Christus sich die dunkle Rede unter seinen Anhängern selbst verboten? Warum sprecht Ihr nicht einfach und deutlich aus, was Ihr meint?«

»Oh, müsst Ihr gleich den Herrn persönlich zitieren, nur weil Ihr mich nicht versteht?« Nopicht erhob sich und reckte ihren mageren Hals über den Tisch, um dem Vikar in die Augen sehen zu können. »Euer Menetekel, Euer Teufelswerk, ist von einem kleinen Malerlehrling an die Wand gepinselt worden. Gerade noch hat er vor Euch gestanden, und seht, die Glocken Eurer Inquisition haben nicht Sturm geläutet, nicht wahr?«

»Von wem sprecht Ihr?«, fragte Linhart ärgerlich.

»Clemens van Goos, Gott schütze ihn. Er hat sich einen Scherz erlaubt – einen schlechten meinethalben – und ein treffliches Porträt von uns allen gezeichnet. Was für ein Exempel wollt Ihr da statuieren? Merkt Ihr nicht selbst, wie lächerlich Ihr Euch damit macht, Pater?«

»Die dunklen Mächte bedienen sich oft einfacher Menschen aus dem Volk, während der Antichrist sich geschickt verbirgt, das ist bekannt.«

»So wie er sich auch Marguerite Porète bedient hat?«, fuhr Nopicht lauernd fort. »Das ist doch Eure Ansicht, nicht wahr?«

»Wer ist das?«, fragte Linhart unsicher. »Gehörte sie hier zum Weingarten? Ihr Name ist mir nicht geläufig.«

»Das war lange vor Eurer Zeit«, fiel die Magistra rasch ein und schob sich vor Nopicht. »Ich denke, wir sollten diese theologischen Spitzfindigkeiten doch den Gelehrten überlassen. Demut fängt immer zuerst bei einem selbst an, nicht wahr, Pater?«

Der Pater neigte beflissen den Kopf. Er schien froh zu sein, dass die Magistra sich eingemischt hatte, gleichzeitig aber beunruhigt von Nopichts Worten, als fürchtete er für sich selbst.

Nopicht roch seine Angst. Nur mit Mühe konnte sie sich zurückhalten, am liebsten hätte sie ihn in der Luft zerrissen. Wie viel Unheil hatte er schon angerichtet in ihren Seelen und Herzen? Wen hatte er schon alles auf dem Gewissen? Und was würde er noch für Schlechtigkeiten im Namen des Herrn vollbringen, wenn man ihm nicht Einhalt gebot? Wie gern hätte sie ihm um die Ohren geschlagen, was sie gerade von Fronika gehört hatte: Am offenen Fenster war er mit einer stadtbekannten Dirne gesehen worden! Der Heuchler! Und so einer sprach ihnen gegenüber von Erziehung und Gerechtigkeit.

»Schlimmer als alle verdeckten Malefize scheinen mir die unverdeckten zu sein«, zischelte sie. »Die ganz menschlichen, die man selbst zu verantworten hat, auch wenn sie nur eine Nacht lang dauern und am offenen Fenster vollzogen werden.« Sie bekreuzigte sich und stellte mit Freude fest, dass der Pater nicht mehr wagte, aufzublicken. Er schien verstanden zu haben. Nach einer Weile drehte er sich um, schob sich an der Wand entlang bis zur Tür und verschwand ohne einen Abschiedsgruß.

»Nopicht, was hast du getan?«, klagte die Magistra. »Das wird er uns noch jahrelang spüren lassen. Wie konntest du nur so zum ihm sprechen?«

Aber Nopicht lachte nur leise, bis ihr Husten sie zu schütteln begann. Als sie endlich wieder Luft bekam, sagte sie leise:

»Den sind wir los, meine Liebe. Er wird es nicht mehr wagen, uns zu denunzieren, glaube mir!«

21

WIE MAN DEN HOF VERLÄSST

Keine Begine darf den Hof ohne Grund oder Genehmigung verlassen. Sie darf ihn nur in Begleitung einer anderen Schwester verlassen, die die Magistra ihr zuordnet. Die Schwestern dürfen in kein Haus einkehren, außer in jene, für die sie eine Erlaubnis erhalten haben. Sowie sie ihren Auftrag erledigt haben, kehren sie unverzüglich zurück in den Hof.
Sie dürfen den Hof niemals in aller Herrgottsfrühe verlassen und nicht zu spät zurückkommen. Für die Dauer ihrer Abwesenheit aus dem Hof gehorcht die jüngere Begine der älteren, sofern die Magistra nichts anderes angeordnet hat.

FERIA TERTIA, 25. SEPTEMBRIS 1498

Die Glocken von Liebfrauen schlugen weit, weit in der Ferne zum Mittag, als Agnes endlich das Häusermeer von Brügge hinter sich gelassen hatte und einen schmalen, von windschiefen Weiden gesäumten Pfad einschlug, um nicht zu nahe am Kasteel ten Berghe vorbeizukommen. Wer weiß, ob die Schlosswachen sie nicht aufgehalten hätten. Allein wandernde Frauen waren nicht gern gesehen in Flandern, das wusste sie noch aus der Vergangenheit. Unter einer Weide packte sie ihren letzten Brotkanten aus und benetzte sich das Gesicht am Bach, der träge neben dem Weg dahinfloss. Zu trinken wagte sie das von Entengrün bedeckte Wasser nicht. Leidlich erfrischt und gestärkt lief sie danach weiter, immer die Sonne im Rücken, die stetig gegen Westen wanderte und am Nachmittag noch einmal mit aller Kraft des sinkenden Sommers die abgeernteten Felder beschien. Es duftete nach Heu und reifen Früchten. Stare zogen in Schwärmen lärmend von Baum zu Baum, und Spatzen badeten im Sand oder jagten durch das hohe Gras der trockenen Wegränder, als wollten sie die einsame Wanderin begleiten. Immer wieder waren größere und kleinere Bäche, Kanäle und Flüsschen zu überqueren, mal gab es wackelige Brücken und Stege, mal musste Agnes die Röcke schürzen und barfuß durchs Wasser waten. Sie spürte bald, wie ihre Füße schmerzhaft in den alten Schuhen scheuerten und ihre Beine müde und schwer wurden. Die Sonne machte matt, und ihr Durst wurde immer größer. Innerlich jedoch war sie noch voller Energie, und getrieben von ihrem Anliegen, würde sie noch eine Weile weiter in den Abend hineinlaufen können. Als rechts vom Weg hinter den flachen Feldern und Weidenknicks die Flügel der Windmühle von Damme auftauchten, kniete sie sich zur Vesper nieder und betete zum fernen Glockenschlag der Frauenkirche von Damme ihren Rosenkranz ganz allein und still für sich. Die Vögel hörten für einen Augenblick auf zu zanken, als wären auch sie in respektvoller Andacht versunken. In der Abenddämmerung lief Agnes weiter, immer weiter, bis endlich der massige, viereckige Turm der Oostkirche vor ihr auftauchte. An die Kirchenpforte zu klopfen und für die Nacht um Unterschlupf zu bitten traute sie sich nicht. Sie hatte ihren schwarzen Schleier abgelegt, trug aber noch die Haube und den dunklen Überwurf, der sie ganz verhüllte. Jedermann würde sie noch als Begine aus Brügge erkennen. Das Wandern und Betteln war ihnen ausdrücklich verboten, hatten sie doch Haus und Hof und ganz für sich allein sogar eine Pfarrei in ihrem Weingarten. Würde man sie aufgreifen, würde sie wie eine Bettlerin bestraft und davongejagt.

Und doch musste sie die Nacht irgendwo in Sicherheit verbringen. In der Hoffnung auf die Mildtätigkeit und Gutherzigkeit der einfachen Leute nahm sie sich ein Herz und klopfte am Dorfrand an die Tür der erstbesten Hütte, die windschief inmitten eines kleinen Gartens stand, der liebevoll gepflegt war. Ein alter Mann kam an die Tür geschlurft. Er war blind. Die erloschenen Augen weit aufgerissen, starrte er an ihr vorbei und schien erlauschen zu wollen, was er nicht sehen konnte. »Wer da? Wer da?«, fragte er schließlich.

Agnes beeilte sich, sich zu erkennen zu geben. Sie fasste nach seiner Hand, die auf dem Türrahmen ruhte. Sie war groß und von der Arbeit schwielig und hart. Er griff nach ihren Fingern.

»Ein Frauenzimmer. Was wollt Ihr von uns?«

»Ich bin Schwester Agnes. Ich komme aus Brügge und suche ein Nachtquartier. Wollt Ihr so freundlich sein, mich in Eurer Scheune schlafen zu lassen? Nur ein bisschen Stroh und ein Dach über dem Kopf, mehr brauche ich nicht.«

»Eine fromme Schwester? Wollt wohl hier den Heiland suchen, oder was treibt Euch des Nachts durch die Felder?«

»Nein, den Heiland muss ich nicht suchen. Ich weiß schon, wo ich ihn immer finden kann, guter Mann. Ich muss an die Küste, gleich morgen früh will ich dort sein. Es ist ja nicht mehr weit. Aber jetzt wird es so dunkel und kalt, und ich bin schon lange gelaufen.«

»So kommt herein. Ich habe keinen Stall und kein Stroh für Euch. Kann Euch nur meine Ofenbank anbieten. Meine Alte wird Euch etwas zu essen richten, wenn noch etwas da ist.«

Er öffnete die Tür etwas weiter und trat zurück, so dass Agnes in die ärmliche Hütte treten konnte. An der Stirnseite, der Tür gegenüber, rauchte ein kleines Feuer in einem offenen Kamin ohne Schornstein, so dass der Raum von beißendem Qualm erfüllt war. Nach und nach konnte Agnes in dem dämmrigen Licht, das noch durch die eine offene Fensterluke fiel, die Umrisse der Einrichtung erkennen, die so spärlich war, dass sie sich schämte, bei diesen armen Leuten um Einlass gebettelt zu haben. Wie reich und gut hatte sie dagegen in ihrem Häuschen im Beginenhof gelebt! Und wie reich und üppig lebten die meisten Brügger Bürger. Keine Tagesreise fort lebte das Landvolk so ärmlich und karg. Sie faltete die Hände, ließ sich neben der Tür auf die Knie nieder und sprach ein Dankgebet. Der Blinde war neben ihr stehen geblieben und hörte zu, während seine Frau aus ihrer dunklen Ecke leise murmelnd einfiel in die Verse des Paternoster. Als sie fertig war, erhob sich Agnes und ging auf die Frau zu, die zu alt und zu dick war, um sich von ihrem Schemel zu erheben und Agnes zu begrüßen. Sie senkte nur den Kopf und sagte mit traurigen Augen:

»Tretet ein in unsere Hütte, Schwester. Wir haben nichts zu verschenken, aber was wir haben, wollen wir mit Euch teilen. Seid unser Gast. Wir sind alt und krank, und unsere Kinder sind alle gestorben. Betet für ihre armen Seelen. Es wird nicht mehr lange dauern, dass wir bei ihnen sind.«

»So wie es Gott gefällt«, sagte Agnes leise und setzte sich auf den angebotenen Schemel, während der Blinde sich den Hackklotz von der Feuerstelle heranrückte.

Das Beil fiel klingend auf den Boden aus festgetretenem Lehm.

»Mach Licht«, sagte die Frau in energischem Ton zu ihrem Mann und schob ihm das kleine, schmucklose hölzerne Näpfchen mit dem kümmerlichen Rest eines Talglichts hinüber. Es würde höchstens noch für eine halbe Stunde reichen. Der Blinde erhob sich, schlurfte zur Feuerstelle und entzündete geschickt einen Kienspan an den glimmenden Scheiten, mit dem er den Docht anzündete. In dem flackernden Licht sah Agnes den Alten schmunzeln, und sie lächelte ihn an.

»Er sieht nichts«, sagte die Frau mürrisch. »Es ist immer nur dunkle Nacht um ihn herum. Das hat ihm der Teufel geschenkt.«

»Versündigt Euch nicht«, flüsterte Agnes erschrocken.

»Ich sehe die Flamme tanzen«, murmelte der Alte. »Das sehe ich ganz genau. Für immer und ewig.«

»Man hat ihn geblendet«, sagte die Frau. »Schon vor vielen Jahren. Er hat den Grundherrn beleidigt.« Sie schnitt einen kleinen Brotlaib, der rechts von ihr auf dem Tisch lag, in drei verschieden große Teile und legte sich selbst den größten Teil hin. Agnes schob sie das mittlere Stück zu und ihrem Mann das kleinste. Dann hob sie stöhnend einen Krug auf den Tisch und füllte drei kleine Holzbecher, die der Blinde ihr von dem Regalbrett in ihrem Rücken reichte. Er war umsichtig und flink in seinen Bewegungen, als wäre er der Sehende und sie die Blinde. Sie hoben die Becher, und Agnes nippte vorsichtig an dem klebrigen Gebräu, das wie Honigwein schmeckte, aber dickflüssiger war und strenger roch. Es stieg ihr sogleich in den Kopf und brannte wie Feuer in der Kehle.

»Was ist geschehen, dass Ihr Euren Herrn so erzürnt habt?«, fragte sie. Ihre Zunge schien von dem einen Schluck schon gelöst, und ihr Herz war weit und offen vor Glück, dass sie die Nacht in dieser warmen Hütte verbringen durfte und nicht mit leerem Magen draußen in der Wildnis bleiben musste.

»Er ist nicht mein Herr gewesen. Ich bin ein freier Bauer«, sagte der Blinde mit lauter Stimme. »Ich hatte ein gutes Stück Land mit Roggen und Gerste, das uns satt machte und keine Not leiden ließ. Eine Sau und ihre Ferkel konnten wir mästen, und Hühner und Enten hatten wir mehr, als ich Finger an der Hand habe.«

Die Frau schenkte die Becher nach und nickte zur Rede ihres Mannes. Nach dem zweiten Becher wurde die Stimme des Blinden noch kräftiger.

»Da kam von Heist Ullrich van Hofstaed in unseren Flecken geritten. Er tränkte sein Pferd an meinem Ententeich, saß nicht einmal ab dabei. Ich mistete die Sau, hatte doch hinten keine Augen und hörte auch nichts bei dem Gequieke der Ferkel. Mai war es, und ein schöner Wurf war uns geboren. Da spüre ich plötzlich das Schwertleder in meinem Rücken, drehe mich um und sehe den Ullrich vor mir stehen. Kannte ihn ja nicht, nur vom Hören und Sagen. Ihm gehören viele Ländereien hier oben, nicht aber mein Land. ›Willst mich wohl nicht begrüßen, Bauer?‹, sagt er und versetzt mir einen Tritt mit seinem Reitstiefel, dass ich kopfüber in den Schweinekoben fliege. Da kennt er mich aber schlecht, der hohe Herr. Ich komme wieder auf die Beine, springe heraus, besudelt, wie ich bin, und reiße ihn zu Boden. Das Ross bäumt sich auf und trifft den Herrn am Rücken. So blieb er liegen, mitten in meinem Hof. Am Abend holte man mich. Tja. So war das. Verblenden war die Strafe. Erst das eine Auge, dann das andere. So hat der Herr es sich gewünscht.«

Agnes war bleich geworden. Aber im letzten Flackern des Talglichts hätte das niemand sehen können. Die Frau war schon über ihrem Becher eingenickt. Der Blinde starrte blicklos vor sich hin. Seine stoppeligen Wangen zitterten, und Agnes sah, wie aus den toten Augen eine Träne rollte. Ihr eigenes Herz flackerte wie das ersterbende Licht.

»Und was ist aus ihm geworden? Hat er es überlebt, den Huftritt?«

Der alte Bauer nickte. »Das rechte Schulterblatt hat es ihm zerschmettert. Der Arm ist wohl nie wieder ganz geworden. Keine Hirschjagd mehr, und das Schwert kann er auch nicht mehr führen, sagt man. Genaues weiß ich nicht.«

Das Talglicht verlosch endgültig, und die Alte schnarchte schon laut rasselnd. Der Bauer stand auf, die Dunkelheit war ihm ja vertraut.

»Ich lege mich auf die Ofenbank, nehmt Ihr das Bett«, sagte er und führte Agnes zu dem Lager aus Strohsäcken und stinkenden Decken hinter dem Esstisch. »Die Alte wird am Tisch schlafen, sie legt sich nicht mehr nieder. Hat Angst, dass sie nicht wieder hochkommt.« Er lachte meckernd, und dann war es still, bis auf das Schnarchen der alten Frau und das Knistern der Glut in der Feuerstelle.

Am nächsten Morgen brach Agnes früh auf, während die beiden Alten noch schliefen. Sie sprach ihr Morgengebet, trank Wasser draußen am Ziehbrunnen und atmete tief die frische, saubere Luft draußen vor der Hütte. Dann

334

lief sie durch die Felder und taufrischen Wiesen, bis ihr Kopf nicht mehr schmerzte. Als die Glocken von Oostkerke in der Ferne die Terz läuteten, fiel sie auf die Knie und sprach ein inbrünstiges Dankgebet. Diese erste Nacht außerhalb des Beginenhofes seit Jahrzehnten hatte sie tief berührt. All dieses Leben, so wunderbar und grausam, außerhalb ihrer sicheren, abgeschiedenen Klause im Beginenhof. All dieses Elend, aber auch dieses Glück, das für Augenblicke im Gesicht des Blinden aufgeleuchtet hatte, als er die Kerze entzündete. Wie schwer war so ein Leben, aber auch wie leicht und süß und vielfältig in seinen Möglichkeiten. Während ihr Leben bei den Beginen doch immer gleich gewesen war, Tag für Tag, Jahr um Jahr.

Als sie sich wieder erhob, war ihr zumute, als hätte sie gerade dieses Leben für immer hinter sich gelassen. Wie eine Schlange sich häutete, ohne dass sie es merkte. Sie wanderte weiter und dachte an Ullrich, der offenbar noch reicher, noch mächtiger geworden war als früher. Aber er war nicht der gute Mensch geblieben, als den sie ihn gekannt hatte. Ob er sie überhaupt noch erkennen würde, wenn sie ihm gegenüberstünde? Ob sie ihn noch erkennen würde – mit seinem steifen Arm, der zertrümmerten Schulter, mit seinem Hochmut, mit der Lust, zu rächen und zu richten? War das ihr Ullrich, der ihr einst zärtliche Liebe geschenkt und noch viel mehr versprochen hatte? Er war ein leiser Mann gewesen, sehr bestimmt und mit starkem Willen begabt, aber feinfühlig und aufmerksam.

Sie schritt kräftig aus auf ihrem Weg, der nun schnurgerade durch die Felder führte. Der Tag war bedeckt, die Wolken hingen tief, türmten sich auf wie schwere, dunkle Daunenkissen. Ein fester Wind sorgte dafür, dass es an diesem Morgen sicher nicht regnen würde, und am Nach-

335

mittag würde sie schon längst auf dem Gut sein. Gegen Mittag fand sie an einem Graben üppige Brombeersträucher, die schöne, saftige Früchte trugen. Gleich dahinter lagen Äpfel auf dem Weg, die vom Baum gefallen waren. Vom Baum hätte sie nicht zu pflücken gewagt, aber wenn der Herr ihr die Früchte vor die Füße rollen ließ, so würde sie sich nicht zweimal bitten lassen. Sie aß sich satt und fühlte sich gestärkt für die letzte Wegetappe bis zum Fischerdörfchen Heist. Roch es nicht schon ein wenig nach dem salzigen Meer, das nur noch eine oder eineinhalb Wegstunden weit entfernt liegen konnte? Schon segelten die ersten Möwen über ihrem Kopf, kreisten hoch in der Luft und machten schnell wieder kehrt in Richtung Strand. Wie freute sie sich plötzlich, die alte Heimat wiederzusehen! Wie glücklich war sie hier gewesen und wie jung und unbescholten, als sie ankam. Ein junges Ding, kaum so alt wie Maria heute. Bange war sie damals nicht gewesen. Bange hätte sie heute sein sollen, aber sie konnte es nicht fühlen. Zu stark waren die Eindrücke von Himmel, Wegen und Feldern, die sie durchstreifte. Von den beiden Alten, die ihre Hütte mit ihr geteilt hatten, und von dem ungeheuren Gefühl der Freiheit und dem Glück zu leben, das sie durchpulste, seit sie den Beginenhof verlassen hatte. Und in den sie nicht wieder zurückkehren würde.

Ihr Herz fing schneller an zu schlagen, als die hohe Rosenhecke, die den Obstgarten des Hofstaed'schen Landguts einrahmte, vor ihr auftauchte. Ein paar späte Rosen blühten noch und schickten ihren betörenden Duft in die Nachmittagsluft hinaus. Agnes pflückte eine kleine weiße Wildrosenblüte von den Sträuchern ab, die sie an den Tag erinnerte, als sie Ullrich zum ersten Mal gesehen hatte.

Wie ein einsamer Feldherr an der Spitze eines riesigen Trosses, der weder Weg noch Wegweiser brauchte, hatte er ganz allein an der großen Tafel gesessen. Es war schon Nacht gewesen, er war spätabends heimgekommen, und weil niemand mehr wach war von den Bediensteten, klingelte er in der Küche, damit man ihm sein Essen auftrüge. Die Magd war schon lange im Bett, aber der Koch hatte das Feuer gehütet und das Essen warm gehalten. Er weckte Agnes aus ihrem leichten Schlaf am Aschenkasten und schickte sie mit den Tabletts ins Esszimmer. Ullrich sah so müde aus in seinem großen Lehnstuhl am Kopfende des Tischs. In der rechten Hand hielt er sein Messer, die scharfe Klinge aufrecht auf die Tischplatte gestützt, mit der linken hatte er seinen leeren Trinkbecher umfasst. Seine Augen waren von Müdigkeit rot gerändert und fixierten Agnes, die schlaftrunken in ihrem zerknitterten Kittelchen mit der schweren Fleischplatte ins Zimmer taumelte. Ein kleines weißes Röschen hatte sie sich rasch von dem Strauß in der Diele an den Kittel gesteckt, ehe sie das Esszimmer des Grundherrn betrat.

»Wie heißt du?«, fragte er, als Agnes die Platte vor ihm absetzte. Sie hatte ganz nah vor ihm gestanden und seinen Körper riechen können, diese Mischung aus Eisen und Äpfeln und Schweiß, die ihr aber nicht unangenehm vorkam, sondern verlockend und sehr männlich. Sie sah ihm direkt in die Augen, genau wie er ihr. Sie nannte ihren Namen, und dann griff er nach ihrem Handgelenk, erst fest wie eine Klammer, dann wurde sein Griff weicher, als hätte er sich selbst erschrocken über seine heftige Reaktion. Er fasste nach, zog sie näher zu sich heran, zärtlich und weich. Und von da an ließ er sie nicht wieder los.

All das stand ihr vor Augen, als wäre es gestern gewesen, als Agnes die weiße Wildrosenhecke sah. Die ganze wundervolle Zeit mit Ullrich lief vor ihr ab wie ein Bilderbogen, Nacht für Nacht, Tag für Tag. Es war alles noch da, nichts war verlorengegangen, keine einzige Erinnerung. Und sie schämte sich nicht und bereute nichts.

Am Tor schlug sie ihren dunklen Umhang zurück und trat selbstbewusst und hoch aufgerichtet in den Hof. Gleich schlugen die Hunde an, verschiedene Jagdhunde, die, in zwei großen Zwingern eingesperrt, ein wildes Gebell veranstalteten. Wenn Ullrich auch selbst nicht mehr den Bogen spannen konnte, so ritt er wohl doch noch mit und trieb den Hirschen auf. Ein Hüne von einem Knecht trat aus dem Pförtnerhaus und stellte sich ihr in den Weg.

»Wir verköstigen keine Bettler. Geht, schert Euch vom Hof«, sagte er grob.

Agnes zog den Umhang wieder höher. »Ich muss Ullrich van Hofstaed sprechen. Bitte führt mich zu ihm.«

Der Hüne lachte schallend und winkte die anderen Burschen herbei, die aus den Ställen und Nebengebäuden guckten, was da vor sich ging. »Ullrich van Hofstaed wollt Ihr sprechen, soso. Niemand Geringeres soll es sein, fromme Schwester?«

»So ist es«, sagte Agnes tapfer. »Mein Name ist Schwester Agnes. Ich komme aus dem Beginenhof in Brügge.«

»Hört, hört, eine Begine aus Brügge. Solche Weibsleute empfängt unser Herr nicht, verstanden? Geht vom Hof, oder ich werde Euch so den Weg zeigen, dass Ihr ihn niemals wiederfindet.«

»Guter Mann, ich bitte Euch in Gottes Namen, mich Eurem Herrn zu melden. Glaubt mir, er wird mich empfangen und es Euch übelnehmen, wenn Ihr mich verjagt.«

Agnes war sich ihrer Sache so sicher, dass sie ganz leise und langsam sprach, damit dieser seltsame Mensch sie auch wirklich verstünde. Aber es war, als ob er eine andere Sprache sprach. Was auch immer sie sagte oder tat, er lachte sie nur aus. Schließlich kam ein anderer Bursche mit einem riesigen, struppigen Bluthund, der zähnefletschend an seiner Kette zerrte.

Starr vor Entsetzen, verstummte Agnes, drehte sich um und ging zum Tor. Was war nur los auf diesem Hof, dass man Fremde so behandelte? Ob Ullrich wusste, wie seine Leute sich benahmen?

Seit zwei Tagen und Nächten schon liefen Maria und Clemens fast ohne Pause. Am ersten Tag nach der Nacht im Heuschober waren sie bis in den späten Abend hinein gelaufen, denn beim Gehen schlief der kleine Jan am besten. Maria trug ihn in ihrer Schürze, die sie sich um den Leib gebunden hatte. Kaum blieben sie aber stehen, wachte er auf und fing kläglich an zu weinen.

»Er hat immer Hunger«, meinte Clemens und betrachtete das winzige, zerknautschte Gesichtchen.

Maria überlegte schon lange, woher sie ein Kännchen bekommen könnte, um ihn zu füttern. Einmal bettelte Clemens bei einer Bäuerin, die gerade mit vollen Eimern vom Melken kam, um Milch. Dass sie diese für den Säugling brauchten, wagte er nicht zu sagen, damit niemand misstrauisch wurde, weil Maria nicht stillte. Er bekam eine Kelle voll Milch gereicht, aber die Bäuerin blieb neben ihm stehen und sah zu, wie er sie austrank. Sie bewunderte den Knaben, der an Marias Brust ruhte und aufwachte, als ob er die gute Milch gerochen hätte. Ehe er wieder zu schreien anfing, gingen sie schnell weiter.

»Vielleicht finden wir doch eine Amme für ihn, hier in den Dörfern«, meinte Clemens am Abend, als sie erschöpft vom Marsch und von der Sorge um das Kind an einen Baum gelehnt in den Sonnenuntergang schauten.

»Und dann?«, fragte Maria und sah Clemens aufmerksam von der Seite an. »Soll ich ihn dortlassen, bei fremden Leuten?«

Clemens zuckte die Achseln.

»Ich könnte versuchen, mich als Magd zu verdingen, dann kann ich bei ihm bleiben.«

Clemens schüttelte den Kopf.

Maria zuckte die Achseln. »Ich weiß nicht, ob ich bis Paris laufen kann. Und was soll ich dort mit dem Kleinen machen?«

»Das wird sich finden. Dort wird uns niemand suchen, und wir werden uns schon durchschlagen.«

»Wo ist das, Paris? Nopicht hat auch einmal von Paris gesprochen. Ist es eine große Stadt?«

Clemens nickte. »Sehr groß. Es liegt in Frankreich.«

»So groß wie Brügge?«

»Viel größer. Glaube ich. Der König wohnt dort, der König von Frankreich.«

Sie schwiegen, und als die Sonne hinter dem Horizont verschwunden war und die Dämmerung sich senkte, stand Clemens auf und verschwand. Maria blieb sitzen, obwohl die Kälte langsam durch ihre Kleider drang und sie nicht wusste, wie sie die Nacht überstehen sollte. Wenn das Knäblein nicht bald etwas zu trinken bekam, würde es sterben. Und dabei war es noch nicht einmal getauft und würde für immer in der Hölle schmoren müssen. Daran trug sie die Schuld. Sie hatte ihm Gutes tun wollen, aber es schien nicht in ihrer Macht zu liegen, ihn zu retten. Was sollte sie nur tun? Sie suchte Halt in einem langen Gebet, über dem sie vor Erschöpfung bald einschlief.

Nach einer Weile kam Clemens zurück. Maria erwachte von seinen tappenden Schritten. Dann rief er leise ihren Namen, um sich zu erkennen zu geben.

»Ich habe etwas für uns gefunden, du wirst staunen«, flüsterte er und half ihr auf die Beine. Der Knabe erwachte, und im Mondlicht konnten sie sehen, wie er das Gesicht zum Weinen verzog, wohl aber schon zu schwach war, um einen Laut von sich zu geben. Clemens zog Maria hinter sich her, führte sie sicher durch die Dunkelheit bis zu einem Stall, der wie ein schwarzer Kasten vor ihnen auf einer Weide aufragte. Leise Geräusche und der scharfe Geruch von Tieren drang heraus. Es war, als würde der Stall Wärme ausstrahlen wie ein Ofen, der über Nacht die Glut halten kann.

Clemens klopfte leise an das Holz, und eine Tür tat sich einen Spalt auf, in dem das bärtige Gesicht eines Schäfers unter einem dicken Filzumhang auftauchte. Er machte Platz und ließ die kleine Familie eintreten. Unzählige Schafe lagen schlafend und leise grummelnd am Boden und verbreiteten mit ihren wolligen Leibern die wohligste Wärme.

Der Schäfer führte Maria mit dem Kind in eine Ecke, wo im Milchgeschirr ein kleines Tongefäß mit liebevoll angewärmter Schafsmilch auf sie wartete. Schlückchen für Schlückchen flößte Maria dem Knaben das fette, gute Getränk ein, und er trank gierig alles aus, so dass kein Tröpfchen übrig blieb. Nach einem kräftigen Bäuerchen schlief der Junge zufrieden ein.

»Das wird mal ein gesunder Bursche«, meinte der Schäfer, ohne auch nur eine einzige Frage zu stellen. Dann löschte er seine Fackel und ließ Maria mit dem Kind auf seinem weichen Fellbett schlafen, während er sich selbst mit Clemens an der Tür ein Lager herrichtete.

Am nächsten Morgen zog der Schäfer weiter. Aber er erlaubte Maria und Clemens, im Stall zu bleiben, so lange sie wollten. Für den Säugling ließ er ihnen ein Mutterschaf da, das noch etwas Milch hatte. Ihre Lämmer nahm er mit sich fort. So hatten sie erst einmal ausgesorgt und mussten keine Angst mehr haben, dass der Säugling verhungerte.

Clemens machte sich am Morgen auf den Weg in den Wald, wo es noch Pilze gab und Beeren und wilde Kräuter. Er sammelte Brennholz, und am Abend machte er ein kleines Feuer, in dem er Gründlinge briet, die er mit bloßen Händen aus dem Fluss geholt hatte. Am nächsten Morgen waren sie alle drei erholt und wieder bei Kräften. Kein Mensch hatte sie gesehen. Selbst das Feuer hatte sie nicht verraten.

»Gehen wir weiter?«, fragte Maria. »Nach Paris?«

»Ja«, sagte Clemens und lächelte. »Nach Paris.«

So wanderten sie weiter. Das Schaf nahmen sie mit, es trottete von ganz allein brav hinter ihnen her. Clemens sammelte Baumrinde in den Wäldern und begann, mit Holzkohle darauf zu zeichnen. Maria und das Kind waren sein einziges Motiv. Maria trug noch immer ihren Schleier und versuchte, ihr Kleid so gut wie möglich rein zu halten und zu pflegen. Sie hatten auch ein Fell mitgenommen, das Clemens ihr und dem schlafenden Säugling überließ, während er selbst sich weit abseits ans verlöschende Feuer legte und die Glut bewachte. Manchmal hätte er sich gern zu den beiden gelegt, aber er traute sich nicht, Maria nahe zu kommen. Auch schien sie seine Nähe nicht zu wünschen. Sie warf ihm keine sehnsüchtigen Blicke zu, lehnte sich niemals an ihn oder machte irgendeine Andeutung, die ihn hätte ermutigen können. Ob sie ihn nicht mochte? Ob es ihre Beginenkleidung war, die sie davon abhielt? Oder ob sie darauf wartete, dass er einfach auf sie zuging? Er wusste es nicht, und wann immer er versuchte zu ergründen, was er selbst wünschte und wollte, fand er darauf auch keine rechte Antwort. Tagsüber kostete das Kind sie beide all ihre Aufmerksamkeit, und wenn ein Tag um war, waren sie meistens todmüde. Sie teilten die Früchte, die sie auf den Feldern fanden, und das bisschen Brot, das Clemens in den Dörfern erbettelte, die sie durchwanderten. Dann sprach Maria ein Nachtgebet und schlief sofort ein. Zum Nachdenken und Sprechen blieb keine Zeit. Einmal hatte er Maria gefragt, ob der Beginenhof ihr fehlte. Sie hatte genickt und von den Gesängen der Schola zum Stundengebet erzählt, dem Läuten zur Messe und zur Vesper, das ihr fehlte, von der beredten Stille auf den Gängen und Wegen im Hof. »Und manchmal, wie unter einem Blitz, taucht mein Garten vor mir auf«, hatte sie gesagt. »Dann rieche ich plötzlich meine Kräuterbeete und sehe meine Pflanzen vor mir. Ein brennender Schmerz zieht mir durchs Herz – ob das die wahre Sehnsucht ist?« Sie hatte Clemens fragend angeschaut.

Clemens nickte unsicher. »Vielleicht? Ich weiß es auch nicht.«

»Dann möchte ich am liebsten sofort zurück nach Brügge, in meinen Garten, zu meinen Pflanzen, zu meinen Beeten. Sie müssen jetzt für den Winter vorbereitet werden, wie Ursula es mir gezeigt hat. Die Strünke müssen herausgerissen werden, neue Äcker umgestochen, Beete angelegt und Büsche und Bäume beschnitten, Winterzwiebeln gesetzt und Wintersaaten ausgeworfen, empfindliche Pflanzen herausgenommen und für den Winter eingetopft werden. Es müssen Kräuter getrocknet und Früchte gedörrt, die Apfelbäume abgeerntet und der Most bereitet werden. Schließlich die Rüben und Möhren und Sellerieknollen in der Wintermiete eingegraben werden, die Wiesen ein letztes Mal geschnitten und die einjährigen Rabatten untergegraben werden. Und du? Hast du keine Sehnsucht nach der Heimat?«

Clemens schüttelte den Kopf. Er wusste nicht, wonach er sich da sehnen sollte. Im Übrigen pflegte er sich selten mit Zweifeln und Ungewissheiten herumzuplagen. Er nahm das Leben, wie es eben kam.

»Was ist es, was du am allermeisten liebst auf der Welt, Clemens?«, fragte Maria.

Clemens schwieg lange und stocherte mit einem langen Stock in der Asche. Dann sagte er bedächtig: »Die Farben.«

»Welche Farben?«, fragte Maria erstaunt.

»Alle. Manche mehr, manche weniger, aber alle auf ihre Weise.«

»Ich habe nicht gedacht, dass man so etwas lieben kann. Aber du hast recht, es gibt sehr schöne Farben. Ich glaube, ich mag am liebsten Gelb. Richtiges, schönes Gelb.«

Clemens lächelte leise. »Jede Farbe ist schön. Aber man muss ihr die richtige Umgebung geben. Jede Farbe ist anders. Wie die Menschen.«

»Du bist ein Maler, du musst es wissen.«

»Man kann eine helle Farbe leuchten lassen, sie leuchtet wie die Sonne, das ist einfach. Man kann aber auch eine dunkle Farbe leuchten lassen, und noch viel stärker als die helle. Das ist eine Kunst. Am besten geht es mit den Ölfarben. Man kann sie in vielen Schichten und durchschimmernd auftragen, dass sie leben wie das Wasser in einem See. Die Farben, die man mit Öl aufträgt, sind schöner als die wirklichen Farben. Und sie müssen es auch sein, sonst bräuchte man ja kein Bild zu malen. Ein Bild muss schöner und wahrer sein als die Wirklichkeit, verstehst du?«

Maria schwieg und sah Clemens bewundernd an. Er war nicht viel älter als sie, aber er wusste schon so viel. Er konnte Gesichter malen und Landschaften, und neben dem Schwarz, das er aus der Holzkohle gewann, war er seit ein paar Tagen damit beschäftigt, auch noch andere Farbpigmente zu gewinnen: aus den Schalen der Walnüsse, die er nachts unter einem Baum einsammelte, aus roten Beeren, aus Baumrinden und vielen anderen Dingen mehr. Ständig fand er etwas auf ihren Wegen – Steine, Hölzer, Pflanzen – und versuchte, sie auf alle mögliche Art und Weise kleinzureiben.

»Ich mag es, wenn die Bilder uns Geschichten erzählen. Als ich noch nicht lesen konnte, habe ich immer die Bilder an den Wänden unserer Kapelle im Waisenhaus betrachtet und versucht, die Geschichten zu verstehen, die sie erzählen.«

»Geschichten erzählen können viele«, sagte Clemens versonnen. »Ich aber möchte das Licht malen können. Nur das.«

»In Paris wirst du ganz bestimmt eine gute Malerwerkstatt finden, die dich aufnimmt«, sagte Maria, um ihn zu ermutigen.

Clemens lächelte. »Ja, das werde ich ganz bestimmt.«

~ 22 ~

Bestrafung für jene, die diese Regel brechen

Diese aufgeschriebene Regel und alles, was die heilige Kirche vor-
schreibt, bindet die Beginen, jedoch nicht unter Strafdrohung der
Todsünde, außer wenn sie sie aus Ungehorsamkeit verletzen. Den-
noch muss die Strafe, die verhängt wird, wenn die Regel gebrochen
wird, unbedingt verbüßt werden.
Wer die auferlegte Strafe nicht akzeptiert und die Regel weiterhin
nicht beachten will, kann wegen der Missachtung der Gemeinschaft
aus dem Hof ausgeschlossen werden. Wie der heilige Augustinus
sagt: Lieber schneidet man ein unnützes Glied ab und wirft es fort,
als den ganzen Körper zu verlieren.
Keine hat Recht oder Herrschaft im Beginenhof zum Weingarten,
die nicht die Regel und die guten Gebräuche des Hofes beachtet, so
gut sie es kann.

Feria quarta, 26. Septembris 1498

So forsch und selbstsicher Agnes sich auch den Grobianen an der Pforte gegenüber gegeben hatte, so bestürzt und angegriffen war sie doch von ihrem ab-weisenden Verhalten. Sie sah nun wirklich nicht wie eine Bettlerin aus, und doch wurde sie in diesem Haus nicht einmal zum Tor hereingelassen. Wie mochte es nur zu-gehen hinter diesen Mauern, wenn schon an der Pforte so ein unchristlicher Ton herrschte? Was war nur aus dem Hause Hofstaed geworden? Hatte Ullrich den Ver-stand verloren? Sein Vater war ein so bedächtiger, kluger Mann gewesen, der für seine Hilfsbereitschaft und Gast-freundlichkeit landein, landaus bekannt gewesen war.

Zudem wusste jedes Kind, dass die Untergebenen hier gut behandelt wurden. Diese Familie war so reich gesegnet, nicht nur mit Hab und Gut, sondern auch mit Herzensgaben, dass sie es einfach nicht nötig hatte, kleinlich und engherzig zu sein.

Ob Ullrichs Gattin so anders sein sollte als er?, dachte Agnes, während sie langsam, einen Fuß vor den anderen setzend, in das Örtchen Heist hineinwanderte. Aber sie verbat sich diesen Gedanken, denn er nährte nur ihre Eifersucht, die alten Wunden brachen wieder auf und überfielen sie mit bitteren Gefühlen, als wären nicht fünfzehn lange und gute Jahre darüber ins Land gegangen. Nichts war vergessen. Sie ließ sich am Wegrand auf die Knie fallen und ließ ihren Tränen freien Lauf. Wie hatte dieser wunderbare Mensch sie verlassen können, um eine andere, wenngleich standesgemäße Frau zu heiraten? Wie hatte er sie schwanger, jung und unbedarft allein in der Welt zurücklassen können? Wie schwer, wie bitter schwer hatte sie es gehabt! War nicht er letztlich schuld daran, dass sie ihr Kind verlassen hatte, nur er allein? Niemals sonst hätte sie die Frucht ihres Leibes Fremden überlassen, auch nicht leichtfertig geglaubt, es sei tot geboren, ohne vorher selbst Augenschein davon zu nehmen. Sie schluchzte und weinte um ihr Schicksal, wie sie es noch nie hatte tun können, und nur der Himmel und die Vögel und Insekten, die am Wegesrand lebten, waren Zeugen ihres Kummers. Als das Schluchzen und Beben endlich nachließ, fing sie mit zitternden Lippen an zu beten, fand sich ein in der gewohnten Litanei, dem Rhythmus der Worte, dem beruhigenden Klang der Wiederholungen. Langsam hörte die Brust auf zu schmerzen, sie konnte wieder Atem schöpfen, und ihre Stimme wurde stärker und sicher, bis sie sich schließlich erheben konnte. So stand sie dann da, ganz leer, ganz frei von allen Gedanken und Gefühlen. Und plötzlich wusste sie, was sie zu tun hatte. Mit raschen Schritten eilte sie auf die Häuser zu, die sich hinter einem Wall zwischen die Sanddünen duckten, um vor dem Meer und dem ewigen Wind Schutz zu finden.

Gleich hinter dem Dorfeingang war die Backstube, die zum Gutshaus gehörte. Agnes erkannte den Bäcker, es war noch immer derselbe, mit seinem großen, runden Schädel und dem roten Gesicht, das von der ständigen Arbeit vor dem heißen Ofenloch seine Farbe bekommen hatte. Er allerdings wusste nicht, wer sie war. Wie denn auch. War sie doch ein kleines, dünnes Mädchen gewesen mit dichtem Blondhaar, das jetzt kurz geschoren und unter ihrem Schleier verborgen war.

Die Bäckersfrau trat aus dem Haus und stellte sich vor die Backstube, in der ihr Mann arbeitete.

»Es tut mir leid, unsere Brote sind alle vorbestellt. Ihr müsst am Abend wiederkommen, Schwester, wenn Ihr Brot kaufen wollt«, sagte sie. Auch an sie konnte Agnes sich noch erinnern.

Agnes verbeugte sich schweigend, wie es ihre Gewohnheit war. Aber dann richtete sie sich wieder auf und sah der Bäckersfrau prüfend ins Auge. Die lächelte sie freundlich an, in Erwartung, dass Agnes weiterwanderte. Aber Agnes streckte stattdessen den Arm aus, schob die verdutzte Frau beiseite und langte nach einem der Brotlaibe, die hinter ihrem Rücken auf hölzernen Gestellen abkühlten. Sie riss das Brot mit beiden Händen auseinander, biss herzhaft hinein und fing an zu kauen. Ein Brotstück nach dem anderen schob sie sich in den Mund.

Die Bäckersfrau schüttelte entgeistert den Kopf. Dann

348

rief sie ihren Mann. Der Bäcker steckte den Kopf durch die Tür und trat schließlich ins Freie, wofür er sich ducken musste, denn der Türsturz war viel zu niedrig für seine hünenhafte Gestalt. Er stemmte beide Arme in die Seiten und reckte seinen beeindruckenden Leib. Schließlich kratzte er sich am kahlen Schädel.

»Ihr habt wohl Hunger, Schwester?«

Agnes aß schweigend weiter.

»Ich weiß nicht.« Der Bäcker wandte sich an seine Frau.

»Ich habe ihr gesagt, dass die Brote bestellt sind«, verteidigte die sich unter dem fragenden Blick ihres Mannes.

»Tja«, meinte der Bäcker ratlos.

Agnes wickelte das restliche Brot in ihre Schürze und langte geschwind an den beiden vorbei nach dem nächsten Laib. Auch diesen brach sie auf und biss herzhaft in die frische Kruste.

»Also, das geht nun aber zu weit«, grunzte der Bäcker. Sein Lächeln war verschwunden, und sein runder Schädel glühte noch röter als zuvor. »Frau, sag du was.«

Auf dem Weg blieben die ersten Leute stehen und beobachteten die Szene. Ein Fuhrwerk, hoch beladen mit Holzstämmen, musste anhalten, weil die Schaulustigen es nicht vorbeiließen. Bald blieb ein zweites Fuhrwerk stehen, weil das erste ihm den Weg versperrte. Agnes kaute noch immer.

»Bezahlen müsst Ihr das Brot aber doch ...«, fing die Bäckersfrau an. »Aber eigentlich ist alles bestellt, und der Ofen kühlt schon aus ... Sag du doch was, Mann. Was sollen wir denn machen?«

Plötzlich griff der Bäcker nach Agnes' Umhang und zog

ihn ihr von Kopf und Schulter. Ihr Schleier rutschte hinterher und entblößte ihren kurzgeschorenen Schädel.

Die Menge, die schnell immer größer geworden war, kam dichter und raunte.

»Sie ist echt«, murmelten einige. »Sie hat Hunger«, sagten andere. »Sie hat Brot gestohlen!« – »Eine Diebin, eine diebische Elster im Nonnengewand.« – »Eine Begine, man hat ihr nichts geben wollen, da hat sie es sich genommen.« – »Mundraub, das ist Mundraub.« Das Raunen wurde lauter, und bald kam der erste Ruf nach dem Grundherrn auf. »Bringt sie zu Ullrich, er soll sie sich vornehmen.« – »Holt den Pfarrer – nein, den Grundherrn – es ist der Pfarrer, dem sie gehört, sie ist doch eine Nonne.«

Noch ehe es entschieden war, wen man holen wollte, hielt eine kleine Kutsche hinter den gestauten Fuhrwerken und Wagen, und ein großer, sehniger Mann sprang vom Kutschbock. Er reichte die Zügel dem erstbesten Knecht, der sich sofort tief verbeugte und sich der beiden prächtigen Rappen annahm, die vor die Kutsche gespannt waren.

»Ullrich ist da«, raunte es durch die Reihen. Agnes spürte ihn kommen, noch ehe sie ihn sah. Ihr Plan war aufgegangen. Er kam zu ihr, direkt auf sie zu! Die Menge teilte sich und gab ehrfürchtig den Weg frei für den Herrn.

Ullrich van Hofstaed war größer, als sie ihn in Erinnerung hatte. Sein Gesicht war hager geworden, die Züge waren nicht mehr jugendlich rund und weich. Ein Schalk hatte immer in seinen Augen gewohnt. Er war verschwunden, gewichen dem strengen, ernsten Blick eines verbitterten Herrschers. Zwei tiefe Linien hatten sich von der Nase bis zum Kinn in sein Gesicht gegraben, und viele kleine, zänkische Falten furchten die Stirn. Sein Haar, das schöne, glänzende Haar war noch da, aber es war nicht mehr schwarz wie einst, sondern eisgrau, genau wie die Augenbrauen. Er hielt sich sehr gerade, aber Agnes sah sofort, dass er verspannt war und es ihm Schmerzen bereitete. Der Pferdehuf hatte ihn schlimm getroffen. Und alles nur, weil ein armer Bauer ihn nicht gebührend begrüßt hatte … Ullrich trug Jagdkleidung, Bundhosen und eine kurze Joppe von feinster Wolle, deren kunstvoll verzierte Silberknöpfe in der Sonne glänzten. Er kam mit wiegenden, bedächtigen Schritten auf Agnes zu und wandte sich dann an die Bäckersleute.

»Was ist hier los?«, fragte er leise. Seine Stimme klang wie eine Glocke in Agnes' Ohren. Sie war ihr so vertraut! Anders als sein Äußeres hatte sie sich nicht verändert, sondern war noch immer ganz und gar die alte.

»Sie hat Brot genommen«, begann der Bäcker, und seine Frau fiel ihm ins Wort: »Euer Brot, es ist bestellt für Eure Tafel heute Abend. Sie hat es einfach genommen!«

»Gestohlen«, ergänzte der Bäcker. »Sie hat nicht einmal darum gefragt.«

»Sie hat gar nichts gesagt«, sagte die Bäckersfrau. »Sie ist irre.«

Ullrich wandte sich von ihnen ab und musterte Agnes von Kopf bis Fuß. Agnes fühlte sich nackt ohne Haube und Schleier. So hatte sie zuletzt vor ihm gestanden, ganz nackt und bloß, wenngleich nicht kahlgeschoren. Sie hörte auf zu kauen und ließ die Brotstücke zu Boden fallen.

»Was hat es mit Euch auf sich?«, wollte Ullrich wissen. Er sah sie prüfend an.

Agnes erwiderte seinen Blick. Auch seine Augen waren noch die alten. Helle Sprenkel in tiefem Braun brachten

die Iris zum Funkeln, das hatte sie so sehr an ihnen gemocht. Fast schien es ihr, als ob der Schalk doch noch
darin hauste und gleich anfangen würde, munter auf-
zublitzen. Gleich, gleich würde er sie erkennen und ein
verliebtes Lächeln seine Lippen umspielen.

Aber Ullrich erkannte sie nicht, seine Lippen blieben
hart und abweisend.

Agnes senkte den Kopf. Sie konnte kein Wort hervorbringen, stattdessen stiegen die Tränen wieder in ihre
Kehle.

»Sie kann nicht sprechen!«, brüllte jemand aus der
Menge. »Der Teufel hat sie in Besitz genommen!«

»Sie ist besessen«, fielen andere ein, und ein Rumoren
und Lärmen ging durch die Menge, die sich immer enger
und bedrohlicher um Agnes, Ullrich und die Bäckersleute zusammenzog. »Gebt sie in den Turm!«, rief einer.
»Lasst sie laufen«, eine andere. »Sie ist doch eine fromme
Frau!« – »Eine Diebin!« – »Eine Irre!«

Ullrich erhob beide Arme und brachte die Menge zum
Schweigen.

»Was habt Ihr dazu zu sagen?«, befragte er Agnes.
Agnes schluckte, um ihrer Gefühle mächtig zu werden
und endlich ihre Rede anbringen zu können. Aber es
wollte ihr einfach nicht gelingen, auch nur ein Wort über
die Lippen zu bringen.

Schließlich drehte Ullrich sich um und rief einem
Mann in dunklen Kleidern zu, der vielleicht der Küster
der Pfarrei von Heist war, er möge den Pfarrer holen. »Er
soll entscheiden, wie mit dieser hier verfahren wird.« Damit wandte er sich endgültig ab und wollte zurück durch
die Menge zu seiner Kutsche gehen.

»Halt, Ullrich van Hofstaed. So einfach könnt Ihr es

Euch nicht machen mit mir«, rief Agnes plötzlich mit heller Stimme.

Wie vom Donner gerührt blieb Ullrich stehen. Er wandte sich um, und in seinem Gesicht stand helles Entsetzen, als er Agnes ansah.

»Erkennt Ihr mich denn nicht?«, rief Agnes. »Habt Ihr so ein schlechtes Gedächtnis?«

Ullrich öffnete den Mund, aber es kam kein Laut über seine Lippen. Er rang nach Luft.

»Ich bin Agnes, Eure Agnete.«

»Agnes«, flüsterte Ullrich. »Agnes?« Er starrte zu Boden, als könnte er dort besser zurückschauen in seine eigene Vergangenheit, die so unendlich weit zurückzuliegen schien. Dann plötzlich fingen seine Lippen an zu zittern, und ein Lächeln warf alle Falten und Furchen aus der Bahn. Er sah sie an und rief endlich: »Agnes!« Er lief zurück zu ihr, umfasste mit seinen beiden riesigen Händen ihre Schultern, als wolle er sie in einen Schraubstock spannen. Er besah Agnes von ganz nahem, beugte sich dicht über sie und ließ sie plötzlich wieder los, als hätte er sich verbrannt. Mit offenem Mund und hängenden Schultern blieb er vor ihr stehen.

»Jetzt hast du mich endlich erkannt«, sagte Agnes leise und ließ ihn nicht aus den Augen. »Du hast mich also doch nicht ganz vergessen.«

»Wie hätte ich das können?«, sagte er leise. Und dann fing er an, mit herrischen Armbewegungen die Menge auseinanderzutreiben. Er führte Agnes zu seiner Kutsche und half ihr, einzusteigen. Sie legte sich sorgfältig Schleier und Umhang um und fuhr mit ihm davon.

Die ganze Nacht über hatte Clemens gewacht, während Maria mit dem Säugling tief und fest geschlafen hatte. Ihre ruhigen Atemzüge hatten ihn glücklich gemacht, und vielleicht war er zwischendurch auch einmal eingenickt und hatte es gar nicht gemerkt. Am Abend hatte er einen Wolf heulen hören, jedenfalls glaubte er, dass es ein Wolf gewesen war. Sie hatten an einem Waldrand aus Zweigen und trockenen Blättern ein Quartier für die Nacht bereitet. Es war warm genug, aber es schützte nicht vor hungrigen Tieren. Clemens war noch nie einem Wolf begegnet, aber er hatte viel darüber reden gehört. So hatte er beschlossen, ritterlich für die ihm Anvertrauten zu sorgen und die Nacht über zu wachen. Er hatte darüber nachgedacht, wie er für sie drei in Paris ein Quartier finden könnte und wie er sich in der fremden Stadt verständigen sollte. Die Stadt sollte unermesslich groß sein, viele Male größer als Brügge. Man sprach dort Französisch, das er des Öfteren gehört hatte, selbst aber nicht sprechen konnte. Um sich bei den großen Meistern vorzustellen, brauchte er keine fremden Sprachen zu sprechen. Er brauchte nur ein Stückchen Kohle und ein Blatt Papier. Zur Not tat es auch eine nackte Tischplatte. Um etwas zu lernen, musste er nur hinschauen und nachahmen. Er würde zu den berühmten Malern gehen, aber er würde sich auch die anderen ansehen. Um bekannt zu werden, musste man entweder den König malen oder von den anderen Malern als der Beste anerkannt werden. Am besten beides. Das hatte seine Großmutter ihm immer gesagt. Ob das für Paris auch galt? ... Er konnte es nur schwer abwarten, endlich am Ziel seiner Träume anzukommen. Erst gegen Morgen fand er Schlaf.

Als sie erwachten, war ein wundervoller, goldener

Herbsttag angebrochen. Maria erfrischte sich, der kleine Jan bekam seine Milch, dann packten sie ihre Bündel, banden das Schaf vom Pflock, und Maria schnürte sich den Säugling wieder in ihrer Schürze um den Leib. Obwohl noch immer winzig und mager, hatte das Kind schon etwas zugenommen in diesen Tagen. Es wirkte gesund und kräftig, und seine Stimme war laut und klar wie eine Fanfare. Die Wanderschaft schien ihm zu gefallen, und er starrte Maria oft lange von der Seite an und probierte ein erstes, schiefes Lächeln.

»Ich habe nachgedacht«, sagte Maria, als sie eine Weile nebeneinander hergelaufen waren. »Vielleicht sollte ich zurück nach Brügge gehen.«

Clemens blieb stehen und sah Maria bestürzt an. »Aber warum denn?«

»Ist es nicht besser, wenn ich das Kind zurückbringe?«

Clemens knetete seine Hände. Er hätte Maria gern in den Arm genommen, aber er wagte nicht, sie zu berühren.

»Du gibst auf?«

Maria senkte den Kopf. »Vielleicht hat der Vater sich inzwischen besonnen und nimmt seinen Sohn zu sich. Er hat doch nur noch ihn.«

»Vielleicht«, meinte Clemens bloß und ging weiter.

Maria biss sich auf die Lippen. Sie wusste nicht länger, was das Richtige war. Anfangs war es ihr so klar erschienen, sie hatte keinerlei Zweifel gehegt, aber jetzt? Welches Recht hatte sie gehabt, dieses fremde Kind an sich zu reißen? Nun zog sie mit ihm durchs Land, es musste Hunger leiden und hatte nicht einmal richtige Kleider am Leib. Tat sie das wirklich für sein Wohl? Oder weil sie einfach nicht von dem Kind lassen wollte? Wenn ja, dann war sie selbstsüchtig, und Selbstsucht war eine Sünde. Vielleicht bereute der Vater inzwischen wirklich seine Entscheidung, den Sohn ins Waisenhaus zu geben. Vielleicht suchte er verzweifelt nach seinem Kind, dem Einzigen, was ihn noch an seine geliebte Frau erinnerte.

Schweigend setzten sie ihren Weg fort, ein jeder in seine Gedanken versunken. Gegen Abend gelangten sie nach Tournai. Vor den Toren der Bischofsstadt fand sich ein Schäfer, der das Schaf unterstellte. Dann wanderten sie vorbei an prächtigen Gebäuden über breite gepflasterte Straßen, auf denen es vor Menschen wimmelte, bis zur großen Kathedrale. Sie fragten nach einer Armenherberge und fanden schließlich eine Unterkunft, die sie jedoch im Voraus bezahlen mussten. Während Maria das Kind versorgte, schaute Clemens sich um, wo es ein bisschen Geld zu verdienen gab. Er hatte seine selbsthergestellten Farbpigmente bei sich, viele verschiedene Kohlestifte und schöne helle Birkenrindenstücke zum Zeichnen. Damit setzte er sich in der Abenddämmerung auf eine vielbefahrene Brücke und begann, Porträts von den Vorübereilenden zu zeichnen. Nach einer Weile kam Maria und sah, ans Brückengeländer gelehnt, zu, wie flink und sicher er zeichnete. Viele Menschen blieben stehen und sahen ihm staunend auf die Finger. Ein Bild nach dem anderen wurde fertig, und immer mehr Münzen sammelten sich in seiner Mütze, die er neben sich auf die Erde gelegt hatte. Sie würden nicht nur die Herberge, sondern auch eine richtige warme Mahlzeit in einem Gasthaus bezahlen können, die erste seit vielen Tagen.

Als es dunkel war, wurde das Treiben immer bunter auf der Brücke. Einige Leute hatten Bierkrüge mitgebracht und setzten sich damit an den Fluss. Andere fingen an zu tanzen, denn von weitem erschallte eine Sackpfeife, und Schellen klangen dazu wie fröhliches Wagengerassel. Als Clemens nichts mehr sehen konnte, packte er seine Utensilien zusammen und ging mit Maria am Fluss entlang in die Richtung, aus der die Musik kam. Fackeln beleuchteten einen Tanzplatz, auf dem die Paare sich schoben und drängten, während die Musik schnell und mitreißend spielte. Der Dudelsackspieler war in alte, zerfetzte Spitzen gekleidet, Tamburin und Fiedel schienen von allein zu klingen, denn ihre Spieler waren im Dunkeln nicht zu sehen. Dann sprang ein junges Mädchen ins Licht. Sie war spärlich bekleidet, und ihre langen, dunklen Haare glänzten so verlockend wie ihre schwarzen Augen. Die Paare verschwanden nach und nach von der Tanzfläche, um ihr Platz zu machen. Sie tanzte wie eine Schlange zu immer schneller und schneller werdender Musik. Ihr Körper war so biegsam wie der eines Kindes, und wie sie sich so drehte, schien es, als käme die Musik direkt aus ihr heraus statt von den Musikanten um sie herum.

Maria schaute einen Augenblick lang zu, wobei sie das Gesicht des Säuglings an ihrer Brust barg, um ihn vor dem sündhaften Anblick zu schützen. Doch Jan schlief selig und bekam von alledem gar nichts mit. Endlich riss sie sich los von dem schamlosen Treiben und drehte sich zu Clemens um, aber der war plötzlich verschwunden. Stattdessen stand ein fremder Mann mit grobschlächtigem, schwitzend gerötetem Gesicht hinter ihr und musterte sie mit Augen, die gierig und lüstern glänzten. Schnell raffte Maria ihre Röcke und drängelte sich durch die Menge, um zur Herberge zu laufen, während die Musik hinter ihr immer lauter und wilder tönte und die Menschen johlten und klatschten. Das Stampfen vieler Füße zur Polka begleitete ihren Weg bis weit hinter die Brücken. Sie lief durch nachtschwarze Gassen, in denen die Lichter und Fackeln schon gelöscht waren, und war nur froh, dass Clemens ihr das Geld gegeben hatte, das er eingenommen hatte, damit sie es in ihrem Beutel verwahrte. Sie konnte die Herberge bezahlen und sicher sein, dass man sie einlassen würde.

Das Herrenhaus der van Hofstaeds hatte sich innen so sehr verändert, dass Maria sich gar nicht mehr zurechtfand und nicht einen Raum wiedererkannte. Ullrichs Vorfahren waren Ritter gewesen, Kriegsleute, die ihrem Herzog dienten und ihn zu schützen wussten. Sie konnten auch Land bestellen und Söldner so gut wie Bauern und Tagelöhner anleiten. Von Kultur aber hatten sie nichts verstanden. Sie ließen keine Gobelins weben und keine silbernen Becher schmieden, hatten keine Gemälde an der Wand hängen, und ihre Böden waren aus einfachem Steinzeug gewesen, nicht mit kostbaren Kacheln und Fliesen belegt.

Agnes staunte, als Ullrich sie durch die Eingangstür führte. In der Halle, die im Sommer immer muffig und im Frühjahr, Herbst und Winter feucht und klamm oder rauchig vom Feuer gewesen war, war eine höhere Decke eingezogen geworden, ein schönes Gewölbe, fast wie das einer Kapelle. Der kostbarste und schönste Raum, den Agnes kannte – abgesehen von den wunderbaren Kathedralen, die es in Brügge gab, aber die waren dem Herrn geweiht und mit menschlichen Behausungen überhaupt

358

nicht zu vergleichen –, war die Eingangshalle zum Haus der Magistra im Beginenhof gewesen. Deren geschnitzte Wandtäfelung, die mit den Jahren schwarz geworden war, aber dennoch keine Düsterkeit, sondern vornehme Wärme ausstrahlte, verblasste jedoch angesichts der Wanddekorationen der van Hofstaed'schen Halle. So fein geschnitzte Friese und Gesimse, und dann die vielen Leuchter und die schweren Stoffe, die um die kunstvoll bemalten Glasfenster drapiert waren!

»Ihr müsst sehr reich geworden sein«, sagte Agnes andächtig. »Und Ihr habt einen guten Geschmack.«

»Die Gestaltung des Hauses obliegt meiner Frau«, sagte Ullrich. »Und es ist auch ihr Geld, das hier hineingesteckt wurde.«

Agnes schwieg betreten. Ullrichs Stimme hatte kalt und gepresst geklungen. »Schön, dass es dir gefällt«, fügte er etwas milder hinzu. »Komm, wir gehen hinauf.«

Er ging ihr voran eine breite Steintreppe hinauf, deren Stufen mit weichen Teppichen belegt waren, in denen ihre müden Füße einsanken. In dem Zimmer, in das Ullrich sie führte, brannte ein offenes Feuer, das jedoch, anders als all die Feuerstellen im Beginenhof, keinerlei Rauch absonderte. Eine breite Esse leitete den Qualm direkt durchs Dach aus dem Haus. Das Zimmer war mit schweren, dunklen Holzmöbeln ausgestattet: einem langen Tisch, sechs mit Leder gepolsterten Stühlen, einem Kleiderkasten und einem großen Lager, auf dem seidene Kissen und Decken in den schönsten Farben ausgebreitet waren. Nur ein Kruzifix konnte Agnes nirgends entdecken und beschloss insgeheim, Ullrich fortan in all ihre Fürbitten aufzunehmen, damit seine arme Seele nicht eines Tages im Fegefeuer brennen musste. Ganz offenkundig kümmerte er sich nicht im mindesten selbst um sein Seelenheil.

Ullrich drückte Agnes auf einen der beiden Lehnstühle, die rechts und links vom Feuer standen, und goss roten Wein aus einer Kanne in zwei Becher, die auf einem Tischchen neben seinem Stuhl bereitstanden. Er reichte Agnes einen Becher.

»Lass uns trinken auf unser Wiedersehen, meine Agnete. Es ist der schönste Tag in meinem Leben.«

Agnes sah ihn prüfend über den Becherrand hinweg an. Der Schalk blitzte wieder in seinen Augen, genau wie früher. Er hatte sich nur versteckt, er war ihm nicht abhandengekommen.

»Und dann musst du mir erzählen, wie du zu den Betschwestern gekommen bist. Ich war mir immer sicher, du würdest einen braven Mann finden und gesunde Kinder bekommen.«

»Das habe ich auch«, sagte Agnes leise. »Ich habe eine Tochter.«

»Bist du verwitwet?«

»So könnte man es sehen.«

»Sicher hast du gute Jahre mit deinem Mann gehabt.«

»Die besten, die man sich vorstellen kann.«

Ullrich nickte wieder, aber sein Blick war traurig geworden.

»Und du, bist du nicht glücklich mit deiner Frau?«

Ullrich sah auf und blickte Agnes an wie ein wundes Tier. »Was glaubst du?«

»Du siehst nicht glücklich aus.«

»Ich hätte besser dich heiraten sollen.« Ullrich lachte.

Agnes blieb ernst. »Es wäre vollkommen unmöglich gewesen.«

Er zuckte die Achseln. »Mein Stand, meine Herkunft haben es mir verboten. Du warst nur ein Dienstmädchen, meine Kleine. Aber dich habe ich geliebt.«

»Und deine Frau liebst du nicht?«

»Was hat die Liebe mit der Ehe zu tun?«

»Ich weiß«, sagte Agnes. »Das ist das Kreuz, das wir tragen. Dass wir nicht unserer Liebe folgen, sondern immer nur dem Gesetz. Dass der Gehorsam hoch steht und die Liebe tief. Daran werden wir alle zugrunde gehen.«

»Du sprichst klug für eine Frau.«

»Ich bin eine Begine. Bei uns leben viele kluge Frauen. Manche sind auch gebildet, können lesen und schreiben. Sogar Latein und Arithmetik, Musik und Geometrie. Wir haben ein gutes Leben in unserem Weingarten, wenn der Herr es will.«

»Seit wann bist du dort?«

»Seit fünfzehn Jahren.«

Ullrich trank seinen Becher leer und schenkte sich nach. Agnes legte eine Hand über ihren Becher, er war noch halb voll. Der Wein war viel stärker als der, den sie im Beginenhof an hohen Festtagen zu trinken bekamen. Und erst recht als das milde Bier, das sie selbst brauten und zu jeder Mahlzeit tranken. Es hatte so wenig Alkohol, dass man ihn kaum bemerkte, wenn man daran gewöhnt war.

»Fünfzehn Jahre«, rechnete Ullrich laut nach. »Das ist sehr lange. Fast so lange, wie ich verheiratet bin. Wann warst du denn verheiratet?«

»Gar nicht.«

»Aber hast du nicht eben von deinem guten Mann gesprochen?«

»Er hat mich leider nicht zur Frau genommen.«

»Oh«, seufzte Ullrich. »Das tut mir leid. Du hast also kein Glück gehabt mit deinen Männern.«

»Nein. Weder mit dir noch mit irgendeinem sonst.«

»Mit keinem?«

»Es gab nie einen anderen«, sagte Agnes und sah ihn fest an.

Ullrich sah verwirrt auf. »Was erzählst du mir da, meine kleine Agnete? Erst warst du verheiratet, und dann warst du doch nicht verheiratet, du bist bei den frommen Schwestern, und doch bist du heute hier ... Du hast gesagt, du hast Kinder, aber wo sind sie?«

»Ich habe ein Kind, Ullrich. Eine Tochter.«

Ullrichs Blick gefror in einer Maske aus Liebe und Schmerz. »Du Glückliche«, murmelte er und nahm ihre Hände. »Du hast eine Tochter.«

Da hielt Agnes es nicht länger aus. Sie drückte seine Hände ganz fest und sagte: »Es ist auch deine Tochter, Ullrich.«

Ullrich erstarrte. Dann ließ er sich auf die Knie fallen und verbarg sein Gesicht in ihrem Schoß. Er umklammerte ihren Leib mit beiden Armen und presste sie so fest an sich, dass sie kaum noch atmen konnte. Plötzlich weinten sie beide und konnten lange nicht aufhören. Erst als es von draußen scharf und herrisch an die Tür klopfte, fuhren sie auseinander.

Ullrich blieb auf den Knien vor Agnes sitzen. »Herein«, sagte er leise, aber mit so fester Stimme, dass man ihn draußen verstand und die Tür sich öffnete. Herein trat Isabella van Hofstaed, groß und schlank, in ein schlichtes, aber kostbares, fließendes Gewand gehüllt und mit einer spitzenbesetzten Haube auf dem Kopf. Eine richtige Hausherrin, die ihren knienden Gatten mit einem verächtlichen Blick musterte. Dann sah sie Agnes an, die in ihrer zerrauften Beginentracht ohne Haube und Schleier ein jämmerliches Bild abgab.

»Was ist hier los?«, fragte Isabella van Hofstaed schließlich. »Wir warten mit dem Essen auf Euch, Ullrich. Ihr habt nicht kundgetan, dass wir einen Gast haben.«

»Mir ist nicht nach essen zumute«, sagte Ullrich. Er erhob sich und klopfte seine Kleider ab. Sein Gesicht war nass von Tränen, aber er verbarg es recht und schlecht. Auch Agnes erhob sich und verneigte sich vor der Hausherrin.

»Gott sei mit Euch«, sagte sie. »Es tut mir leid, dass ich so unhöflich den Frieden Eures Hauses störe. Ich habe dringende Nachrichten für Euren Gatten.«

Isabella hob die Brauen und sah Ullrich fragend an.

»Es geht um eine nahe Verwandte«, sagte Ullrich. »Bitte fangt schon an zu speisen. Ich komme später.«

»Hoffentlich sind es keine schlechten Nachrichten«, sagte Isabella und zögerte einen Augenblick, ehe sie sich umwandte und zur Tür ging. »Ich bin sehr gespannt, Ullrich.« Sie lächelte ihm zu, aber es lag eine solche Kälte und Distanz in ihrem Blick, dass es Agnes eisig ums Herz wurde. Wie sehr war er vom Leben gestraft worden, der Arme. Wie unglücklich musste er sein in diesem goldenen Käfig. Und wie eine Haut, die zu eng geworden war, platzte plötzlich all ihre Bitterkeit, Traurigkeit und Verletztheit von ihr ab. Wie reich und gut war ihr Leben dagegen! Wie glücklich hatte der Herr alles gefügt, indem er ihnen dieses wunderschöne Kind geschenkt hatte als Zeugnis einer wahren Liebe. Auch wenn sie sich im Leben nicht hatte erfüllen können. Was sich erfüllte, war oft lange nicht so wunderbar wie das Unerfüllte, das Unmögliche, das nur von ferne herüberwinkte und die Sehnsucht nährte. Ullrich hatte nicht anders handeln können damals. Er wäre von seiner Familie verlacht worden, hätte er das arme Aschenmädchen geheiratet. Stattdessen musste er sich an diese fremde Frau schmieden lassen und mit ihr in Pflichterfüllung und Gehorsam seinen Lebensweg gehen, Seite an Seite. So wie Agnes bei den Beginen ihre Pflicht getan und es auch noch sehr gut dabei gehabt hatte. Dass sie, seine kleine Agnete, schwanger war, als er sie verließ – er hatte es ja nicht einmal gewusst. Er hatte es nicht wissen können. Sie selbst hatte ja keine Ahnung gehabt. Endlich wurde es licht und weit in ihrem Herzen, wo es viele Jahre lang finster und eng gewesen war. Sie öffnete alle Türen zu diesem schönen neuen Raum, aus dem Kränkung und Trauer verschwunden waren, und ließ das Licht der Erkenntnis und des Verzeihens darin leuchten wie die Morgensonne. Sie sah zu Ullrich auf, und ihr Blick war frei und offen, wie nur der Blick einer Liebenden es sein kann. Sie ließ ihn frei und wünschte gleichzeitig aus vollem Herzen das Beste für ihn.

»Wo ist sie, unsere Tochter? Wie heißt sie? Wie sieht sie aus? Was ist sie für ein Mensch?«, fragte Ullrich atemlos, nachdem seine Frau die Tür endlich hinter sich geschlossen hatte. »Kann ich sie sehen?«

»Natürlich sollst du sie sehen.« Agnes faltete die Hände und legte die Fingerspitzen an die Lippen. »Aber du musst wissen ...«, sie zögerte. »Du musst wissen, dass sie uns nicht kennt.«

Ullrich sah sie mit schreckgeweiteten Augen an. »Das sie uns nicht kennt? Was meinst du damit?«

»Sie ist im Waisenhaus groß geworden.«

Ullrich starrte Agnes verständnislos an.

»Ich konnte sie doch nicht behalten.«

Ullrich schluckte. Dann bedeckte er sein Gesicht mit den Händen. Seine Schultern zuckten. Nach einer sehr langen Zeit murmelte er: »Verzeih mir. Bitte verzeih mir. Ich habe es doch nicht gewusst.«

»Der Herr hat es gut mit uns gemeint. Er hat die Hand über sie gehalten und eine wunderschöne und gesunde Frau aus ihr gemacht. Dieses Frühjahr kam sie unverhofft als Novizin zu uns.«

Ullrich griff wieder nach Agnes' Händen und führte sie an seine Lippen. »Gott segne dich. Dann kann ich sie dort sehen?«

»Ja. Und nein. Sie ist …« Agnes schluckte. Es tat so weh. Ihre Angst, dass Maria etwas zugestoßen sein könnte, kam plötzlich mit aller Macht zurück. Ullrich würde es nicht verwinden, die Tochter, die er gerade bekommen hatte, gleich wieder zu verlieren. Warum nur war sie nicht schon eher zu ihm gekommen? Aber sie hatte ja selbst nichts von Maria gewusst. »Sie ist fortgelaufen. Mit einem jungen Maler. Ich weiß nicht, wo sie ist. Sie sind verschwunden.«

»Wann war das?«

»Vor drei Tagen. Darum bin ich zu dir gekommen in meiner Not. Wir müssen sie suchen. Wir müssen sie finden. Weit können sie noch nicht gekommen sein. Sie haben ja nichts als die Kleider auf ihrem Leib.«

Ullrich schritt ohne ein Wort aus dem Zimmer und rief laut nach seinen Knechten. Er befahl, sämtliche Pferde aufzuzäumen und die schnellste Kutsche anzuspannen. Er ließ Proviant packen und alle verfügbaren Männer zusammentrommeln. Kurz darauf waren sie alle in der großen Halle versammelt und aufbruchbereit. Ullrich half Agnes in die Kutsche, schwang sich selbst auf seinen Rappen und führte den Tross an. So zogen sie noch am selben Abend los. Fackeln beleuchteten ihren Weg, und Fanfaren kündigten sie an, wo immer sie einen Marktflecken erreichten.

23

VON DEN VERSUCHUNGEN

Keine Schwester spreche über ihre Versuchungen oder ihre persönliche Drangsal, wenn dies eine andere Schwester beeinträchtigen oder einen Skandal für das Kloster darstellen könnte; sie beichte jedoch diese Dinge ihrem Beichtvater und tue anschießend, was er ihr sagt.

FERIA QUINTA, 27. SEPTEMBRIS 1498

Maria hatte tief und fest geschlafen und nur einmal in der Nacht den Säugling mit dem letzten Rest Schafsmilch gefüttert, den sie vom Vortag für ihn aufgehoben hatte. Der große Schlafraum der Herberge war dicht besetzt mit Pilgern, Reisenden und Vagabunden, die auf Strohsäcken einer neben dem anderen lagerten. Sie hatte sich mit dem Kind hinter einen Vorhang zurückziehen können, weil man wohl davon ausging, dass sie stillte und dafür einen Schutzraum für sich beanspruchen konnte. Es waren nur zwei andere Frauen unter den Gästen, soweit Maria es überblicken konnte. Die Luft war stickig, obwohl die Fensterläden offen standen und die ersten Sonnenstrahlen dieses herrlichen Spätsommers den Raum durchstreiften.

Während sie nachts das Kind gefüttert hatte, war ein Entschluss in ihr gereift. Sie würde Jan zurückbringen zu seinem Vater, denn dort gehörte er hin. Und der Herr würde für ihn sorgen, wie er für alle seine Geschöpfe sorgte. Es war nicht an ihr, für Gerechtigkeit zu sorgen. Sie hatte sich verirrt, sie hatte selbstsüchtig versucht, Gutes zu tun. Aber Gutes tun konnte nur der Herr.

Maria suchte die Bettstellen ab nach Clemens' blondem Schopf. Sie hätte auch seine zerrissenen Schuhe erkannt, das bunte Tuch, in das er seine Habseligkeiten, die Farben und Rindenstücke eingebunden hatte. Nichts aber von alldem konnte sie entdecken. Wo mochte er sein? Ob er die Nacht unter der Brücke bei den Spielleuten verbracht hatte? Schließlich wusch sie den Säugling, wickelte ihn und trug ihn schnell aus dem Schlafsaal, ehe er vollständig erwachte und die anderen mit seinem Hungergeschrei weckte. Sie bat den Herbergsvater, Clemens, wenn er zurückkäme, auszurichten, dass sie auf dem Weg zurück nach Brügge sei. Sein Angebot, in der Herberge ein frühes Mahl zu sich zu nehmen, lehnte sie dankend ab. Zu schmutzig waren ihr die Betten und der Brunnen im Hof gewesen. Hier wollte sie nichts essen, hier wollte sie überhaupt nicht länger als nötig bleiben. Sie zählte Clemens' Groschen, die ihr helfen würden, zurück nach Brügge zu kommen, und überlegte, woher sie am frühen Morgen mitten in dieser großen Stadt Nahrung für den Säugling bekommen sollte. Sie konnte die Milch sogar bezahlen, aber es gab noch nirgendwo welche zu kaufen. So schleppte sie sich durch die Gassen von Tournai, in deren schmutzige Winkel und Ecken die Morgensonne ihr gnadenloses Licht warf. Lange irrte sie umher, das Kind schien mit jedem Schritt schwerer zu werden und begann irgendwann zu weinen. Tatsächlich war Jan schon ein wenig gewachsen auf dieser ersten Reise seines Lebens, und seine Augen fingen an, klar und erkennend in die Welt zu schauen. Er würde bald Kleider brauchen und mehr Windeln. Maria hatte bloß drei

Lappen bei sich, die sie immer wieder auswusch und an ihren Schleier knüpfte, so dass sie unterwegs trocknen konnten.

Endlich fand sie einem Weg, der ihr bekannt vorkam. Er führte auch tatsächlich durch die Tore der Stadt geradewegs hinaus und auf eine Pappelallee, die sich in einer schnurgeraden Flucht durch die abgeernteten Felder zog. Ein paar Bienenkörbe standen wie zu einem kleinen Hüttendörfchen zusammengerückt unter einer Weide. An sie erinnere Maria sich noch. Diesen Weg waren sie gekommen, also musste dieser Weg auch wieder zurückführen nach Brügge. An einer Gabelung setzte sie sich auf einen großen Findling und erholte sich von der ersten langen Wegstrecke. Ihr Magen knurrte, aber der Säugling war trotz seines Hungers wieder eingeschlafen, sanft gewiegt von ihrem schaukelnden Gang. Auf dem Weg, der sich vor ihr verzweigte, kam ihr langsam eine gebeugte Gestalt entgegen. Erst dachte sie, es wäre ein Mann, aber dann sah sie, dass es eine Frau war, eine Pilgerin vielleicht, die ihr Bündel auf dem Rücken trug. Als sie näher kam, fiel Maria auf, dass die Kleider der Fremden der Tracht der Beginen ähnelten. Sie waren nicht bunt wie die Kleider der Bäuerinnen, sondern schlicht, schwarz und weiß, wie das Habit der Beginen. Schleier und Umhang hatte die Frau abgelegt. Gespannt starrte Maria in das Gesicht der Näherkommenden, bis sie es endlich erkannte. Mit einem kleinen Aufschrei lief Maria ihr entgegen und fiel vor ihr auf die Knie.

»Schwester Ursula, Ihr seid es? Ihr lebt!«

Ursula wandte sich ab, aber Maria sah, dass sie lächelte. Diese seltsame Schwester, die nie viele Worte gemacht hatte. Maria hatte immer gewusst, dass Ursula nicht im

Feuer umgekommen war! Ursula zog Maria an den Schultern hoch und klopfte ihr den Staub von den Kleidern. Als sie den Säugling entdeckte, hielt sie einen Moment lang inne und musterte das kleine Gesicht aufmerksam. Dann küsste sie ihn sacht auf die Stirn, rieb mit dem Daumen ein Kreuz darüber und sah Maria prüfend an. Sie lächelte. Es war das erste Mal, dass Maria Ursula lächeln sah. Nur zwei windschiefe Zähne hatte die alte Schwester noch im Mund, einen oben und einen unten.

»Woher?«, fragte sie. »Nicht deins.« Es war keine Frage, sondern eine Feststellung.

»Es ist der Sohn von Christoph de Vens. Seine Mutter ist bei der Geburt gestorben«, erklärte Maria. »Er sollte in ein Waisenhaus gebracht werden.«

Ursula sah das Kind lange an. Ihr Blick sagte mehr als tausend Worte. So, wie Ursula die Natur um sie herum verstand, die doch nicht sprechen konnte, so konnte sie offenbar auch zu Kindern sprechen, die selbst noch nichts verstehen konnten. Es gab für sie weder Lüge noch Wahrheit. Es gab nur das, was sie sah.

»Ich muss ihn zurückbringen«, sagte Maria.

Ursula nickte.

»Er gehört mir nicht«, flüsterte Maria und legte eine Hand um sein kleines, schweres Köpfchen mit dem dunklen Haarflaum. »Er gehört zu seinem Vater.«

Ursula band Marias Schürze los und wickelte sie sich mitsamt dem Knaben selbst um den Leib. Zum ersten Mal seit Tagen konnte Maria sich wieder frei bewegen. Erst jetzt spürte sie, mit wie viel Gewicht das Kind an ihr gezerrt hatte.

Leichten Herzens lief sie hinter Ursula her, die mit weit ausgreifenden Schritten auf engen Treidelpfaden, zwischen Büschen und Knicks verborgen, der großen Stadt Brügge, ihrer Heimat, entgegeneilte.

Während der Fahrt über die Landstraßen erzählte Agnes Ullrich auch von dem Säugling, den Maria und Clemens bei sich führten, und alles, was sie bis jetzt über Maria wusste und mit ihr erlebt hatte. Ullrich war erschüttert, dass Agnes sich Maria gegenüber noch nicht zu erkennen gegeben hatte.

»Natürlich wird sie dich lieben«, sagte er bestimmt. »Jeder Mensch liebt seine Mutter, schließlich hast du sie geboren. Und du hast sie doch nicht freiwillig verlassen.«

»Ich wusste ja nicht einmal, dass sie lebte.«

»Eben. Diese Schwester, die dich belogen hat, ist eine Verbrecherin.«

»Sie hat es nicht besser gewusst.«

Alle Informationen, die helfen konnten, Maria und Clemens zu finden, gab Ullrich sofort seinen Männern weiter. Sie waren in alle vier Himmelsrichtungen ausgeschwärmt und beauftragt, überall nach einem jungen Paar mit Säugling Ausschau zu halten und alle Menschen, denen sie begegneten, zu fragen, ob sie die beiden gesehen hätten. Marias Novizentracht war unauffällig, aber ein so junges Paar mit Kind dürfte nicht allzu häufig in dieser späten Jahreszeit durch Westflandern unterwegs sein. Schon als der Morgen graute, nach einer Nacht, die Agnes und Ullrich in warme Pelze gehüllt in der rumpelnden Kutsche verbracht hatten, kam ihnen ein Bote entgegen und berichtete, dass südlich von Brügge in einem Dorf die erste Spur von dem Pärchen entdeckt worden sei.

»Sie haben um Milch gebettelt. Ein junger blonder Mann und ein Mädchen mit weißem Schleier und dunklem Kleid. Man hat den Jungen aus einer Kelle Milch trinken lassen.«

Ullrich ließ die Pferde antreiben, und gegen Mittag hatten sie mit der Bäuerin gesprochen, die ihnen jedoch nichts weiter sagen konnte, als was schon der Bote ausgerichtet hatte. Sie wagte kaum, die Augen zu heben, als sie Ullrichs stattliche Erscheinung vor sich sah. Schließlich kamen andere hinzu, und einer, der gekleidet war wie ein Hirte, mit langem, grauem Mantel und einem alten, verbeulten Filzhut auf dem Kopf, hob den Arm, um sprechen zu dürfen. Ullrich hieß ihn näher kommen.

»Ich habe sie auch gesehen«, sagte der Hirte. »Der Junge ging an unserer Suhle vorbei in den Wald. Er war nicht von hier, das sah man gleich. Kam aus der Stadt. Die Kleider. Sprach auch nichts. Er hat Holz gesammelt und Rinden und hat Gründlinge gefangen im Bach. Das habe ich selbst gesehen. Mit der bloßen Hand hat er sie gefangen.«

»Das ist er!«, rief Agnes. »Das war ganz bestimmt Clemens. Er ist sehr schweigsam, und er ist geschickt. Sicher hat er Essen besorgt für Maria und das Kind.«

»Wo hast du den Jungen gesehen? Zeige mir eure Suhle«, befahl Ullrich.

Der Weg aus dem Dorf hinaus war holprig und eng, so dass Ullrich die Pferde ausspannen und wieder seinen Rappen satteln ließ, um dem Hirten zu folgen. Agnes sah ihn so bittend an, dass er sie kurzerhand zu sich auf den Sattel hob. Er hielt sie fest und sicher um die Taille gefasst, während der Rappe mit kurzen Schritten den Saumpfad längsschritt.

Die Schweinesuhle konnte man schon von weitem riechen. Die Schweine waren jedoch schon ins Dorf gebracht worden, wo sie gemästet und im nächsten Monat geschlachtet werden würden. Der Hirte zeigte auf den nahen Waldrand, der sich weit nach Osten hinzog.

»Dort habe ich ihn laufen sehen. Und dort, am Ende des Brachfelds, verläuft der Bach, wo er die Fische gefangen hat. Die Felder jenseits des Bachs gehören nicht mehr zu uns.«

»Wir müssen den Wald absuchen. Wann hast du den Jungen zuletzt gesehen?«

Der Hirte schaute nachdenklich zum Waldrand. Er zuckte die Achseln. »Ich weiß es nicht, Herr. Es war nicht heute und auch nicht gestern.«

»Vorgestern hast du ihn aber noch gesehen?«

Der Mann ließ die Schultern hängen und schüttelte den Kopf. »Ich weiß es nicht.«

»Wir suchen trotzdem den Wald ab«, entschied Ullrich.

»Ich glaube nicht, dass Maria mit dem Kind im Wald nächtigt«, sagte Agnes. »Sie werden irgendwo eine Scheune gefunden haben, um Schutz vor Regen und Kälte zu finden.«

»Es hat nicht geregnet in der letzten Woche«, sagte Ullrich knapp. »Und wenn sie eine Scheune gefunden hätten, so hätten wir schon denjenigen aufgetrieben, der sie ihnen überlassen hätte. Meine Leute sind nicht dumm.«

Agnes schwieg, aber sie war erschrocken über die unnötige Strenge in Ullrichs Stimme.

Kaum waren sie wieder bei der Kutsche angelangt, traf ein neuer Bote ein. Man hatte einen Schäfer gefunden, der Maria und Clemens seinen Stall und ein Mutterschaf überlassen hatte. Agnes verbarg ihren Triumph und beobachtete aus den Augenwinkeln, wie Ullrich die Nachricht aufnahm. Er schien ärgerlich zu sein, sagte jedoch nichts. Stolz und Ehrgeiz nisteten im Herzen dieses Mannes und hatten es hart und kalt gemacht. Dieses einst wunderbar weiche, lebendige Herz.

Der ganze Tross machte sich auf den Weg zu dem Schafstall, der etwa eine Wegstunde vom Dorf entfernt lag. Eine große Herde weidete davor auf der Wiese. Einige Tiere drängelten und quetschten sich durch die Stalltür, kaum dass der Hirte sie aufschob. Sofort kamen andere Tiere nach, viele konnten es kaum abwarten und sprangen über die anderen hinweg hinein in den dunklen Stall oder blieben auf ihren Rücken hängen. Als Ullrichs Männer eintreten wollten, war er voller ungeduldig blökender Tiere.

Der Schäfer ließ sich von Ullrich befragen, verzog jedoch keine Miene, als Ullrich ihn zur Rede stellte.

»Hast du dir denn keine Gedanken gemacht, was die beiden hier zu suchen hatten?«, fragte er barsch. »Hast du mit niemandem darüber gesprochen?«

»Ich pflege nicht über andere Leute zu sprechen, ohne gefragt zu werden, Herr«, erwiderte der Schafhirte ruhig. »Die jungen Leute waren auf Wanderschaft, das ist nicht verboten.«

»Wann sind sie weitergezogen, hast du sie noch einmal gesprochen?«

Der Schäfer schüttelte den Kopf. »Ich bin mit der Herde über den Westrücken gezogen. Als ich zurückkam, waren sie fort.«

»Wann war das?«

Eine Frage wie ein Peitschenknall. Agnes zuckte zusammen.

»Gestern. Um die dritte Stunde nach Mittag.

Ohne Dank wandte Ullrich sich ab. »Weit können sie trotzdem nicht gekommen sein«, murmelte er. »Wir werden nicht in den Wald gehen, sondern die Wege nach Süden weiter verfolgen. Vielleicht sind sie unterwegs in die nächste größere Stadt. Das wäre Tournai. Dort werden wir sie leicht finden.«

Agnes trat in die dunkle Scheune, drängte sich vorbei an den warmen Tierleibern. Der Geruch war beißend scharf, und Agnes dachte mit Schrecken daran, wie verzweifelt und in welcher Not Maria sich befinden musste, um in einem solchen Stall zu nächtigen. Als ihre Augen sich an die Dunkelheit gewöhnt hatten, schritt sie langsam, um nicht auf den Exkrementen, die den Boden bedeckten, auszurutschen, die löchrigen Wände des Stalls ab. Ganz am Ende schien so etwas wie ein Strohlager aufgeschüttet worden zu sein. In einer Ritze zur Wand hing ein heller Stoffzipfel. Agnes zog daran und beförderte einen fleckigen Lappen zutage. Am Saum erkannte sie, dass es sich um ein Stückchen vom Novizenschleier der Beginen vom Weingarten handelte. Es war in ein dreieckiges Tüchlein gerissen worden, das wohl als Windel gedient hatte. Sie drückte es einen Moment lang an ihr Herz und schob den Fetzen dann in ihre Rocktasche.

Ohne Pause, ohne Rast ließ Ullrich die Pferde bis nach Tournai traben. In den frühen Abendstunden desselben Tages kam die Kutsche an den Stadttoren an. Während der Fahrt hatten Agnes und er überwiegend geschwiegen. Das Gerumpel der Räder auf den holprigen Wegen machte Gespräche anstrengend. Aber das war nicht der einzige Grund gewesen. Die jüngsten Begebenheiten, wollten sie auch Ullrichs aufgewühlter Gemütsverfassung zuzuschreiben sein, hatten Agnes doch erschreckende Einblicke in die Untiefen seines Charakters gegeben. Mochte er auch meistens freundlich und zugewandt, herzlich und milde sein, vor allem ihr gegenüber, so gab es doch auch diesen anderen Ullrich, der unberechenbar herrisch, laut und möglicherweise sogar gewalttätig werden konnte. Die Begegnung, die der Blinde ihr geschildert hatte, wollte einfach nicht aus ihrem Kopf weichen. Auch ihr gegenüber hatte Ullrich sich einmal hartherzig gezeigt – damals, als er sie von sich gewiesen hatte. Er hatte sich den Notwendigkeiten seines Standes fügen müssen, aber er hatte es auf eine Art und Weise getan, die nicht anständig war. Sie hatte es ihm verziehen, aber das Vertrauen, das sie einst ihm gegenüber gehabt hatte, war für alle Zeiten zerstört. Und jeder weitere Hinweis auf diesen Charakterzug zeigte ihr deutlich, wie recht sie daran tat, ihm gegenüber Vorsicht, ja Misstrauen walten zu lassen.

»Wir fahren die Herbergen ab«, ordnete Ullrich an, nachdem sie die Stadttore passiert hatten. »Hier kann man nicht in einer Scheune oder unter einer Brücke nächtigen. Wenn sie hier sind, müssen wir sie in den Herbergen oder in einem Gasthaus finden.« Er teilte seine Männer in mehrere Gruppen ein und sandte sie aus zur Erkundung, während er selbst mit Agnes und einem Vertrauten die große Armenherberge in der Nähe der Schelde aufsuchte.

Kaum hatten sie die Schwelle der Herberge übertreten, entfuhr Agnes ein leiser Schrei. Sie presste ihre Schürze vor den Mund, und dann lief sie los, dem jungen blonden

Mann nach, der sich gerade mit seinem Bündel auf den Weg in den oberen Schlafsaal machen wollte.

»Clemens!« Sie schloss den verwirrten Burschen überglücklich in die Arme. In seinen Augen aber stand der Schrecken. Agnes herzte ihn, alle Zurückhaltung und Gemessenheit waren von ihr gewichen. »Junge, wie geht es dir? Wo ist Maria? Wo ist das Kind?«

Endlich erkannte Clemens, wer ihm da gegenüberstand, und Freude und Schrecken wechselten einander wie ein Schattenspiel auf seinem Gesicht ab. »Woher kommt Ihr? Was macht Ihr hier?«, stammelte er.

»Wir suchen euch.« Sie griff nach Ullrichs Arm und zog ihn heran. »Dies ist Ullrich van Hofstaed, Marias Vater. Er sucht seine Tochter. Und ich – ich auch.«

»Marias Vater?«, stammelte der arme Junge. »Aber Maria hat gar keinen Vater.«

»O doch, den hat sie«, sagte Ullrich, und seine Stimme wankte. »Wo ist sie? Ist sie schon im Schlafsaal?«

Clemens schüttelte den Kopf. Der Pförtner der Herberge näherte sich in devoter Haltung und begann dann mit quäkender Stimme, darum zu bitten, dass die Herrschaften sich entfernten und die Gespräche anderswo fortsetzten.

»Dies ist eine Stätte der Ruhe. Ihr stört die Wanderer. Und es ist nicht erlaubt, sich hier zu unterhalten.«

Nicht weit von der Herberge befand sich eine einfache Wirtschaft, die noch geöffnet hatte und deren Wirt bereit war, sie alle zu beköstigen. Clemens erzählte, was sich zugetragen hatte und dass Maria sich am Morgen allein mit dem Kind auf den Rückweg nach Brügge gemacht hatte. Als er erfuhr, dass er Maria um Haaresbreite verpasst hatte, raufte Ullrich sich verzweifelt die Haare.

»Wie lange noch soll diese Strafe Gottes dauern? Habe

ich nicht ein Recht darauf, mein Kind zu sehen? Wann darf ich sie endlich in die Arme schließen? Was will denn euer Gott, dass er mich so quält?«, donnerte er, ohne sich um seine Männer und Clemens zu kümmern. Seine Knechte ließen sich bereits den Braten schmecken, den man ihnen auftischte, und sprachen auch kräftig dem guten Burgunder zu, den Ullrich für alle spendiert hatte. Es war eine ungewöhnliche, aber schließlich doch wie immer erfolgreiche Jagd gewesen. Und das Mädchen würden sie auch noch finden. Weit konnte sie allein ja nicht kommen.

Nach dem Essen holte Clemens, der an diesem Abend so viel sprechen musste wie noch nie, sein Bündel aus der Herberge und löste den Knoten. Heraus fielen Rindenstücke, große und kleine, helle und dunkle, weiche und feste, frische und solche, die schon bröselten, wenn sie aufeinanderrieben.

»Ist sie das?«, rief Ullrich, der ein Rindenstück gewendet hatte. Auf der Innenseite befand sich die Zeichnung eines hübschen Mädchenkopfs, so zart und anmutig, wie man ihn sich nur vorstellen konnte.

Clemens wurde rot und versuchte, Ullrich das Rindenstück abzunehmen. Aber Ullrich hielt es mit eiserner Faust fest.

»Das ist nicht Maria. Das ist Estrella«, murmelte Clemens und senkte den Blick. Sein Gesicht und Hals waren blutübergossen. Agnes schaute diskret beiseite, während Ullrich anfing, die Rindenstücke umzudrehen, eins nach dem anderen. Auf jedem war eine Zeichnung, immer dasselbe Mädchen, mal zeigten sie nur das hübsche Gesicht, mal den ganzen Körper, knapp bekleidet, tanzend, ein Tamburin schlagend, und dann barbusig, nackt, stehend, sitzend, liegend. Clemens versuchte, ihm die Zeichnungen zu entreißen, aber dabei zerbrachen die Rinden, und Ullrich lachte.

»Hier sind ein paar Zeichnungen von Maria«, sagte Clemens schließlich und reichte Ullrich die untersten Bilder, die auf weißer Birkenrinde angefertigt waren. Maria sah ganz anders aus als die Tänzerin – ein mildes Madonnengesicht, darunter der Kinderkopf. Und doch war sie hinreißend und, wie immer, treffend genau gezeichnet.

Ullrich umschloss die Bildnisse mit seinen Händen, ganz vorsichtig, um sie nicht zu zerstören, und verlor sich in ihrem Anblick. Er studierte die Nasenflügel des Mädchens, ihren Haaransatz unter dem verrutschten Schleier, ihre Hände und Arme, die das Kind hielten. Schließlich den Schnitt ihrer Augen, die gewölbte Stirn, die hohen Brauen. Er suchte und fand seine Mutter, sich selbst, Agnes, vergangene Zeiten, seine eigene Geschichte. Und dann, als Ganzes gesehen, fand er den neuen, fremden Menschen. Maria, seine Tochter.

»Das ist mein Kind. Sie gehört mir«, murmelte er.

»Sie gehört sich selbst. Und dem Herrn«, widersprach Agnes leise. »Nicht uns. Wir sind nur ihre Eltern.«

Aus Ullrichs Augen schoss ein scharfer Blitz, als er Agnes' Blick erwiderte. »Das werden wir sehen«, sagte er drohend und mit seiner Eisesstimme. »Ob dieses Mädchen weiterhin Gott gehören wird, oder ob sie als meine Erbin nicht ein besseres Leben verdient hat!«

»Wir sind nicht diejenigen, die darüber entscheiden. Gott wird beschließen, ob er sie zu seinen Töchtern ruft.«

Ullrich fuhr in die Höhe, so dass krachend sein Stuhl umstürzte. »Sei still, Weib! Gar nichts wird Gott beschließen! Er hat uns Menschen einen freien Willen gegeben, und bis sie erwachsen ist, werde ich für sie entscheiden. Ich bin ihr Vater. Sie gehört mir. Niemand wird sie mir nehmen! Niemand!«

Agnes erschrak und wich unwillkürlich zurück vor diesem Mann, den sie einst geliebt hatte. Da war er in voller Größe: der Tyrann, der einem freien Bauern, der es gewagt hatte, ihn nicht zu grüßen, die Augen verblenden ließ. Selbst verblendet bis zur Herzensblindheit.

»Dann muss ich wünschen, dass du Maria nie findest«, sagte sie und erhob sich ebenfalls vom Tisch. »Und dafür sorgen, dass sie dir entkommt bis zum Jüngsten Tage.« Sie sprach mit leiser Stimme, damit Ullrichs Männer sie nicht hören konnten. Die fröhlichen Zecher aber nahmen sowieso keine Notiz von ihnen. Nur Clemens lauschte mit großen Ohren und ängstlich geweiteten Augen.

Ullrich winkte ab. »Tu, was du nicht lassen kannst, Agnes. Es tut mir leid, was damals geschehen ist. Aber diese Frage hier, die werde ich nicht mit dir klären. Sie ist schon geklärt. Dabei hast du überhaupt nichts mehr zu sagen. Geh zurück zu deinen Betschwestern und lass es dir wohl ergehen.«

Und dann lachte er. Ullrich van Hofstaed fing an zu lachen wie ein Wahnsinniger und bestellte neuen Wein, eine ganze Kanne für sich und seine Männer.

Agnes ging hinaus in die Nacht.

⚜ 24 ⚜

WIE MAN MIT DENEN SPRICHT, DIE DEN HOF VERLASSEN HABEN

Außer dem Pater oder der Magistra spreche keine mit einer Schwester, die den Hof ohne den Rat des Hofes verlassen hat, mit Ausnahme der Begrüßungen »Gott behüte dich« oder »Gott sei mit dir«, wie man es üblicherweise in der Öffentlichkeit sagt. Wer es dennoch tut, muss einen ganzen Tag bei Wasser und Brot fasten.

FERIA SECUNDA, 1. OCTOBRIS 1498

Niemand – keine von euch, versteht ihr – wird mit ihr sprechen. Wenn ihr sie seht, könnt ihr sie höflich und freundlich begrüßen, aber ansonsten behandelt ihr sie wie eine Fremde. Denn das ist sie ab jetzt für euch: eine Fremde.«

Christina, Duretta und Adelheid wagten nicht, den Blick zu heben. So böse, so ganz und gar außer sich, hatten sie Mutter Walburga in der langen Zeit, die sie nun schon hier waren, noch nie erlebt. Sie wagten nicht einmal zu nicken, als könnte die geringste Bewegung oder der kleinste Mucks den Zorn der Magistra auf sie umlenken. Sie lugten nur vorsichtig unter den niedergeschlagenen Wimpern her. Alle drei waren gleichermaßen regungslos und in Furcht erstarrt.

»Sollte ich erfahren, dass eine von euch sich dennoch hinreißen lässt, mit der Ausreißerin zu sprechen oder ihr gar irgendetwas zukommen zu lassen oder sich gemein mit ihr zu machen, so muss diese einen ganzen Tag bei Wasser und Brot fasten. Duretta?«

Die Angesprochene schlug die Augen auf und sah die Magistra an. »Ja, Mutter Walburga?«

»Wo finden wir diese Vorschrift?«

»In der Regel, Mutter Walburga.«

»Sehr richtig. Und darum wisst ihr, dass ihr euch unbedingt daran zu halten habt, egal, was geschieht.«

»Jawohl, Mutter Walburga«, murmelte Duretta. Dann holte sie tief Luft und wagte es, die Frage zu stellen, die ihnen allen dreien so sehr unter den Nägeln brannte: »Ist es denn wahr, dass Maria den Säugling gestohlen hat?«

Das Schweigen der Magistra war furchterregend, und Durettas Gesicht zuckte vor Anspannung und Angst, was nun geschehen würde. Aber sie hatte sich die Frage einfach nicht verkneifen können. Seit Tagen und Nächten zermarterten sich die Novizinnen die Köpfe, um herauszufinden, ob dies nur ein bösartiges Gerücht war oder ob ihre junge Mitschwester tatsächlich den Mut und die Dreistigkeit besessen hatte, einen fremden Säugling an sich zu nehmen und sich damit aus dem Staub zu machen.

»Sie hat immer gesagt, sie möchte so gern ein Kind haben«, hatte Adelheid ins Feld geführt. »Ich glaube, dass sie das Kind genommen hat. Maria ist mutig und stark. Vielleicht war es in Not oder verlassen worden und sie wollte ihm helfen?«

»Unsinn«, hatte Duretta entgegnet. »Wenn es so gewesen wäre, hätte sie den Säugling mitgebracht in den Beginenhof. Hier hätte er von den Schwestern versorgt werden können.«

»Wie soll sie ihn denn füttern und pflegen?«, hatte sich Christina gefragt. »Sie kann ihn doch nicht stillen, sie hat ja keine Milch. Und sie wird auch keine Windeln und Decken haben unterwegs und keine Wiege.« Und sie dachte an die vielen kleinen Geschwister, für die sie von klein auf mit verantwortlich gewesen war.

»Ich glaube, sie hat den Säugling gestohlen, weil sie kein eigenes Kind bekommen kann, wenn sie hierbleiben muss.«

»Aber die Mutter des Kindes ist doch gestorben«, sagte Adelheid.

»Woher weißt du das?«, fragte Duretta.

Adelheid hatte die Achseln gezuckt. Sie hatte es irgendwo gehört. Sie konnte sich die Namen der vielen Schwestern, die alle so gleich aussahen und alle gleichermaßen verschlossen waren und nur in Andeutungen und Rätseln sprachen, nicht merken. Sie erkannte nur Schwester Nopicht und natürlich die Mutter Magistra. Und Schwester Brid, der sie in der Wäschekammer zur Hand ging. Schwester Brid war nicht viel klüger als sie selbst, aber sie war süß und rührend und bezauberte jeden mit ihrem hübschen Lächeln und den himmelblauen Augen. Sie mochten sich beide sehr gern und hatten sich noch kein einziges Mal gezankt. Die anderen Schwestern in der Wäschekammer beäugten sie deshalb schon misstrauisch und trieben sie häufig zur Arbeit an, denn sie waren beide nicht die Schnellsten.

Alles nur Gerüchte, Geflüstertes, Gesponnenes. Duretta hasste das ständige Rätselraten und dass niemand es wagte, hier einmal laut und deutlich eine Frage zu stellen. Für eine Frage konnte man doch nicht bestraft werden?

»Es ist richtig, dass Maria einen Säugling mitgenommen hat, als sie sich unerlaubt von ihrer Arbeit entfernte«, antwortete die Magistra schließlich.

»Wusste ich es doch!«, rief Adelheid, schlug aber gleich darauf erschrocken die Hände vor den Mund und kniff ängstlich die Augen zusammen.

»Die Mutter des Kindes ist bei der Geburt gestorben. Maria wollte dem Kind helfen, denn es trank nicht bei der hinzugezogenen Amme.«

»Oje, die Arme«, entfuhr es Christina. »Was hat sie dann gemacht?«

»Das Kind jedenfalls ist wohlauf und inzwischen wieder bei seinem Vater. So, ist eure Neugier nun gestillt?«

»Danke«, murmelte Christina, und Adelheid und Duretta nickten. »Wir haben uns solche Sorgen gemacht.«

»Ihr müsst lernen, euch nicht um die Nöte und Sorgen von anderen zu kümmern, sondern lieber eure eigenen Nöte und Sorgen zu bedenken. Ihr wart ungehorsam, ihr habt unsere Regel verletzt, indem ihr getratscht und gegrübelt habt, anstatt eure Arbeit zu tun und still im Gebet darauf zu vertrauen, dass der Herr schon für alle sorgt. Und wenn er es für richtig hält, wird unsere gesegnete Gemeinschaft die anstehenden Probleme schon selbst lösen können. Ihr jedenfalls müsst nichts dafür tun, ihr seid einfach nur neugierig, dass es zum Himmel schreit. Ich habe eine große Ausnahme gemacht, indem ich eure Neugier befriedigt habe – vielleicht sogar einen Fehler, der Herr möge es mir verzeihen. Ich habe eure Fragen nur beantwortet, weil eine aus euren Reihen betroffen ist und weil ich verstehen kann, dass ihr deswegen sehr stark berührt seid. Aber nun müsst ihr mir auch zeigen, dass ihr mein Vertrauen wert seid, und kein weiteres Wort über die Angelegenheit verlieren. Es ist nicht euer Leben, es ist Marias Leben, das betroffen ist. Es ist ihr Seelenheil, um das wir bangen müssen nach dieser Tat. Geht nun an eure Arbeit, bedenkt, was ich euch gesagt habe, und haltet euch an die Gebote und Vorschriften. Dann wird alles wieder ins Lot kommen. Und wenn ihr etwas tun wollt für eure Freundin, dann betet für sie.«

Mit gesenkten Köpfen verließen die Novizinnen das Arbeitszimmer der Magistra und begaben sich schweigend, aber innerlich aufgewühlt auf den Weg über den Hof in die Klosterkirche, wo die Glocke zur Vesper rief.

Es war schon spät, die Kirchtürme von Brügge schlugen die sechste Stunde, als Agnes sich am Beginjnwest über den Kanal setzen ließ und die Torwache der Stadt passierte. Sie war die Nacht über und den ganzen Tag lang ununterbrochen gelaufen. Hin und wieder hatten Bauern sie ein Stückchen auf ihren Karren mitgenommen. Dann hatte sie ein bisschen schlafen und sich ausruhen können. Einmal hatte ein guter Mann sie sogar noch eine Weile schlafen lassen, als er mit seinem Gespann schon auf seinem Hof angekommen war. Gastfreundlich hatte seine Frau Suppe und Brot mit ihr geteilt. Wie sich herausstellte, hatte ihre Großtante viele Jahre und bis zu ihrem Tod im Beginenhof in Brügge gelebt. Agnes konnte sich noch an ihre Totenfeier erinnern, sie war damals noch nicht lange bei den frommen Schwestern gewesen. Dankbar nahm sie die Stärkung entgegen und versprach, dafür eine Seelenmesse lesen zu lassen für die Verstorbene, genau wie für den toten Sohn der Bauersleute, der in diesem Sommer in einem Brunnen ertrunken war. Ein kleiner Junge. Wenige Monate zuvor war ihnen schon ein Töchterchen gestorben. Der Brunnen war nun verschlossen, damit die übrigen Kinder und die, die vielleicht noch kommen würden, nicht das gleiche Schicksal erlitten. Gerne schloss Agnes die toten Kinder in ihre Gebete ein, und stets würde sie mit Trauer und Mitgefühl, aber auch mit Freude an die gastfreundliche Familie zurückdenken.

Sonst aber war ihr das Herz schwer, und sie war tief verwirrt von all den Dingen, die sich in den letzten Tagen ereignet hatten. Ullrich van Hofstaed wiederzugewinnen und gleich wieder zu verlieren allein machte ihr schon zu schaffen. Sie hatte versucht, ihre Vergangenheit zu vergessen, sie abzulegen wie einen alten Schuh, den man nie wieder hervorholen musste. Aber es war anders gekommen, sie hatte es nicht aufhalten können. Nun musste sie sich ihrer Geschichte stellen, sie konnte sie nicht länger verleugnen. Zuerst einmal musste sie Maria finden, ihr Kind. Und zwar ehe Ullrich sie fand – denn was er mit ihr vorhatte, das gefiel ihr ganz und gar nicht. Sie musste sie warnen, sie musste sie schützen. Die Beginen würden ihr dabei nicht helfen. Nein, es gab nur einen, der ihr jetzt zur Seite stehen konnte.

Die Stadt war voller Fremder, denn es war Tuchmesse, und Händler und Tuchmacher aus aller Herren Länder waren nach Brügge gekommen, um ihre Waren anzubieten. Agnes hatte sich bei dem Bauern gründlich gewaschen und ihre staubigen Kleider ausgeklopft, aber die schönen weißen Schleier und auch die dunklen Röcke waren von der Wanderung gänzlich ruiniert. Sie war es nicht gewohnt, in Brügge ohne Haube auf die Straße zu gehen, aber sie hatte kein Recht mehr, sie zu tragen. Nun hüllte sie sich trotz der Wärme des Abends in ihr wollenes Tuch und hoffte, dass niemand sie erkannte und dass sie vor allem keine von den Schwestern auf der Straße traf.

Das Tor würde bald verschlossen werden, dann konnte sie niemandem aus dem Hof mehr begegnen.

Es wurde schon dunkel, als sie endlich, mit ihren Kräften am Ende, das Haus des Advokaten Dietz erreichte. Er selbst öffnete ihr die Tür. Sein junger Knecht war ausgegangen. Manchmal brachte er seine Schwester mit, die Dietz' Junggesellenwirtschaft in Ordnung hielt, sonst hatte er keine Bediensteten. Früher einmal hatte Dietz hier mit seinem Vater gelebt, der ebenfalls Jurist gewesen war wie er selbst. Vor zwei Jahren war dieser hochbetagt gestorben und neben seiner geliebten, früh verstorbenen Gattin im Kirchspiel von St. Salvator begraben worden. Seine älteren Schwestern, die er alle innig liebte, waren verheiratet und in alle Winde verstreut. Sie schickten ihrem kleinen Bruder von Zeit zu Zeit köstliche Pakete mit Kuchen, Brot, geräucherten Schinkenhälften oder eingelegten Fischen, als müsste er Hunger leiden. Dabei litt er einzig und allein an der Einsamkeit, und dagegen half auch das beste Essen nichts. Aber dafür hatten die schwesterlichen Seelen kein Mitleid: »Wann sucht unser stolzer Bruder sich nur endlich eine brave Frau, damit wir ihn nicht mehr durchfüttern müssen?«, kicherten sie immer, wenn sie ihn sahen. »Er ist sich für alle zu fein. Er will sich wohl eine Prinzessin angeln!« – »Ja, wir haben ihn zu sehr verwöhnt. So etwas Gutes wie uns findet er freilich nicht so leicht.« – »Warte ab, er wird sich eine ganz Exotische an Land ziehen. Eine aus dem fernen Indien oder vom Mittelmeer.« So spöttelten sie, und Dietz konnte es schon lange nicht mehr hören. Dass er Tag und Nacht zu arbeiten hatte, seine Rechtsvorschriften studieren musste und von den Sorgen und Nöten seiner Mandanten so sehr in Beschlag genommen wurde, dass er an seine eigenen Bedürfnisse selten denken konnte, das verstanden die Weiber natürlich nicht. So verspeiste er denn zum Bier am Abend ganz allein ihre Kuchen und ihr köstliches Gebäck und hoffte, dass sein Bart seine schöne flammend rote Farbe behielte und nicht vorzeitig ergraute, ehe er endlich eine Frau gefunden hätte, die es wirklich lohnte, erobert zu werden. Sonst würde er eben ledig bleiben, wie es ihm manchmal auch gar nicht schlecht gefiel.

Er hatte gerade zum Nachtessen in den Krug gehen wollen, wo er abends oft mit einigen Nachbarn und anderen Juristen gemeinsam ein gutbereitetes Mahl einzunehmen pflegte, als es an seine Tür pochte, die er, schon in Hut und Mantel, schwungvoll öffnete.

»Immer herein!«, rief er und erschrak nicht wenig, als er eine abgerissene, ganz in schwarze Tücher gehüllte Frauengestalt vor sich sah. Eine Bettlerin, war sein erster Gedanke, eine Herumtreiberin. Und er schob die Tür ein wenig wieder zu, ließ gerade noch so viel Platz, dass er durch den Spalt hinausspähen konnte.

Agnes wagte kaum, aufzublicken, so sehr schämte sie sich, in diesem Zustand bei ihm anzuklopfen. Sie musste erbärmlich aussehen. Endlich erkannte er sie.

»Agnes!«, rief er überrascht. Er riss die Tür wieder weit auf. »Schwester Agnes! Was ist mit Euch geschehen, wie seht Ihr aus!«

Da Agnes sich nicht rührte, zog er sie einfach ins Haus und fing an, vorsichtig den Schal von ihren Schultern zu wickeln und ihr das kleine Bündel abzunehmen, das sie auf dem Rücken trug. Agnes spürte plötzlich, wie ihr die Knie weich wurden und die Welt sich um sie zu drehen anfing, erst langsam und dann immer schneller und schneller, bis sie sich nicht mehr halten konnte und geradewegs in Dietz' Armen landete.

Dietz trug sie schnurstracks hinauf in sein Wohnzimmer, wo er sie auf eine Liege bettete und ihr so lange hochprozentige Flüssigkeiten unter die Nase hielt, bis sie wieder bei Sinnen war.

»Ihr habt mich aber nicht schlecht erschreckt«, sagte er schließlich und ließ sich ganz nah bei ihr auf der Sofakante nieder. »Wo habt Ihr Euch nur herumgetrieben? Ich war jeden Tag im Beginenhof, und man hat mir nicht ein Sterbenswörtchen verraten, was mit Euch los ist.«

Agnes sah in das gute, zuverlässige Gesicht des Advokaten, das nicht halb so hübsch war wie das von Ullrich, aber dafür so viel freundlicher. Sie nahm seine Hand, die sich sogleich um ihre schloss.

»Ich verspreche Euch, dass ich Euch morgen alles erklären werde. Wenn Ihr mich nur heute einfach hier schlafen lassen könntet …«

Dietz drückte Agnes' Hand an seine Brust. »Das kann ich unmöglich gestatten«, sagte er mit trauriger Miene. »Ihr seid eine fromme Frau, es wäre unschicklich für Euch, mit mir hier allein zu bleiben.«

Agnes sah ihn erschrocken an und versuchte mühsam, sich aufzurichten. Ehe sie jedoch etwas erwidern konnte, fuhr Dietz fort: »Nur unter einer Bedingung kann ich dem zustimmen: dass Ihr fortan in diesem Hause wohnen und es Euer Eigen nennen werdet. Als meine Frau, versteht sich.«

An der Pforte saß Duretta, eine Spindel in der Hand und gedankenlos ein lustiges Lied auf den Lippen führend, das sie ganz bestimmt nicht bei den Beginen gelernt hatte. Das Tor stand offen, und eine Entenmutter und ihre Jungen, die sich gerade von einem morgendlichen Bad im Minnewater in der Sonne getrocknet hatten, marschierten in Reih und Glied durch das Tor in den Hof, genau wie die Beginen, wenn sie von einer Prozession aus der Stadt heimkehrten. Duretta sah ihnen zu, aber dann ließ sie die Spindel sinken, und die gelbe Schafswolle rutschte ihr vor Schreck aus den Händen: Vor ihr stand Schwester Agnes, ohne Haube und mit staubigen Kleidern, aber sonst ganz die Alte. Duretta sprang von ihrem Schemel auf und verneigte sich vor ihr.

Agnes gab ihr einen Kuss auf die Wange. »Du bist Duretta, nicht wahr? Hat man dich an die Pforte gesetzt, das ist schön.«

»Ich soll Euch vertreten«, stammelte Duretta, »solange Ihr abwesend seid. Ich wusste ja nicht …«

»Nein, mein Kind. Du konntest nicht wissen, wann ich zurückkomme. Ich bin auch nicht wirklich zurückgekommen, du wirst also weiter hier Wache halten müssen. Sieh nur, hinter mir kommen schon wieder Leute, du weißt ja sicher, was du zu tun hast. Gott segne dich.«

Duretta sah ihr nach, wie sie mit energischen Schritten an den Häusern entlang direkt auf das Haus von Schwester Nopicht zulief. Dann erst wandte sie sich dem Adlatus des Propstes zu, der höflich und doch recht ungeduldig darauf wartete, dass die neue Pförtnerin ihn empfing.

Nopicht hatte gerade geschlafen und war noch nicht wieder richtig wach. Sie empfing Agnes freundlich, aber wenig überrascht: »Ich habe schon mit dir gerechnet.

Nun setz dich doch bitte, oder willst du dich erst einmal waschen und frische Kleider anziehen?«

Agnes schüttelte den Kopf.

»Du kannst dich bei mir waschen, wenn du nicht in dein Haus gehen willst. Hast du schon mit Walburga gesprochen?«

»Nein«, sagte Agnes. »Ich werde gleich zu ihr gehen.« Sie setzte sich auf den angebotenen Stuhl an Nopichts Küchenfenster. »Aber ich werde nicht bleiben«, fügte sie leise hinzu und errötete.

Nopicht hatte ihren Schaaprai aufgesperrt und stellte eine Schale mit trockenen Keksen auf die Fensterbank. Sie nahm sich einen Keks und biss krachend hinein.

»Du willst uns also verlassen. Hat er gewonnen, der Schuft?«, sagte sie ärgerlich kauend.

»Dietz ist kein Schuft.«

»Was du wohl weißt! Du bist eine fromme Frau, du glaubst an das Gute im Menschen, und vor allem bist du seit Jahren nicht mehr draußen gewesen im richtigen Leben. Du hast keine Menschenkenntnis, Agnes. Überlege dir gut, was du tust.«

»Wir werden heiraten. Es gibt nichts mehr zu überlegen.«

»Heiraten, so.« Nopicht biss in den nächsten Keks. Sie aß nie Kekse, höchstens wenn sie sehr ärgerlich war. »Und ich dachte, du hast deinen Jugendprinzen wiedergefunden und bist nun von allen Träumereien geheilt.«

»Das bin ich auch«, Agnes lachte und nahm nun ebenfalls einen der Ingwerkekse, die angeblich gut für den Kopf und einen klaren Verstand sein sollten. »Und darum habe ich mich für Dietz entschieden.«

»Tja. Dann will ich dich nicht weiter aufhalten.«

Agnes seufzte. Es tat weh, Nopicht verlassen zu müssen. Dass sie sie oft besuchen würde, mochte sie ihrer Freundin jetzt nicht versprechen. Es war nicht dasselbe.

Aber es gab Wichtigeres zu klären.

»Wo ist Maria?«, fragte sie.

»Das geht dich nun wohl nichts mehr an«, meinte Nopicht spitz.

»Du bist von Sinnen. Sie ist meine Tochter, natürlich geht es mich etwas an, wo sie ist.«

»Sie ist Novizin unserer Gemeinschaft, zu der du nun nicht mehr gehörst. Das ist eine Bindung, die stärker ist als alle Verwandtschaft. Und sie unterliegt damit der Regel. Außenstehende geht es nichts an, wo sie sich aufhält. Wie kommst du überhaupt darauf, dass sie wieder hier ist?«

»Sie ist also zurückgekommen«, sagte Agnes und war so erleichtert, dass ihr die Tränen über die Wangen liefen. »Und wo ist das Kind?«

»Ursula hat es Christoph de Vens zurückgebracht.«

»Ursula?«, fragte Agnes erstaunt, und Nopicht erklärte ihr widerwillig, dass Ursula wieder aufgetaucht sei. Sie sei nach dem Brand in der Gartenhütte wochenlang durchs Land geirrt, habe sich in den Wäldern südlich von Tournai versteckt, unterwegs Maria getroffen und sei dann zusammen mit ihr in den Weingarten zurückgekehrt.

»Und wo ist Maria jetzt?«, fragte Agnes schließlich zaghaft.

Nopicht knurrte ungemütlich und stand auf. Ihr Husten klang wie immer furchterregend, aber Agnes hatte den Eindruck, dass Nopicht insgesamt wohler aussah als vor ihrer Abreise. Der fiebrige Glanz war endlich aus ihren Augen gewichen.

»Komm mit«, seufzte Nopicht. »Ich werde dich zu ihr bringen.«

Es gab keine Strafzelle, kein Gefängnis im Beginenhof. Es hätte nicht zu der auf Freiwilligkeit basierenden Gemeinschaft gepasst, solche, die sich etwas zuschulden kommen ließen, ihrer Freiheit zu berauben. Die Strafen im Beginenhof sahen anders aus. Wer sich wirklich strafbar gemacht hatte, wurde der städtischen Gerichtsbarkeit zugeführt und außerdem, wie bei allen schweren Vergehen, aus der Gemeinschaft ausgeschlossen. Für eine Begine oder gar eine Novizin, die sich ohne Erlaubnis aus dem Hof entfernte, tagelang auf den Landstraßen oder in der Stadt herumtrieb, sich in Begleitung fremder Männer blicken ließ und außerdem noch einen ihr anvertrauten Säugling stahl und entführte – für die gab es nur eine einzige Strafe: den Ausschluss aus der Gemeinschaft.

Maria war sehr früh am Morgen mit Schwester Ursula an der Pforte erschienen. Duretta hatte sofort die Magistra geholt. Diese hatte Maria erlaubt, sich zu waschen, etwas zu essen und zu trinken und saubere Kleider anzulegen. Dann hatte sie sie in ihr Arbeitszimmer gebeten und sie ausführlich befragt. Über eine Stunde sprachen sie nun schon miteinander, als eine Schwester klopfte und Agnes und Nopicht meldete. Die Magistra ließ beide hereinbitten. Maria erhob sich und verneigte sich vor den Schwestern. Sie war schmal geworden, stellte Agnes mit mütterlich prüfendem Blick fest, und sie hatte viel von ihrem Vater im Gesicht. Wie hatte sie das nicht gleich bemerken können? Sie konnte die Augen nicht von dem

Mädchen lassen. Erst als die Magistra zu sprechen an-fing, gelang es ihr, den Blick zu senken und nach alter Gewohnheit die Hände in den Ärmeln ihres Kleides zu verbergen.

»Da hätten wir also die Herumtreiberinnen versam-melt«, begann Walburga, als es schon wieder an der Tür klopfte. Sie ging selbst, um zu öffnen, und prallte zurück. Vor ihr stand ein großer, vornehm gekleideter Mann, der sie aus funkelnden Augen ansah. Nach einem kurzen Mo-ment der Verwirrung hatte sie sich sofort wieder im Griff.

»Was fällt Euch ein, wer seid Ihr? Wie könnt Ihr hier eindringen, Ihr habt keinen Zutritt!«

»Ich bin Ullrich van Hofstaed, Vasall meines Herzogs, des Prinzen von Burgund. Ich muss Euch dringend spre-chen in einer Familienangelegenheit.«

Die Magistra trat einen kleinen Schritt zur Seite, ge-rade weit genug, damit Ullrich Agnes sehen konnte, die ihn entgeistert anstarrte. Dann sah er Maria, stürzte an der Magistra vorbei ins Zimmer und schloss das Mädchen in seine Arme. »Meine Tochter!«, rief er, drückte sie fest an sich und verbarg sein Gesicht in ihren Kleidern. Sein Schluchzen erschütterte seinen ganzen Körper, und es dauerte lange, bis es Maria endlich gelang, sich ein wenig frei zu machen. Die Schwestern standen erschrocken und hilflos daneben, nicht einmal Nopicht fand den Mut, Ull-rich zurückzuhalten. Schließlich legte die Magistra ihre Hand auf Ullrichs Arm, und er ließ Maria langsam los. Nopicht schob ihm einen Stuhl hin, er ließ sich darauf-fallen und ließ den Kopf in die Hände sacken. Die Magis-tra schloss rasch die Tür zur Diele, in der sich neugierige Schwestern zu versammeln begannen. Die Lage drohte vollkommen unübersichtlich zu werden.

»Und ich«, sagte Agnes schließlich und trat ein wenig vor, damit Maria auf sie aufmerksam wurde. »Ich bin deine Mutter.«

Mutter Walburga sah von einer zur anderen und machte schließlich Nopicht ein Zeichen, woraufhin sie beide das Zimmer verließen.

∾ 25 ∾

VON DER BESTÄNDIGKEIT

*Die Schwestern sollen bei ihrer Arbeit beständig und zuverlässig
sein, denn durch ihre Arbeit verdienen sie ihr Brot; durch die Arbeit
tun sie Buße; durch sie können sie den Versuchungen und Schwä-
chen ihres Körpers widerstehen, die ihre Seele irreführen; durch ihre
Arbeit erlangen sie Gottes Gnade und die Herrlichkeit des ewigen
Lebens.*

ndlich waren sie allein: Agnes, Ullrich und Maria.
Sie saßen sich still gegenüber in dem hohen, dunkel getäfelten Raum, der nur von wenigen Lichtstrahlen
erhellt wurde, die das kleine, mit buntem Glas verschlos-
sene Bogenfenster durchdrangen. Hin und wieder stöber-
te eine Windbö in der Esse, draußen flogen zankend ein
paar Krähen auf. Irgendwann nahm Agnes Marias Hand
und hielt sie fest. Maria erwiderte ihren Druck. Ullrich
griff nach ihrer anderen Hand. Er weinte noch immer
still vor sich hin. Maria saß tapfer zwischen ihnen und
sah zu Boden. Sie konnte keinen einzigen klaren Gedanken fassen. In Agnes' Kopf hingegen wirbelte alles durcheinander, und vor lauter Worten gelang es ihr nicht,
auch nur den einfachsten Anfang zu finden für all das,
was es zu sagen gab. Sie wollte erklären, entschuldigen,
anklagen, sich freuen, bereuen, die Zukunft planen, Ver-
gangenes erfahren – aber nicht ein einziger klarer Satz
kam über ihre Lippen. Ullrich schien gänzlich dumpf zu
sein und jenseits von aller Sprache. Seine Gefühle waren

so tief verschüttet gewesen, so eingefroren und erstarrt, dass sie nun, wo sie endlich gewaltsam wieder in Bewegung gekommen waren, alles aus den Fugen rissen. Die ganze mühsam aufrechterhaltene Fassade eines hochherrschaftlichen Mannes war zusammengebrochen und hatte ein weinendes, tiefbekümmertes hilfloses Kind zutage gebracht.

»Ich will dich«, stammelte er von Zeit zu Zeit. »Du sollst alles haben, was mir gehört!«

Maria sah ihn an, so wie man einen Kranken ansieht und abschätzt, ob sein Fieber wohl gestiegen wäre, und schwieg.

»Du wirst bei mir wohnen«, sagte Ullrich, als er sich endlich ein wenig gefasst hatte. »Du bekommst das schönste Zimmer in meinem Haus und die prächtigsten Kleider.«

Agnes sah Ullrich von der Seite an. »Und was wird deine Frau dazu sagen?«

Ullrich machte eine abwehrende Kopfbewegung. »Ach die.«

Maria lächelte und tauschte einen fragenden Blick mit Agnes.

»Wenn du heiratest, werden wir das größte Fest feiern, das Brügge, ach was, das ganz Flandern seit der Hochzeit des Erzherzogs erlebt hat! Wir werden alle einladen. Auch die Beginen hier meinetwegen, das wird ein Fest!«

»Und wen werde ich heiraten?«, fragte Maria und lächelte ein wenig mehr.

»Ich werde deinen Bräutigam höchstpersönlich auswählen. Du bist eine reiche Frau, man muss sich also sorgfältig umschauen. Ich denke, ich werde bis zum Jahresende einen geeigneten Kandidaten finden.«

»Aha«, meine Maria und zog eine Grimasse. »So bald schon willst du mich wieder loswerden.«

Ullrich sah erschrocken auf. »Aber ich will dich doch nicht loswerden! Niemals werde ich dich wieder loswerden wollen, meine Prinzessin! Du sollst glücklich sein, du sollst viele Kinder gebären und ein gutes Leben haben, das beste, das ich dir schenken kann.«

»Das beste Leben hat mir schon meine Mutter geschenkt«, sagte Maria leise. »Es war bis jetzt ein gesundes und gutes Leben.«

Agnes schluckte. Nun war sie den Tränen nahe. Marias Hand entglitt der ihren, und auch von Ullrich zog Maria ihre Hand zurück. »Ich fürchte leider, Vater und Mutter, ich muss euch beide enttäuschen. Ich werde nicht zu dir ziehen, Vater. Ich werde nicht heiraten und euch keine Enkel schenken. Ich werde hierbleiben bei den Beginen. Und bei meiner Arbeit.«

Ullrich blickte auf, und auch Agnes sah Maria erstaunt an.

»Falls man es mir erlaubt, falls mir meine Taten verziehen werden, werde ich heimkehren in den Konvent und im nächsten Frühjahr zu Pfingsten Profess ablegen. Ich werde im neuen Spital arbeiten, ich möchte eine Apotheke aufbauen. Das ist mein Wunsch für die Zukunft.«

»Aber das ist doch kein Leben!«, rief Ullrich hitzig. »Du kannst doch ganz andere Dinge vollbringen, wenn du dich nicht hier verkriechst!«

»Lass sie, Ullrich«, mahnte Agnes. »Sie ist jetzt eine erwachsene Frau und kann selbst entscheiden, wie sie ihr Leben führen will.«

»Nein! Das ist unmöglich! Sie darf nicht –«

»Sie darf. Und so Gott es will, wird sie.«

Ullrich sah von einer zur anderen und schüttelte heftig den Kopf. »Ich verstehe euch nicht.«

»Das macht nichts«, sagte Agnes sanft. »Verstehen ist nicht das Wichtigste auf der Welt. Lass sie nur glücklich werden.«

»Du hast leicht reden! Du kannst hier mit ihr zusammen sein. Ich aber muss meine Waffen hergeben, um zu euch durchzudringen!« Ullrich zeigte auf das leere Heft seines Dolches. Er hatte ihn an der Pforte abgeben müssen, nachdem er die Pförtnerin damit bedroht hatte, um Einlass zu erhalten.

»Du irrst dich«, sagte Agnes ruhig. »Ich werde ab sofort nicht mehr im Beginenhof leben. Ich werde heiraten.«

»Wirklich«, rief Maria und war für einen Augenblick ganz von ihren Sorgen abgelenkt. »Wer ist es?«

Agnes Augen blitzten, dann begann sie über das ganze Gesicht zu strahlen: »Der Advokat Dietz.«

⁓

Christoph legte die beiden Messingleuchter, die seit Menschengedenken auf dem Esstisch der Familien Moentack und de Vens am Dijver gestanden hatten, in die Kiste, wickelte sein Essgeschirr vom Frühstück, Messer und Krug in einen Lappen und legte es dazu. Dann ließ er die letzte Kiste zunageln und half dem Knecht, sie nach draußen vor das Haus zu tragen, wo zwei Wagen hochbeladen mit seiner restlichen Habe zur Abfahrt bereitstanden. Die Gäule waren bereits angeschirrt und wiegten nervös die Köpfe auf den kurzen, kräftigen Hälsen. Sie konnten es nicht abwarten, endlich loszutraben über die weiten, schnurgeraden Wege Flanderns, durch die

Felder und Auen bis an die Schelde, das von unzähligen Wasserläufen zerteilte Land von Brabant. In Antwerpen wartete man schon ungeduldig auf ihn. Nachdem seine Schwiegereltern ihn bestürmt hatten, ihnen seinen Sohn zu überlassen, war ihm die Entscheidung, selbst nach Antwerpen zu übersiedeln, mit einem Mal ganz leichtgefallen. Was hielt ihn denn noch in Brügge? Seine Verwandten waren alle gestorben, und seine Geschäfte hatten hier keine Zukunft mehr. Warum sollte er nicht Margarethes größten Wunsch erfüllen – wie ein Vermächtnis? Der Gedanke tröstete ihn. Und so hatte er selbst den kleinen Jannik nach Antwerpen gebracht, wo er sogleich in der St.-Petri-Kathedrale getauft worden war. Seitdem war seine Liebe zu seinem Sohn entflammt, und er konnte es kaum abwarten, ihn wiederzusehen. Sein Schwiegervater, Margarethes Vater, hatte ihm angeboten, ihm sein Geschäft zu übergeben, denn er selbst war schon lange zu krank, um es noch mit der nötigen Kraft weiterzuführen. Einen ganzen Tag und eine Nacht lang hatte Christoph zäh verhandelt mit dem Alten, der ihn zu Margarethes Lebzeiten nie besonders geschätzt hatte. Jetzt bewunderte er die liebevolle Art, mit der der Alte von seiner verstorbenen Tochter sprach. Kein einziger Vorwurf gegen ihn, weil Margarethe in Christophs Haus gestorben war. Kein falsches Wort gegen ihn über sein Verhalten Margarethe gegenüber. Die schweren Schuldgefühle, die Christophs Mutter ihm immer bereitet hatte und die noch über ihren Tod hinaus in ihm nachwirkten, sie waren in dem großzügigen Haus in Antwerpen unbekannt. Wie ausgelöscht waren dort die erniedrigenden Gefühle aus dem Umkreis seiner eigenen Familie.

Erst ganz am Ende der Unterredung war der geschickte

alte Kaufmann zu einem weiteren wesentlichen Punkt gekommen, der ihm offenbar sehr am Herzen lag.

»Wenn Ihr nun, mein Sohn, nach Antwerpen kommt und Haus und Hof gründet, so werdet Ihr doch auch wieder eine gute Frau brauchen.«

Christoph hatte zugestimmt.

»Ihr werdet ganz sicher keine Not haben, eine geeignete Frau zu finden«, fuhr er schlau fort. »Es gibt so viele schöne Mädchen in Antwerpen! Und sie sind alle lange nicht so anspruchsvoll wie die Frauen in Brügge, glaubt mir.«

»Nun, Eure Tochter Margarethe war durchaus ...«

»Margarethe schon«, fuhr der Alte zügig fort. »Aber unsere Philine, Margarethes jüngste Schwester, sie ist wirklich von Grund auf anders. Glaubt mir, ich bin schließlich ihr Vater, ich kenne sie gründlich wie nur einer. Sie ist das bescheidenste Wesen weit und breit.«

Christoph schwieg. In Windeseile huschten vielfältige Gedanken durch seinen Kopf: Wenn er nun das Geschäft des Schwiegervaters mit dem seinigen zusammenlegte, wie sollten die Erbschaftsangelegenheiten geregelt werden? Der kleine Jannik war der Erbe seiner verstorbenen Mutter, was aber, wenn das Kind nicht lange lebte, was Gott verhüten mochte? Dann stand er, Christoph, mit nichts da, wie ehedem. Sicher war der ehemalige Fischhändler nicht die allererste Adresse in Antwerpen, aber immerhin, er war heute ausgesprochen gut im Geschäft. Und in Antwerpen lag die Zukunft. Christoph hatte keine Wahl ...

»Ich werde sie gern kennenlernen«, willigte er schließlich ein.

Noch am selben Abend wurde ihm das Mädchen vorgestellt, das gerade erst zwölf Jahre zählte und noch nicht voll entwickelt war. Sie würde sicherlich nicht so hübsch werden wie Margarethe, aber Christoph war entzückt von ihrem Wuchs, denn sie war sehr zierlich, fast etwas zu klein für ihr Alter. Aufschauen würde er zu ihr nicht müssen … Ein Blick in ihre grauen Augen, die denen Margarethes aufs Haar glichen, gab den letzten Ausschlag. Per Handschlag wurde die Eheschließung vereinbart, die nach Philines dreizehntem Geburtstag stattfinden sollte.

Mit solch guten Aussichten im Gepäck bestieg Christoph also seine Kutsche an diesem dunstigen, kühlen Herbstmorgen, der vermutlich einen herrlich rotgoldenen Abend an der Schelde hervorbringen würde. Pieterjan erschien zum Abschied und nahm ihm die Schlüssel ab für das Haus, das nun seines werden würde.

ye

Die Magistra legte den Kopf in den Nacken und ließ ihren Blick zum ersten Mal ganz in Ruhe über das Wandbild schweifen. Es war wirklich ein beeindruckendes Werk. Nicht nur wegen der Genauigkeit, mit der der Junge die einzelnen Charaktere getroffen hatte, sondern auch wegen der Komposition, der Anordnung der Gesichter. Ja, es war ein Meisterwerk, und das schon jetzt, in diesem rohen Stadium des Entwurfs.

»Man fragt sich, wie das Bild wohl wirken würde, wenn Clemens es fertigstellen könnte«, sagte Dietz.

»Um Himmels willen!«, entsetzte sich die Magistra. »Das wird ganz sicher nicht geschehen.«

»Das ist mir klar. Ich meinte ja auch nur, es wäre interessant, es fertig ansehen zu können. Natürlich nicht hier in Eurer Kirche«, fügte er eilig hinzu, als er sah, wie die Miene Mutter Walburgas sich umwölkte.

»Euch scheint nicht klar zu sein, in was für eine bedrohliche Lage dieses Bild uns gebracht hat. Pater Linhart hielt es für ein Zeichen des Teufels und hätte fast mit einer Denunziation die Inquisition auf uns losgelassen. Wisst Ihr, was das für uns Beginen hätte bedeuten können?«

»Vor hundert Jahren wärt Ihr alle auf dem Scheiterhaufen gelandet.«

»Die Scheiterhaufen brennen auch heute noch für Frauen wie uns. Wir genießen keinesfalls den bedingungslosen Schutz der Kirche, und ob der Herzog so zuverlässig die Hand über uns halten würde wie damals die gute Prinzessin Margarethe, wage ich zu bezweifeln.«

»Ihr habt recht, verzeiht. Ich habe den Ernst der Lage durchaus begriffen.«

»Dann bin ich beruhigt, Advokat. Und ich hoffe, dass Eure Unterstützung von Schwestern unseres Hofs, die es sich erlauben, auf eigene Faust Unheil heraufzubeschwören, das die ganze Gemeinschaft in Mitleidenschaft ziehen kann, sich zukünftig in Grenzen halten wird.«

Der Advokat verbeugte sich und versuchte, sich ein Schmunzeln zu verkneifen. Oh, er erkannte durchaus die Gefahr, in die Clemens und Agnes den Beginenhof gebracht hatten. Aber er war gerade einfach zu guter Dinge, als dass er Lust gehabt hätte, noch länger die negativen Aspekte der jüngsten Ereignisse zu bedenken.

Die Magistra ließ das Laken wieder über das Bild gleiten.

»Eure Idee ist trotzdem nicht schlecht. Wie wäre es denn, wenn der junge Künstler den Auftrag erhielte, von all unseren Würdenträgerinnen Tafelbilder anzufertigen, die wir dann im Kapitelhaus aufhängen? Dort hätten sie durchaus ihren Platz.«

Dietz strahlte. »Ich könnte mir vorstellen, dass dem Jungen das gut gefallen würde. Allerdings erst, wenn er wieder in Brügge ist.«

»Wo ist er denn?«

»Soweit ich weiß, ist er inzwischen in Paris, um sich dort bei großen Lehrmeistern den letzten Schliff zu holen. Aber wenn er seine Wanderjahre hinter sich gebracht hat, wird er Euren Auftrag sicher gern ausführen. Ich denke, das wäre er Euch wohl schuldig.«

»Sagen wir, er soll auf Lebenszeit stets das Porträt der amtierenden Magistra unseres Hofes anfertigen.«

»Eine gute Idee«, sagte Dietz. »Ich werde ihm den Vorschlag unterbreiten.«

»Nun, dann können wir dieses Kunstwerk hier ja endlich überstreichen lassen. Pater Linhart ist zwar nicht mehr hier, aber wer weiß, wie der neue Pater reagiert, wenn er des Bildes gewahr wird.«

»Darf ich fragen, wohin Pater Linhart gegangen ist? Der junge Mann war doch noch gar nicht so lange hier in Diensten.«

Natürlich wusste Dietz genau Bescheid über alles, was in den letzten Wochen im Hof vor sich gegangen war, dachte die Magistra ärgerlich. Das war der Nachteil der Freiheit der Beginen, die den Hof jederzeit verlassen konnten und mithin nicht mehr an die Regel gebunden waren. Im Laufe der Zeit plauderten sie eben doch alle möglichen Dinge aus, die dann draußen in der Welt kursierten und die seltsamsten Gerüchte entstehen ließen. Und sie war dagegen einfach machtlos.

»Ihr wisst es ja sowieso schon, Advokat«, erklärte sie

404

mürrisch. »Linhart hat sich selbst einer nicht unwesentlichen Verfehlung schuldig gemacht. Man hat ihn jedenfalls fortgeschickt ...«

»Strafversetzt?«

»Nennt es so, wenn Ihr wollt. Ich glaube, er ist auf eine Insel im Atlantik versetzt worden.«

»Und alles nur wegen der Fleischeslust ...«, sagte Dietz.

»Ich habe Euch nicht gesagt, weswegen«, versetzte Walburga scharf.

»Natürlich nicht. Aber das erzählen sich draußen in der Stadt schon die Kinder.«

Walburgas Gesicht nahm eine undurchdringliche Miene an. Sie schob die Hände in die Ärmel ihres Kleides.

»Nun fehlt nur noch die Finanzierung Eures neuen Spitals, dann wäre die Welt hier im Weingarten des Herrn wieder im Lot, scheint mir«, fuhr Dietz fort und folgte der Magistra, die sich anschickte, die Kirche zu verlassen. Das Mittagessen wartete.

»Auch das hat sich mit Gottes Hilfe auf das Beste geklärt«, meinte Walburga, ohne sich umzuwenden. »Wusstet Ihr das etwa noch nicht?«

»Ihr meint die Spende der Bruderschaft der Tuchmacher und die Genehmigung Eurer Weberei für den eigenen Bedarf?«

Walburga schüttelte den Kopf. »Das ist nun wirklich der Rede nicht wert. Damit kann man kein Spital bauen. Und dass wir auf die Spende Eures Freundes Christoph de Vens vermutlich lange werden warten müssen – nun, da er Brügge verlassen hat –, ruiniert uns zum Glück auch nicht.«

»Ich verstehe nicht ...«, sagte Dietz und lächelte.

Die Magistra musterte den Advokaten einen Moment lang. Sie standen draußen vor der Kirche unter dem schattigen Dach der jungen Ulmen, und die Stille war so tief, wie sie sich auch an diesem Ort nur mittags, wenn alle Beginen beim Essen saßen, oder am späten Abend in der Dunkelheit ergab. Dieses Lächeln, freundlich, höflich, etwas devot, mit einer Spur scheinheiliger Unschuld – es hätte das Lächeln eines Geistlichen sein können. Die Magistra verstand plötzlich, warum Agnes dem Mann ins Netz gegangen war. Seine Verbindlichkeit und Hilfsbereitschaft, seine unersättliche Neugier, seine Doppelbödigkeiten, aber auch sein Humor, das alles musste ihr tief vertraut vorkommen aus fünfzehn Jahren Klosterleben. Sie würde es mitnehmen in ihre Ehe. Gott möge sie beschützen und die Hand über sie halten.

»Ullrich van Hofstaed hat uns dieser Tage ein Vermächtnis zugestellt. Er hat uns Marias Mitgift überschrieben, sofern sie wirklich gewillt bleibt, keine Ehe einzugehen und im Weingarten mit uns zu leben. Es ist ein stattlicher Betrag, wie Ihr Euch denken könnt. Sein einziger Zweck soll sein, den Armen, Kranken und Siechen zum Heil und zur Pflege zu dienen.«

»Eine Stiftung für das Spital, das ist wirklich eine wunderbare Nachricht.«

»Das will ich wohl meinen.«

»Dann darf ich mich empfehlen?«, meinte Dietz und verneigte sich mit einem vergnügten Zwinkern. »Ich will es sofort meiner zukünftigen Frau erzählen!«

NACHWORT

Die wichtigste Quelle, auf die ich mich beim Schreiben dieses Romans stützen konnte, ist die Regel des Beginenhofes »De Wijngaard« in Brügge, aufgeschrieben zum ersten Mal um das Jahr 1300. Auszüge habe ich den einzelnen Romankapiteln vorangestellt, aus dem Französischen übertragen nach der Publikation: l'abbé R. Hoornaert, »La plus ancienne Regle du Béguinage de Bruges«, Brügge 1930. Eine Originalabschrift der Regel in flämischer Sprache wird im Archiv des Beginenhofes in Brügge aufbewahrt.

Der Beginenhof in Brügge, gegründet ca. 1245, hatte um 1500 ungefähr einhundertfünfzig Bewohnerinnen. Er war damit so groß, dass er eine eigene Pfarrei bildete. Rechtlich war er direkt dem Herzog von Flandern – also weder dem Magistrat der Stadt Brügge noch der Kirche – unterstellt und heißt deshalb bis heute: »Prinzlicher Beginenhof«. Einige wenige der Schwestern, die genug eigenes Vermögen hatten, lebten in eigenen kleinen Häusern, die sich zu der heute noch existierenden, beschaulichen Runde des Beginenhofes um die Kirche und die schöne, heute mit Ulmen bestandene Blumenwiese herum gruppieren. Diese Hofbildung ist das Kennzeichen insbesondere der flandrischen Beginenhöfe. Die meisten Frauen jedoch hatten wenig oder keinen eigenen Besitz. Sie arbeiteten für ihren Lebensunterhalt in der zum Beginenhof gehörenden Landwirtschaft, als Weberin oder im Spital und lebten in größeren, klosterähnlichen Gemeinschaften zusammen, den sogenannten Konventen. Sie schliefen in gemeinsamen Schlafsälen, aßen gemeinsam in Refektorien und hatten kaum Raum für sich allein. Auch die Novizinnen wurden in Konventen betreut. Ein eigenes Haus konnte zudem nur bezogen werden, wenn eine der Bewohnerinnen starb.

Die Beginen in Brügge hielten Stundengebete ab und zelebrierten das gesungene große Offizium in lateinischer Sprache wie eine klösterliche Gemeinschaft. Der Gesang wurde von der Schola besorgt. Wer arbeitete, konnte der Schola nicht angehören und durfte die Stundengebete in verkürzter Form während der Arbeitszeit verrichten. Je nach Jahreszeit bzw. Sonnenaufgang wurden die Stundengebete zu unterschiedlichen Zeiten abgehalten. Es ergab sich so z. B. folgender Tagesablauf:

6 Uhr Prim, anschließend Messe für alle in der Kirche
9 Uhr Terz (ggf. am Arbeitsplatz)
12 Uhr Sext (in der Kirche oder am Arbeitsplatz)
15 Uhr None (ggf. am Arbeitsplatz)
18 Uhr Vesper für alle in der Kirche
21 Uhr Komplet, 1. Nachtgebet für alle in der Kirche

An Sonntagen fand statt der Terz das Hochamt statt, das bis zum Mittag dauerte. An hohen Feiertagen kamen noch zwei weitere Nachtgebete (Matutin, ca. 0 Uhr, und Laudes, ca. 3 Uhr) hinzu. In den Stundengebeten wurden die Psalmen gebetet bzw. nach einer festgelegten lateinischen Liturgie gesungen. Ein entsprechendes Chorbuch aus dem 16. Jahrhundert befindet sich im Archiv des Beginenhofes in Brügge.

Der Beginenhof »De Wijngaard« in Brügge wurde bis ins 20. Jahrhundert hinein von Beginen bewohnt. 1927 starb dort die letzte Begine Grootjuffrouw Geneviève de Limon Triest. Heute wird der Hof von einem Benediktinerinnenkonvent bewohnt, der das Erbe der Beginen bewahrt und für die interessierte Öffentlichkeit zugänglich erhält.

Ich möchte an dieser Stelle allen sehr herzlich danken, die mir für die langjährige Recherche für dieses Buch Hilfe und Unterstützung dargeboten haben. Besonders danke ich der Historikerin und Privatdozentin Dr. Marion Kobelt-Groch, durch deren Seminare an der Universität Hamburg ich zahlreiche wichtige Dokumente und Quellen der Beginen kennenlernte. Dank ihres Engagements und Organisationstalents konnte unsere Studiengruppe mehrfach den Beginenhof in Brügge besuchen und die Schwestern des Benediktinerkonvents in Brügge kennenlernen, die das historische Erbe ihrer Vorgängerinnen bewahren. Auch ihnen einen herzlichen Dank, insbesondere Schwester Felicitas und Schwester Maria Anna für ihre kompetente Unterstützung und freundliche Gastfreundschaft. Ich danke außerdem allen, die mir bei der Recherche behilflich waren oder mit speziellen Informationen dienten (Elke für den Nök!), sowie Buchplaner und Brügge-Fan Dirk R. Meynecke.

Im Herbst 2009

Petra Durst-Benning
Das Blumenorakel
Historischer Roman

ISBN 978-3-548-28047-9
www.ullstein-buchverlage.de

Baden-Baden, 1871: Die junge Flora trifft in der weltoffenen Kunststadt ein. Ihr größter Traum geht in Erfüllung: Sie wird das Handwerk der Blumenbinderei erlernen. Die vornehmen Kunden sind begeistert von ihren geschmackvollen Arrangements. Doch als Flora sich unsterblich verliebt, fordert sie das Glück heraus.

»Petra Durst-Benning versteht es wunderbar zu unterhalten und vergessene Orte mit Leben zu füllen.« *SWR*

Marion Henneberg
Die Tochter des Münzmeisters
Historischer Roman
Originalausgabe

ISBN 978-3-548-26960-3
www.ullstein-buchverlage.de

Goslar im 11. Jahrhundert: Die junge Hemma, Tochter des Vogts, muss nach der Enteignung der Familie und dem Tod des Vaters durch die Hand eines adligen Verehrers aus Not den Sohn des örtlichen Münzmeisters heiraten. Gleich bei der Geburt ihres ersten Kindes stirbt Hemma. Ihre Tochter Henrika wächst ohne Mutter bei dem sie liebevoll umsorgenden Vater auf. Als Henrika sich in einen Gefolgsmann des Königs verliebt, erlangt sie Zugang zu gesellschaftlichen Kreisen, in denen sich auch der Mörder ihres Großvaters bewegt …

Esteban Martín / Andreu Carranza
Die dritte Pforte
Thriller
Deutsche Erstausgabe

ISBN 978-3-548-26828-6
www.ullstein-buchverlage.de

Die junge Maria gerät in Barcelona völlig ahnungslos in eine rätselhafte und gefährliche Situation: Angeblich ist sie auserwählt, eine jahrhundertealte Prophezeiung zu erfüllen. Der Schlüssel dazu ist verborgen in Bauwerken des Architekten Antoni Gaudí. Dieser war vor mehr als 100 Jahren bereits in den Fokus einer esoterischen Verschwörung geraten. Maria bleibt nicht viel Zeit, den Hinweisen nachzugehen, die er offenbar für sie verschlüsselt hat. Eine satanische Sekte trachtet ihr nach dem Leben ...

»Ein großartiges Leseerlebnis« *El País*